« PAVILLONS »
Collection dirigée par Claire Do Sêrro

DU MÊME AUTEUR

chez le même éditeur

Absolution, « Pavillons », 2013
Terre déchue, « Pavillons », 2016

PATRICK FLANERY

JE NE SUIS PERSONNE

roman

traduit de l'anglais (États-Unis) par
Isabelle D. Philippe

Robert
Laffont

Titre original : I AM NO ONE

ISBN 978-2-221-21791-7
(édition originale : ISBN 978-1-101-90585-2, Tim Duggans Books, an imprint of the Crown Publishing Group, a division of Penguin Random House LLC, New York)
Dépôt légal : janvier 2020

Ceci est une œuvre de fiction. Noms, personnages, endroits et situations sont le produit de l'imagination de l'auteur ou sont utilisés à des fins fictives. Toute ressemblance avec des événements, des lieux et des personnes existantes ou ayant existé serait purement fortuite.

Pour Aev et Glf

Lorsque je suis rentré à New York un peu plus tôt dans l'année, il y avait plus d'une décennie que j'habitais Oxford. Ayant échoué à me faire titulariser à Columbia, j'avais cru que la Grande-Bretagne m'offrirait un moyen de relancer ma carrière, même si j'avais toujours prévu de rentrer en Amérique, et pensais rester à l'étranger quelques années tout au plus. Entretemps, cependant, l'Amérique a changé si radicalement – le hasard a voulu que je parte juste après les attentats du 11-Septembre – que mon sentiment d'aliénation se révèle aussi fort aujourd'hui que durant ces longues années passées en Grande-Bretagne.

Bien que j'aie acquis la nationalité britannique et possédé une maison à East Oxford sur la bien-nommée Divinity Road, laquelle devient progressivement plus cossue à mesure qu'elle monte vers la crête de la colline, la Grande-Bretagne ne propose pas de récit sur l'assimilation des immigrés, aussi, aux yeux de mes collègues, amis et étudiants, il importait peu que je sois légalement l'un des leurs. J'étais et serais toujours avant tout un Américain. Peut-être que si on débarque à un plus jeune âge, une acculturation complète est possible, mais pour un homme dans la quarantaine comme moi, les habitudes sont trop solidement enracinées pour subir toutes les transformations qui permettent de devenir britannique autrement que par la loi.

Quand j'ai décroché mon doctorat à Princeton, l'université de New York n'était pas un des lieux où j'aurais choisi de travailler, mais j'ai été très content lorsque son département d'histoire m'a contacté pour que je dépose ma candidature à une chaire de professeur et encore plus heureux quand on m'a offert le poste, enfin assuré que mon éloignement géographique était terminé. Il est surprenant à quel point l'exil peut déranger l'esprit. Alors que j'étais allé en Grande-Bretagne de mon plein gré, je suis devenu nerveux dès les premières années et de plus en plus amer de m'être vu refuser – c'est ce que je croyais alors – l'accès à une vie pleinement américaine. J'en imputais la faute à mes anciens collègues de Columbia et à toutes les intrigues qui avaient mené au fait qu'on ne m'ait pas attribué de chaire et que je doive reprendre un modeste poste de maître de conférences dans un des plus anciens collèges d'Oxford, certes – il avait été fondé au XVe siècle –, mais qui n'attire pas les étudiants les plus brillants ni ne bénéficie de la plus grosse dotation.

Et pourtant j'en suis venu à y voir une sinécure, malgré une charge de travail substantiellement plus importante que dans un établissement américain comparable, étant donné qu'Oxford continue de former ses étudiants individuellement ou par petits groupes, et, contrairement au système universitaire américain, implique une obligation d'accompagnement pédagogique sans limite et sans égal. Je me suis habitué à ce que le cuisinier du collège me fasse porter mon déjeuner dans mes appartements s'il n'était pas trop occupé, après y avoir souvent ajouté une friandise, un *tidbit* (ou *titbit*, comme disent les Anglais) tombé de la table d'honneur de la veille. Les caves d'Oxford contenaient d'excellents vins et la vie s'écoulait comme elle s'était écoulée depuis des siècles, avec peu de changements mis à part l'admission des femmes, que certains professeurs d'université de mon époque considéraient encore comme une modernisation malavisée qui avait, insistaient-ils, irrémédiablement altéré l'esprit d'Oxford.

Le marché immobilier m'a porté chance. Avant de retourner à New York en juillet dernier, j'ai revendu la maison de Divinity Road pour la somme stupéfiante de un million de dollars, que j'ai investie dans une nouvelle maison et une parcelle de terrain surplombant l'Hudson à deux heures au nord de la ville, tout en m'installant dans un logement généreusement financé par l'université new-yorkaise dans les Silver Towers de Houston Street. Beau, cet appartement ne l'est pas, mais je suis à cinq minutes à pied de la Bobst Library et je savourais la perspective de revenir dans une grande ville dont le cosmopolitisme n'avait rien à voir avec celui d'Oxford, malgré la multitude d'étudiants et de savants internationaux qui se pressent sur ses quadrilatères.

En rentrant au pays, bien sûr, je savais que je verrais ma fille plus d'une ou deux fois par an, ce qui était notre routine pendant ma période britannique. La perte de ma chaire avait coïncidé avec la ruine de mon mariage, même si les deux événements n'avaient aucune relation et que ce n'était la faute de personne. Pourtant, à l'époque, cela m'avait donné l'impression que j'avais doublement raison dc chercher de nouvelles opportunités, non seulement parce que ma carrière universitaire américaine était terminée, pour autant que je sache, mais aussi parce que mon mariage était également fini.

Il y a quelques semaines, deux mois après avoir entamé mon premier semestre à New York, j'avais un entretien prévu avec une doctorante dont j'avais été désigné membre du jury de thèse. La vie à Oxford m'a habitué à une certaine informalité dans mes relations avec les étudiants, les étudiants du troisième cycle en particulier, aussi ai-je proposé à Rachel de la retrouver dans un café, le samedi après-midi avant Thanksgiving. C'était l'un des établissements italianisants dans MacDougal Street qui se targuait d'une lignée plus ancienne qu'il ne semblait probable, mais j'aimais bien ses expressos pas chers et la grande variété de pâtisseries maison en vente dans la vitrine. Cet endroit m'aidait à atténuer le choc culturel que je ressentais depuis mon retour en Amérique, me permettant de croire fugacement que ces marqueurs de la vie européenne que j'avais appris à apprécier demeuraient accessibles même de ce côté-ci de l'Atlantique. Comme il offrait le genre de local spacieux et tranquille où je pouvais retrouver amis et étudiants, et où les conversations se prolongeaient sans crainte qu'un garçon ou une serveuse nous jette dehors, j'avais fait du Caffè Paradiso une étape régulière dans ma semaine. Il y règne une ambiance plus tonique que dans n'importe quel café en franchise, et moins d'agitation trépidante que dans les bistrots pseudo-artisanaux, si bondés qu'on doit se battre pour avoir une table avant de subir la pression d'autres clients en mode hélicoptère, les yeux à l'affût des premiers signes de départ. Sans être ni chic ni tendance, le Caffè Paradiso possède un style discret. Je subodore que c'est ce qui l'a maintenu en activité depuis tant d'années – ça, ou bien il sert de couverture pour un blanchiment d'argent, ce qui est toujours possible dans cette ville.

En général, Rachel était rapide dans nos échanges. Nous nous étions déjà rencontrés une fois, en septembre, pour ce que j'aurais appelé, à Oxford, un entretien de supervision, mais qui aujourd'hui répondait peut-être mieux au terme de réunion. Ou, si ce mot était encore trop sérieux, pour un simple *café*. Dans les deux mois d'intervalle, j'avais eu peu de nouvelles de Rachel jusqu'à ce qu'elle m'adresse le brouillon d'un chapitre complet. Son travail, sur l'histoire organisationnelle du ministère de la Sécurité d'État dans la République démocratique allemande, était très pertinent. J'avais seulement quelques suggestions sur la manière dont elle pouvait affiner son cadre méthodologique, mais je lui ai envoyé un mot disant que j'estimais productif de nous revoir avant les vacances.

Comme je suis toujours en avance où que j'aille, j'avais emporté un livre, même si je ne m'attendais pas à ce que Rachel me fasse attendre. Lors de notre première entrevue et dans tous nos échanges ultérieurs, elle m'avait donné l'impression d'être une jeune femme d'une méticulosité et d'une ponctualité, voire d'un perfectionnisme exceptionnels. Plusieurs jours avant notre précédent rendez-vous, elle m'avait devancé pour confirmer la date, l'heure et le lieu, et quand je me suis présenté à ce rendez-vous, au café près du coin sud-est de Washington Square, elle m'attendait déjà.

Lors de ce deuxième rendez-vous, j'ai commandé un *americano*, je me suis assis à une table près de la vitre et j'ai ouvert mon livre. Je ne parviens pas aujourd'hui à me rappeler quel était ce livre, peut-être *La Vitesse de libération* de Paul Virilio ou quelque chose dans ce goût-là, mais je me suis vite aperçu que j'avais lu dix pages, et quand j'ai consulté ma montre il était déjà près de quatre heures et quart, quinze minutes passé l'heure fixée pour notre rendez-vous. J'ai sorti mon téléphone, une antiquité en plastique noir incapable d'envoyer ou de recevoir des emails, mais au moins, songeais-je, je pouvais toujours adresser un texto à Rachel, comme je le faisais parfois à ma fille si je prévoyais de la retrouver et me trouvais coincé dans les embouteillages. En déroulant ma liste de contacts, j'ai découvert avec surprise que le nom de Rachel n'y figurait pas, bien que je sois certain d'avoir entré ses coordonnées quand on s'était vus en septembre.

Il s'écoula encore dix minutes. Je ressortis mon téléphone, vérifiai que je n'avais pas sauté son numéro, peut-être était-il enregistré sous son patronyme au lieu de son prénom, mais il n'y avait rien. Il était fort possible que, à un moment ou un autre, j'aie accidentellement écrasé l'entrée, mes doigts ne sont plus si agiles qu'autrefois, et il m'est difficile d'appuyer exactement sur les minuscules touches de mon appareil, à moins que, peut-être, pensais-je, le souvenir d'avoir enregistré le nom et le numéro de Rachel dans ma liste de contacts n'ait été qu'une velléité de ma part ou un faux souvenir d'une intention non réalisée.

J'avais fait durer mon café mais décidai soudain qu'il ne servait à rien d'attendre plus longtemps. Je portai donc la tasse à ma bouche et croisai au passage le regard d'un jeune homme, d'une trentaine d'années peut-être, assis à une table en face de moi. Je ne saurais dire depuis combien de temps il était installé, s'il était déjà là à mon entrée ou s'il était arrivé après moi, mais il a incliné la tête, ou peut-être moins incliné la tête qu'adressé un signe de reconnaissance ou de salut, puis il s'est mis à parler avec une familiarité si décontractée que j'ai été pris au dépourvu. Ce n'est pas chose si fréquente en Grande-Bretagne, où la méfiance à l'égard des inconnus est si profondément ancrée dans la psyché nationale, peut-être suite aux années de la menace de l'IRA, ou même, en remontant plus loin, en raison de la suspicion d'espions allemands durant la Seconde Guerre mondiale, que les inconnus ne cherchent souvent même pas à établir de contact visuel, encore moins à échanger entre eux, à moins qu'on ne vienne d'ailleurs, auquel cas il devient possible de se lier avec quelqu'un dans un lieu public, on hoche tous deux la tête en chœur à propos de l'étonnant labyrinthe du réseau de transports londonien ou du coût de la vie, ou encore des difficultés qu'il y a à marcher dans la rue parce que toutes les lois incitant à marcher du côté gauche qui avaient pu jadis être en vigueur avaient été brouillées par la transformation de Londres en un micro-État international. Bien qu'assez distante de la capitale, Oxford est un satellite de ce phénomène, son « anglicité » cédant peu à peu le pas à son cosmopolitisme qui progresse avec une force transformative brutale. Un jour viendra peut-être où les étrangers présents en Grande-Bretagne se parleront d'une manière qui semblera normale et non extraordinaire.

Mais ici, à New York, par un jour froid de novembre, il y avait un inconnu qui cherchait à engager la conversation. En raison de mon accoutumance à la réserve anglaise, cela me paraissait si étonnant que, au début, je ne croyais pas qu'il puisse s'adresser à moi.

— On vous a posé un lapin ?

J'inspirai deux fois en regardant la salle autour de moi.

— *You're talking to me?* C'est à moi que vous parlez ?

— *You're talking to me?* C'est marrant, répéta-t-il avec un rire, comme De Niro dans *Taxi Driver*, c'est ça? *You're talking to me?* C'est à moi que vous parlez… ?

— Ouais, j'imagine.

— Alors, on vous a posé un lapin ?

— Non. Ce n'est pas ça, j'attendais un étudiant.

— Un étudiant ou une étudiante ?

Je reparcourus la salle du regard. Le bistrot n'était pas très plein. Le ton du jeune homme avait quelque chose de suffisamment étrange pour que je me demande s'il était raisonnable de poursuivre la conversation et songe à y mettre terme séance tenante en m'excusant. S'il me restait un peu de bon sens, c'est précisément ce que j'aurais dû faire, étant donné ce qui était arrivé. Mais avec le recul, à l'évidence, j'avais perdu mon bon sens, ou alors peut-être, c'est ce que je pense aujourd'hui, j'avais perdu ma jugeote britannique et laissé l'américaine prendre les manettes.

— Une étudiante.

— Jolie ?

De nouveau, je regardai autour de moi, cette fois pour m'assurer que personne de ma connaissance n'était à portée de voix.

— Excusez-moi ?

— Ça veut dire non. Vous m'avez l'air anglais.

— J'ai vécu là-bas pendant plus de dix ans. Aux oreilles des Britanniques, j'étais toujours américain.

— Eh bien aux miennes vous êtes anglais. On vous l'a déjà dit ?

— Oui, pas mal de gens. Les Américains ont tendance à ne pas avoir d'oreille. Pour eux, cet acteur britannique, comment s'appelle-t-il, déjà ? celui qui joue un docteur à la télévision, ils trouvent qu'il a un accent américain impeccable. Ce n'est pas vrai. On dirait un accent concocté dans un laboratoire. Tout sauf naturel, en somme.

— Vous voyez? C'est bien ce que je disais ! Les Américains ne disent jamais «en somme». Vous parlez comme un Anglais. C'est génial !

— Merci, j'imagine.

— Alors elle n'est pas jolie, l'étudiante qui vous a posé un lapin ?

— Elle est plutôt charmante, mais la question n'est pas là. C'est une excellente étudiante.

— Mais une lâcheuse.

— Non, pas une lâcheuse, ça ne lui ressemble pas.

— Appelez-la alors.

— Je n'ai pas son numéro. Je croyais l'avoir…

— Une absence ?

— Écoutez, je ne suis pas si vieux que ça !

— Vous pourriez être mon grand-père.

— Je n'ai même pas cinquante-cinq ans.

— OK, calmez-vous, je vous taquinais. Qu'est-ce que vous enseignez ?

— L'histoire et les sciences politiques modernes, et puis j'anime un séminaire de niveau avancé sur le cinéma.

— Cool.

— Vous êtes étudiant ?

— Non, je ne le suis plus.

— Vous savez ce que je fais. Vous ne voulez pas me dire ce que vous faites ?

— Juste un autre vendu à l'entreprise.

Ce fut là, autant que je m'en souvienne, la fin de notre conversation. Il ne me paraissait pas beaucoup plus jeune ou plus vieux que ma fille, avec des cheveux blond-roux et un teint clair qui lui donnait un air de gars du Midwest élevé au maïs, le genre de tête qui abrite le regard légèrement hanté par la misère hérité des générations précédentes – pas nécessairement ses parents ou ses grands-parents, mais un ou plus d'un de ses arrière-grands-parents, subodorais-je, avaient été sous-alimentés une bonne partie de leur vie, et la faim s'était abattue sur leurs gènes et avait été transmise à ce gamin qui avait entamé une conversation avec moi dans un café italien de Greenwich Village à la fin du mois dernier. C'était un visage qui me rappelait les portraits de Mike Disfarmer, ces photographies sépia de citoyens ordinaires de l'Arkansas, trop burinés, maigres pour la plupart et l'air de proies affamées, comme si, dans leurs efforts de chasse pour mettre de la viande sur la table, ils avaient à un moment de leur quête compris qu'ils étaient eux-mêmes traqués par un prédateur invisible.

La rencontre en soi n'était pas troublante, même si ce jeune homme était le genre d'individu à m'inciter à regarder derrière moi, tandis que je regagnais mon immeuble dans la pénombre de l'après-midi. Et puis, comme je me tenais immobile devant la fenêtre éclairée donnant sur Houston Street – ou plutôt que je contemplais mon reflet en méditant sur les voitures qui passaient en bas –, il me traversa l'esprit à quel point j'étais visible, à peine quelques étages au-dessus de la chaussée, les stores ouverts et moi planté là, à écouter Miles Davis en buvant un scotch parce qu'il était déjà, somme toute, cinq heures et demie de l'après-midi, qu'on était en novembre, qu'il faisait nuit et que je me sentais seul, j'étais en réalité complètement isolé. Je compris que la raison pour laquelle je n'avais pas immédiatement mis un terme à la conversation, même après qu'elle eut pris un drôle de tour, c'était que je n'avais toujours pas cherché à recontacter mes vieux amis new-yorkais, j'avais laissé ces amitiés se déliter pendant mes années à Oxford, si bien qu'aujourd'hui je ne me sens plus le courage de téléphoner à ceux qui étaient autrefois mes proches pour leur demander si l'on pourrait se voir pour prendre un café aussi facilement que je proposais de tels rendez-vous à mes étudiants et mes étudiantes, jolies ou pas. Je décidai d'inviter un petit groupe de collègues à dîner, avant de me remémorer la raison pour laquelle je m'étais d'abord senti troublé. Le fait que j'eusse oublié pourquoi aggrava mon sentiment de malaise. J'ouvris mon ordinateur portable. Là, tout en haut de mes messages envoyés, il en y avait un à l'adresse de Rachel que j'avais apparemment écrit l'après-midi même, à quatorze heures précises, donc à peine quelques heures plus tôt, et dans lequel je lui demandais si nous pouvions reporter notre entrevue à lundi, 16 heures dans mon bureau parce qu'un nouvel engagement était inopinément apparu et que je ne voyais pas, j'en étais terriblement désolé, la possibilité de me libérer, et si elle voulait bien me pardonner. Et voilà sa réponse, que j'avais visiblement lue, m'assurant qu'il n'y avait aucun problème et que lundi, 16 heures dans mon bureau lui convenait parfaitement.

Je n'avais aucun souvenir d'avoir écrit ce message à Rachel, ou d'avoir lu sa réponse, et même si, il est vrai, j'avais bu mon premier verre avant 18 heures, c'était incontestablement le premier de la journée. D'ailleurs, je n'avais pas bu d'alcool de toute la semaine, et quoi qu'on pût penser, étant donné que je me sens obligé de mentionner un tel fait, que j'ai peut-être eu un problème par le passé, ce n'est pas non plus le cas, à la différence d'un grand nombre de mes anciens collègues d'Oxford, dont j'estimais que la majorité étaient des alcooliques fonctionnels – et certains pas du tout fonctionnels – de l'espèce pas vraiment tolérée dans le monde universitaire américain. Le fait est que je n'avais pas perdu connaissance, n'avais pas oublié cet échange avec Rachel à cause de mon alcoolisme, même s'il eût été rassurant que j'aie complètement zappé l'épisode à cause d'un événement extérieur à mon esprit et non pas à cause d'un trou noir dans ma mémoire. C'est peut-être regrettable, mais, dans les moments de ma vie récemment ré-américanisée où je me sens brusquement mal dans ma peau ou juste trop seul pour qu'un contact avec des étudiants ou des confrères puisse y remédier, j'appelle ma fille. C'est ce que j'ai fait ce samedi-là. J'ai baissé Miles Davis puis décroché mon téléphone pour demander à Meredith si elle et Peter allaient bien.

— Très bien, papa, c'est un peu la folie, à dire vrai. Nous avons un dîner ce soir.

— Vous recevez quelqu'un d'important ?

— Oui, mais je ne peux pas… je veux dire, je ne devrais vraiment pas l'ébruiter.

— Tu ne me fais plus confiance ?

— Si, bien sûr que si, c'est juste qu'avec les lignes téléphoniques de nos jours, on ne sait jamais. Je deviens peut-être paranoïaque. Et toi, comment vas-tu ?

— Ça va. Quelque chose... C'est... rien, en fait. Je voulais juste entendre ta voix.

— Viens ce soir, si tu veux. Un convive de plus ou de moins. Et puis ce serait sympa de te voir.

Je ne savais pas si son invitation était sincère ou si ma fille avait simplement pitié de moi, mais je me suis fait un peu prier avant d'accepter. La perspective de devoir passer la soirée seul dans mon appartement du Village, ou même de sortir manger un morceau puis d'aller voir un film intellectuel iranien, turc ou même français à l'Angelika, ou encore de marcher une heure jusqu'à Central Park seulement pour avoir la sensation de circuler au milieu des autres, imaginer que je n'étais pas seul au monde, un raté et un ratage parce que je devais me jeter dans la compagnie d'inconnus pour créer l'illusion d'un lien social, c'était plus que je n'en pouvais supporter. Ce genre de déambulation, toutes mes tentatives de me distraire de ma solitude ne faisaient que renforcer mon sentiment d'isolement.

Quand j'avais accepté ce poste à l'université de New York, je n'avais pas bien réfléchi à la manière dont ce changement, mon retour dans une ville que je continuais à voir comme mienne malgré une absence de plus d'une décennie, allait influer sur ma vie sociale, qui, à Oxford, débordait de collègues. Nombre d'entre eux, il faut dire, étaient des étrangers comme moi. Nous nous regroupions dans notre sentiment partagé d'être mis à l'écart des Anglais, ou de l'« anglicité » qui, j'ai fini par m'en rendre compte, était distincte de l'« écossité » ou de la « gallicité » (quoiqu'on entende rarement ce mot), et se confondait souvent dans l'esprit des Anglais avec la « britannicité ». Une fois, j'ai entendu un présentateur de Sky News qualifier le joueur de tennis Andy Murray de « grand espoir de l'Angleterre, alors qu'il est écossais », comme si le pays entier était en réalité l'Angleterre, qui n'est qu'une partie d'un pays fédéral, et pas le Royaume-Uni. Malgré les ostracismes de l'« anglicité », qui a réellement un rapport avec l'exclusion visible dans certains quartiers de l'anglicité et son refus d'assimiler ses immigrés, je n'ai jamais été, ne serait-ce qu'une fois, pas même dans les premiers mois de ma vie à Oxford, véritablement seul. Apéritifs, fêtes de Collège, grands dîners, garden-parties se succédaient sans fin, et le campus reste assez petit pour que ceux qui ont la même vision du monde semblent d'instinct s'attirer, trouvant du temps, malgré la pénibilité et la charge de travail, pour entretenir une convivialité au cœur de leur expérience de cette vieille ville. La socialisation, ai-je fini par comprendre, faisait autant partie de l'ambiance éducative et intellectuelle que les bibliothèques et les auditoriums.

Aussi, en fin d'après-midi ou en soirée, ressentant brusquement le vide de la solitude à New York – la ville que j'aime, d'un amour qui m'a soutenu pendant ma résidence à Oxford, une ville que j'en suis aussi venu à aimer pour son charme particulier –, je me retrouve trop souvent en train de téléphoner à ma fille, surtout les week-ends, pour lui demander de manière peut-être trop suggestive si elle et Peter ont des projets. Trois fois sur cinq, Meredith m'invite à dîner chez eux ou propose qu'on aille au restaurant, ou j'apprends qu'elle a une mondanité au Village ou dans Meat-packing District – un vernissage ou une fête –, et elle passe me voir avant de rentrer à la maison. J'ai découvert que ma fille, en qui, jusqu'à très récemment, je voyais encore une enfant alors qu'elle est mariée et à tous points de vue absolument brillante, avec une galerie d'art à son nom et une réputation prometteuse, a, comme son père, un faible pour le pur malt, et surtout pour les whiskys de l'île d'Islay, au goût presque médicinal de terre et de tourbe. Ensemble on s'assoit dans mon salon avec Miles Davis ou Ornette Coleman sur la platine tourne-disque, parce que je me suis mis à acheter des vinyles noir d'encre dans ce que ma fille appelle, avec pas qu'un peu de mépris, une de mes « manies de branchouille sur le retour ». Il ne nous manque plus qu'un cigare cubain, bien que ce désir semble excessivement freudien maintenant que j'y pense, ou pourrait suggérer que ce que je voulais vraiment – ce que je veux, ce que je désire le plus aujourd'hui –, c'est un fils. Meredith est la plus grande joie de ma vie, et elle le sera toujours, j'en demeure certain, peu importe qui d'autre pourrait encore – je l'espère – entrer dans la famille.

Ce samedi de novembre où l'entrevue avec mon étudiante Rachel ne s'est pas concrétisée, j'ai pris le métro pour aller à Columbus Circle et me suis arrêté dans une épicerie au sous-sol d'un immeuble qui n'existait pas la dernière fois que j'habitais cette ville ; d'ailleurs, Columbus Circle a tellement changé au fil des ans qu'il est méconnaissable à chacun de mes retours au pays. Si je sors du métro sans penser à l'endroit où je me trouve, je suis si désorienté que je dois consulter un plan ou demander mon chemin juste pour rejoindre Central Park South.

C'est peut-être lié à mon divorce, ou au fait que j'ai bouclé mes valises et suis parti quand ma fille n'avait que treize ans, la laissant à la garde de sa mère, ou même à la leçon d'humilité avec laquelle Peter et elle ont transformé mon existence en me donnant accès à des luxes dont je n'aurais jamais cru qu'ils seraient à ma portée (voyages en première classe, avec voies rapides et lignes prioritaires dans les aéroports, salons classe affaires pour patienter avant les départs et buffet et boissons en libre-service), mais il m'est impossible aujourd'hui de me présenter à sa porte les mains vides. Je lui dois tant de choses, comment puis-je compenser mes années d'absence ? Ce soir-là, j'apportais une bouteille de Laphroaig parce qu'elle l'aime, même s'il n'est ni cher ni rare, et un bouquet d'automne pris dans cette épicerie prohibitive en sous-sol.

Meredith vint m'ouvrir. Mon Dieu, quelle classe ! Un père ne pouvait qu'avoir le souffle coupé en la voyant comme ça, avec sa ravissante petite robe noire, son rang de perles, ses cheveux bruns pendant dans le dos, toute sa personne parfaitement composée de toutes les manières imaginables sauf les yeux. Là, dans son regard, je lisais une panique totale, et compris qu'elle m'avait invité non par gentillesse mais parce qu'elle avait besoin d'aide pour assumer le type de réunion qui eût été autrefois extraordinaire pour elle et moi, mais était censée aujourd'hui n'avoir guère plus d'importance que tout autre dîner professionnel. Pourquoi je n'avais pas figuré sur la première liste d'invités, j'en étais réduit à des suppositions ; elle pensait peut-être que je m'ennuierais, à moins que Peter n'eût mis son veto, ou alors, après ma longue absence de leur vie, il ne leur était pas venu à l'esprit de m'inviter. Sauf que nous nous étions vus fréquemment au cours des derniers mois, ce qui me laissait penser qu'on avait délibérément décidé à un moment donné – ou à un certain stade, croyais-je, parce qu'il a toujours été clair que Peter se considérait comme le « décideur » dans leur mariage –, que je ne dusse pas être présent à cette occasion.

Lorsque je tendis les fleurs et le scotch à Meredith, elle se pencha pour m'embrasser sur les deux joues. Comme nous étions devenus raffinés en l'espace de deux générations ! Mes parents n'auraient jamais imaginé accueillir quelqu'un avec une aisance aussi européenne. Mais avant que je puisse entrer, deux agents de sécurité en costume firent leur apparition.

— Désolée, papa, tu comprends, personne n'entre ici ce soir sans avoir été contrôlé. Tu sais comment ça se passe…

Les hommes promenèrent un détecteur de métaux manuel autour de moi puis me palpèrent de haut en bas. Une fois que j'eus reçu le feu vert, assuré que je n'étais pas armé et que je ne présentais donc aucun danger pour quiconque se trouvait dans la pièce, je suivis ma fille à la cuisine, où se pressaient des serveurs et un chef-cuisinier. Depuis mon retour à New York, et, de fait, depuis que Meredith et Peter s'étaient mariés deux ans plus tôt, je n'avais jamais vu ma fille autant en ébullition. D'habitude, c'est la femme de ménage qui se charge de la cuisine, mais pour un événement comme le dîner de ce soir, il fallait davantage de personnel. Ce n'est que plus tard que j'ai compris l'importance de la soirée et quel risque, en un sens, Meredith avait pris en m'invitant à la dernière minute. (J'ai découvert par la suite qu'il y avait eu une annulation tardive, un des collègues de Peter dont l'enfant avait succombé à une intoxication alimentaire, et j'étais là comme par hasard pour faire nombre.) Rétrospectivement, j'ignore si c'était un calcul de la part de Meredith, mais j'aime à penser que non, qu'il y avait et qu'il y a assez d'affection entre nous pour qu'elle fût poussée autant par le besoin qu'elle avait de mon soutien que par le désir de me soutenir, m'arracher à une solitude qui n'était que trop visible.

— Je te suis reconnaissante d'être venu, papa. J'ai besoin de toi ce soir.

— Ne dis pas de bêtises, tout le plaisir est pour moi.

— Tu es devenu si anglais, dit-elle avec un sourire, rajustant ma cravate. Veux-tu un verre ? Il y a du champagne.

— Ce serait adorable.

— Mon Dieu, *tellement* anglais !

— En quoi est-ce anglais, ma chérie ?

— C'est juste que les Américains ne disent pas « adorable » de la même façon.

— C'est moche ? Il faut que je change ma façon de le dire ?

— Non, bien sûr que non.

Elle me tendit un verre de champagne qui lui avait été remis par un serveur avec lequel elle échangea un léger signe de tête dans ma direction.

— Qui reçois-tu ce soir ? Tu peux me le dire maintenant ?

— Excuse-moi pour ces cachotteries, c'est un dîner de travail pour Peter. Albert Fogel et sa femme, et la mère de Fogel. Les autres sont tous des collègues de Peter (là, elle baissa la voix), je ne peux pas sentir les trois quarts d'entre eux, mais tu sais, ils étaient dans les mêmes grands lycées et facultés, et ils sont tous multimillionnaires. Ce sont les gens qui dirigent vraiment le pays et, la plupart du temps, ils ne se doutent pas à quel point les effets de leur pouvoir sont omniprésents, mais voilà, c'est le monde où nous vivons !

Cela me fit mal au cœur d'entendre ma fille tenir des propos si désabusés. Je me demandai si son mariage d'argent y était pour quelque chose, non que sa mère et moi fussent démunis, sa mère surtout, et il fallait reconnaître que Meredith avait fréquenté une de ces universités et un de ces lycées privés, et c'était cette éducation privilégiée, sans parler de sa grâce distinguée et légèrement surannée, visage d'un Vermeer, teint crémeux d'un Manet, tous ces héritages génétiques aléatoires, combinée à un bel esprit et à un goût incomparable, qui la rendaient si séduisante pour une population de jeunes gens fortunés qui avaient l'œil pour la beauté mais aussi pour l'intelligence et voyaient bien que ma fille, pas gâtée de naissance mais bien soignée, bien élevée et équilibrée, serait une partenaire stable au moins pendant la première décennie de leur vie professionnelle. Un collègue d'Oxford avait lancé malicieusement en apprenant les fiançailles de Meredith il y a quelques années : « On peut espérer voir les enfants atteindre leur dixième anniversaire de mariage ; espérer plus serait stupide, voire arrogant. L'ère de la constance est révolue. »

Ce soir-là, Albert Fogel, maire fraîchement élu de New York, était assis à côté de Peter à un bout de la table, l'épouse du maire à côté de Meredith à l'autre bout, et moi on m'avait collé avec Caroline, la mère veuve du maire, qui se croyait artiste. Les autres places étaient occupées par des collègues de Peter, pour la plupart rédacteurs de son magazine ou d'autres périodiques et journaux, même si je me demandais s'ils désignaient vraiment leurs publications par des noms aussi démodés de nos jours, et s'ils ne se voyaient pas plutôt comme les titans de « médias d'information » ou de « plates-formes d'information », voire d'« écosystèmes médiatiques ».

— Qu'est-ce que vous faites dans la vie ? me demanda Caroline entre deux bouchées de lotte, après que j'eus passé une demi-heure à l'écouter s'extasier sur la brillante carrière de Meredith, et quel phare elle était déjà devenue, et combien elle espérait que je pourrais peut-être glisser un mot en sa faveur à ma fille, parce que, à son époque, elle avait eu la chance d'exposer dans plusieurs grandes galeries, et qu'elle se consacrait toujours à l'art : pas encore sur la touche, elle travaillait à une série de toiles sur le corps humain vieillissant, « des autoportraits de parties séparées de mon corps ». Et vous, sur quoi travaillez-vous, Jeremy ?

— L'histoire et la pensée politique allemandes du XXe siècle, les sciences politiques. J'ai écrit une histoire des Allemands de l'Est forcés de collaborer avec la Stasi comme informateurs.

Mrs Fogel acquiesça d'un signe de tête, mais je sentis faiblir son attention.

— ... Désormais, je donne aussi un cours sur le cinéma, et j'imagine que c'est ce qui m'intéresse le plus actuellement. Peut-être un signe que mon cerveau commence à s'atrophier, que je n'ai plus la patience pour le rigoureux travail d'archives et préfère regarder des films.

— Le cinéma, comme c'est fascinant ! s'exclama-t-elle, et j'étais certain de l'avoir perdue en route. Mon premier mari était réalisateur. Il cherchait toujours à me filmer nue. J'ai fini par larguer ce *schmuck* pour épouser le père d'Albert. C'était un magistrat. Tout aussi fouineur, voyez-vous, mais pas aussi envahissant. Il était peut-être homosexuel, à mon avis. N'ayez pas l'air si choqué ! Il n'a jamais été intéressé par le sexe ou ma nudité. Honnêtement, cela m'arrangeait, mais mon Dieu, il voulait tout savoir sur mon esprit. C'était épuisant. Il m'a quand même emmenée dans le Connecticut, le paradis !

— Vous n'aimez pas New York ?

— C'est si sale, si trépidant ! Je déteste toutes ces crottes de chiens sur les trottoirs, ça me rend malade.

— Je viens de rentrer après plus d'une décennie passée à Oxford.

— Pourquoi vouloir revenir à New York ? Oxford est si pittoresque, si paisible ! J'ai toujours rêvé d'avoir un petit cottage anglais au toit de chaume au milieu d'un pré. Quelque chose comme la maison de *Howards End*, voyez-vous, avec l'arbre et la marque des dents de cochon dans l'écorce et tout ça. Si romantique, si anglais ! Pourquoi laisser tout ça derrière vous ? Il n'existe rien de tel ici, pas à New York, et la campagne américaine est si *sauvage*, si dangereuse ! On peut prendre son inspiration et tomber raide mort.

— Ce n'est pas aussi méchant que ça.

— Tout ce que je sais, c'est que j'aime le côté pastoral de la campagne anglaise, ses paysages à la Constable, son confort, rien qui puisse vous tuer à part votre propre stupidité. Oh, vous me donnez envie d'y aller ! Je devrais planifier une escapade au printemps prochain, quand les jacinthes fleurissent. Je me souviens d'un bois de jacinthes à la périphérie d'Oxford, dans les années soixante, et de mon impression d'avoir pénétré dans un pays enchanté. Albert n'était qu'un bébé alors et, tous les trois, on a passé des vacances délicieuses à rouler dans le sud de l'Angleterre. Comment pouvez-vous accepter de laisser tout cela derrière vous ?

Je songeai aux camions qui passaient dans un grondement de tonnerre devant ma maison d'Oxford, secouant les fenêtres d'une rue pourtant résidentielle, aux soirées d'étudiants du voisinage qui exigeaient parfois qu'on appelle la police, à la banale laideur d'une grande partie d'East Oxford, au chantier qui semblait durer depuis des années le long de Cowley Road, aux trottoirs irréguliers faits de dalles de béton de trente centimètres carrés qui s'affaissaient sous la pluie puis se redressaient pour m'arroser les jambes, sans parler de la rumeur incessante en provenance du boulevard périphérique. Oxford n'a rien de très paisible de nos jours.

— Honnêtement, l'Amérique me manquait. Et l'université de New York m'a proposé plus d'argent pour moins d'heures de cours. Et puis, bien sûr, Meredith et Peter sont ici, et ma mère à Rhinebeck. La famille a autant compté que le reste.

C'est ce que j'ai répondu à Caroline parce que les gens ne veulent pas savoir qu'un lieu qu'ils voient sous un jour romantique est tout aussi banal et imparfait qu'un autre. Je sais qu'Oxford possède une beauté spéciale malgré ses défauts, mais j'étais encore dans les premiers émois de mon idylle renouvelée avec New York, cette grande ville globale qui ne ressemble véritablement à aucune autre du monde occidental. Ce soir-là, je ne voulais entendre personne tenter de me convaincre qu'Oxford eût été un meilleur lieu pour achever ma carrière, dans ma douillette chaire de professeur universitaire membre du Collège royal. Rien n'aurait pu m'empêcher d'y rester, malgré mon désir de travailler moins pour être payé plus, de voir ma fille plus de deux fois par an et de me réinstaller dans la ville qui m'avait jadis tant donné.

À ce moment-là, je ne pensais pas à tout ce que New York m'avait ravi, notamment ma femme, mon mariage, une carrière régulière en Amérique, et donc une notion simple de ce qu'est un foyer. Certes, j'ai trouvé Oxford beau, particulièrement en ces longs et troublants soirs d'été où je me prélassais avec des amis dans les parcs de l'université ou me promenais en barque sur la Cherwell, avant de ramener les embarcations vers le rivage pour pique-niquer sur l'eau, au milieu des cygnes de passage et des aubépines qui semaient des pétales blancs. La saleté en lisière, la laideur qui léchait la vie pastorale expliquaient peut-être en grande partie pourquoi tout ce qui demeurait beau semblait si exquis, si significatif, susceptible de stimuler mon désir de ne faire qu'un avec la beauté, d'adoucir les cadences de mon discours et d'adapter mes voyelles. Depuis mon retour en Amérique, je m'aperçois de plus en plus souvent que beaucoup d'Américains ne me voient plus de la même manière, qu'à leurs yeux je suis devenu autre chose qu'un Américain, même si je sais qu'avec des efforts et une détermination sans faille à éradiquer les tics verbaux et comportementaux acquis en Grande-Bretagne, je peux encore passer pour mon ancien moi. Ou une version subtilement différente de mon ancien moi.

— Vous allez trouver que l'Amérique a bien changé depuis votre exil, je pense, dit Caroline, se penchant de côté, le temps qu'un serveur enlève son assiette. Quand les Républicains n'ont plus eu la guerre froide pour leur permettre d'en faire à leur guise, il leur a fallu en inventer une nouvelle, cette si mal-nommée « guerre contre la terreur ». Ce qu'ils n'ont pas prévu, c'est que la guerre contre la terreur, en tournant son œil partout, même à l'intérieur des frontières de ce pays, jetterait les bases d'une nouvelle guerre civile. C'est ce que veulent le Tea Party et consorts, bien qu'ils la baptisent probablement « révolution », mais la réalité n'a rien de révolutionnaire. C'est une partie de la population déterminée à vivre et à gouverner d'une manière qui est une abomination pour la majorité d'entre nous. Je n'y connais rien, je ne suis qu'une peintre, et ce que je décris est peut-être la définition même de la révolution, mais ce n'en est pas une qui jouit d'un soutien universel, quel que soit leur désir de la présenter comme telle…

Au cours de la soirée, je me suis rendu compte que la mère du maire était plus intelligente qu'elle ne le semblait à première vue. Elle avait les traits et la voix de Lauren Bacall, que j'avais vue un jour monter dans une voiture sur Park Avenue ; Caroline avait le même chic, la même grâce, et le type d'inflexions graves qui suggérait une physionomie inhabituelle ou de longues années de macération de ses cordes vocales dans le whisky et la fumée de cigarette. Âgée de plus de quatre-vingts ans, elle aurait pu facilement être ma mère, et elle s'exprimait de la manière souvent exaspérante des personnes âgées et cohérentes, qui insistent pour imposer leur sagesse et transmettre leurs connaissances à leurs auditeurs ou auditrices. J'étais prêt à écouter poliment pour l'amour de ma fille et de son mari – non que Peter eût fait grand-chose pour susciter mon affection, je le vois comme un enculé de psychorigide, pas très différent des parvenus du Bullingdon Club d'Oxford, l'équivalent américain de ces dandys condescendants indifférents aux gens ordinaires et sans réelle conscience de la souffrance des pauvres. La différence avec Peter, toutefois, c'est qu'il met ostensiblement la politique et le cœur à la bonne place, ce qui revient à dire, de mon point de vue, à gauche, bien qu'avec les hyperriches. Je crois juste de ranger Peter dans cette catégorie, car ces personnes qui sont riches de naissance, qui paient des impôts, selon la blague de sa mère, depuis l'utérus, ne peuvent pas réellement comprendre les réalités vécues par la majorité des Américains, sans parler des réalités des populations profondément démunies partout ailleurs dans le monde, par rapport auxquels les pauvres d'Amérique paraîtraient comparativement bien lotis !

Ce soir-là, j'ai fait la connaissance du nouveau maire et de sa femme, nous avons brièvement bavardé autour d'un café, avant de sortir tous sur la terrasse malgré le froid pour regarder les lumières de Central Park et les immeubles rutilants de l'Upper East Side. C'est pour ça, ai-je pensé, c'est pour ça que je suis revenu à New York, parce qu'aucun autre endroit où je suis allé n'offre semblables paysages urbains. Londres est une ville d'une grande beauté d'avant-guerre et d'une grosse laideur d'après-guerre ; malgré ses splendeurs, Paris peut être monotone et semblable à un musée, Rome est chaotique, Berlin un fatras, mais New York a créé, malgré la récente prolifération des nouvelles tours, une sorte de code urbain qui fait de cette ville une des plus dynamiques au monde. Je conviens ne pas avoir mis les pieds en Asie, et des collègues me disent que pour voir l'urbanisme de demain je dois aller à Shanghai, Tokyo, et dans une douzaine d'autres villes qui offrent une image bien différente. Un jour peut-être, même si la promesse de ce genre de voyage devient aujourd'hui de plus en plus vague à mesure que les jours passent et que je reste dans cette chambre à noircir ces pages en me demandant quel genre d'avenir peut encore être le mien, quelle sera la finalité de ce mémoire, qui le lira, s'il ne sera guère qu'un legs excentrique transmis à mes héritiers ou un jour proche recevable en preuve, un sujet à classer et non à rendre public. Vous qui le lisez, qui que vous soyez, quel que soit votre nombre, devez déjà certainement tirer des conclusions sur mon compte, lire entre les lignes et émettre des hypothèses malgré mes protestations d'innocence.

Fogel était charmant, mais je sentais qu'il jugeait ma personne sans grande importance. La seule raison pour laquelle il bavardait avec moi autour d'un café, c'était que j'étais le père de son hôtesse et qu'il dépendait du bon vouloir des titans des médias comme Peter et ses collègues pour convaincre la municipalité que ce qu'il voulait faire, le projet qui était le sien de la rendre plus juste, plus égalitaire, ne détruirait pas la croissance économique attribuée à son prédécesseur. Nous avons échangé très peu de temps et il ne m'a montré aucun réel intérêt. Je ne peux pas lui en vouloir. Que suis-je à part un historien universitaire, un professeur qui peut enseigner encore quinze ou vingt ans, peut-être influencer une génération ou deux d'autres impétrants, même si aujourd'hui ce futur – toutes les facettes de mon futur – semble vraiment remis en question ? Chaque mot que je trace sur le papier peut être le dernier que j'écris en toute liberté, j'imagine.

Après que tout le monde fut rentré chez soi ce soir-là, et que je fus resté seul avec Peter et Meredith pendant que le personnel faisait la vaisselle, nous nous assîmes tous les trois au salon. Je pensais que Meredith allait ouvrir le Laphroaig et fus surpris qu'elle n'en fît rien, alors que nous avions bu toute la soirée, trois vins blancs différents, un pour chaque plat, d'une qualité que j'avais fini par attendre de mon gendre.

— Pourquoi ne restes-tu pas dormir, papa ?

— Non, il faut que je rentre à la maison.

— Ne sois pas stupide. Il est une heure passée. On n'a rien à faire demain, alors reste ! On fera la grasse matinée...

— Tu es sûre que cela ne pose pas de problème ?

— Tu es le bienvenu, Jeremy.

— Pour tout vous dire, je voudrais vous parler de quelque chose, même si cela peut attendre demain matin.

— Vas-y, papa, je n'ai pas encore sommeil.

Peter, pourtant, avait l'air vidé.

— Si vous voulez aller vous coucher, je m'incline. Rien ne m'oblige à en parler maintenant. Ce n'est vraiment pas grave.

— Non, Jeremy, tu as piqué mon intérêt.

— Il m'est arrivé une chose étrange aujourd'hui. J'étais censé rencontrer une étudiante et je lui avais confirmé notre rendez-vous par un courriel plus tôt dans la semaine. Je l'ai vue après une conférence que j'ai donnée hier et nous avons reparlé de notre rendez-vous. Alors je me suis rendu au café à l'heure prévue mais elle ne s'est pas montrée. Je suis rentré à pied et m'apprêtais à lui envoyer un message pour lui demander le motif de son absence, quand je me suis aperçu qu'il semblerait que je lui aie écrit plus tôt aujourd'hui pour la prier de bien vouloir reporter et qu'elle m'ait répondu d'accord. Le problème, c'est que je ne me souviens absolument pas d'avoir rédigé ce courriel demandant le report de notre rendez-vous, pas plus que je ne me souviens d'avoir lu sa réponse, et pourtant les deux messages sont bien là !

Meredith changea de position sur le canapé, remonta ses pieds sous ses jambes et se recouvrit avec le plaid en laine grise que je me rappelais leur avoir envoyé après un déplacement à Stockholm pour une conférence l'an dernier. C'était réconfortant de voir qu'il leur servait et n'avait pas été rangé dans un placard, oublié ou donné à un ami moins prospère.

— C'est un peu étrange, en effet. Et y a-t-il eu d'autres incidents similaires ?

— Non, ma chérie, pas que je sache, c'est la raison pour laquelle je voulais vous en parler. Avez-vous remarqué quelque chose ? Je perds les pédales ?

— Non, absolument pas. Je n'ai rien remarqué dans ce sens. Et toi, Peter ?

Peter secoua la tête.

— Sincèrement, je le jure, Jeremy, tu as une meilleure mémoire que la mienne. Je n'ai rien décelé de bizarre. Je veux dire, tu me rends dingue les trois quarts du temps, mais ça n'a rien à voir !

Il sourit parce que c'était un truc taquin et gentil à dire plus que l'expression d'une réelle irritation. C'était le genre de vanne qui m'attachait un peu plus à ce garçon chaque fois que je le voyais. Je sentais qu'il se détendait progressivement en ma présence, m'acceptait comme faisant partie de la famille, même si je n'avais pas rencontré ses parents plus de deux ou trois fois et que j'eusse l'impression que Meredith s'intégrait dans la famille de Peter plus complètement qu'il ne s'intégrait dans la nôtre, peut-être parce que « la nôtre » n'existait pas ; il y avait alors ma famille, qui comptait Meredith et ma mère, et la mère de Meredith, qui était vraiment seule, n'ayant ni frères ni sœurs et ses parents étaient décédés, donc moins d'occasions pour Peter de faire partie des *nôtres* au sens où Meredith pouvait faire partie des *leurs*. Je ressens cette situation comme une perte, un deuil, c'est vrai, parce que je savais que, pour une bonne part, la dissolution de notre famille était ma faute et pas celle de Susan, même si le déclin de toute relation est presque toujours multilatéral, et que mon ex-femme n'était pas sans responsabilité.

Ils ont tenté de me rassurer, Meredith et Peter. Et lorsqu'il fut deux heures du matin, nous peinions tous à garder les yeux ouverts et Meredith est partie chercher quelque chose que je pourrais mettre pour dormir, revenant au bout de quelques minutes avec un pyjama qui n'avait jamais été porté, une brosse à dents neuve en bambou, encore dans son emballage, et un rasoir.

— Vous vous attendiez à ce que je reste ?

— Nous sommes parés à toute éventualité. Sécurité à la puissance dix.

— Ou plus.

— Beaucoup plus, probablement.

Je me suis demandé si les chambres d'amis étaient toujours prêtes, ou si Meredith avait anticipé qu'il pouvait y avoir des invités de dernière minute et avait demandé à la femme de ménage, une Dominicaine, de changer les draps et de sortir des serviettes propres. Je trouvais du réconfort à me déshabiller pour enfiler un pyjama neuf, particulièrement un d'une si belle qualité – *lovely*, pas très américain, c'est vrai, mais je ne peux pas me refaire, *nice*, « sympa » a un goût de Wonder Bread sur ma langue – puis à me glisser entre ces draps de qualité supérieure et à remonter la couette sur mon menton pour contempler les lumières de l'autre côté du parc, sachant que ma fille avait une situation telle que je n'aurais jamais besoin de m'inquiéter pour ma sécurité le restant de ma vie. C'était arrivé d'une manière que je n'aurais jamais pu prévoir et à une telle vitesse que cela menaçait parfois de déstabiliser ma perception de notre relation. Elle n'avait pas encore trente ans, était à peine sortie de l'enfance, semblait-il, et en même temps elle était aussi une adulte pleinement opérationnelle, avec une situation, une affaire à elle, et un mari qui était un des hommes les plus en vue d'Amérique, et tout cela à un si jeune âge ! La jeunesse a mené à bien une révolution sans effusion de sang, et il est stupide, je sais, de s'imaginer que les jeunes d'Amérique ne sont pas finalement aux manettes. Ce soir, je pouvais m'endormir avec l'assurance que si je me réveillais le lendemain matin sans me souvenir des jours ou des semaines précédentes ou en ayant oublié la totalité de ma vie adulte, alors Meredith et Peter s'occuperaient de moi. Je serais expédié dans le meilleur établissement de la côte Est où je serais enfermé et soigné jusqu'à ma mort sans avoir à redouter de finir rôdeur dans les égouts de New York ou clochard dans les tunnels d'Amtrak où je me souviens avoir vu une fois des campements de fortune en allant rendre visite à ma mère. Quoi qu'il arrive, je ne serais pas un de ces indigents condamnés à sortir des radars, peu importe si une partie de moi souhaitait peut-être aujourd'hui que ce soit possible.

Le lendemain matin, un dimanche, nous nous sommes levés tard, mais quand nous avons fini par nous réunir, un peu après dix heures, la femme de ménage avait déjà préparé des gaufres. Une salade de fruits, du café bouillant et le *New York Times*, d'une épaisseur satisfaisante, étaient disposés sur le comptoir en marbre blanc de la cuisine. Je vis presque tout de suite que Meredith et Peter avaient parlé entre eux et qu'ils avaient quelque chose à me dire, comme si, c'est du moins ce qui me sembla, ils avaient pris une décision me concernant dans les heures qui avaient suivi mon aveu de cet inexplicable trou de mémoire – et cela se révéla être le cas.

Ils attendirent que nous soyons seuls à la cuisine, dans le coin petit-déjeuner vitré donnant sur le parc. Ce n'était pas la première fois que je séjournais chez eux, mais je voyais bien que plus ils vivaient ensemble plus ils s'installaient dans un modèle de confort routinier, évoquant une quête de la meilleure manière, idéale, de boire son café et de prendre son petit-déjeuner en profitant de la beauté du panorama, sans parler de leur beauté physique mutuelle. Ils forment sans conteste un jeune couple sensationnel, dont le charme ne tient pas seulement à leur jeunesse mais à leur façon d'arborer ce privilège de l'âge sans crainte, ou avec des craintes toujours légèrement biaisées par la conscience que, sauf révolution, ils seront à titre permanent en sécurité.

— Nous avons parlé, et nous aimerions t'aider à consulter un super médecin.

— Mon père l'a consultée, Jeremy. C'est une des meilleures spécialistes de la mémoire de New York.

— Alors vous pensez que j'ai un problème ?

— Non, papa, honnêtement, aucun de nous deux n'a remarqué quoi que ce soit. Nous pensons seulement...

— Ne vaut-il pas mieux éliminer la possibilité qu'il y ait quelque chose qui cloche, Jeremy ? Ne préférerais-tu pas savoir et intervenir à un stade précoce au lieu de vivre dans l'incertitude et l'angoisse ?

Tous les deux semblaient sincères. La sincérité n'entre pas dans leurs défauts.

— Certes, vous avez raison.

— Puis-je te prendre rendez-vous pour cette semaine ? Je suis sûr qu'on peut en obtenir un avant Thanksgiving.

Fidèle à sa parole, Peter prit rendez-vous pour lundi, jour où je n'avais pas cours, ni d'autre engagement que le rendez-vous avec Rachel qui avait été reporté à 16 heures dans mon bureau. Je savais gré à Peter d'avoir fait jouer son influence, et j'espère, même encore après tout ce qu'il s'est passé depuis la semaine où j'ai pris conscience pour la première fois des étranges changements qui pesaient sur la trajectoire de mon existence, lui avoir montré suffisamment de reconnaissance pour son aide.

Après le brunch, j'ai regagné mes pénates. Meredith m'a proposé de me faire raccompagner en limousine, et pour une fois j'ai accepté son offre parce que j'étais encore fatigué de la nuit précédente et que je voulais, ne fût-ce qu'une demi-heure de plus, jouir de la certitude que quelqu'un veillait sur moi. Comme mon existence serait différente si j'étais resté en Grande-Bretagne, si je n'avais pas vendu ma maison de Divinity Road mais continué à y vivre légèrement à l'étroit bien que douillettement, partant de temps en temps en excursion dans une grande ville européenne et menant ce qui, à maints égards, était une vie très antibritannique, ou, du moins, une vie non représentative de la vie étriquée que subissent tant de gens en Grande-Bretagne ! Non que j'aie plus d'espace dans mon appartement new-yorkais, légèrement moins, de fait, et pas de jardin sous les fenêtres de ma salle à manger, mais je n'ai pas non plus le sentiment de vertigineuse insécurité qui me saisissait parfois à Oxford quand j'étais couché seul dans mon lit en me demandant si la porte était bien fermée à clé. À New York, en tant qu'homme blanc d'un certain âge et d'une certaine classe sociale, j'ai tendance à me sentir en sécurité, malgré les aléas de la grande ville, et ses problèmes de police corrompue, de délinquance et de terreur, même si Oxford n'était pas non plus à l'abri de la terreur, ou, plutôt, de ceux qui cherchaient à répandre la contagion de la terreur jusque dans les recoins les plus paisibles du monde.

Roulant à l'arrière de ma limousine noire dans la Septième Avenue, je songeais à un doctorant syrien qui était arrivé à Oxford presque en même temps que moi, et je pense à lui encore aujourd'hui, me demandant si ma brève fréquentation de sa personne avait pu représenter un avant-goût de ce qui était à venir. Le jeune homme avait émis d'étranges menaces contre moi et mes collègues, réclamant un traitement de faveur pour la simple raison qu'il avait collaboré récemment à la mission de la Syrie au siège des Nations unies, à New York. Lorsque sa demande avait été refusée, il avait menacé tout le département. Au début, personne ne l'avait pris au sérieux, mais quand ç'avait été l'escalade, j'avais signalé le jeune homme au numéro antiterroriste ouvert alors par les autorités. En l'espace de quelques jours il avait disparu et on n'avait plus entendu parler de lui.

À l'époque je n'avais pas regretté mon initiative, pas plus que je ne la regrette aujourd'hui, et le fait qu'il se soit volatilisé me laisse penser que j'avais eu raison de le signaler aux autorités. Je n'en reviens pas à présent de la facilité avec laquelle un simple renseignement, un appel téléphonique de guère plus de cinq minutes, peut changer le cours de la vie d'un inconnu. Je m'interroge : suis-je si différent des Allemands de l'Est ordinaires qui se sont transformés en indicateurs de la Stasi ? J'ai supposé que le jeune Syrien était une menace sans autre preuve que mes soupçons et mes peurs. Je me souviens maintenant qu'il m'a dit quelque chose du style : « Les choses vont changer dans le coin, vous verrez qui commande vraiment ! » Ce n'était peut-être qu'une fanfaronnade de jeune homme. En réalité, maintenant que j'y repense, on n'aurait pas dit autre chose qu'une bravade mal inspirée, le type de menace que quelqu'un qui a été la victime d'un patron autoritaire peut retourner contre le premier être faible rencontré – le type de fanfaronnade que, à mon grand regret, je peux très bien m'imaginer avoir proférée moi-même devant un collègue chevronné de Columbia. Ce jeune Syrien n'avait peut-être rien de suspect, mais les services de sécurité britanniques avaient dû en juger autrement, car il avait disparu. Il se peut, je suppose, qu'il n'ait pas été placé en détention mais tout simplement contraint à quitter le territoire. Son visage m'est revenu ce dimanche alors que nous tournions dans Bleeker Street et qu'un groupe de jeunes gens moyen-orientaux entourait soudain la voiture pour traverser la chaussée. J'étais plus ou moins vacciné contre la vision menaçante d'un visage basané pendant mes années à Oxford, particulièrement après avoir acheté ma maison de Divinity Road, qui m'obligeait, pour prendre le chemin le plus court menant à mon collège, à longer la Cowley Road où tant de Pakistanais et de gens venant d'autres parties du monde musulman tiennent boutique, se logent et pratiquent leur religion. Du jardin de derrière, j'apercevais le dôme et le minaret blanc de la mosquée de Central Oxford et, plus d'une fois, j'ai dû subir les flonflons d'une fête donnée dans un quelconque jardin voisin, des mélodies et des rythmes tels que j'aurais pu me croire à Lahore ou Istanbul. Non, vivre à Oxford au lendemain des attentats de New York et de Washington, c'était comme suivre une thérapie d'immersion par exposition à la chose qu'on redoutait le plus.

Il y a plusieurs portiers qui se relaient dans mon immeuble, mais le gars de service ce dimanche-là était un Portoricain propre sur lui du nom de Rafa.

— Monsieur O'Keefe ! Un colis pour vous.

De derrière son bureau, il montrait du doigt le coin où les colis sont déposés, à côté des boîtes aux lettres et des fenêtres qui ouvrent sur la cour entre les trois immeubles. Curieux qu'un colis soit présenté un dimanche, mais peut-être avait-il été livré samedi et avais-je simplement oublié de regarder s'il y avait quelque chose pour moi.

— Savez-vous s'il est arrivé hier, Rafa ?

— Je peux pas vous dire, patron. Je suis venu à dix heures ce matin et il était ici à mon arrivée. Ignacio était de service hier. Vous pourrez lui poser la question demain.

Emballée de papier brun, la boîte était de la taille des anciens vanity-cases dont ma mère se servait dans sa jeunesse, le genre de bagages que personne ne prend plus dans les avions mais qui était jadis un fleuron de l'attirail féminin ; je me rappelle que le dernier en sa possession, avant que son espèce s'éteigne à l'ère des restrictions des bagages, était recouvert de vinyle turquoise et faisait partie d'un ensemble de valises du même coloris, garnies de serrures et de fermoirs en cuivre. Il devait dater des années soixante, et après que ma mère ne s'en est plus servie pour ses produits de beauté, il est devenu le reposoir des photos qui n'avaient pas trouvé place dans des albums mais qu'elle garde maintenant sous son lit et, autant que je sache, continue d'ouvrir quotidiennement en humant le parfum de vieille poudre de son contenu et l'odeur du vinyle en lente décomposition et de toute la complexité chimique toxique qui entrait dans la fixation de sa teinture turquoise. Exactement de la même taille, le colis avait le poids du vanity-case une fois entièrement rempli de flacons et de fioles. Alors que je le tenais dans l'ascenseur pour monter au troisième étage, scrutant la graphie inconnue qui l'avait adressé au Pr Jeremy O'Keefe, j'imaginais toutes les hypothèses qu'il pouvait receler. Pas d'adresse de retour, pas d'indication d'expéditeur ni de pays d'origine, pas de frais de port et donc pas de cachet de la poste, absolument aucun moyen de savoir d'où il venait, du moins pas avant de l'avoir ouvert.

Je posai la boîte sur la table basse du salon. Il est possible que je n'y aie plus pensé ou que j'aie été suffisamment perturbé par sa mystérieuse arrivée pour appréhender de l'ouvrir. À moins que ce ne fût le simple fait que Meredith ait téléphoné pour m'annoncer que Peter avait parlé avec le Dr Sebastian et confirmé que je pouvais venir consulter le lundi matin à dix heures, ce qui me laissait amplement le temps de retourner à mon bureau pour mon rendez-vous avec Rachel à 16 heures.

— Il est peut-être temps, dit Meredith, de te procurer un smartphone. Comme ça, tu auras toujours accès à tes courriels et ce type de mésaventure aura moins de chances de se produire la prochaine fois.

— Je vais y réfléchir.

— Allez, je sais que ça veut dire le contraire !

— D'accord, ma chérie, je vais m'en procurer un demain ou après-demain, si ça peut te faire plaisir.

— Ça te faciliterait la vie, c'est tout.

— Je ne vois pas en quoi ça aurait pu changer quelque chose aux événements d'hier. Je serais toujours allé au café, et si j'avais eu un de ces appareils, je n'aurais peut-être pas attendu une demi-heure pour voir si mon étudiante arrivait, certes, ça m'aurait donc évité de perdre mon temps, mais l'erreur se serait quand même produite.

— Je sais que c'est troublant.

— Si tu remarques quelque chose, ou si toi et Peter vous souvenez d'une circonstance où je vous ai paru avoir eu un problème de mémoire, mais pas seulement à la manière ordinaire comme quand on cherche un nom ou quelque chose, alors il faudra me le dire.

— Je te le dirai, mais on en a déjà parlé, et aucun de nous deux ne se souvient de quoi que ce soit. Tu nous parais en forme… juste un peu seul.

Un instant, je restai sans voix. Un cri monta dans ma gorge. J'étais surpris qu'elle mentionne ma solitude, m'étant imaginé qu'en ayant l'air exubérant à chacune de nos retrouvailles, j'avais pu dissimuler combien j'étais déprimé. Je déglutis plusieurs fois, puis avouai :

— Oui, j'ai été un peu seul ces derniers temps. Mes collègues d'Oxford me manquent. J'avais de très bons amis là-bas.

— Mais tu connais encore des gens à New York.

— Je n'ai plus d'amis proches. Et toutes mes relations d'Oxford se sont tues inopinément, comme si elles m'en voulaient de mon départ. Tu es la seule personne à qui je puisse vraiment me confier, Meredith. Je te prie de m'excuser si je t'ai paru en manque d'affection.

— Tu n'as pas à t'excuser ! C'est sympa de t'avoir auprès de nous. Tu n'as pas à culpabiliser parce que tu as envie de me voir.

— Mais si j'appelle et que tu es occupée, ou si mon appel tombe mal, je veux que tu me promettes de me le dire. Je ne veux pas être un fardeau.

— S'il te plaît, papa, ma vie n'est pas aussi remplie que ça, je te jure !

Elle me communiqua l'adresse, le médecin consultait à son cabinet privé et non à l'hôpital, parce que, supposai-je, c'était la semaine de Thanksgiving. Ou peut-être que les spécialistes de la mémoire n'étaient pas des médecins hospitaliers, ou encore que, pour les premières consultations, ils ne trouvaient pas aussi inquiétant pour les patients d'être reçus dans un espace moins médicalisé, où la perspective de passer de longues années enfermé dans une salle commune ne surgirait pas du moindre couloir entrevu sur le trajet de l'entrée à la salle d'examen. L'adresse se trouvait dans l'Upper West Side sur la West End Avenue, et je la reportai dans mon calendrier en ligne afin de recevoir un courriel de rappel lundi matin.

Après avoir parlé à Meredith, puis passé un moment à lire les nouvelles et à vérifier ma boîte de réception – aucun message sur mon compte personnel, plus de messages que je ne souhaitais en lire sur mon compte professionnel –, je décidai de trouver un truc à regarder à la télévision, un vieux western ou même un match de foot, s'il y en avait un d'intéressant, mais la boîte qui était arrivée se profilait devant moi, sur la table basse. Je me sentais forcé à l'ouvrir, même s'il est vrai que je laisse de temps en temps mes relevés bancaires non ouverts durant des semaines ou des mois, et qu'il y a eu des fois, dans le passé, où une lettre était arrivée (quand on envoyait encore des lettres couramment) que j'avais tellement peu envie de lire qu'elle avait pu rester non décachetée des jours, des semaines, voire des années – je me souviens d'une lettre d'une ex-petite amie française du Collège que je n'ai ouverte qu'après que la couleur de l'enveloppe se fut fanée, passant du bleu au violet puis au vieux rose. Je suis revenu dans la cuisine chercher un couteau et j'ai éventré le papier d'emballage, mettant au jour une boîte en carton brun fermée avec du ruban adhésif également brun, sans autre marque distinctive ni écriture. Je le contemplai un moment, songeant même à appeler la police, parce que je n'avais aucune idée de son éventuel contenu, si cela pouvait être une bombe ou pas, étant donné que tout professeur a son lot d'anciens étudiants insatisfaits. Mon esprit se reporta en toute hâte à mes attaches avec Oxford dont les prolongements auraient pu encore se retourner contre moi. Après avoir plaqué mon oreille contre le carton sans rien entendre, ne voyant ni signe de fuite ni d'autres indices qu'une menace puisse se cacher à l'intérieur, et l'ayant secoué sans résultats concluants – ça sonnait simplement *plein*, je ne sentais aucune pièce bouger à l'intérieur en le secouant –, je pris l'épluche-légumes et fendis le ruban adhésif pour ouvrir les rabats du dessus.

Pour les enfants, l'ouverture d'un paquet est presque toujours source de joie et d'espérance, mais à mesure que les années passent et qu'on découvre que certains paquets ne portent pas toujours bonheur et peuvent tout aussi fréquemment véhiculer la déception ou l'angoisse, on regarde les boîtes, particulièrement celles aussi mystérieuses que celle arrivée à mon appartement le dimanche avant Thanksgiving, avec un vague sentiment d'appréhension ou même parfois de peur. Peut-être que, pour moi, ce changement dans la perspective qu'offre un colis date de mon emménagement à Oxford, quand, au bout de six semaines, le conteneur d'expédition avait fini par arriver en Grande-Bretagne, et que le camion d'affaires dont j'avais pensé ne pas pouvoir me passer – livres, musique, quelques pièces d'art, garde-robe, mais pas de meubles, puisque je n'allais pas à Oxford dans l'idée de m'y installer de manière permanente – avait été déchargé devant la loge du Collège. La première année, comme je logeais sur place, les gardiens m'avaient aidé à transporter mes cartons dans la cour d'honneur et à les monter au dernier étage, où mon meublé s'étendait sous les combles avec des fenêtres donnant sur les remparts de grès. Alors que je commençais à ouvrir ces cartons venus de New York, je me suis rendu compte que l'anticipation et le bonheur de retrouver mes biens cédaient rapidement le pas à de menues contrariétés – les couvertures de certains livres rares étaient endommagées, le verre de plusieurs de mes photos encadrées fêlé… – puis à une vague de nostalgie qui a déferlé en laissant dans son sillage un sentiment de détresse et de regret. Je ne flairais pas seulement New York sur mes affaires, mes livres et mes vêtements en particulier, mais l'appartement de l'Upper West Side que je partageais récemment encore avec ma femme et ma fille et que j'avais quitté de mon plein gré parce que je croyais notre mariage fini ; la décision de partir me revenait, même si c'était Susan qui avait fait clairement savoir que notre relation arrivait à son terme et que notre séparation ne s'était concrétisée qu'un an plus tard. Assis dans cette chambre d'Oxford aux murs couleur crème et au mobilier institutionnel, cerné par le carnage de cartons qui arrivaient chargés de souvenirs d'une vie abandonnée, j'ai pleuré, j'ai pleuré si fort que mon voisin de palier, un boursier postdoctoral venu de Genève, a frappé à la porte pour m'offrir un porto. Et puis, parce que c'était un garçon sensé et serviable, au point de devenir un de mes plus proches amis au cours de ma première année dans cette ville, il m'a aidé à déballer mes livres et à les ranger sur les étagères. Si j'étais resté seul pour mon emménagement, je n'en serais peut-être jamais venu à bout. Depuis lors, sinon avant, un carton fermé au ruban adhésif est davantage source de menace que de désir ou d'attente.

J'ouvris les rabats du carton sur ma table basse et compris, à la vue de son contenu, que c'était un genre de boîte d'archives parce qu'il contenait une rame intacte de papier A4 sur lequel étaient imprimés, dans une typographie compacte à simple interligne, des milliers et des milliers d'adresses mail. D'abord, je crus que la couche supérieure de papier pouvait cacher autre chose dessous, mais en feuilletant – il devait bien y avoir deux mille cinq cents feuilles de papier ou plus –, je vis que tout était identique. Une adresse après l'autre, séparées seulement par une virgule et un espace, pas de retour à la ligne, ni de séparation de paragraphes. Je pensai qu'il devait y avoir une forme de message bien que, au début, je n'aie pas inspecté les pages une à une, ça m'aurait pris des jours. Mais il n'y avait pas de message, et je ne compris que plus tard la pleine signification de ce que j'avais sous les yeux. Certaines adresses m'étaient familières – sites Web de journaux et de magazines – tandis que d'autres n'avaient aucun sens pour moi ou semblaient entièrement composées de chiffres et d'un assemblage aléatoire de caractères. Un casse-tête, mais en l'absence de tout message ou explication, une petite partie de moi seulement trouvait intéressant de s'y attaquer. Mon esprit n'est pas du genre à aimer les devinettes, je ne prends aucun plaisir aux mots croisés ou aux jeux de chiffres, je n'ai jamais été un joueur de cartes ou d'échecs, je préfère lire un livre ou regarder un film pour passer le temps. Je supposai que c'était une erreur, que, quelle que soit son origine, cette liste d'adresses n'avait aucun rapport avec moi. Je remis les pages dans la boîte, refermai les rabats et fourrai le tout sous un guéridon.

J'allumai alors la télévision et tombai par hasard sur *Conversation secrète* de Francis Ford Coppola, un film que j'aborde en ce moment dans mon séminaire pour étudiants avancés. Comme je ne l'avais pas revu depuis longtemps, je m'affalai dans mon canapé avec la détente et la satisfaction que procure la découverte du type de distraction dont on peut tabler qu'elle durera deux heures et aura sur vous un effet soporifique. La première fois que j'avais vu *Conversation secrète* j'étais gamin, et on pouvait imaginer qu'il avait pu alors me bercer, au moins au début, parce que le film démarre lentement, et même quand le rythme commence à s'accélérer et que Hackman tire la chasse d'eau, qui déborde de sang, il reste profondément adulte au sens où c'est une vision sérieuse des conséquences – psychologiques autant que tangibles ou physiques – de l'espionnage. Des conséquences si graves que l'espion devient l'espionné, rendu fou par la compétence qu'il a perfectionnée quand celle-ci se retourne contre lui. Il y avait donc un certain nombre d'années que je n'avais pas revu ce film et, dans l'intervalle, j'avais découvert *La Vie des autres*, qui me sembla alors dialoguer subtilement avec le film de Coppola : les deux principaux personnages sont des solitaires, qui travaillent pour des institutions ou des sociétés plus ou moins lointaines, ne serait-ce que dans l'esprit de ces hommes, lesquels semblent se tenir à bonne distance des échelons supérieurs de leurs organisations respectives, à l'écoute des gens qu'ils ont été chargés de surveiller, avant de s'apercevoir, à un moment tardif dans chacun des deux films, que tout ce qu'ils croyaient savoir et comprendre, toute la sagesse acquise sous-jacente à leur dévouement – peut-être même à leur passion – pour le travail qu'ils effectuent, formaient un tout homogène seulement grâce à l'illusion d'un objectif moral plus élevé, dont la faillite est dissimulée et défendue par des cultures de la peur qu'ils découvrent tous deux trop tard pour leur plus grand péril. Le film de Florian Henckel von Donnesmarck, à l'instar de celui de Coppola, présente son sujet, l'homme chargé de la surveillance, comme une espèce de moine obsessionnel qui s'est découvert une vocation pour contrôler la vie des autres – des cibles qui peuvent être ou non innocentes, et dont la culpabilité, si elles sont réellement coupables, ne survient que parce que les lois sont elles-mêmes ridicules ou, dans le cas du film de Coppola, à cause d'une sombre conjuration, même si l'activité de la Stasi pouvait en soi être vue comme une sorte de sombre conjuration, aussi vertueuse que l'organisation ait pu juger sa mission. Progressivement, il transforme son travail en art, en virtuosité intime, mais de celles que lui seulement peut apprécier à part entière. Par contraste, le personnage de Gene Hackman, Harry Caul, est paranoïaque pour ce qui est de la protection et du contrôle de sa vie privée.

La diffusion de *Conversation secrète* faisait partie d'un double programme sur la chaîne que je regardais, et alors que le film de Coppola se terminait et que commençait *Blow-Up* d'Antonioni, je me commandai de la nourriture vietnamienne et décidai de m'installer pour la soirée, tentant de chasser de mon esprit le rendez-vous avec le médecin prévu pour le lendemain matin. Commander des plats préparés, la possibilité de faire livrer chez soi tout ce qu'on veut à toute heure du jour et de la nuit a été un des grands plaisirs de mon retour à New York. Ma commande arriva bien avant la scène où David Hemmings tire les photos prises dans le parc, les agrandit encore et encore jusqu'à ce que les images perdent toute définition, se pixellisant avant que les pixels existent en photographie pour former un champ d'un grain indéchiffrable au moment précis où ceux-ci sont près de révéler la pleine horreur de ce que lui, le photographe, a capté. C'est-à-dire la participation de Vanessa Redgrave à une machination visant à tuer un homme, tout comme Cindy Williams, quelques années plus tard, qui interprétera sa meurtrière d'hôtel pour bourges américains. Pour la première fois, j'ai remarqué qu'au début, en voyant apparaître Hemmings, le spectateur ignore tout de son personnage. Ayant quitté l'asile des pauvres incognito, il monte dans sa voiture, et en conduisant il parle à une radio de manière à laisser penser qu'il pourrait être un espion ou un agent secret ; ce n'est que peu à peu qu'on comprend qu'il n'est rien de plus qu'un sinistre photographe, un autre genre d'espion. Avec son jean blanc, sa chemise bleue et ses bottines, il possède une beauté toxique et pourtant angélique, un charisme que j'ai longtemps cherché à imiter, croyant que c'était peut-être la clé pour attirer les jeunes femmes fragiles que je désirais si souvent mais qui semblaient, dans ma jeunesse, indifférentes à mes charmes livresques. Les mannequins dévêtus dont il abuse deviennent une métaphore de la surveillance, offrant des aperçus de ce que nous pensons – ou de ce qu'Antonioni pense – avoir envie de voir, ces étendues de peau dénudée qui attirent l'attention (du spectateur) sur la domination du regard voyeur du photographe, en place et lieu du regard du public ; les voyeurs voient le voyeur qui voit le vu.

En regardant Hemmings se pavaner dans les quartiers miteux du sud de Londres, je me laissai tenter par mes plats vietnamiens et me gavai sans soin ; j'adorais voir ces mannequins britanniques des années soixante gambader les seins nus au milieu des rouleaux de papier multicolore. L'étrange fixation orale que Redgrave semblait trahir en s'efforçant de pousser Hemmings à lui remettre la pellicule qu'il venait d'utiliser était plus puissante que dans mon souvenir, ses doigts volaient sans arrêt à ses lèvres. Peut-être était-ce à cause du commentaire de Caroline Fogel du dîner de la veille, mais je me suis rappelé comment, dans l'adaptation cinématographique de *Howards End* par James Ivory, Vanessa Redgrave portait la main à sa bouche pour parler à Emma Thompson des marques de dents de cochon dans le marronnier de la maison éponyme, et comment ce geste, le tapotement de son médius sur ses dents, m'avait toujours frappé comme étant si puissamment érotique qu'il en était presque obscène, tout à fait déplacé dans le monde de l'Angleterre édouardienne. Mais c'était peut-être le but, à savoir que le sexe jaillit de partout, de dessous l'écorce des arbres comme des gestes quasi inconscients de nouveaux riches.

Je trouvai les mimes qui disputaient leur match de tennis imaginaire à la fin de *Blow-Up* décevants, comme chaque fois que j'avais vu le film, mais, contrairement à certains de mes amis et collègues qui soutiennent qu'il n'a pas bien vieilli, je reste convaincu que *Blow-Up* atteint l'excellence précisément parce qu'il est indiscutablement de son époque : à l'instar de *Conversation secrète*, il nous en apprend beaucoup sur les préoccupations et les manies psychologiques de ces décennies, les différentes manières dont la surveillance, visant à collecter des renseignements ainsi que d'autres objectifs plus infâmes, commençait à influer sur l'inconscient collectif du public de cinéma.

Ayant suivi deux films, et gagné par cette légère torpeur qui provient d'une trop grande exposition à un écran, j'allai me coucher pour lire un recueil d'essais du défunt historien Tony Judt, que j'avais connu sans qu'il ait jamais vraiment été un ami. Je me glissai sous la couette, pensant que le sommeil m'emporterait. Moins d'une demi-heure après avoir lu un ou deux courts essais, je m'aperçus que j'étais parfaitement réveillé au point de finir mon livre. Bien qu'il soit déjà minuit passé, et que je sache que j'avais rendez-vous avec le spécialiste de la mémoire, le Dr Sebastian, le lendemain matin, je me relevai et traversai le salon, me retrouvai planté en T-shirt et caleçon devant la fenêtre aux stores ouverts, sensible au courant d'air qui filtrait autour de l'étendue vitrée. La pièce étant plongée dans l'obscurité, je voyais distinctement jusqu'à Houston Street et crus, l'espace d'un instant, que quelqu'un me guettait d'en bas. Ou peut-être était-il déjà là avant, comme s'il attendait que je me sois posté devant la fenêtre et qu'après avoir vu que j'avais remarqué sa présence il était aussitôt reparti à pied en direction de Broadway. Je glissais peut-être déjà dans l'inconscience, mais mon esprit enregistra et en même temps n'enregistra pas ce signe de reconnaissance, la courbette que je crois avoir ébauchée et son inclinaison de tête, un tantinet nerveuse. Une partie de mon esprit pensait que ce n'était qu'une coïncidence, qu'il n'avait pas levé les yeux mais seulement consulté l'écran de son portable pour lire ses mails ou chercher son chemin. J'étais pourtant certain d'un salut réciproque, certain que par mon signe de tête je lui disais que je l'avais vu m'épier, je nous avais vus nous épier mutuellement : *Bonsoir, toi, mon espion, je te vois! Je sais ce que tu fais!*

Quelque chose dans cette rencontre me poussa à revérifier les serrures de la porte d'entrée et, quand je retournai me coucher, je fermai également à clé la porte de ma chambre, presque par réflexe. On peut penser que je devais souffrir de paranoïa, à me barricader ainsi à double tour, derrière deux portes, dans un immeuble protégé par un concierge et des caméras de vidéosurveillance. S'il y avait effraction, la sécurité du campus et même le NYPD réagiraient, et tout irait bien. Néanmoins, une fois recouché, je repensais à la silhouette sombre de cet homme dans la rue, à sa tête tendue dans ma direction et au frisson qui m'avait parcouru quand mon salut avait semblé déclencher un mouvement de sa part. Qui ? Qui pouvait m'espionner ?

Même si, à l'époque, je ne comprenais pas très bien pourquoi, l'échange avec l'homme de la rue m'incita à commencer à réfléchir à tout ce qui s'était passé ces derniers temps à Oxford. Les effets de la vie compliquée que j'ai menée durant mes dernières années en Grande-Bretagne m'avaient peut-être mystérieusement suivi de l'autre côté de l'Atlantique.

Maintenant que les preuves s'accumulent autour de moi, cela semble sûr et certain.

J'aurais dû reconnaître l'adresse dès que Peter me l'avait donnée, mais, comme pour tant d'autres informations dans ma vie, j'avais bloqué les associations qui auraient pu m'être évoquées par la West End Avenue et eus la surprise, en arrivant là-bas le lundi matin, de trouver le cabinet du Dr Sebastian voisin du dernier appartement où j'avais vécu à New York avec Susan et Meredith, au dernier étage d'une maison de ville en grès rouge réhabilitée, une école sur le trottoir d'en face et le bruit d'une benne à ordures qui me réveillait souvent à l'aube le samedi matin.

Je n'étais pas revenu dans la 75e Rue pendant plus d'une décennie, pas depuis l'été où j'avais déménagé de cet appartement pour m'installer, provisoirement, dans la maison de ma mère à Rhinebeck avant ma migration ultérieure et bien plus significative vers Oxford. Quand j'ai quitté le domicile conjugal, j'ai laissé la quasi-totalité du mobilier, ce qui explique pourquoi je n'ai pas pris ne serait-ce qu'une lampe ou une table basse. À l'époque, j'ai tenté sans conviction de me battre avec Susan pour récupérer le grille-pain aérodynamique à quatre tranches que j'avais acheté à peine quelques mois plus tôt parce que j'étais las de passer mes toasts au four, mais j'ai vu le visage de Meredith s'allonger à tel point qu'il semblait qu'elle ne le supporterait peut-être pas, que perdre son père *et* la possibilité d'avoir des toasts quand elle en avait envie la précipiterait dans la délinquance juvénile aussi sûrement que des bagarres isolées plus graves. Je suis donc parti de la maison avec mon vestiaire, des photos et les œuvres d'art qui m'appartenaient sans conteste, dont certaines d'entre elles avaient été acquises avant qu'on se marie Susan et moi, que, pour la plupart, je m'étais offertes – y compris un Neo Rauch de jeunesse acheté avant que sa cote dépasse mes moyens – avec l'argent que m'avait laissé ma famille et qui donc, ai-je argumenté, n'étaient aucunement négociables. Ces œuvres étaient réellement mon héritage, même si une partie de cet argent nous avait aussi aidés à acheter l'appartement, que je laissais à Susan (bien que je me sois convaincu que je le laissais en réalité à Meredith) sans plus de discussion que pour l'abandon de mon grille-pain, de mon lampadaire préféré et même de la guitare acoustique noire que mes parents m'avaient offerte au lycée et que, inexplicablement, Meredith avait baptisée Bobo et emportait pour en jouer avec ses amis quand ils se retrouvaient sur l'esplanade de Riverside Park, grattant une corde de nostalgie hippie que Susan et moi avions été trop jeunes pour transmettre.

Ce lundi matin de novembre, j'étais trop en avance pour passer une demi-heure à lire des revues dans la salle d'attente du Dr Sebastian. J'ai donc suivi la 75e Rue, passant devant l'immeuble où habitait toujours Susan. Sachant qu'elle était en congé sabbatique et probablement chez elle, je faillis appuyer sur la sonnette mais me ravisai, certain qu'elle ne serait pas d'humeur à parler à son ex-mari. Pour être juste avec Susan, nous nous étions arrangés pour rester bons amis après le divorce ; à maints égards, je me sens plus proche d'elle que de n'importe qui d'autre excepté Meredith, qui a une relation plutôt difficile avec sa mère. Après que Meredith eut obtenu son baccalauréat et fut partie à Boston s'inscrire à l'université, Susan m'appelait, alors que j'étais à Oxford, pour avoir des nouvelles de notre fille parce que, à l'époque, toutes les deux n'étaient toujours pas remises de plusieurs disputes liées aux ex-petits copains de lycée de Meredith et de sa décision de se spécialiser en histoire de l'art. Susan craignait que ce ne fût un choix peu réaliste et pensait qu'il n'était pas nécessaire pour Meredith de décider ce qu'elle avait peut-être envie de faire avant même d'avoir commencé la faculté. En réalité, Susan pensait que Meredith devait se spécialiser dans les études de gestion, et les choses ont seulement commencé à s'arranger entre elles quand un master en gestion des arts a fini par couronner cette licence en histoire de l'art. Cela a convaincu Susan qu'il y avait un fond pratique chez sa fille qui semblait si souvent vivre dans un monde imaginaire. «Que peut-on attendre d'autre d'une économiste? ai-je lancé une fois à Meredith. Ta mère pense en termes de logique et d'illogisme, d'équations, d'équilibres, de prévisions, de marchandises achetées à terme. Vois les choses de cette manière : elle s'intéresse uniquement à ton futur.» Meredith, je m'en souviens, avait fait la grimace : «Et pas à mon bonheur ! »

Il faisait trop froid pour me rendre à pied à Riverside Park ce matin-là, voilà quelques semaines, mais j'y allai quand même, resserrant le col de mon manteau autour de mon cou au moment où je dépassais le parc canin clôturé où j'avais passé tant de débuts de matinée et de soirées tardives pendant que Lotte, notre chienne, faisait ses besoins. Ses habitudes m'obligeaient souvent à lier conversation avec des gens que je n'aurais sinon jamais rencontrés, y compris une fois l'actrice Kathleen Turner. Nous, les habitués du parc canin, nous sommes efforcés d'agir comme si Mrs Turner n'était personne de particulier, pour la laisser tranquille, j'imagine, bien que nous ayons tous dû éprouver le frisson d'avoir une vedette parmi nous et de pouvoir l'observer dans la vie ordinaire, une femme dotée d'une présence plus qu'ordinaire, occupée à promener son chien avec une normalité qui ressemblait à l'adoption d'une identité d'emprunt. Je n'ai pu m'empêcher de penser à la prestation que je l'avais vue fournir quelques années plus tôt dans *Indiscrétions*, une pièce adaptée du roman *Les Parents terribles* de Cocteau dans laquelle elle jouait Yvonne, la mère plus qu'à moitié folle de Michel, interprété dans cette production par Jude Law, alors pratiquement inconnu, qui avait fait sensation en sortant d'un bain au deuxième acte pour se planter, avec un grand naturel, nu et mouillé sur la scène. C'était un spectacle sur différentes formes de nudité, la plupart psychologiques et émotionnelles, et Turner, bien qu'elle restât habillée, était aussi nue que les autres sur ce plateau hors du commun. Le plaisir du public, encore plus intense que dans les trois quarts des pièces, venait de son engagement dans un acte commun de voyeurisme, de sa présence au spectacle d'une famille qui exhibait ses blessures psychiques. À la fin, le plateau se scindait en deux, murs et plafond s'envolaient loin les uns des autres, traversés d'une lumière vive et pénétrante, qui m'a alors fait l'effet d'un symbole ou d'un redoublement de l'acte collectif d'observation de l'assistance : regarder avec une telle intensité que, par la force combinée de notre regard, nous mettions en pièces la maison des personnages.

Ce matin-là, il y avait seulement quelques propriétaires de chiens dans le parc, dont une majorité de femmes âgées ; l'une d'elles, accompagnée d'une demi-douzaine de bichons, glissait telle une ombre sur les allées descendant en arc de cercle vers le fleuve. Quand le vent se leva brusquement de l'Hudson et s'insinua dans mon cou, je décidai de rentrer. N'étant plus un jeune homme, je redoutais qu'un rhume me mette K.O. une semaine. En l'occurrence, le Dr Sebastian n'avait pas d'autres rendez-vous et me fit entrer dans son cabinet dès que j'eus franchi la porte. Je me souviens d'un lieu spartiate, avec des murs blancs et du mobilier contemporain. Un espace austère, dépouillé de distractions ou de quoi que ce soit qui puisse provoquer de fortes associations psychiques.

— Habituellement, je m'arrête cette semaine-ci chaque année, mais étant donné que vous êtes le beau-père de Peter, je fais une exception, déclara-t-elle avec un sourire.

Elle était de mon âge, non anglophone de naissance. Bizarrement, cela donnait encore plus de gravité à la situation. Je pris conscience à quel point j'étais inquiet depuis les événements de samedi et, peut-être surtout, depuis que j'avais confié à Peter et Meredith mon étrange quiproquo. Ce que j'avais espéré au fond, compris-je alors, c'est que ma fille et mon gendre me rassurent en disant qu'il n'y avait pas de quoi s'inquiéter et m'encouragent à avancer dans la vie, au lieu de m'envoyer chez une spécialiste de la mémoire susceptible de découvrir un sérieux dysfonctionnement dans les rouages de mon cerveau. Je pris aussi conscience que « spécialiste de la mémoire » était un euphémisme : cette femme n'était rien d'autre qu'une neurologue, et ce terme-là, plus que l'autre, me donnait des palpitations. Je voyais une neurologue pour la première fois de ma vie parce que mes proches suspectaient que j'avais un problème au cerveau. Comment leur en vouloir étant donné le bug que je leur avais révélé ? Ça commence par ce genre de couacs, des fautes du langage ordinaire, la recherche d'expressions communes qui vous échappent, le zappage de toute une conversation, correspondance ou procédure comme si tout accord qui avait été conclu, toute information qui avait été répétée n'avaient jamais été mis sur le tapis.

— J'aimerais que vous commenciez par me dire ce que vous avez remarqué, dit le Dr Sebastian de derrière son bureau. Elle utilisait un stylo d'aspect ancien pour prendre des notes dans un registre du genre de ceux qui servent à la comptabilité financière, au calcul des profits et pertes.

Je lui dis ce que j'avais traversé ce week-end, lui relatant le quiproquo sur mon rendez-vous avec Rachel exactement comme je l'avais fait à Meredith et à Peter.

— Et avant ? Cela vous était-il déjà arrivé ?

— Je ne me souviens pas que ce genre de choses se soit produit par le passé.

Le Dr Sebastian inclina la tête, prit encore quelques notes, puis me soumit à un questionnaire pour déterminer si je ne présentais pas des symptômes de démence. Elle me demanda en quelle année et saison on était, la date et l'heure, elle voulait savoir où on se trouvait, à la fois en général et précisément, elle me donna trois mots à mémoriser et me pria de les lui rappeler plus tard dans la consultation, me demanda d'épeler divers autres mots et puis de les lui épeler de nouveau à l'envers, de compter à rebours à partir de 100 en soustrayant 7 à chaque fois, me demanda d'identifier et de nommer une collection d'objets de la vie quotidienne qu'elle sortit d'un carton, me fit répéter des expressions particulières, écrire des phrases complètes, suivre des consignes écrites et reproduire une configuration simple de formes géométriques. J'avais l'impression d'être un enfant. Quand ce fut terminé, je lui demandai mon score.

— Sans faute. Vous avez bien répondu à toutes les questions. J'aimerais vous envoyer passer un scanner, juste pour être sûre que tout va bien au plan interne, pour exclure AVC ou tumeur, et ce genre de choses.

— AVC ou tumeur ?

— Écoutez, monsieur, répondit-elle, étirant ses mains pour former un triangle avec ses extrémités de doigts. C'est improbable, mais en l'absence de tout problème cognitif ou mémoriel observable, j'aimerais pouvoir confirmer qu'il n'y a rien qui cloche à l'intérieur. Pas d'antécédents de maladie de Parkinson dans votre famille ?

— Absolument aucun.

— Ni d'Alzheimer ?

— Pas que je sache.

— Aucune mention de membres de la famille à la mémoire défectueuse ?

— Tout le monde est mort d'un cancer, d'un arrêt cardiaque ou de vieillesse.

— Ce qui veut dire ?

— Ils sont partis dans leur sommeil à un âge très avancé, j'imagine donc qu'il s'agissait aussi d'un arrêt cardiaque.

Le Dr Sebastian inclina la tête, puis proposa de me faire passer un scanner mercredi si je n'y voyais pas d'inconvénient. Bien sûr, cela me convenait parfaitement. À la fin de la consultation, j'aspirais à des certitudes plutôt qu'à de nouvelles questions.

— Mais qu'est-ce que cela signifie, s'il finit par n'y avoir aucun signe de problème neurologique ?

Faisant tourner son stylo entre ses doigts, elle détourna les yeux.

— Alors nous devons considérer la possibilité d'une explication psychologique.

Le Dr Sebastian me lorgna par-dessus les verres de ses lunettes d'une manière qui me rappelait une maîtresse d'école sévère faisant la leçon ou donnant un avertissement. En d'autres circonstances, dans un contexte différent, je n'aurais pas hésité à montrer mon intérêt pour cette dame, dans la mesure permise par la pudeur et le respect. Elle ne portait pas d'alliance, bien que je sache que cela ne soit pas nécessairement un signe de disponibilité. Il n'y avait aucune photo sur son bureau ou aux murs de son bureau, seulement ses diplômes, tous de Harvard, encadrés sous verre et accrochés dans un ordre si parfait qu'il ne pouvait être que l'œuvre de professionnels. Cette précision, ainsi que le soin apporté à son apparence physique et à sa toilette, le pantalon de laine noire et les chaussures noires aussi, son chemisier de soie crème, son absence totale de bijoux à l'exception d'une montre en métal argenté, me rappelaient la seule autre femme dont j'avais été récemment amoureux – la seule femme que j'avais aimée depuis très longtemps – et me faisait regretter que le Dr Sebastian et moi nous rencontrions pour la première fois dans cette situation si particulière, que nous ne nous soyons pas connus quand je n'avais pas l'air aussi anéanti par mes drôles expériences du week-end dernier.

— Je suppose que vous voulez dire que je deviens peut-être fou ?

Elle leva le menton afin de pouvoir me regarder droit dans les yeux avec ses lunettes.

— Non, monsieur, je veux dire qu'il existe un certain nombre de raisons ou de stratagèmes pour que le cerveau puisse effacer certains événements.

Quelle était sa nationalité ? me demandais-je. Allemande, possible, auquel cas nous aurions pu converser plus facilement dans sa langue maternelle que dans la mienne.

— ... Cela vaudrait la peine de parler à quelqu'un. Avez-vous déjà un psychothérapeute ?

— Je n'ai jamais suivi de thérapie.

— Connaissez-vous des thérapeutes dans votre milieu ?

— Pas à New York.

— Je peux vous adresser à un confrère.

— J'ai besoin d'y réfléchir.

Je quittai le cabinet en me demandant quelles causes psychiques pouvaient produire ce trou de mémoire précis. En gagnant à pied la station de métro de la 72e Rue, j'avais beau tenter de réfléchir à un traumatisme comme cause potentielle de cette absence, je ne voyais aucune raison particulière pour laquelle la fixation d'un rendez-vous avec Rachel, qui me semble être une étudiante sérieuse, peu susceptible de provoquer diverses réactions émotionnelles ou psychologiques, aurait pu déclencher une amnésie traumatique. Pas plus que je n'étais sûr que ce soit là ce que voulait dire le Dr Sebastian, ou que l'esprit puisse même fonctionner ainsi. Puis il me vint à l'esprit qu'il s'était peut-être passé quelque chose samedi après-midi, une autre forme de trauma sans relation avec Rachel, et ma communication avec elle aurait été balayée avec cet autre trauma. Bien que toujours possible, cette hypothèse ne semblait pas convaincante.

Pendant les quelques minutes où je traversais à pied mon ancien quartier, je songeais aux innombrables soirs où, revenant de Columbia après une journée de cours, je m'arrêtais pour faire des courses à Fairway, acheter du poisson frais ou des huîtres à Citarella, un bon gâteau pour le dessert, avant de rentrer à la maison préparer en vitesse le dîner pour ma femme et ma fille, époque où il me semblait encore – malgré les menues frustrations d'une vie conjugale ordinaire – que j'avais une famille susceptible de durer sous une forme ou une autre jusqu'au jour de ma mort. Mes parents n'avaient pas divorcé, et quand j'ai épousé Susan, je croyais qu'elle et moi resterions ensemble pour toujours. Ses parents offraient un tableau différent, mais je voulais croire en la permanence de notre couple, dans la possibilité de trouver des moyens d'ajuster notre comportement mutuel au fil des décennies, de nous adapter aux besoins et désirs changeants de l'autre, je croyais qu'en agissant ainsi nous pourrions continuer à partager le lit conjugal avec un sentiment de sécurité et aussi d'espoir, ou si ce n'est d'espoir alors d'un mystère toujours décroissant et d'une connaissance de plus en plus grande de l'autre, des idiosyncrasies de ses désirs, des différentes textures de son corps, de la manière dont ses parties se dilataient puis se contractaient rapidement ou sur des périodes plus longues. Je ne pouvais pas alors imaginer, pas même pendant ces soirées de cuisine improvisée, que Susan n'était plus intéressée, et que sa perte d'intérêt contaminerait ma vie professionnelle, me forçant non seulement à fuir le domicile conjugal mais aussi mon pays.

Lors de cette première année solitaire, que je passais dans un appartement d'étudiant donnant sur la cour avant du Collège, avec sa pelouse grande comme un timbre-poste, réveillé à toute heure de la nuit par des étudiants d'Oxford alcoolisés, étendu sans pouvoir dormir dans un de ces lits jumeaux pour la première fois depuis la fin de mes études, j'en voulais à Susan de s'être désintéressée de moi. Et juste quand cette rancune allait devenir destructrice, au moment où j'ai pris conscience que je buvais une bouteille de vin tous les soirs depuis des semaines d'affilée et vu que les étudiants qui passaient chez moi pour des travaux dirigés me regardaient avec un mélange de perplexité et de vague dégoût, j'ai décidé, comme Rilke aurait soutenu, qu'il me fallait changer de vie avant de devenir moi-même une ruine. J'ai réduit la boisson, me suis mis au jogging, malgré la bruine anglaise, et continué à courir jusqu'à récupérer l'homme que j'avais été. Je n'allais pas vieillir comme les trois quarts des universitaires, ai-je décidé, et me suis tourné en quête d'inspiration vers mes collègues femmes. Plus elles avançaient en âge, plus elles soignaient leur apparence, si bien qu'une sexagénaire qui occupait l'appartement voisin du mien ne paraissait avoir pas plus de quarante-cinq ans. Un jour, je lui ai demandé pourquoi elle faisait ça, si tous ses efforts étaient pour elle ou pour son partenaire. «Les étudiants nous trouvent déjà vieux, a-t-elle répondu. Pourquoi leur offrir davantage de munitions ?»

Quand Rachel frappa à la porte de mon bureau cet après-midi-là, dans la maison de ville donnant sur Washington Square, j'étais déjà en train de me demander s'il fallait aborder le malentendu de notre précédent rendez-vous ou faire comme si de rien n'était. Rachel fait partie de ces étudiantes de troisième cycle qui semblent toujours prêtes pour un entretien, en général vêtues d'un tailleur, plus souvent – à l'instar du Dr Sebastian qui était encore dans mes pensées – d'un pantalon et d'un chemisier classiques, avec des bottes de cuir noir à la mode à talon bas et bout légèrement pointu qui évoquaient le pouvoir et le professionnalisme, sans pour autant faire perdre leurs moyens aux hommes de mon acabit.

Je n'avais aucune idée de ce que pouvait être le milieu de Rachel. Avec les étudiants, il est souvent difficile de dire si leur famille est fortunée ou non, mais elle semblait avoir bénéficié d'une solide éducation bourgeoise et de moyens suffisants pour vivre confortablement. Le tailleur qu'elle portait ce lundi-là était de bonne coupe, ce sont ses parents ou ses grands-parents qui avaient dû le lui acheter, et pourtant il avait un petit parfum de professionnalisme et de labeur, comme si elle savait qu'elle avait besoin de travailler pour obtenir le type de premier poste universitaire titulaire qu'il est devenu toujours plus difficile de décrocher parce que des institutions comme NYU et Columbia recrutent de moins en moins de gens pour des postes fixes, se rabattant plutôt sur des enseignants vacataires aux contrats d'une durée si limitée qu'ils n'ont d'autre choix que de travailler dans trois ou quatre universités afin de joindre les deux bouts. Rachel avait l'aspect de l'étudiante qui se dit : « Merci bien, je vais être une des *vôtres*, monsieur le professeur, je veux que vous l'ayez présent à l'esprit quand il s'agira de me recommander l'an prochain, je suis celle dont vous direz : vous seriez idiots de recruter quelqu'un d'autre que Rachel. » Parmi les premiers cycles, elle était une chargée de cours appréciée, c'est-à-dire qu'il y avait un bon équilibre entre ceux qui se plaignaient de son exigence et ceux qui la prenaient pour un génie, la meilleure enseignante qu'ils aient jamais rencontrée. Grâce à cette réaction, sans parler du sérieux de sa scolarité, j'étais certain de fournir aux commissions de recrutement des références pour leur recommander Rachel comme étant, de toutes mes autres candidates doctorantes, la meilleure pour le poste. Malgré cela, il y avait peu de chances pour qu'elle soit recrutée avant plusieurs autres années, et puis il lui faudrait peut-être passer la première partie de sa vie professionnelle en Louisiane, dans l'Utah ou l'Alabama.

— Comment s'est passé votre week-end, professeur ? Vous avez dit qu'il était arrivé quelque chose ? Rien de grave, au moins ? Désolée, je ne veux pas être indiscrète, je veux juste m'assurer que tout va bien.

J'avais osé espérer que Rachel ne me poserait pas ce genre de question.

— Ma fille donnait un dîner professionnel, et elle voulait mon conseil, mentis-je. Je vous prie de m'excuser, je n'ai pas l'habitude de reporter un rendez-vous, mais c'était très important pour elle.

En écoutant ces excuses, qui me paraissaient encore plus stupides à mesure que je m'y empêtrais, Rachel commença à rétrécir les yeux d'une manière qui m'angoissa, et quand j'eus fini de parler, je la vis les rouvrir en grand. Toute confusion qu'il pouvait y avoir céda la place à la surprise ou, du moins, à l'affectation de la surprise.

— Je n'avais pas compris… alors votre fille habite aussi New York ?

— C'était un des avantages de ce poste, me rapprocher de ma fille après en avoir été séparé tant de temps, vous voyez. En prenant de l'âge, ce désir d'être près de ses enfants n'en devient que plus aigu, je ne sais vraiment pas expliquer pourquoi. On veut à la fois qu'ils soient proches s'il y a un problème mais aussi pouvoir être sur place pour les aider, non que je sois vieux et que j'aie besoin d'aide, ou que ma fille ait besoin d'être assistée en quoi que ce soit, mais vous comprenez ce que je veux dire.

Rachel hocha vigoureusement la tête, tâchant de garder le contact visuel avec moi alors que mon regard errait vers la fenêtre, puis sur le Washington Square Park, qui avait changé en mon absence à la fois subtilement et, chose curieuse, en profondeur, comme si c'était le même parc mais dans une variante plus propre et plus ordonnée. De l'autre côté de la rue, un homme marqua une halte, tourna les yeux vers la fenêtre de mon bureau, resta une vingtaine de secondes à la fixer, puis se remit en marche.

— Alors quel effet ça fait d'émigrer en Amérique ? s'enquit Rachel.

Pendant que je regardais l'homme traverser le parc, faire demi-tour puis revenir sous ma fenêtre, j'éprouvai une sensation de malaise. Une deuxième rencontre ? Une troisième ? Je commençais à avoir l'impression d'avoir besoin d'un carnet, d'un moyen de noter des moments que je trouvais étranges ou mystérieux. Après les événements de samedi et dimanche, c'était une nouvelle manifestation que je ne peux que qualifier d'étrange.

— Monsieur ?

— Désolé ? Le… ?

— Je veux dire, c'est dur de s'installer en Amérique ? Vous sentez-vous le bienvenu ?

Dans une situation comparable en Grande-Bretagne, ce genre de menus propos serait limité au strict minimum ; cette réunion étant une relation professionnelle, il n'y avait aucune exigence ou attente de ma part pour que nous devenions amis. La finalité de notre rendez-vous, c'était de parler du travail pour lequel je suis chargé de donner des conseils et des consignes dans l'espoir que mon substantiel bagage de connaissances dans le domaine aiderait Rachel ou tout étudiant qui pouvait être assis en face de moi à ne pas avoir l'air d'un idiot une fois le moment venu de donner à lire ce qu'elle ou il aura écrit à un groupe plus large de savants. Mais Rachel n'aura jamais l'air débile. Travaillant d'arrache-pied, elle a un don quasi surnaturel pour repérer les problèmes avant qu'ils surgissent à l'horizon et, les ayant sentis arriver, pour se repositionner afin de les éviter ou d'acquérir les outils nécessaires pour les affronter et les désactiver au moment où ils se présentent (c'est-à-dire améliorer son allemand de manière à pouvoir lire Ernst Bloch dans le texte, maîtriser suffisamment son français pour lire Bernard Stiegler également dans le texte, passer un peu plus de temps avec l'œuvre de Hayden White). La question qu'elle m'avait posée, toutefois, était sans doute la véritable source de mon irritation, parce qu'elle trahissait son incapacité à comprendre que je ne suis britannique qu'au sens juridique. On peut même dire que ma britannicité est une fiction légale : elle a beau être légalement vraie, sa légalité produit une fiction d'appartenance ou d'acculturation qui, pour moi, n'est rien de moins qu'un fantasme aujourd'hui. Quand je vivais encore en Angleterre et croyais que je continuerais peut-être à y vivre le reste de ma vie ou, au moins, jusqu'à ma retraite, c'était peut-être une question d'aveuglement ou même de vœu pieux.

— Que pourrais-je dire, Rachel ? C'est comme rentrer à la maison.

Une fois de plus, à l'instant où je me suis mis à parler, elle s'est mise à hocher la tête. Je me suis demandé si, dans l'hypothèse où je dirais une absurdité, par exemple que notre planète est une simple simulation pilotée par un ordinateur caché et invisible et le libre arbitre une pure illusion, ou commencerais à déverser ma bile raciste ou sexiste, elle persisterait à montrer son accord de manière aussi robotique.

— Waouh, comme c'est intéressant ! (Elle sourit, tendant la tête comme pour suggérer que cette pensée lui pesait.) Je suppose que c'est parce que la culture américaine est si dominante au plan mondial ?

— Non, Rachel, c'est parce que je suis américain.

Une expression de confusion complète, frisant presque le dégoût, assombrit son visage.

— Mais vous parlez comme un Anglais. Vos parents l'étaient-ils ?

— Non, nous sommes des Américains à cent pour cent, présents depuis des siècles. Le côté de ma mère était anglais, mais ses aïeux ont débarqué à la fin du XVIIe siècle, et du côté de mon père, c'étaient tous des Irlandais arrivés dans les années dix-huit cent quarante, comme tant d'autres…

— C'est juste qu'à cause de votre accent je croyais…

— Je n'ai pas d'accent britannique. Les Britanniques ne trouvent pas non plus. À leurs oreilles, je suis américain.

— Mais non, pas du tout.

— C'est une question d'intonation. Si vous écoutez mes voyelles, elles sont entièrement américaines. C'est seulement le phrasé et les accents, peut-être le vocabulaire aussi, qui se sont éloignés de leurs origines.

Elle secouait encore la tête, mais j'en avais déjà assez de son insistance à dire que je n'étais pas ce que je suis, alors je déclarai à la manière anglaise – avec trop d'euphémismes – que si nous ne nous mettions pas au travail ce type de réunion ne servait à rien et, à la fin de l'heure, nous en jugerions le résultat insatisfaisant. Ainsi, d'un état de confusion nous sommes vite passés au chapitre de Rachel, dont nous avons discuté pendant les trois quarts d'heure qui ont suivi. Elle était soulagée d'entendre que j'estimais que celui-ci nécessitait très peu de travail. Néanmoins, d'un bout à l'autre de la séance, l'étonnement se lisait sur son visage, comme si un coin de son cerveau continuait à méditer le son de ma voix, ma manière de parler, ou écoutait la rondeur de mes voyelles, le vocabulaire et les expressions idiomatiques que j'employais. Et quand elle voulait associer tout cela avec son idée de ce à quoi ressemble un Américain – bien qu'on puisse être américain dans tous les sens et pourtant pas nécessairement un locuteur dont la langue maternelle serait l'anglais –, elle trouvait que je ne cadrais pas avec son paradigme de l'américanité.

— Il n'y a pas que l'intonation. Je pense que c'est une question de cadence, me dit-elle à la fin de l'heure, ce sont les cadences que vous utilisez et le volume, qui est plus faible que chez la plupart des Américains, et cela tient aussi à vos constructions grammaticales et à votre vocabulaire. Vous avez raison, vous avez des constructions d'esprit britanniques et des mots s'y glissent qui sont ignorés des Américains, voilà pourquoi beaucoup d'entre nous supposions que vous deviez être anglais, et aussi, bien sûr, parce qu'on sait que vous débarquez d'Oxford, alors vous avez droit à cette histoire d'origine si vous voyez ce que je veux dire…

J'acquiesçai d'un signe de tête, mais fus de nouveau distrait par le même jeune homme de Washington Square Park qui s'arrêta un instant sous mes fenêtres. Il était impossible de distinguer son visage dans le crépuscule, même avec les réverbères du parc allumés, mais il était indéniable qu'il resta planté là le temps de vérifier que je me trouvais toujours dans mon bureau. Pendant que Rachel parlait, je me levai et fermai le store.

— … et à cause de ça, à cause de votre passé récent, sachant d'où vous veniez et d'autres trucs dans le même genre, et vous ayant vu donner cette conférence au printemps dernier quand vous étiez là pour vos entretiens et le reste, où vous aviez l'air vraiment, vraiment anglais, probablement parce que vous veniez d'arriver d'Oxford et ne côtoyiez pas d'Américains depuis très longtemps, vous voyez ce que je veux dire ? Bon, on a supposé, je veux dire que je ne suis pas la seule, d'autres gens doivent vous avoir pris pour un Anglais, non ?

— Certains, oui, mais seulement des inconnus.

Ce que je voulais insinuer, c'était que le pataquès de Rachel aurait pu être facilement dissipé si elle avait consacré cinq minutes à ma page Web de la faculté, où une brève biographie universitaire jette une clarté sans ambiguïté sur mon trajet. Ce trait, toutefois, est quelque chose que j'ai remarqué dans sa génération, et davantage encore chez les étudiants plus jeunes : alors qu'ils disposent de toutes les informations du monde, ils semblent encore plus enclins que les générations précédentes à passer aux hypothèses, ou à attendre qu'on leur explique ce qu'ils ne sont pas parvenus à comprendre ou à éclaircir par eux-mêmes, et qui les a plongés dans un état d'incertitude ou de croyance erronée. Cela m'avait surpris à l'époque, mais même à Oxford il y avait eu des occasions où il était apparu, au cours de TD ou d'une supervision, qu'un étudiant ou une étudiante avait piètrement interprété une facette de l'œuvre parce qu'il ou elle ne connaissait pas le sens de certains mots. Malgré le fait d'avoir l'*Oxford English Dictionary* en accès libre en ligne, il ou elle n'avait pas cherché les mots de vocabulaire qui ne lui étaient pas familiers, lisant ainsi avec tant de superficialité qu'il ou elle avait tiré des conclusions dramatiquement erronées sur le texte en question. J'avais espéré qu'en rentrant en Amérique je ne trouverais pas la même paresse intellectuelle, pareille absence de curiosité. J'ai été, il faut le dire, déçu par l'incapacité de Rachel à me voir comme un Américain, probablement bien plus américain qu'elle et depuis plus longtemps. Honnêtement, je n'en avais pas qu'un peu marre. J'ai repensé à ce que l'inconnu m'avait demandé au Caffè Paradiso ce samedi-là, si l'étudiant qui m'avait posé un lapin était une fille et si elle était sexy. Non, me dis-je intérieurement en me rasseyant face à Rachel ce lundi après-midi, elle était bien habillée et pomponnée, mais elle n'était pas sexy. La génétique n'avait pas été généreuse avec elle. J'ai honte d'avouer que son *homeliness*, son manque de charme (un mot peu clair, ayant un sens entièrement différent en anglais de Grande-Bretagne, celui de « candeur », presque le contraire de ce qu'il signifie en Amérique), exacerbait l'amertume que je ressentais à mesure que l'heure avançait et qu'elle, cette jeune femme sans grâce mais très brillante, très prometteuse, se croyait obligée de m'expliquer pourquoi mon accent n'avait rien d'américain à son oreille inexpérimentée, qui n'avait pas beaucoup voyagé.

Comme je la raccompagnais à la porte, je me suis retourné pour dire, sans réfléchir à mes mots et à l'effet qu'ils pouvaient produire :

— Vous savez, Rachel, un des grands avantages de l'Amérique, une des raisons pour lesquelles je voulais rentrer dans mon pays, c'est qu'on peut parler n'importe quelle langue avec n'importe quel accent et ne pas se voir dénier son statut d'Américain.

Rachel rougit et marmonna quelques mots quasi inintelligibles, une sorte de demi-excuse qui *did not go far enough by half*, littéralement « n'allait pas de moitié assez loin », une tournure idiomatique employée par certaines de mes relations britanniques.

— Excusez-moi, ajoutai-je, je n'ai pas très bien entendu.

Ce qui était vrai, mais je ne pus m'empêcher de remarquer qu'elle avait l'air anéanti et à cet instant, je m'écœurai moi-même. Je me comportais mal, comme je ne l'avais pas fait depuis très longtemps.

— Excusez-moi, monsieur O'Keefe, marmonna-t-elle. Je trouve, je ne sais pas, c'est juste que je… interagir avec les autres est vraiment difficile parfois, parce que, j'imagine, je ne trouve pas les autres très transparents.

— Vous devriez vous rendre en Allemagne. Les Allemands sont très transparents. S'ils vous détestent, ils vous le disent.

Et là-dessus elle sortit avec un bruissement dans la nuit glacée de novembre. Je n'avais pas voulu m'exprimer avec autant de véhémence, mais à l'insu de Rachel, je m'étais remémoré une rencontre que j'avais faite à un dîner à la table d'honneur d'Exeter College quelques années plus tôt, alors que la question de ma nationalité revenait sur le tapis pour la énième fois. J'avais déjà acquis la binationalité, pour la raison pratique que celle-ci facilitait mes allées et venues entre la Grande-Bretagne et l'Amérique, aussi, quand une femme de mon âge qui était née et avait grandi à Londres m'a demandé d'où je venais, j'ai répondu : « Je suis américain, mais désormais je suis aussi britannique, je suis un binational. » Elle avait secoué la tête et m'avait repris : « Non, non, vous êtes américain ! » Et quand j'ai protesté avec insistance : « C'est plus compliqué que ça, je vis depuis dix ans en Grande-Bretagne et me suis acculturé jusqu'à un certain point, et je ne prévois pas de retourner en Amérique », elle a secoué encore la tête pour me sermonner : « Non, vous êtes américain avant tout, et même si vous passiez le reste de vos jours ici vous ne seriez jamais britannique. » J'étais si ulcéré par cette femme, une professeure d'anglais dont les parents étaient eux-mêmes des immigrés autrichiens arrivés en Grande-Bretagne dans les années trente, que je ne lui ai plus parlé jusqu'à la fin du repas, ni pendant le pot offert ensuite dans la salle des professeurs, et l'ai ignorée chaque fois que nous nous sommes croisés en ville dans les mois et les années qui ont suivi. Je ne pouvais pas imaginer semblable conversation en Amérique. Je ne pouvais pas imaginer un Américain de naissance assener à un immigré qui réside légalement dans le pays depuis une décennie ou plus, quelqu'un qui a acquis la nationalité américaine, qu'il n'était pas et ne serait jamais un Américain; une telle posture serait contraire aux concepts fondateurs de l'identité nationale américaine.

L'entrevue avec Rachel m'avait perturbé, surtout parce que, depuis mon départ d'Oxford et mon retour à New York, j'avais eu de nombreux échanges similaires avec des inconnus qui me prenaient à première vue pour un Britannique. À plusieurs reprises certains de ces inconnus les moins futés s'étaient entêtés, même après que je leur eus expliqué ma situation et mon histoire personnelle, persuadés que c'était moi qui n'étais pas net sur ma nationalité, que je n'étais pas réellement américain, ou que mes parents devaient être britanniques. Ces échanges tournaient parfois à la confrontation; je commençais à perdre patience à une soirée ou à un autre événement mondain, l'alcool brouillant peut-être la discussion tout en la prolongeant aussi, jusqu'au moment où j'étais forcé de dire en substance : «Écoutez, je suis né dans l'État de New York, de parents nés dans l'État de New York, eux-mêmes nés de grands-parents nés quelque part entre le Maine et la Pennsylvanie. J'ai grandi à New York, j'étais enfant dans cet État, j'y ai fait mes études, j'ai vécu en Amérique jusqu'à la fin de ma trentaine, et puis les aléas d'une carrière universitaire m'ont amené à accepter un poste en Grande-Bretagne et à m'y fixer pendant plus d'une décennie. Certains Américains peuvent vivre à l'étranger sans jamais perdre leur accent natal. Je ne suis pas des leurs. Traitez-moi de caméléon, de poseur ou de snob, ou de tout ce que vous voulez, mais j'ai voulu, peut-être inconsciemment, peut-être volontairement à certains moments, me fondre dans la vie britannique parce que cela devenait lassant de me voir demander deux ou trois fois ce que je voulais dire quand je prononçais un mot, une locution ou une phrase entière qui était mal comprise, conséquence directe de mon accent ou de mon vocabulaire américain, ou d'une concaténation des deux. Je me suis donc livré à de micro-ajustements pour être mieux compris du peuple qui était mon hôte, au sens très réel du mot. En effectuant ce type d'ajustements, j'ai l'air d'un étranger à vos yeux et à ceux de vos semblables mais je ne suis pas moins américain que je ne l'étais quand je suis parti pour la Grande-Bretagne toutes ces années en arrière. Et puis, parce que j'avais peut-être commis l'erreur de mentionner l'année où je m'étais installé à Oxford, une ombre s'interposait entre moi et la personne qui avait mal interprété ma nationalité au point de m'insulter, il ou elle disant en substance : « Oh, êtes-vous parti avant ou après les attentats ? » Et alors il me fallait avouer que mon départ avait eu lieu dans les semaines qui avaient suivi les attaques contre New York et Washington, bien que ce fût une simple coïncidence. Dans très peu de cas, un de ces interlocuteurs durs d'oreille me regardait sévèrement et grognait : « À votre place, je n'aurais pas déserté mon pays en ces tristes heures juste pour un poste ! » Et après avoir fait sa déclaration, la personne prenait son verre ou son canapé et sortait théâtralement, comme si aucune riposte de ma part ne risquait de lui faire changer d'avis. C'était démoralisant, et cette succession de circonstances, y compris la petite confrontation avec la professeure d'anglais d'Exeter College que m'avait rappelée mon quiproquo avec Rachel, avait déteint sur mon échange avec elle en ce funeste lundi après-midi. Les conversations, surtout, peut-être, celles qui entraînent un problème de communication ou un malentendu menant au sentiment qu'un conflit imprévu perturbe l'échange, sont nécessairement impactées par toute une panoplie d'autres souvenirs de conversations sur les mêmes sujets ou des sujets proches, des conversations qui ont dégénéré dans un état de tension ou de conflit ouvert. Parfois, ce processus de réminiscence est déclenché par la simple posture physique de la personne à qui l'on parle, sa manière de tendre la tête ou d'utiliser un doigt pour rejeter ses cheveux dans son dos. Ou par un mot, une expression, un ton de voix rappelant un ancien échange avec une personne différente en un lieu lointain. Puis le catalogue des conversations passées commence à polluer le présent, si bien que, dans ce cas particulier, je ne réagissais pas seulement à la confusion et à l'obstination de Rachel, mais aussi à la confusion, à l'obstination, à la grossièreté et au sectarisme de la professeure d'anglais que j'avais croisée à Exeter, et des Américains qui ont cherché à me caser dans la plus étroite catégorie nationale possible, semblant croire qu'ils connaissaient mon identité mieux que moi.

Mon retour à pied à la maison aurait dû me conduire tout droit au Washington Square Park, mais, sans décision consciente de ma part, j'ai contourné son périmètre nord et est, comme si la vision du jeune homme qui était passé plus tôt devant mon bureau, sa façon de me tourner autour, agissaient à la façon d'un répulsif, même si, avec les jours d'automne qui raccourcissaient, j'avais de toute façon trouvé plus difficile d'affronter le parc après la tombée de la nuit, alors qu'il était bien éclairé et, particulièrement en fin d'après-midi ou en début de soirée, bondé de gens qui rentraient chez eux ou partaient travailler, ou encore sortaient simplement leur chien. Il ne semblait plus être la zone de délinquance et de débauche de mon souvenir, un parc où l'on pouvait à peine faire dix pas sans se voir offrir de la dope ou remarquer l'invitation d'un regard.

Pendant que je contournais l'extrémité du parc, j'éprouvai une pointe de regret pour le ton que j'avais adopté avec Rachel. Semblable agressivité ne me ressemblait pas. Je me mis à lui composer mentalement un message pour m'excuser de mon erreur, tout en expliquant aussi en quelques mots les arrière-plans de mon agacement, et lui assurer que ce n'était pas grave avant de finir en exprimant mon sincère espoir de ne pas l'avoir froissée. Plus j'y pensais, plus je comprenais que la confusion et l'insistance des autres à affirmer qu'ils savaient mieux que moi qui j'étais n'étaient qu'en partie cause de la vive irritation que je ressentais. Ce qui m'irritait au fond, c'était que j'avais accepté le poste d'Oxford par désespoir, étant donné que, à l'époque, le refus de Columbia de me titulariser semblait effectivement avoir mis un terme à ma carrière américaine. Après une telle décision, il n'y a pas grand-chose à faire, nulle part où aller en Amérique, sinon descendre l'échelle, rejoindre une institution moins prestigieuse, peut-être même un centre universitaire de premier cycle, ou pire, un lycée. Confronté à la perspective de devenir un professeur d'histoire pour des potaches qui se fichaient pas mal de la discipline et deviendraient toujours plus hostiles envers un enseignant sur le retour qui, Dieu seul le sait, avait peut-être développé un cancer dont le traitement ne saurait être couvert par la piètre assurance maladie de son travail, et faute de me tourner vers la production de méthamphétamine en cristaux, comme dans cette série improbable, j'aurais pu être prêt à faire quelque chose de tout aussi illégal, par exemple utiliser mes connaissances linguistiques et historiques à des fins de traîtrise, c'est-à-dire en devenant espion, même si, à peine formée, cette pensée m'a semblé grotesque puisque je n'ai aucun accès aux dossiers ou aux secrets du gouvernement, et que ma loyauté, bien qu'engagée et interrogatrice, une loyauté marquée par la fiabilité de ses critiques, n'a jamais été mise en doute. Je n'aurais été qu'un professeur d'histoire de lycée raté, aux connaissances limitées, que n'importe quel gouvernement étranger pouvait désirer stipendier. Je ne suis encore en possession de rien – d'aucune information, d'aucun secret, d'aucune relation (du moins, je crois que c'est vrai) – qui puisse éventuellement servir à un autre que moi, peut-être à mes héritiers et à quelques-uns de mes étudiants et collègues. Je ne sais rien qui pourrait ou devrait me rendre suspect pour les autorités de l'un ou l'autre bord de toutes les divisions qui morcellent aujourd'hui notre monde.

Bien que j'aie eu une veine incroyable en décrochant le poste d'Oxford étant donné ce qui s'était passé à Columbia, mon exil n'avait rien d'un choix librement consenti, puisque l'alternative – une carrière d'enseignant mal payé dans le secondaire ou de criminel de n'importe quel type – était si horrible que je ne pouvais que quitter mon pays natal pour trouver un meilleur poste ailleurs. C'était ça qui me turlupinait, le ressentiment que j'éprouvais pour avoir été contraint de complexifier mon rapport avec l'idée d'appartenance à un endroit.

En tout cas, je me jurai d'écrire un mot d'excuses à Rachel et de l'expédier le lendemain, puis renonçai à cette pensée puisque je n'aurai aucune occasion de la revoir d'ici le printemps prochain.

Quand je suis rentré chez moi – bien qu'il soit étrange de me sentir chez moi dans ce logement puisque, depuis tant d'années, mon chez-moi était une maison victorienne en briques rouges avec une haie de hêtres dans la petite cour avant pour masquer les fenêtres du salon depuis la rue –, un nouveau carton m'attendait, de la même taille que le premier, l'adresse écrite de la même main. Y aurait-il des traces susceptibles d'intéresser la police scientifique ? L'expéditeur avait-il porté des gants ? Pouvait-on même se fier à la police ?

Je pris l'ascenseur avec ce second colis, que j'ouvris comme le premier et où je trouvai encore deux mille feuillets environ couverts d'adresses Internet. Je posai les cartons l'un à côté de l'autre, me demandant ce que je devais en faire ; aucun des deux ne portait le cachet de la poste, tous les deux m'étaient indubitablement destinés, ce qui laissait à penser que la livraison obéissait à une intention précise, mais ce que cela signifiait ou qui pouvait envoyer ces colis, je ne parvenais pas à me l'imaginer. Je téléphonai au concierge, Manu, et lui demandai qui avait déposé le colis.

— Désolé, monsieur, je ne sais rien de ce gars.

— Que voulez-vous dire ?

— Il avait l'air d'un coursier à vélo, vous voyez, et il portait un de ces masques anti-pollution, avec un grillage, un genre de masque à gaz ? Et des lunettes de soleil et un casque, alors je ne pourrais pas le décrire…

— A-t-il dit quelque chose ?

— Juste pour être sûr que son colis vous arrive bien.

— Rien d'autre ?

— Nan. Il n'était pas très amical. Les trois quarts de ces gars, vous savez, même s'ils sont pressés et qu'ils ont une journée de merde… Oh, excusez, monsieur…

— Ce n'est pas grave.

— Ce que je veux dire, c'est que même quand ils ont une journée vraiment, vraiment pourrie, les trois quarts de ces gars, ils restent polis, mais ce gars-là était grave impoli. C'était un sale enfoiré !

Je remerciai Manu, raccrochai et me servis un verre de vin, mais la curiosité s'empara soudain de moi ; je ressortis les cartons et m'assis avec eux ouverts devant moi, pour tourner les pages une à une, pensant les regarder toutes, au moins parcourir en diagonale ce qui était imprimé sur chacune, même si cela devait me prendre toute la nuit. Habiter un immeuble pourvu d'un concierge, ce qui revient à vivre avec un intermédiaire entre mon espace domestique et le monde extérieur, apporte un sentiment de confort et de sécurité appréciable. Une des conséquences inattendues d'habiter dans Divinity Road à Oxford, c'était la profonde vulnérabilité que j'ai ressentie quand j'ai emménagé et que j'ai découvert pour la première fois depuis mon départ de la maison familiale pour l'université l'effet que cela produit de voir un visiteur imprévu se présenter à ma porte d'entrée sans avoir au moins un interphone entre moi et le monde extérieur. Au pire, quand j'habitais avec Susan et Meredith dans la 75e Rue, on avait de temps en temps un ivrogne qui nous réveillait en pleine nuit par des coups de sonnette. Parfois, le temps que je me réveille, Meredith pleurait devant la porte. Et il y avait eu la fois, terrible, où Susan avait emmené Meredith à Amsterdam en voyage mère-fille et où j'étais seul dans l'appartement. Quelqu'un avait appuyé à plusieurs reprises sur la sonnette à trois heures du matin et j'étais sûr que ce n'était pas une erreur, que même si l'importun – il s'avéra que c'était un homme – était bourré, il savait exactement où il était ; de fait, c'était vrai, parce que, entre ses fixations sur la sonnette, il se reculait sur le trottoir dans un équilibre instable et levait les yeux vers notre appartement pendant que je me cachais derrière le rideau pour l'espionner, et bien qu'il ne criât ou ne braillât pas, parce que cela aurait attiré l'attention du voisinage ou de la police, il tendait le doigt vers notre appartement en le pointant dans les airs, et plus il s'excitait, plus j'étais convaincu que ce devait être un étudiant que j'avais vexé ou qui croyait que je lui avais nui en quelque manière, ruinant ses chances de suivre un troisième cycle, ou qui sait quoi, parce que les étudiants peuvent, certains d'entre eux, devenir incroyablement lunatiques, imprévisibles et même dangereux.

À Oxford, les intrusions dans mon intimité étaient plus brutales ; n'importe qui pouvait se présenter à ma porte dans Divinity Road, et sonner ou frapper du poing. Ou encore, comme certains Britanniques y sont enclins, faire claquer la boîte aux lettres, bien que ce geste soit souvent celui d'un ouvrier ou d'un livreur et m'ait toujours paru l'acte le plus intrusif de tous, étant donné que ces mains étrangères pénétraient effectivement *dans* ma maison, *dans* mon espace domestique privé. Il finit par me devenir si insupportable que je posai une petite pancarte disant : « SONNEZ SVP », après quoi les claquements de la boîte aux lettres s'espacèrent. Toutefois, en de multiples occasions, les catégories de visiteurs auxquelles j'avais affaire étaient inquiétantes au point que, si je n'attendais personne, si on ne téléphonait ou ne textotait pas avant d'arriver, je n'ouvrais tout simplement pas. Avant de prendre cette décision, j'avais eu de nombreuses mauvaises surprises sur le pas de ma porte. Certaines étaient bénignes : conseillers municipaux faisant du porte-à-porte pour voir si leurs résidents avaient des soucis, candidats en campagne ou bien encore bénévoles envoyés par des œuvres caritatives qui voulaient m'extorquer mes références bancaires pour assurer un virement mensuel à leur organisation. Aucune de ces intrusions ne me troublait outre-mesure. En d'autres occasions, toutefois, je flairai un objectif plus tordu, ou me trouvais face à un homme ou une femme, travaillant souvent pour une société, un service public ou un fournisseur de très haut débit ou autre chose dans ce genre, qui ne s'en laissait pas conter et n'hésitait pas à argumenter avec moi, me demandant pourquoi je ne devrais pas changer de fournisseur de large bande alors que je payais sans aucun doute beaucoup trop, ou pourquoi je ne voudrais pas obtenir un débit plus rapide alors que celui-ci m'était offert à un tarif spécial, et quand je répondais à l'individu que même si je devais changer de fournisseur d'énergie ou remplacer mon fournisseur de services Internet je ne le ferais pas en personne sur mon pas de porte mais au téléphone ou sur Internet, il devenait souvent furieux, comme si je le remettais en question et insinuais qu'il n'était pas fiable, ce qui, de fait, était le cas. J'ai toujours eu du mal à faire confiance aux inconnus.

Et puis il y avait eu d'autres rencontres, plus ambiguës. Une fois, une femme a sonné à ma porte, une Polonaise qui, prétendument étudiante aux Beaux-Arts, colportait ses dessins de chatons et de cottages anglais kitsch. Je l'ai congédiée, mais elle est repassée tous les jours pendant une semaine jusqu'à ce que je la menace d'appeler la police si elle revenait. J'ai appris par la suite qu'elle avait harcelé également mes voisins, même certains de mes collègues qui vivaient dans d'autres quartiers d'Oxford. Cela s'est passé au début de la vague d'immigration polonaise en Grande-Bretagne. Une autre fois, un jour où je me sentais faible ou plutôt dépressif, ou peut-être juste fatigué de vivre loin de l'Amérique où ce genre de choses semblait ne pas arriver, ou, du moins, ne m'étaient jamais arrivées, deux Moyen-Orientaux avaient sonné. J'avais oublié de regarder par l'œilleton avant d'ouvrir et fus décontenancé de voir des barbus souriants plantés sur le seuil. Ma première pensée avait été qu'ils venaient de la mosquée locale et faisaient du porte-à-porte pour une campagne de bonnes relations intercommunautaires, mais ils m'ont expliqué qu'ils recueillaient des signatures et des dons pour renverser le régime syrien. Posté dans mon couloir au carrelage victorien multicolore, je les ai autorisés à me parler de la dictature et des nombreuses infractions aux droits humains qui avaient lieu dans leur pays. Parce que, pour parler franc, j'avais un peu peur de ces hommes, j'ai signé leur pétition, libellé un chèque de vingt-cinq livres à l'ordre d'une organisation d'aspect inoffensif qui comptait « Démocratique » ou « Démocratie » dans son nom – je ne me rappelle plus exactement. Le chèque a été encaissé dans la semaine, même si j'avais songé un instant après le départ des hommes, alors que j'étais encore dans le couloir, le chéquier à la main et tremblant de tous mes membres, à l'annuler, mais j'ai eu peur que s'ils découvraient qu'il était en bois, ces hommes ne reviennent. Et qui pouvait dire quelles représailles ils seraient capables d'exercer pour récupérer les vingt-cinq livres que j'avais données en apparente bonne foi ? Dans un coin obscur de mon cerveau, je n'oubliais pas que les musulmans ou les Arabes, ou cette tranche de la population humaine où les deux groupes se croisaient, n'étaient pas clairs avec l'argent. Ou plutôt qu'ils ont, dans leur rapport à l'argent, une éthique différente de celle des chrétiens ou des juifs, et que mon incapacité à donner de l'argent en toute bonne foi pouvait être considérée comme un manquement à la charia, bien que ce système n'ait pas sa place en Grande-Bretagne. Mais la Grande-Bretagne, depuis que j'y vivais, à mi-chemin du temps que j'y passerais, me semblait plus activement islamiste que la première fois où j'y avais débarqué. Ces hommes devaient avoir frappé à ma porte, dans Divinity Road, après les attentats de Londres. À ce moment-là, je me suis souvenu avoir vu à la galerie Modern Art Oxford un poster représentant la ville sous la forme d'un paradis islamique, avec des minarets et des dômes dressés dans le ciel d'Oxford et des femmes en *burqa* ou *niqab* dispersées dans le paysage urbain, étendues sur des tapis persans. Ce poster avait provoqué en moi une sorte de colère viscérale que je ne pouvais pas comprendre ni m'expliquer complètement. À l'époque, j'avais quelques amis musulmans et peu d'informations sur leur religion, excepté les grossières versions véhiculées dans une bonne partie des médias occidentaux pendant les premières années de la guerre contre la terreur. Je sais maintenant qu'il y a autant de sortes de musulmans que de chrétiens, de juifs, de bouddhistes ou d'hindous, et j'aime à penser que si la même chose m'arrivait aujourd'hui, ma réaction serait tout à fait différente, grâce aux très bons amis musulmans que je me suis faits, et aux épatants collègues du Moyen-Orient que je suis venu à côtoyer et dont je respecte le travail, sans parler de la relation plus intime que j'ai eue (que j'ai toujours ? la question reste ouverte) quelques années plus tard, une relation qui a modifié ma perception de l'islam plus profondément que je n'aurais cru possible. Mais, à l'époque, imaginer Oxford, un haut lieu de la tradition et de l'enseignement chrétien, transformé en avant-poste d'un nouveau califat me semblait aussi grotesque que si on devait voir dans La Mecque le foyer d'une église chrétienne pentecôtiste ou un centre commercial du Midwest. Le croisement de ce remake imaginaire d'Oxford avec les hommes à ma porte faisant campagne pour la Syrie manqua m'anéantir.

Tout cela tourbillonnait dans ma tête tandis que, assis dans mon appartement new-yorkais, je tournais les pages d'adresses Internet, lesquelles, bien que banales au premier abord, commençaient à m'inquiéter. Je crus en reconnaître certaines, pas seulement avec l'évidence avec laquelle je notais l'adresse racine du *New York Times*, de la National Public Radio, du *New Yorker* ou du *Guardian*, ou de toute sorte d'autres sites Internet que je fréquente, mais parce que je me mis à repérer les adresses complètes de reportages que je savais avoir lus récemment. Et puis je vis des adresses qui, sincèrement, me donnèrent des sueurs froides, non parce que mon nom y figurait, mais parce que c'étaient les adresses de deux boîtes de réception, une du serveur de NYU et l'autre du service de messagerie de Google. Je saisis mon ordinateur portable, me connectai à mon compte Gmail et me mis à taper des adresses figurant sur le tirage que j'avais sous les yeux. Des messages que j'avais envoyés ou reçus commencèrent à apparaître à l'écran. À cet instant, mon estomac se noua, je sentis un frisson me parcourir et mon cœur se mit à cogner. Ce truc, compris-je, ces milliers de pages devant moi avec qui sait combien de dizaines ou de centaines de milliers d'adresses était un tirage papier de mon propre historique Internet. Combien de jours, de semaines, de mois ou d'années étaient représentés par ces deux mille cinq cents pages d'adresses, voire cinq mille si le deuxième carton n'était pas un simple jeu de doubles ? (J'ai vérifié, les pages avaient l'air différent.) Combien de moments de ma vie s'étalaient sous mes yeux, et qui diable pouvait m'avoir envoyé ça ? Qu'est-ce qu'on pouvait bien essayer de me dire, hormis l'évidence, à savoir qu'on pouvait voir exactement où j'étais allé, et que quelqu'un contrôlait mes faits et gestes depuis un certain temps ? La surveillance numérique n'était pas en soi une surprise, mais les autorités ne présentaient sûrement pas les informations recueillies à la personne surveillée... Non, c'était là, j'en étais certain, le travail d'une entité privée, peut-être de quelqu'un qui m'en voulait et cherchait à me faire chanter. C'était – je le savais, je le sentais soudain, j'y voyais très clair – une possibilité que trop réelle, car il existait sans aucun doute des secrets de la décennie passée susceptibles d'être divulgués par mon activité en ligne. Des secrets qu'on pouvait utiliser contre moi, soit dans une tentative pour m'humilier publiquement – c'était possible, réellement, même si j'avais la certitude de n'avoir rien fait qui puisse être jugé comme étant intrinsèquement mal –, soit, et cette hypothèse semblait moins probable, pour essayer de me faire perdre mon poste, même si je suis incapable de dire pourquoi on pourrait avoir un tel but. Je ne garde aucune rancune envers mes anciens collègues de Columbia, que ce soit au collège ou à la faculté d'histoire, et durant les mois suivant mes débuts à NYU j'ai trouvé tous mes collègues professionnels et, sincèrement, charmants.

Cette nuit-là, des heures durant, je parcourus mon historique, dans le style télégraphique des adresses mail. Je dis parcourus, alors que, en réalité, j'ai à peine entamé ces cinq mille pages, parce que, une fois que j'eus confirmé ce que j'avais devant les yeux, la tentation de confronter ces adresses avec mon souvenir, de vérifier si chaque message que j'avais envoyé et reçu était bien comptabilisé (et ils l'étaient tous, à mon ébahissement, jusqu'au dernier, à partir d'une semaine avant l'arrivée du premier carton et en remontant dans le temps, bien que je n'aie pas pu voir jusqu'où à la première lecture), et en revivant ainsi mes activités récentes, j'ai éprouvé l'inanité et la perte de mon temps, mais aussi l'horreur qu'il y a à être surveillé, à savoir que même si on n'espionnait pas tout ce que je faisais, on *enregistrait* sûrement *pour un usage futur* tout ce que je lisais, écrivais et regardais en ligne. Je n'imagine rien, je suis assez sensible pour savoir que tout ceci est vrai, à savoir l'intrusion que j'ai ressentie pendant les heures passées seul dans mon appartement par un lundi soir glacé, aussi douloureuse ou traumatisante qu'un viol, le viol étant la métaphore à laquelle mon esprit s'est tout de suite raccroché. Cette violation me faisait l'effet d'une main me défonçant les tripes pour m'arracher le cœur. Impossible d'aller me coucher. C'est une chose d'imaginer une entité gouvernementale anonyme consignant quelque part mes faits et gestes, c'en est une autre de voir qu'on se donnait le mal d'imprimer les archives de ces mêmes faits et gestes sur du papier blanc, de les ranger dans une boîte en carton, d'emballer celle-ci de papier brun et de l'adresser au marqueur permanent avant de le faire livrer ou de le livrer soi-même, en personne, incognito, à mon adresse postale.

Incapable de trouver le sommeil, je regardai le lever du soleil, sachant que je ne pourrais pas donner mon cours ce mardi matin-là. À la radio, Democracy Now annonçait que les Nations unies avaient organisé des pourparlers de paix entre les rebelles et le gouvernement syrien, tandis que le gouvernement pakistanais dénonçait la guerre des drones en cours aux États-Unis, laquelle, selon le *Washington Post*, était sous le contrôle de la CIA plutôt que de l'armée américaine. Sur le site Internet du *New York Times*, je lus quelque chose sur l'entrée en vigueur de l'interdiction des manifestations de rue en Égypte et, parce que je m'interrogeai soudain sur la sagesse qu'il y avait à lire un tel article sous une forme traçable et, surtout, parce que le sujet en soi était quelque chose à quoi je refusais de réfléchir, j'éteignis mon ordinateur pour contempler par la fenêtre la morne lumière de novembre, voyant en imagination un visage dans les mouvements des nuages derrière la projection de la mémoire. Un visage que j'avais essayé, en vain, d'oublier, ainsi que les trois syllabes, la disposition des phonèmes liée à son image.

Comme c'était la semaine de Thanksgiving et qu'une grosse tempête menaçait la côte Est, personne ne se plaindrait si j'annulais mes cours, ce que je me hâtai de faire. N'ayant nulle part où aller, je restai au lit toute la matinée, à écouter la radio et lire les informations sur l'Égypte, la Syrie, l'Iran, l'Irak, le Pakistan, le Yémen, alors même que je refusais de penser à ces pays, à écouter et à lire assiégé par les archives de ma vie récente, parfois secoué de crises de larmes et de tremblements. Il y avait sur ces pages plus de ma vie archivée que je ne voulais m'en souvenir. Non que j'aie fait quoi que ce soit de répréhensible. Une vie sexuelle vécue en solitaire, dans l'isolement, avec des images fixes à l'écran, pas même un autre adulte interagissant de manière vivante bien qu'à distance à l'autre bout d'une connexion anonyme, ne semblait pas extraordinaire, puisque tant de gens s'adonnent au porno et que le porno que j'avais regardé au fil des ans n'était même pas terriblement exceptionnel, oserais-je. Cependant, avoir des aperçus des circonvolutions de mes fantasmes et désirs ainsi cartographiés m'exaspéra au point que j'eus le sentiment que je ne pouvais même plus sortir de l'appartement, terrifié à l'idée que la honte enflamme mes joues et mon front, visible par tous.

Et si, de fait, ces pages venaient d'un de mes actuels étudiants, peut-être même de Rachel? Elle avait eu un comportement légèrement atypique la veille, et on était en droit de soupçonner que, en tant qu'une de mes plus proches stagiaires, une de mes étudiantes que j'avais fini par connaître le mieux au cours des premiers mois de mon retour à New York, elle ait pu se vexer de quelque chose que j'avais dit dans le fatras de remarques faites sur son travail. Il est possible que, sans le savoir, j'aie suscité sa colère, au point qu'elle ait cherché peut-être à me harceler ou à me menacer. Ce genre de chose s'était déjà produit à Oxford, je dois l'avouer, et même plus d'une fois.

Je ne peux expliquer pourquoi j'ai toujours attiré cette catégorie particulière d'étudiantes au fil des ans. Dans un de mes groupes de TD, lors de ma première année à Oxford, j'ai eu une étudiante du nom de Jayanti, et dans ce petit groupe (il y avait peut-être au plus cinq ou six étudiants de deuxième année de premier cycle, je pense), Jayanti était toujours la moins préparée, parfois elle ne l'était même pas du tout, oubliant de mener à bien ses lectures ou de rédiger un devoir présentable. À mi-chemin du trimestre de huit semaines au cours duquel le problème se présentait (je crois que c'était Michælmas, je me souviens que les arbres jaunissaient, plus précisément je me souviens avoir enchaîné les promenades pour tenter de régler ce qui arrivait et avoir senti les feuilles mortes sous mes pieds), Jayanti cessa d'assister aux TD. À chaque séance de TD qu'elle manquait, je lui adressais un courriel pour notifier son absence, lui demander si elle était souffrante, espérer qu'elle pourrait assister à la prochaine séance, lui rappeler que les travaux dirigés étaient obligatoires et qu'elle devait m'expédier le travail qu'elle ne m'avait pas remis en personne. Je mettais toujours en copie le tuteur universitaire. Au début, Jayanti avait des réactions modérées, elle s'excusait, déclarait être malade, présentait un certificat médical, sollicitait un arrangement pour rattraper le cours manqué, bien que je ne sois aucunement obligé d'assurer un tel service et que je ne pense pas que nous ayons eu d'entrevues en dehors des séances ordinaires de travaux dirigés.

Pendant deux semaines, Jayanti est venue en cours, même si elle ne semblait toujours pas bien préparée et que les dissertations qu'elle avait remises auraient pu être rédigées par quelqu'un d'autre. Et puis, dans les derniers quinze jours du trimestre, alors qu'on approchait des vacances de Noël, elle ne s'est montrée à aucune séance et n'a même pas daigné m'écrire pour justifier son absence. Aussi, en représailles, je lui ai adressé un courriel ferme mais professionnel, mettant de nouveau en copie le tuteur de l'université, pour notifier son absence et lui rappeler une fois de plus que les travaux dirigés étaient obligatoires et qu'un certificat médical était nécessaire en cas d'absence.

C'est alors que les véritables ennuis ont commencé. Jayanti a répondu en quelques minutes, m'accusant de mentir, prétendant qu'elle était venue aux TD mais avait trouvé la salle vide, qu'elle avait frappé plusieurs fois en appelant mon nom mais que personne n'avait répondu. C'était pure invention, ou bien elle s'était trompée et était entrée par erreur dans une autre salle, ou alors elle délirait, peut-être, commençais-je à me dire. Elle alléguait que je l'avais « traitée durement » tout le semestre, que je la rabaissais, la menais à la baguette, me montrais paternaliste avec elle et un certain nombre d'autres choses, accusations toutes infondées. Elle concluait son message en menaçant de se jeter du toit du Collège ou de sauter dans la Tamise depuis le Folly Bridge. Comme elle avait mis en copie de son message non seulement le tuteur universitaire mais aussi le directeur du Collège et l'intendant de l'université, ainsi qu'un certain nombre de mes collègues de la faculté d'histoire, on a ouvert une enquête sur mon comportement, qui impliquait un long interrogatoire de tous mes étudiants. À ma grande satisfaction, tous mes autres étudiants ont déclaré que Jayanti mentait, que j'étais un professeur exigeant mais aussi juste et respectable, que nous étions tous dans ma salle pendant les TD en question et que personne n'avait frappé, pas une fois, ni crié mon nom. L'enquête avait été close avant la fin de ce trimestre de Michælmas mais j'ai passé les vacances seul – les *vac*, comme disent les Britanniques, mot dans lequel j'ai toujours entendu « *vacuum* », une association pas tout à fait déplacée pour moi durant ma première année à Oxford où je ne suis pas retourné aux États-Unis –, tuant ces semaines sinistres entre les quatre murs de mon logement, sans trouver d'occupation dans une ville qui ferme aux trois quarts pour Noël, ou allant par désespoir passer quelques jours prohibitifs à Londres pour faire le tour des galeries et assister à des concerts. Je ne m'étais jamais senti aussi seul de ma vie. Ma femme et ma fille me manquaient. Ma mère et mon père décédé me manquaient. Je me demandais pourquoi j'étais venu en Grande-Bretagne et pourquoi je n'avais pas eu le bon sens de rentrer pour les fêtes, même si cela m'aurait obligé à dormir sur le canapé d'un ami new-yorkais ou à passer Noël avec ma mère dans sa maison de Rhinebeck. Je n'ai plus jamais commis la même erreur ; par la suite, coûte que coûte, j'ai toujours pris un avion pour New York au moment de Noël.

Mon expérience avec Jayanti était si navrante que j'ai failli démissionner, séance tenante, parce que, en dépit des problèmes que j'avais rencontrés à Columbia, qui étaient à leur façon infondés, je n'avais jamais été accusé jusque-là de faute professionnelle par un étudiant. Personne n'avait jamais menti aussi effrontément à mon sujet et personne n'avait non plus menacé de se suicider à cause de mon enseignement. C'était là l'aspect le plus déplorable de l'affaire, j'y pense maintenant, que la psychologie d'une jeune femme soit si perturbée qu'elle puisse menacer de se tuer. La direction du Collège, il faut le lui reconnaître, a géré l'incident avec tact, plaçant Jayanti sous un régime de probation. Elle a quitté l'université sans finir son année, mais est restée vivre à Oxford avec son petit ami, qui était aussi inscrit au Collège, j'ai donc continué de la croiser au fil des ans, souvent aux moments les plus inopportuns, de sorte que je commençais à avoir l'impression qu'elle pouvait me traquer, chercher à se venger du rôle que j'avais joué dans l'arrêt de ses études supérieures.

Les adresses de ces messages qui avaient circulé entre Jayanti et moi se trouvaient peut-être maintenant devant moi sur le lit, sur une de ces cinq mille feuilles de papier, probablement près du bas de la pile, même si, alors que je les tournais, elles devenaient une mer clapotante de noir sur blanc, et que l'ordre qui avait pu exister eût disparu. Quelle importance ! Je savais ce qui était devant moi, ce que ces pages représentaient, je savais aussi que quelqu'un, peut-être de très proche, voulait m'avertir que j'étais sous surveillance.

Grandir dans une société donnée, c'est-à-dire grandir dans tout type de communauté, implique pour une bonne part de s'acculturer dès la prime enfance à l'expérience d'être surveillé. On peut même aller jusqu'à dire que la condition humaine est liée à la surveillance. Ne pas être surveillé, de fait, est considéré comme un crime, crime de négligence ou d'abandon parental. L'enfant laissé sans surveillance devient l'enfant abandonné, l'enfant sauvage, la fillette ou le petit garçon élevé par les loups, découvert souvent à l'adolescence quand on essaie de l'habituer de force au fait d'être contrôlé, à la surveillance, aux modes de comportement qu'une société donnée requiert d'un individu de n'importe quel âge afin qu'il puisse rester un membre reconnu de la communauté. Je repense à la manière dont je me suis rendu compte qu'on s'occupait de moi enfant, aux moyens par lesquels j'ai pris conscience en premier lieu que mes parents prêtaient attention à ce que je faisais, me surveillaient et me punissaient si je faisais quelque chose qu'ils considéraient comme inapproprié ou simplement « vilain », bien que, quand je parle de punir, je doive préciser que mes parents ne croyaient pas aux châtiments corporels : je n'ai jamais été battu, et n'ai jamais reçu ni fessée, ni gifle, ni claque – *smack*, diraient les Anglais. En guise de punition, mes parents m'envoyaient dans ma chambre. Étant un enfant sociable, pas particulièrement adonné à la réflexion, c'était un châtiment efficace, même s'il était toujours énoncé en termes rationnels : « Jeremy, va dans ta chambre réfléchir à ce que tu as fait, je te prie, tu en ressortiras quand tu seras prêt à te comporter en être humain civilisé. » Dans ma fureur ou mon caprice, ulcéré que ce que j'avais fait soit considéré comme vilain ou non civilisé, je me réfugiais en traînant des pieds dans ma chambre, fermais la porte – j'ai vite appris à ne pas la claquer, car cela transformait la punition en une forme active de correction, par exemple devoir astiquer toute l'argenterie, arracher les mauvaises herbes des plates-bandes de ma mère ou encore ramasser la moindre brindille ou branche tombée sur la pelouse – et m'installais à mon bureau pour dessiner ou me couchais sur mon lit, où je me plongeais dans la lecture pour calmer mon hyperventilation. Pendant que je lisais ou dessinais, mes pensées revenaient à ce que j'avais pu faire pour mériter cette punition. Et en certaines occasions je me rappelle ma surprise que mes parents aient découvert la bêtise que j'avais commise parce que cela aurait pu sembler le genre de chose que personne ne remarquerait à l'époque.

La découverte que ses actes sont observés, par exemple que, si je lâchais des escargots dans l'évier de la cuisine, ma mère saurait immédiatement, contrairement à ce que je croyais, que c'était moi qui les y avais mis et qu'ils n'y avaient pas rampé tout seuls, signifiait que je devais progressivement apprendre à m'autocorriger, ou à surveiller mon comportement et à agir dans les limites de ce qui était considéré à la maison comme civilisé. Par le simple jeu du hasard, mes parents avaient un sens très étroit de ce qui était civilisé, au moins comparé au reste du monde, aussi lorsque je suis entré à l'école j'ai été classé par les maîtres comme un « garçon sage ». Et parce que c'était gratifiant et que je répondais positivement à ce type d'attention et de soutien, je continuais à suivre les règles et à bien me comporter, de peur de devenir un « vilain garçon » ou un « garnement ».

L'école élargissait la sphère de surveillance et de contrôle. Il ne s'agissait plus seulement du contrôle de mon comportement : les produits de mes efforts créatifs et intellectuels étaient eux aussi objets d'analyse, critique, notation, etc. Ce processus de voir mon travail évalué et décortiqué compensait mon désir d'être à la fois un « garçon sage » et un « bon élève ». Je savais que tout ce que j'écrivais, dessinais, peignais en classe serait jugé par quelqu'un d'autre et, par conséquent, à la différence de mes pairs qui pour toutes sortes de raisons n'éprouvaient pas le même élan, je m'efforçais de perfectionner tout ce que je faisais, d'être aussi exact que je le pouvais, de connaître toujours la réponse, de dessiner et de peindre des objets, des gens et des animaux en aspirant à la vraisemblance, voire au réalisme, même si j'ignorais la signification de ce mot avant d'aller à l'université.

L'observation de ses pairs, bien sûr, fait aussi partie intégrante de ce processus d'acculturation à la surveillance, sachant que Kelly, Jason, Emily et Chad m'épiaient autant que je les épiais, et que si je faisais une bêtise ou un acte non civilisé à l'insu de mes professeurs, il y avait souvent de fortes chances, une quasi-certitude, pour qu'un de mes camarades de classe irait rapporter et dire au premier adulte venu ce que j'avais fait. Je savais que c'était le cas parce que j'étais moi aussi un rapporteur, alors que rapporter avait un statut ambigu dans la culture scolaire, les enseignants dénigrant l'acte de rapporter autant qu'ils récompensaient, de diverses manières immatérielles, l'enfant qui révélait les forfaits de ses camarades de classe. Nous étions donc dressés à espionner et à rapporter, et en même temps on nous disait que l'acte de rapporter, de raconter ce qu'on avait vu, était en quelque sorte sale. Qu'être un rapporteur n'était guère différent d'être un mouchard, et qu'être un mouchard n'était guère différent d'être un espion, c'est-à-dire un expert en trahison, qui pourrait facilement être amené par une force adverse à nous espionner. Je rapporte sur Shelley, mais la prochaine fois que je la verrai faire quelque chose de mal elle me soudoiera pour que je me taise, et dès l'instant où j'accepterai le marché et garderai le secret sur ses mauvaises actions, peut-être même monterai-je la garde au cas où Mrs Stuyvesant approcherait de l'endroit où a lieu ledit comportement prohibé quel qu'il soit, à cet instant même je deviens un agent étranger dans le royaume de l'école, agissant contre l'intérêt supérieur de la culture collective, contre le pouvoir du système de gouvernement et de contrôle. Et cela parce que je me suis révélé un bon espion qui est aussi assailli par sa propre faiblesse, peut-être juste la faiblesse de vouloir être aimé, ou parce que je désire quelque chose que ma propre allégeance ne peut me procurer, mais grâce à l'argent de Shelley je pourrai m'offrir tout ce qui pourrait m'inciter à m'en prendre au reste du monde. Les enfants sont formés à l'art de la surveillance et de la trahison dès le moment où on les laisse jouer ensemble hors de la surveillance des adultes, mais avec la promesse que, au final, les adultes reviendront pour leur rappeler que tout sentiment de liberté est fallacieux. Être humain, c'est être observé, faire partie de la société, parce que nous sommes des animaux politiques, mais nous ne nous attendons pas à ce que cette surveillance du groupe ou du gouvernement s'étende à nos vies privées adultes. Les plus rationnels d'entre nous croient que, tant que nous n'enfreignons pas les lois, il n'y a pas de raison que les autorités espionnent ce que nous faisons chez nous, dans les limites de notre propriété privée. Pourtant il a été démontré à maintes reprises, par le comportement des forces de l'ordre et des services de renseignement, que cette croyance en apparence rationnelle est profondément erronée.

Ce mardi 26 novembre, deux jours avant Thanksgiving, je ne mangeai pas bien. Je gardai le lit sauf pour aller aux toilettes, me faire un café au lever, manger un bol de céréales et des fruits pour petit-déjeuner, un sandwich pour déjeuner. Pour dîner, je commandai des rouleaux de printemps et une soupe *phô* végétarienne et pris mon repas dans mon lit, à l'instar d'un sultan débauché qui médite sur le cours de sa vie et passe en revue la trace de ses pensées et caprices, ses petites histoires, la banalité de ses triomphes et défaites, imprimés froidement devant lui.

Je me remémorai la dernière fois que j'avais mangé au lit, il y a plus d'une décennie, lors de ces sinistres vacances de Noël durant ma première année en Angleterre. Bien que, à l'époque, je ne fusse pas encore sûr que mon mariage avec Susan était vraiment fini, si notre séparation se traduirait par un divorce ou si une renégociation des conditions de notre ménage pouvait être encore possible, j'avais décidé de fréquenter d'autres gens. Ou plutôt Susan et moi étions convenus que, dans le cadre de la séparation, nous allions (selon ses propres mots) « explorer le vaste spectre de nos désirs ». Comme j'avais des goûts assez limités, je suis parti en quête de quelqu'un qui, je le vois avec le recul, était seulement une version différente de Susan.

Une autre universitaire, une personne érudite, une intellectuelle dotée d'un charme discret.

Au Collège, il y avait une jeune postdoctorante, alors proche de la trentaine, qui travaillait sur un aspect de l'histoire de l'après-guerre en Grande-Bretagne, quoiqu'il n'ait jamais été totalement clair pour moi quel était son sujet ou son objectif, cela ressemblait davantage à de la philosophie qu'à de l'historiographie. Après un dîner d'honneur particulièrement dissipé, nous nous étions retrouvés seuls dans la cour de devant à trois heures du matin. Nos chambres étaient desservies par des escaliers opposés, bien que toutes deux situées au dernier étage, de sorte que, à maintes occasions, quand il faisait chaud – et il y avait eu de belles journées automnales au cours de mes premières semaines à Oxford –, nous nous étions mutuellement entrevus perchés au soleil sur les créneaux et avions commencé à bavarder chaque fois que nous nous croisions en salle des professeurs. Lors de cette nuit de débauche, qui était aussi fin novembre, nous nous sommes appelés par nos prénoms, Jeremy et Bethan. Je suis certain que c'est elle qui a fait le premier pas en me proposant un dernier verre dans ses appartements. Je l'ai suivie dans l'étroit escalier de bois non ciré et me suis retrouvé en train de lutter pour ne pas tomber raide pendant qu'elle ouvrait sa porte à tâtons avec sa clé. Et puis, une fois qu'on a été seuls dans son logement, qui était très semblable au mien, elle nous a servi un whisky que je n'ai pas pu me résoudre à avaler. Nous avons parlé, à moitié allongés l'un près de l'autre sur son canapé, sa jupe noire légèrement remontée sur ses jambes, les pieds déchaussés, et au bout d'une heure nous nous sommes tous les deux assoupis. Le canapé était assez profond pour qu'on puisse y être étendus confortablement l'un à côté de l'autre en gardant la même position jusqu'à l'aube. Comme on était samedi, aucune femme de ménage ne passa faire le ménage des lieux. C'est le soleil qui nous réveilla, ou, en tout cas, me réveilla, et quand j'ouvris les yeux, je sentis aussi le doigt de Bethan écrire une légende sur mon dos. Elle approcha son visage du mien et nous échangeâmes un baiser, même si nous avions tous les deux conscience de l'odeur fétide de notre haleine et des relents de nourriture de la veille sur nos vêtements, sans parler des complexités et complications qui risquaient de surgir si nous allions plus loin.

— Nous devrions parler peut-être, dis-je, et elle inclina la tête tandis qu'on frappait à la porte.

Je me levai du canapé et me glissai sur la pointe des pieds à la cuisine où j'attendis, pendant qu'elle s'excusait auprès du plus jeune des concierges du Collège qui avait le béguin pour elle. Il lui avait monté un colis qui avait été livré le matin même, bien que, habituellement, celui-ci aurait dû attendre à la loge qu'elle vienne le chercher dans le courant de la journée. Ma première rencontre avec Bethan n'avait pas abouti, mais nous avons commencé timidement à prendre un café ou à dîner ensemble en dehors du Collège. Une série de rendez-vous platoniques à l'ancienne mode, étant donné que Bethan ne semblait pas pressée de coucher avec moi et que, même si je lui trouvais de belles jambes et un visage relativement agréable, elle n'était pas jolie, elle était loin d'être aussi jolie que Susan ; je me sentais peu enclin à la passion, encore moins désireux de me compliquer la vie au Collège ou à la faculté en faisant l'amour à une collègue plus jeune. Si seul le sexe était ce qui manquait, je savais que je pouvais attendre.

Cependant, resté seul pour ce Noël-là, et découvrant qu'en Grande-Bretagne tout est fermé le jour même de Noël et qu'il est impossible d'aller au cinéma, comme cela avait été notre habitude à Susan, Meredith et moi dans les années précédant l'éclatement de notre petite famille, je sombrai dans un état de dépression si profond que je compris qu'il me fallait quitter Oxford, où il n'y avait pas de neige. Rien qu'une fine couche de verglas qui recouvrait les trottoirs et semblait parfaitement refléter l'état de mon cœur. Je savais que Bethan était retournée chez elle dans le Derbyshire pour les vacances et séjournait dans sa famille, mais je lui téléphonai quand même pour savoir comment elle allait. Je reconnais aujourd'hui que j'espérais une invitation en lui dépeignant la solitude d'Oxford et l'aspect désert de la ville une fois tous les étudiants partis en congé.

— Pourquoi ne viendrais-tu pas ici pour le Nouvel An ? dit-elle enfin. Ce n'est pas la place qui manque. Mais il faut que tu te prépares à la boum du réveillon.

Ses parents, qui géraient une auberge dans le Peak District, logeaient dans un appartement à l'arrière de l'établissement, au-dessus de la cuisine. Cela semblait l'occasion de découvrir une nouvelle variante de la vie britannique, même si Bethan m'avait prévenu que ses parents négociaient leur séparation, peut-être un divorce, son père était alcoolique, et lui et sa mère faisaient chambre à part depuis longtemps, sa mère s'étant repliée dans la chambre d'enfants de Bethan tandis qu'elle-même dormait sur un canapé du salon ou dans une chambre de l'auberge s'il y en avait une de libre, étant entendu qu'elle serait en charge du ménage le lendemain matin.

L'auberge se trouvait non loin du domaine du Chatsworth. Je pris le train d'Oxford à Chesterfield, où Bethan vint me chercher à la gare avec la Mercedes de sa mère, un modèle récent de berline gris métallisé, ce qui m'a surpris parce qu'elle m'avait parlé d'ennuis financiers et des difficultés qu'ils rencontraient pour que l'auberge reste à flot malgré l'afflux quasi constant de gros buveurs. Apparemment, ils n'avaient pas réussi à attirer le marché lucratif des randonneurs et des routards qui semblaient leur préférer des établissements ayant plus de cachet que le leur. Situé aux abords d'un village, le Cock & Boot dominait ce paysage aimable et soigné de coteaux et de bois, mais avec un intérieur qui parlait davantage des années 1980 que des années 1780, manquant de ces attraits recherchés par les touristes, l'air de *olde worlde Englande* tant chéri des Américains en particulier, dont la majorité s'imagine, comme moi jadis, que le pays entier ressemble à un film du duo James Ivory / Ismail Merchant ou à une adaptation d'un roman de Jane Austen.

Quand j'ai fait leur connaissance, les parents de Bethan avaient l'âge que j'ai aujourd'hui, le début de la cinquantaine. Je n'ai aucune idée de la description qu'elle avait donnée de moi avant mon arrivée, peut-être celle d'un collègue américain tristounet, seul pour les fêtes et ne connaissant personne suffisamment dans toute la Grande-Bretagne pour être invité ailleurs. Ils m'accueillirent avec ce que, plus tard, je finirais par reconnaître comme une camaraderie prolétarienne du Nord, rugueuse sur les bords mais tout à fait sincère, sans aller trop profond sous la surface. Ils m'ont posé peu de questions personnelles, et ce n'est que progressivement que j'ai découvert ou déduit que des gens comme les parents de Bethan n'ont pas tendance à fouiner comme les Américains le feraient presque certainement pour tenter de situer une personne socialement, géographiquement et professionnellement moins de quelques minutes après les présentations. Au début, ma personne n'avait guère semblé les intéresser, excepté en qualité d'ami de leur fille, qui m'avait entraîné en voiture vers un village voisin où nous avions dîné en tête à tête le premier soir, dans un pub où trônait, au milieu de la salle à manger, un puits désaffecté, dont l'ouverture était fermée par une plaque de Plexiglas, avec une lumière brûlant douze mètres plus bas et une petite plaque fixée au mur voisin prétendant que le lieu était hanté par l'âme d'un fugitif irlandais fénien qui y avait été noyé par des autochtones à la fin du XIXe siècle.

J'avais apporté à Bethan un cadeau de Noël en retard, un livre sur Paul Klee, pour l'œuvre duquel elle avait exprimé de l'intérêt, accompagné d'une carte disant : « Pour Bethan qui n'est pas oubliée, avec mon affection, Jeremy. » Elle s'était plainte au téléphone de sentir que ses parents étaient si occupés par le drame de leur relation moribonde qu'ils semblaient ignorer sa présence. Quand je lui ai offert le livre, elle a rougi et s'est troublée avant d'insister plus tard pour m'inviter à dîner. J'ai compris que j'avais commis une bourde. Nous n'en étions pas encore au stade des cadeaux, bien qu'en Amérique, j'en étais certain, ç'aurait été le cas. Les attentes n'étaient pas les mêmes, et je n'avais aucune idée de leurs paramètres.

Ce soir-là, le premier soir que je passais au Cock & Boot, était aussi le premier des deux soirs que j'ai passés à me torcher avec Bethan et sa mère, Peggy. Nous avons démarré au pub, en tournant prudemment autour du père de Bethan, Tom, un petit homme costaud de guère plus de 1,60 m mais pourvu de bras musculeux et de pectoraux d'un gabarit à me faire penser qu'il avait peut-être été boxeur dans le temps et était sûrement capable de jouer des poings s'il devait éjecter quelqu'un de son pub. Lorsque j'ai voulu payer, il a levé une main avec un grognement, refusant mon argent.

J'ai dormi dans une de leurs chambres d'hôte (ils ont encore refusé d'être payés). Et alors que je croyais que Bethan viendrait peut-être me rendre visite après que ses parents seraient allés se coucher, j'ai passé la nuit seul.

Le lendemain matin, je suis descendu prendre mon petit-déjeuner à huit heures, mais personne n'était debout. Mourant de faim, je suis allé à pied au village, dans l'espoir de trouver quelque chose à manger sauf que rien n'était ouvert. Je ne savais pas si c'était parce que c'était la veille du Jour de l'An ou simplement la dure réalité de la vie dans un petit village anglais, mais, à mon retour au Cock & Boot, Tom rangeait le pub avant d'ouvrir. J'avais la tête qui m'élançait et j'étais presque plié en deux par la faim, quand il leva les yeux dans ma direction.

— Vous voulez prendre votre petit-déjeuner? marmonna-t-il.

— Ce serait super, Tom. Ce que vous avez...

Sans répondre, il disparut dans la cuisine, puis, quelques minutes plus tard, revint avec une assiette d'œufs au plat, saucisses, haricots blancs à la sauce tomate, une tomate grillée et des toasts, qu'il me servit au comptoir.

— Ça m'a tout l'air délicieux, mentis-je.

L'assiette était noyée de graisse.

— C'est toujours moi qui prépare les petits-déjeuners. Madame ne sait pas se faire cuire un œuf !

Pendant que je commençais à me restaurer, Tom essuyait les verres derrière le comptoir, les bajoues pendantes, l'air d'un bulldog, vérifiant de temps en temps si je mangeais bien mais s'absorbant essentiellement dans ce qui semblait une tâche inutile.

— Vous appréciez ma fille ? demanda-t-il à un moment, le dos tourné.

— Elle est très gentille.

— C'est une fille bien. Elle ferait le bonheur d'un homme.

— Une femme intelligente.

Tom jeta un coup d'œil par-dessus son épaule, sa bouche esquissa un petit sourire tandis qu'il faisait craquer son cou, posait un verre, puis faisait craquer à leur tour ses phalanges avant de tendre le bras pour tourner une bouteille de whisky de dix degrés vers la droite afin que l'étiquette soit alignée avec toutes les autres sur l'étagère.

— Elle m'a recommandé d'être gentil avec vous. J'espère que vous l'êtes, vous savez, gentil avec elle…

Je n'étais pas sûr de ce qu'il voulait dire. C'était le genre de déclaration biaisée qui n'allait pas jusqu'à demander quelles étaient mes intentions mais tapait assez juste pour me faire sentir plus mal à l'aise que je ne l'étais déjà.

— Je vous remercie de votre intérêt, mais nous apprenons à peine à nous connaître.

— Elle dit que vous avez une femme.

— C'est vrai.

— Et une fille.

— C'est vrai aussi.

— Vous l'aimez, je parie.

— Tendrement, répondis-je.

— Alors vous comprenez.

Il prononça ces mots si doucement qu'on aurait dit une menace.

— Oui, je comprends.

Il garda alors le silence, comme s'il réfléchissait, même s'il ne donnait pas l'impression d'être très réfléchi. Il ruminait peut-être – possible qu'il soit le type d'homme à tourner une unique pensée dans sa tête jusqu'à ce que celle-ci accumule assez de masse pour jaillir de sa bouche.

— O'Keefe. C'est irlandais ?

— Cela remonte loin.

— Mon frère aîné a été tué dans les attentats des pubs de Birmingham.

— Je suis désolé, Bethan n'en a jamais parlé.

— C'est arrivé avant sa naissance, l'IRA.

— Cela a dû être très traumatisant.

— J'étais encore un gamin, dit-il, comme si cet état de fait rendait la perte de son frère encore plus profonde, comme si les Irlandais, en tuant son frère quand Tom était encore enfant, avaient aggravé la blessure. En 1974. Il buvait un coup au Mulberry Bush.

Ses yeux s'écarquillèrent et il me regarda fixement, le visage en feu.

— C'est le genre de chose qu'on ne surmonte jamais vraiment, j'imagine.

Il s'écoula un nouveau long silence. Le gras se figeait dans mon assiette.

— Votre fille est restée à New York ?

— Oui.

— Elle doit vous manquer.

— Énormément.

— Moi, je n'aurais pas pu la laisser. Si j'étais vous, j'entends. C'est tout ce que je dis.

Ses mots mettaient le doigt sur la partie la plus sensible de moi, là où la culpabilité était à vif.

— J'avais accepté mon poste à Oxford avant les attentats, et j'étais déjà séparé de ma femme.

Il était encore permis de fumer dans les pubs anglais. Tom sortit un paquet de cigarettes de sa poche et en alluma une, soufflant la fumée vers le plafond. Après avoir mangé tout ce que je pouvais, je repoussai mon assiette sur le bar, m'essuyai la bouche avec la serviette en papier et sortis de la salle.

Quel genre d'homme étais-je pour avoir laissé mon enfant à New York et m'être exilé à Oxford au moment précis où la ville traversait la pire crise de son histoire ? Même si Susan et Meredith avaient été relativement épargnées, leur vie se déroulant presque entièrement sur l'Upper West Side, sans raison qu'elles s'aventurent beaucoup plus au sud que la 59e Rue, chaque fois que j'étais amené à repenser à mon choix, j'en étais malade de culpabilité. À l'époque des attentats, j'étais déjà parti de New York depuis plus de deux mois et préparais mon voyage transatlantique depuis le havre de la maison de ma mère, dans le nord de l'État. Même là-bas, sachant que je devais quitter l'Amérique dans à peine dix jours, j'étais paralysé par la panique. Quand les hurlements de sirène nous réveillaient en pleine nuit, ma mère et moi, nous étions convaincus que des terroristes s'étaient infiltrés dans notre coin. Et pendant mes premiers mois à Oxford je ne pouvais pas entendre une sirène sans sentir grimper ma tension artérielle. Personne n'avait jugé utile de me prévenir pour la Bonfire Night et Guy Fawkes, les semaines de feux d'artifice à la fin octobre et début novembre. Des feux d'artifice qui évoquaient davantage des explosions que des célébrations, au point que, quand j'essayais de dormir dans mon étroit lit jumeau du Collège, je me redressais brusquement, me cognant souvent la tête au montant, lorsque ce qui ressemblait à un obus de mortier explosait quelque part à proximité.

Un ami qui habitait Tribeca avait fait du jogging dans Greenwich Street, mais était déjà à son bureau de Midtown à l'heure où le premier avion avait percuté la tour. C'est le plus proche que j'aie été des attentats, même si un frisson s'était propagé à travers ma psyché dans les jours qui avaient suivi tandis que je tentais de réunir mes affaires pour un départ qui semblait soudain téméraire : comment pouvais-je abandonner ma fille ? Et s'il y avait d'autres attentats ? Et si les avions arrêtaient de voler ? Et si le monde que nous avions connu finissait soudain en catastrophe ?

Ce bref échange avec Tom avait réveillé ma mauvaise conscience. Durant le reste de mon séjour au Cock & Boot nous ne nous sommes plus adressé la parole. J'avoue l'avoir évité autant que possible. La solitude m'avait mené à cette étrange situation où je me sentais encore plus isolé et aliéné que je ne m'étais senti seul dans mon logement au Collège d'Oxford.

Bethan et moi passâmes le reste de la journée à nous balader dans la campagne, traversant le domaine de Chatsworth, déjeunant encore dans un autre pub, celui-là à Bakewell. Tous les repas, excepté le petit-déjeuner, comptaient une boisson alcoolisée. C'était une habitude à laquelle je ne pourrais jamais m'habituer, je le savais même à l'époque. La nuit tombait à trois heures et demie de l'après-midi, et à mesure que les gens autour de moi sombraient dans l'ivrognerie, je me demandais une fois de plus pourquoi j'avais quitté New York. Je savais pourquoi, bien sûr. Je n'avais pas le choix, en tout cas pas d'autre choix qui eût alors un sens pour moi.

La boum du Nouvel An au Cock & Boot a été sinistre, d'autant plus sinistre que Bethan voulait à toute force se diminuer, soutenir qu'elle ne faisait pas partie de l'élite grâce à son intelligence et à son dur labeur, et pourtant c'était là l'exacte vérité, s'enivrant au point qu'il était inutile que je traîne dans les parages. Je m'éclipsai sans dire bonsoir et m'enfuis le lendemain matin avant que les autres soient levés, laissant derrière moi un mot d'excuse pour expliquer qu'un imprévu exigeait mon retour immédiat à New York. En réalité, j'ai pris un taxi pour rallier la gare de Chesterfield et sauté dans le premier train pour Oxford, où je me suis terré dans mon logement du Collège derrière les créneaux, me faisant la cuisine et prenant mes repas seul jusqu'à ce que le reste du Collège finisse par rentrer.

Bethan et moi sommes parvenus à conclure un accord très britannique comme quoi il n'y avait rien à ajouter, et la brève étincelle romantique qui avait pu briller entre nous eut le droit de s'éteindre. La gêne que j'appréhendais ne se matérialisa jamais, du moins pas que je sache. Lorsque j'ai quitté Oxford, Bethan s'était mariée à un professeur de théologie à qui ses parents originaires de Bohême avaient légué une élégante villa dans Park Town, où elle se transforma en bas-bleu d'Oxford Nord, du genre à prendre un bain deux fois par mois en traînant des enfants d'une hygiène tout aussi recherchée.

Couché seul dans mon lit à New York, tout ça m'était revenu. Le flash-back me laissa un goût amer sur la langue et me tordit les tripes, même si c'était peut-être la nourriture vietnamienne. Avant de me recoucher, je fis le tour de mon appartement vide, regardant par les fenêtres le tronçon sombre de Houston Street, éprouvant malgré moi un pincement de nostalgie et de tendresse pour Oxford, qui depuis tant d'années me faisait l'effet d'un lieu d'exil semi-volontaire. Peut-être que les gens comme moi, les gens de mon tempérament étrangement *unheimlich*, aspirent toujours à être ailleurs que là où ils sont, à vivre dans une situation d'inhospitalité afin de se distancier des autres.

Comme je restais immobile à contempler la ville où j'étais retourné mais qui, sur l'essentiel, ne s'était pas tournée vers moi, car je m'en sentais toujours exclu au moment même où j'en faisais partie, je remarquai qu'un homme sur le trottoir observait un temps d'arrêt et levait les yeux vers ma fenêtre. Cette fois-ci, il n'y avait aucun doute dans mon esprit. Il me regardait fixement, conscient que je soutenais son regard. Nous nous regardions, aussi ouvertement que le peuvent deux personnes qui sont séparées par une vitre et la distance, ainsi que par les effets d'optique de la lumière et des reflets. Qui est cet homme qui m'espionne ? Quelle est la personne qui surveille ma vie virtuelle ? Ne font-ils qu'un ? La pièce était plongée dans l'obscurité, si bien que je ne pouvais pas le voir distinctement, mais il n'y avait aucun espoir d'identifier le visage de cet homme, car il était cagoulé ; seuls visibles, ses yeux luisaient dans la nuit glaciale.

Mercredi, je suis allé passer un scanner cérébral dans Park Avenue parce que c'est là que Peter, Meredith et le Dr Sebastian voulaient que j'aille, sans doute pour un prix prohibitif, bien que je n'aie jamais vu les notes d'honoraires. Pendant que j'étais allongé dans le sarcophage blanc qui vrombissait sourdement, à écouter de la musique grâce à des écouteurs, avec une sorte de casque qui enfermait ma tête et un miroir au-dessus de moi me permettant de voir le technicien, je me doutais déjà que rien n'apparaîtrait à l'image suggérant un dysfonctionnement susceptible d'être jugé anormal. Surveillance et évaluation : combien de temps, m'interrogeais-je, avant qu'on invente une machine capable de lire dans nos pensées mieux que nous ?

Peut-être parce que j'avais vu l'homme posté sur le trottoir la veille au soir, je ne croyais pas être malade, et le malentendu sur mon rendez-vous de samedi avec Rachel n'avait rien à voir avec moi non plus, autrement dit j'avais acquis la certitude que, même si un mail avait bien été envoyé de mon compte, demandant de reporter notre rendez-vous, je n'en étais pas l'auteur, je n'avais pas appuyé sur le bouton ENVOYER, pas plus que je n'avais lu la réponse de Rachel confirmant qu'elle avait reçu le message que je n'avais pas écrit. Indiscutablement, quelqu'un faisait joujou avec ma vie. Je changeai les mots de passe de ma messagerie mais gardais désormais celle-ci ouverte, la vérifiant de manière obsessionnelle pour m'assurer que rien ne manquait, que personne n'envoyait de messages en se faisant passer pour moi et qu'aucune alerte n'apparaissait qui puisse indiquer que mon compte était ouvert en un autre lieu.

Sur le chemin du retour, je fis une halte pour acheter une bouteille de vin à offrir à Meredith et Peter pour Thanksgiving. Ils avaient proposé d'organiser une fête de famille élargie, en commençant le matin par une vue panoramique de la parade depuis leur terrasse, ou le solarium si le temps était trop froid. Au moment où je sortais de chez le caviste, un homme au coin de la rue – un grand homme noir en costume-cravate – me cria :

— Excusez-moi, monsieur, monsieur !

Je compris que l'homme noir me hélait et regardai immédiatement dans sa direction. Comment ce type de compréhension reste possible même au sein d'espaces urbains bondés est, je pense, un des grands mystères de l'humanité, qu'on puisse se faire apostropher par un simple titre ou nom officieux et *savoir* pourtant, au ton, au timbre et à la provenance de la voix, qu'on est bien le destinataire. Je regardai l'homme, m'attendant peut-être à ce qu'il me dise que ma braguette était ouverte ou que j'avais laissé choir mes clés, mon portefeuille ou un ticket de caisse, ou encore que la précieuse bouteille de Châteauneuf-du-Pape que je venais d'acheter menaçait de crever le fond de son sac en papier brun, mais il me rendit mon regard avec un intérêt que je trouvais profondément touchant et me fit signe de venir, comme s'il allait m'apprendre que j'avais été filmé clandestinement dans le cadre d'une émission populaire sur les sans-grades empotés, et que ma petite altercation avec le caviste qui s'était terminée avec moi en train de le traiter d'« abruti » et de contester le prix de la bouteille avait été mise en boîte pour l'amusement de millions de spectateurs. Comme je m'approchais, l'homme baissa la voix et se pencha pour pouvoir parler doucement en demeurant quand même audible au-dessus de la circulation de midi, disant : « J'ai pensé que vous deviez savoir, quelqu'un vous espionne. Il a tourné le coin de la rue vers Lexington à l'instant précis où vous êtes sorti du magasin, mais il vous avait suivi tout le long du bloc et il est resté planté là à guetter pendant que vous étiez à l'intérieur. Je peux me tromper, mais c'était bizarre. J'ai pensé que vous deviez savoir… »

Le regardant droit dans les yeux, j'ai vu qu'il n'était pas homme à délirer ou sous emprise de substances illicites, non que j'eusse suspecté l'une ou l'autre de ces hypothèses, même si notre rencontre était assez étrange pour qu'on me pardonne d'avoir pensé qu'il pouvait être dérangé.

— Je vous en suis reconnaissant. Merci beaucoup. C'est… non, je ne crois pas que vous vous trompiez.

Je tournai le coin et scrutai la rue pour voir s'il pouvait y avoir quelqu'un, mais, curieusement, la 59e était déserte. Je me hâtai dans le froid vers le métro, jetant des coups d'œil par-dessus mon épaule en marchant, certain que le guetteur, qui qu'il puisse être, m'avait attendu pour passer et me filait désormais, plongeant sous un porche dès qu'il estimait que je risquais de me retourner. Bien que le Noir devant le marchand de vins ne fût certainement pas fou, je sentais mon propre esprit commencer à partir en vrille. Ou plutôt il serait plus exact de dire que je commençais à prendre conscience, peut-être pour la première fois de ma vie, des limites de ma propre santé mentale, au point que j'avais l'impression de franchir une frontière et de découvrir un autre territoire, plus sauvage, juste au coin de la rue. L'aspect le plus alarmant de cette expérience, ou prise de conscience, ou encore épiphanie, c'est qu'il n'existait pas de barrière visible entre la raison et la déraison, tout ce qu'il fallait c'était sauter le pas, franchir la ligne de démarcation et pourtant je savais, tout aussi clairement, que, alors que c'est par trop facile de faire *défection* à la raison, aussi simple que de sauter le pas, en revanche repartir dans l'autre sens et *regagner* le territoire de la raison, *quitter* le royaume de la déraison, qui englobe entièrement son voisin plus rationnel, une sorte d'état passoire où la déraison constitue le plus vaste des deux territoires et la raison simplement une enclave isolée en son sein, un Vatican ou San Marino de l'esprit (ou même un Berlin-Ouest encerclé par la menace de la République démocratique allemande), exigeait un effort dont seul un surhomme était peut-être capable. Que je me permette de passer la frontière et d'abandonner le royaume de la raison et je risquais peut-être de ne jamais revenir en arrière.

La question que je me posais, c'était à qui me confier. J'appréhendais de me confier à Meredith et à Peter, de peur qu'ils ne pensent que j'avais perdu la boule jusqu'au retour des résultats du scan. Même alors il me faudrait peut-être consulter un psychiatre pour les convaincre que je ne souffrais d'aucune forme de délire.

De retour chez moi, je m'assis à mon bureau et tâchai de réfléchir aussi clairement que possible aux événements des jours précédents et de sonder mon propre psychisme, si un tel acte est possible, afin de jauger si je ne devenais pas fou. Les boîtes de carton contenant un historique de ma vie récente en ligne, tous les sites visités, tous les mails envoyés, semblaient militer contre la conclusion que je puisse être fou, mais reste que je ne voulais pas l'éliminer. Était-il possible que je me sois expédié les cartons ? Était-il possible que j'aie sauvegardé d'une manière ou d'une autre l'historique complet de la navigation de tous mes ordinateurs au cours des dernières années, copié cet historique dans un unique document de traitement de texte, imprimé celui-ci à l'Unité de formation et recherche de l'université, emballé le tout dans un carton, me le sois adressé et ai demandé à un service de courses de livrer les boîtes à mon appartement sans avoir aujourd'hui aucun souvenir de ces actes ? Je devais pouvoir, j'imagine, retrouver un enregistrement vidéo de surveillance du temps que j'avais passé dans mon bureau universitaire – images des caméras de sécurité, traces d'accès par badge, etc. Si l'on pouvait prouver que j'y avais passé de longues heures la semaine dernière, disons vendredi soir, et si je n'avais aucun souvenir d'avoir travaillé de si longues heures à mon bureau, alors il est possible que ce soit moi qui l'aie fait. Ou, et c'est une autre possibilité, mon souvenir d'avoir feuilleté les pages et parcouru leur contenu était une invention.

Je revins à mes papiers, que j'avais remis dans leurs cartons, pour m'assurer qu'ils n'étaient pas vierges en réalité. Avec un mélange de soulagement et d'horreur, je vérifiai qu'ils étaient bien conformes à mon souvenir, même si cela laissait la possibilité que je les aie peut-être générés, que je – un autre « je » que le je actuellement en train d'écrire, que le je qui était assis à son bureau la veille de Thanksgiving – me les représentasse à moi-même – le moi qui est le moi actuellement en train d'écrire quelques semaines plus tard, le moi que j'appelle moi à mon bureau en train de s'interroger sur les convulsions de mon existence – comme une sorte d'archivage, ou comme un bilan, un avertissement, ou un pense-bête de ce que j'ai tenté, activement, d'oublier. Alors que je regardais fixement une des pages imprimées de manière compacte, une image commença à émerger, un arc fragmentaire, deux arcs, une puissante ligne de partage, le soyeux modelé d'une bouche, mais quand je levai l'image dans les airs et la tins à bout de bras, je ne distinguai plus les traits qui s'y dessinaient un instant plus tôt.

M'arrachant à cette introspection, tâchant d'ignorer la possibilité que je devenais fou ou qu'on me persécutait, j'écoutais les nouvelles à la radio. Un procureur égyptien avait inculpé deux militants pour avoir manifesté contre la nouvelle loi antimanifestation, tandis que bon nombre d'autres avaient été placés en détention. D'autres révélations de lanceurs d'alerte américains sous-entendaient que la NSA collectait des informations sur les préférences sexuelles en ligne de nombreux chefs islamistes, dans l'espoir, soupçonnait-on, de montrer aux partisans de ces hommes que parce qu'ils avaient un goût pour la pornographie, ils ne devaient pas être pris au sérieux, bien qu'il reste peu clair si la NSA avait tenté de se servir des informations découvertes. Dans l'intervalle, les Nations unies avancent avec un projet de résolution de l'Allemagne et du Brésil stipulant que tous les citoyens ont le droit de ne pas être soumis à la surveillance immotivée de leur propre gouvernement ou de tout autre. Quelle est la définition d'« immotivé » ? me demandai-je. En termes strictement juridiques, cela signifie-t-il qu'une motivation doit toujours être requise ? Ou bien, au sens large, comme dans *injustifié* ou *infondé*, cela veut-il dire *non autorisé* par un tribunal ? Mais où réside l'autorité d'un tribunal dans un pays qui autorise ses services de renseignement à opérer hors la loi ?

C'était la fin de l'après-midi quand je reçus un coup de téléphone de la réception : Ernesto, qui était alors de garde, m'informa qu'un nouveau colis était arrivé. Un autre encore ? non, songeai-je, mais je descendis à la loge. Avec un coup au cœur je vis un carton exactement semblable aux deux premiers.

— Pouvez-vous me dire qui l'a déposé ?

Ernesto était avachi derrière le comptoir de la réception. Je dois avouer que j'ai du mal à distinguer ces jeunes gens, Ignacio, Rafa, Manu et Ernesto, ils se ressemblent tellement à mes yeux, hormis les obèses de service, Jorge et DeJuan. Tous polis et respectueux, tous d'une courtoisie et d'une amabilité à toute épreuve, à tel point que, lors de mes soirées les plus solitaires, je suis parfois tenté de descendre m'asseoir dans le hall, bien qu'il manque de sièges, et passer une heure ou deux à tailler une bavette avec celui qui est de garde si seulement j'avais l'assurance qu'aucun de mes collègues ou étudiants ne risquait de me voir là, l'air à la fois demandeur et reconnaissant de la conversation d'un gardien.

— Était-ce un coursier à vélo ? Je crois que le dernier colis que j'ai reçu a été déposé par un coursier à vélo.

Ernesto secoua la tête.

— Le gars, il entre et le dépose à la réception sans dire un mot. Vraiment grossier, ni bonjour ni au revoir. Je veux dire, c'est juste bizarre, non ? J'étais tout salamalecs, mais le mec s'est même pas retourné, il s'est rué dehors.

— Il s'est vraiment rué ?

— Vous savez, manière de parler. Il marchait vite, j'imagine, mais il fait froid, donc…

Il marqua une pause, comme s'il y avait autre chose.

— Mais ?

— Non, je ne sais pas. C'est juste que, à cette époque et à cet âge, on ne dépose pas un colis comme ça à la loge sans rien dire. Comment savoir ce qu'il y a à l'intérieur ? Et si le gars a l'air si pressé et qu'il n'y a pas d'adresse de l'expéditeur ni cachet de la poste, alors on se pose des questions. C'est pour ça que je vous ai téléphoné.

— Vous voulez dire que ça pourrait être une bombe ?

Ernesto se rencogna sur son siège comme si l'idée ne lui était pas venue à l'esprit jusqu'à ce que je la formule.

— Vous pensez qu'on devrait prévenir la police du campus ?

Je soulevai la boîte, envisageant la possibilité qu'elle puisse m'exploser au nez. Elle pesait plus ou moins le même poids que les deux premières, et quand je la secouai – Ernesto projeta son fauteuil à roulettes loin de moi – rien ne laissait penser qu'elle puisse contenir quelque chose susceptible de causer des dommages physiques.

— Ce n'est que du papier, dis-je, sans doute un de mes doctorants. Des brouillons de chapitres ou je ne sais quoi…

Je pris le colis sous le bras et me dirigeai vers l'ascenseur.

— Si j'entends un boum, j'appelle le 911 ! s'esclaffa Ernesto.

Les New-Yorkais ont-ils toujours eu ce sens de l'humour macabre, ou est-ce un acquis plus récent ?

De retour à mon étage, je faillis jeter ce troisième carton au vide-ordures, mais ma curiosité prit le dessus et j'ouvris ce qui était déjà un colis à l'emballage familier, sauf que, cette fois-ci, les papiers empilés à l'intérieur ne contenaient pas d'adresses Internet mais un registre d'appels téléphoniques avec numéro d'origine, numéro sortant, date et durée de l'appel. Je repérai immédiatement le numéro de Peter et Meredith, celui de la galerie de ma fille, celui de ma maison dans le nord de l'État, et puis, en feuilletant plus en profondeur dans la pile, il y avait aussi le numéro de la maison de ma mère, celui de ma maison d'Oxford, de divers amis d'Oxford et de Londres, de Berlin, Heidelberg, Hambourg, Munich, Leipzig, Jena, Dresde, etc. C'était l'historique de qui j'avais appelé, qui m'avait appelé, chez moi, au bureau, ou sur mes divers numéros de mobile, quand les appels avaient été passés et pour quelle durée, en remontant à près d'une décennie, bien qu'il parût impossible, inconcevable, que quelqu'un eût prêté attention à mes activités depuis si longtemps et eût relevé ce type de renseignements. Plus j'y pensais, plus je me disais que, à la différence de l'historique de mon activité sur Internet, qui avait pu être suivie par n'importe quel hacker ordinaire, amasser tant d'informations détaillées sur mon activité téléphonique – à moins que ces traces ne soient elles-mêmes accessibles aux hackers – supposait l'implication des autorités ou de quelque sous-traitant en collecte du renseignement chargé par les autorités de se documenter. Bien que, au vu de récentes révélations, je sache que c'était possible, j'avais du mal à imaginer pourquoi j'avais pu devenir suspect pour mon gouvernement, ou pour n'importe quelle section du renseignement qui avait jugé utile de surveiller de si près mes télécommunications. Du reste, je ne pouvais pas même imaginer pour quelle raison quelqu'un au sein de cette organisation ferait alors volte-face et m'enverrait des preuves de ma surveillance, car je pouvais toujours divulguer ces preuves, en quelque sorte, pour montrer le niveau d'intrusion – à moins, bien sûr, qu'il n'y eût quelque chose dans ces pages qui puisse m'embarrasser profondément, bien que je ne puisse que commencer à deviner ce que cela pouvait être. Ou, peut-être, cette conjecture n'était pas si difficile à imaginer. Le seul réconfort que j'ai trouvé, c'était que cette troisième boîte semblait prouver ma santé mentale : je n'avais pas pu produire de telles archives à moins d'avoir tenu un registre de tous les appels téléphoniques passés et reçus tous les jours de ma vie. Ça, j'en suis certain, c'est quelque chose que je n'avais jamais fait.

Le téléphone sonna. C'était Ernesto, de la loge.

— Je voulais m'assurer que tout allait bien, monsieur O'Keefe. Je n'ai pas entendu d'explosion…

— Merci, ce n'était que des dossiers, d'anciennes correspondances de mon ex-femme. Je suis encore entier. Toutes mes excuses pour le comportement du coursier.

— Non, ça va, monsieur O'Keefe. Si je ne vous revois pas, passez un bon Thanksgiving. Vous allez en famille ?

— Je serai avec ma fille demain, et mon gendre. Et vous ?

— Je serai chez ma sœur, dans le Queens.

— Joyeux Thanksgiving, Ernesto !

— À dimanche peut-être, monsieur O'Keefe.

Je ne suis donc pas fou, pensais-je, en raccrochant. On manipulait ma vie, ou du moins on l'espionnait, et peut-être que la partie manipulation, le tripotage de mes mails, était un premier pas, une mise en scène pour me montrer qu'« ils » pouvaient faire ce qu'ils voulaient, parce qu'« ils », quels qu'« ils » soient, savaient parfaitement ce que je faisais et quand. Ce qu'il fallait, c'était fuir la ville, et bien que je ne puisse pas trop m'éclipser pour Thanksgiving, je décidai de monter dans le nord de l'État vendredi matin et de passer deux jours à la campagne juste pour réfléchir, loin des téléphones et d'Internet. J'allais réserver mon billet en ligne quand je me suis dit que, si on me surveillait tout le temps, alors je n'avais peut-être pas très envie qu'ils sachent que je partais, ce serait peut-être une sorte de test. J'irai à Penn Station vendredi matin, achèterai mon billet en espèces et disparaîtrai pour le week-end. Si je pouvais rentrer à New York en étant sûr qu'une escapade avait été possible, avec la sensation d'avoir échappé à ce monde de surveillance constante, je serais peut-être en mesure de ramener mon territoire de santé mentale à des proportions qui rendraient la frontière invisible.

Je pris les trois boîtes d'avertissements importuns – car comment pouvais-je y voir autre chose que des avertissements, que ceux-ci soient envoyés par bienveillance ou en guise de menace ? – et les rangeai au fond du placard de l'entrée, où il était plus facile de les oublier. Je m'efforçai de passer la soirée à distraire mon attention, préparer le dîner, écouter NPR, la radio américaine de Berlin, et puis, après avoir chargé le lave-vaisselle, je m'installai pour regarder un nouveau livre de photographies tirées des archives de la Stasi. Certaines photos représentaient des agents et des employés affublés de déguisements grotesques, chaque agent endossant des personnages divers et variés, proches d'acteurs de films porno, tandis que d'autres rappelaient le travail photographique contemporain du Canadien Jeff Wall ou celui de Cindy Sherman ou même de Rineke Dijkstra, les images atteignant une qualité étrangement esthétique jusque dans leur ingénuité. Les postures et placements hautement artificiels des sujets dans l'espace exprimaient une intention d'auteur, qui n'était pas en contradiction, pensais-je, avec l'esprit plus large d'une société totalitaire, pour lequel l'intentionnalité est présente en chaque instant du présent, et la vie privée comme publique organisée et structurée par l'idéologie autant que par les besoins et les pulsions humaines. Malgré l'intérêt que je portais à ces images, mon esprit ruminait toujours la question de savoir pourquoi j'aurais présenté un intérêt aux yeux des entités de surveillance de nos autorités. Pourquoi la NSA – car qui d'autre cela pourrait-il être ? – désirerait-elle autant me garder à l'œil ? Je n'avais rien d'intéressant avant de quitter l'Amérique. Je n'avais jamais fait de politique, pas plus que mes parents, à telle enseigne que je ne me souviens pas qu'ils aient seulement accroché une pancarte de campagne dans notre jardin, même si je sais qu'ils ont toujours voté dans une sorte de loyauté instinctive, une loyauté à la fois envers le Parti démocrate et envers l'Amérique. Une loyauté spontanée, parce qu'ils avaient atteint leur majorité dans les années cinquante et avaient grandi sous Roosevelt et Truman, enfants de gens dont les affinités naturelles allaient aux syndicats. Ils étaient politiques d'une manière terre à terre, la politique représentant une part sans importance de leur vie sociale et intellectuelle, mais surtout ils se contentaient de faire leur travail et ne m'ont pas élevé pour faire de moi un animal politique. Je vote et j'avais – j'ai toujours – des opinions et des positions arrêtées, mais ne me suis jamais investi dans aucune campagne. Le fait même de m'expatrier en Grande-Bretagne m'avait peut-être signalé à l'attention de la communauté du renseignement, tous les Américains qui partent à l'étranger sont peut-être ainsi scrutés à la loupe.

Bien sûr, il y avait l'*autre* problème. Mon esprit passa la soirée à danser en un large arc de cercle autour de la raison la plus probable pour laquelle mon gouvernement pouvait juger utile de suivre mes faits et gestes de si près. Mais *cette* raison-là était relativement récente, or la surveillance durait visiblement depuis plus longtemps. Je méditais sans vraiment penser à ce que je faisais – ce qui arrive plus souvent que je ne veux bien l'admettre, mon esprit tournant en rond pendant que mes mains et mes bras, mes pieds et mes jambes font autre chose – quand je me retrouvais devant la fenêtre du salon donnant sur le tronçon éclairé de Houston Street. L'inconnu que j'avais déjà vu était de nouveau posté sur le trottoir, complètement immobile, les yeux levés vers ma fenêtre. La différence de circonstance tenait à ce que les lumières étaient allumées dans mon appartement, de sorte qu'il me voyait très bien de là où il était, alors que, moi, je le voyais moins bien. Je levai la main en signe de reconnaissance et l'homme, toujours affublé de sa cagoule (ce que les Britanniques appellent une *balaclava*), secoua la tête, ses yeux brillant fugacement à la lueur des réverbères, puis se remit en marche vers Broadway, exactement comme la fois précédente. Pourquoi personne ne le regardait-il en pensant : *Voilà un terroriste potentiel! Je devrais appeler la police*? Bien que, si on voit une femme en niqab ou en burka, on refuse d'avoir ce type de pensée, si on est un bon libéral, alors qu'un homme vêtu à l'occidentale avec une cagoule en milieu urbain est déjà pour nous l'image du criminel, d'un individu déterminé à braquer une banque ou une épicerie ou peut-être pire encore, avec ces gants de cuir noir il pouvait facilement avoir l'intention de commettre un meurtre, une tuerie rapide au moyen d'un couteau furtif ou d'un pistolet avec silencieux ou à mains nues, avant de se fondre dans la foule de Broadway.

Saisissant mon pardessus et mes clés, j'attendis l'ascenseur en tambourinant sur le bouton d'appel pour le faire monter plus vite, trépignai pendant la descente, puis passai devant Ernesto en courant, sortis sur la place, tournai dans Houston Street et remontai le trottoir en direction de Broadway. Nulle trace nulle part d'un homme cagoulé. Je savais qu'il aurait pu facilement se cacher dans un immeuble, peut-être même à l'Angelika Film Center, ou continuer à suivre le trottoir après avoir retiré sa cagoule afin que je ne puisse pas l'identifier. J'essayai de penser à ce qu'il portait d'autre sans réussir à être plus précis dans mon signalement que ceci : « L'inconnu portait un pardessus noir, un pantalon noir et peut-être des chaussures ou des bottes également noires, il avait aussi des gants noirs et une cagoule noire. »

Je remontai Mercer Street jusqu'à Bleecker, puis descendis Broadway vers Prince en dévisageant tous les hommes que je croisais – personne ne semblait correspondre.

Sentant que la frontière séparant mon territoire d'équilibre mental de l'état pointillé de la folie était en vue, que je pouvais, de fait, danser dangereusement au bord de l'abîme, je fis demi-tour sur Prince Street et regagnai Wooster Street et la maison. Ernesto leva les yeux vers moi à mon entrée.

— Ça va, monsieur O'Keefe ?

Un gars aimable, cet Ernesto. Il y avait un siège de libre près de lui, que je montrai d'un signe de tête.

— Vous permettez ?

— Bien sûr, je vous en prie, asseyez-vous.

— Je crois qu'on me suit.

— J'ai tout le temps cette impression.

— Non, je veux dire, on me suit vraiment. Un homme m'a arrêté sur Park Avenue plus tôt dans la journée pour me dire qu'il avait vu quelqu'un m'espionner de dehors, dans la rue, pendant que j'étais dans un magasin. Et puis il y a ce gars avec une cagoule qui se plante sur le trottoir de Houston Street la nuit, et il a les yeux levés vers mon appartement. Je sais qu'il me guette, parce que ce soir je lui ai fait signe et il a secoué la tête avant de disparaître. Et... – j'hésitais, me demandant si je devais parler au gardien du contenu des cartons que j'avais reçus, puis décidai qu'il valait peut-être mieux garder ça pour moi – ... et puis il est arrivé aussi d'autres choses.

— C'est du lourd, monsieur O'Keefe.

— Je vous en prie, appelez-moi Jeremy.

— Comme vous voulez, chef.

— Et, je vous en prie, ne m'appelez pas chef.

— OK, Jeremy.

Il sourit, puis me tendit la main, comme si nous nous rencontrions pour la première fois.

— Vous me croyez fou ? Je crains de devenir un peu fou.

— Nan, mon vieux, ça ressemble à une grosse merde. Je veux dire, moi aussi j'ai l'impression qu'on me suit, mais c'est juste à cause de mon ex, j'ai rompu avec elle parce qu'elle est vraiment dingue, et je sais qu'elle me suit partout, mais vous, ce qui vous arrive, ça a l'air, je sais pas, vrai, non ?

— Oui, j'ai bien peur que ce soit vrai.

— Vous êtes en délicatesse avec la mafia ou quoi ?

— Rien de tel, rien de criminel.

— Je ne sais pas quoi vous dire alors. Allez peut-être à la police ?

Nous échangeâmes un regard. Notre hilarité fut instantanée.

— Permettez-moi de vous poser une question, sans rien dire à aucun des autres gars qui travaillent ici, je me demande si vous pourriez me rendre service ?

— Bien sûr, tout ce que vous voulez.

— Si on me livre un nouveau colis, verriez-vous un inconvénient à prendre le coursier en photo, mais tâchez qu'il ne s'en aperçoive pas. Prenez la photo au moment où il repart, ou à l'instant précis où il sort et passe devant les vitres.

— Ouais, je peux faire ça pour vous.

— Merci, Ernesto, et joyeux Thanksgiving à vous et votre sœur !

Je tirai un billet de cinquante dollars de mon portefeuille pour le mettre dans la paume du gardien. Bien qu'il tentât de protester, je balayai ses scrupules d'un revers de main et pris l'escalier pour remonter au troisième étage, sachant en même temps que la satisfaction que je ressentais en lui donnant cinquante dollars était un plaisir qui ne me coûtait pas cher. Le double n'eût pas été de trop, étant donné que cinquante dollars ne valent plus grand-chose, en particulier à New York, et je notai mentalement de veiller à lui donner un peu plus pour ses étrennes, car quand avais-je donné assez à quiconque, excepté peut-être Meredith ? Et même à ma fille je dois plus que je ne serai jamais capable de rembourser parce que je suis parti, je le vois aujourd'hui, quand elle avait indiscutablement le plus besoin de moi. Cela ne suffit pas, pour une adolescente, de voir son père ou sa mère seulement deux ou trois fois l'an, d'être privée de leur présence assommante et harcelante, de leur consolation, protection ou surveillance, après avoir passé toute sa vie dans l'attente de cette inquiétude et de cette frustration, et maintenant il n'y a plus rien que je puisse donner à ma Meredith, qui a tout, sauf le réconfort et l'agacement provoqués par ma présence. Et, bien sûr, ces mots, ce texte, qui peut finir par être tout ce que je pourrai lui laisser.

Je sortis de bonne heure le matin de Thanksgiving pour éviter la cohue, sachant qu'il y aurait du monde malgré une prévision de vents forts, mais je demandai à mon taxi de remonter la 10e Avenue et de me déposer au coin d'Amsterdam et de la 62e afin que je puisse passer devant le Lincoln Center, qui me rappelait tant de tendres souvenirs de sorties au ballet et à l'opéra avec Meredith petite, et puis traverser Broadway en me frayant un chemin jusqu'à l'entrée de service du Century Building de manière à ne pas avoir à me battre avec la foule et les flics sur Central Park West. Mais, juste au moment de m'engager sur Broadway, je remarquai les Lincoln Plaza Cinemas, où je n'avais pas mis les pieds depuis plus de dix ans, le dernier film que j'y avais vu était *Dancer in the Dark* de Lars von Trier. Ou était-ce *Le Temps retrouvé*, l'étrange mais magnifique opus de Raúl Ruiz avec son émouvant décor théâtral où Marcello Mazzarella improvise le rôle d'un Marcel curieusement voyeuriste, un pervers voyeur espionnant la vie de ses amis ? Je m'arrêtai donc pour voir ce qui se jouait, me disant à moitié que si la soirée chez Meredith et Peter devenait trop soporifique, je pourrais toujours m'éclipser et arriver à l'heure pour une séance en matinée.

Je regardai les affiches quand je le repérai, comme s'il avait surgi Jans mon dos. C'était le jeune homme entre vingt et trente ans du café de dimanche, le gars à qui j'avais parlé quand Rachel ne s'était pas montrée à notre rendez-vous, celui qui se décrivait comme un « vendu à l'entreprise » et m'avait demandé si Rachel était jolie. Le revoilà lui aussi aux Lincoln Plaza Cinemas, lui aussi planté devant les affiches, bien que je ne puisse plus me rappeler aujourd'hui ce qu'elles représentaient, peut-être un film italien redevable à Fellini ou une production indépendante américaine qui trouvait radical de tourner en noir et blanc, l'un ou l'autre aurait pu m'attirer l'œil, mais ce qui me revient c'est de m'être tourné vers le jeune homme en disant, « Joyeux Thanksgiving ! ». Et lui de se tourner à son tour vers moi, l'air surpris, en répondant : « Quelle coïncidence de se retrouver ! » d'un ton enjoué qui me laissa penser que ce n'était vraiment qu'une coïncidence, du genre de celles qui semblaient si souvent m'arriver à New York avant mon départ pour Oxford, mais qui, dans les mois suivant mon retour, avaient jusqu'ici été rares, ou, du moins, avaient paru l'être, sans doute parce que à peine après un mois à Oxford il devient impossible d'aller nulle part sans tomber sur des têtes connues, collègues ou étudiants, ou simples citadins et savants d'autres disciplines, habitués des salles de lecture de la bibliothèque Bodléienne et de l'institution Taylor, population de jour du Turf Tavern, du King's Arms et de The Bear Inn, bien que ce soit un phénomène de société propre à une ville moyenne de 150000 habitants. Lorsque des coïncidences se produisent à New York, celles-ci, par contraste, sont chargées d'un plus grand poids symbolique, on dirait qu'il s'est passé quelque chose de stupéfiant, surtout quand on rencontre le même inconnu plusieurs fois en différents coins de la ville ; on a comme l'impression que le destin, ou Dieu pour les croyants, essaie de nous transmettre un message, de nous dire : « Voici quelqu'un que tu devrais connaître, à qui tu devrais prêter attention, vous avez été réunis pour le meilleur et pour le pire, il y a une raison pour que vous continuiez à vous croiser, ne t'imagine pas que la coïncidence pure existe.» Je me rappelle une fois, l'année avant mon départ pour Oxford, j'allais à une exposition au Centre d'art britannique de Yale, une rétrospective des peintres de Bloomsbury, et dans le train pour New Haven il y avait une femme qui lisait *Eminent Victorians* de Lytton Strachey, et bien que je me sois attendu à la retrouver à la galerie, ce ne fut pas le cas. Quelques jours plus tard, pourtant, je la revoyais dans le métro, toujours avec son livre de Strachey, et puis une troisième fois quelques jours après encore. Elle avait peut-être dix ans de plus que moi et lors de notre troisième rencontre je l'ai abordée en disant que nous avions pris par hasard les mêmes trains trois fois en une semaine, chaque fois je l'avais vue plongée dans Strachey, et c'était une curieuse coïncidence, puisque moi-même j'avais lu Roger Fry et John Maynard Keynes ces dernières semaines. La femme me fixa avec horreur.

— C'est une blague? lança-t-elle. Vous me suivez? Merde, qu'est-ce que vous voulez?

— Rien, rien du tout, protestai-je. Je pensais seulement que c'était une singulière coïncidence, que je vous voie trois fois de suite, parce qu'il semble que nous partagions des intérêts similaires.

Avec un sourire méprisant, elle regarda fixement ma main.

— Vous êtes un homme marié, retournez auprès de votre putain de femme!

Le flirt était la dernière chose que j'avais à l'esprit, mais je rougis tandis qu'elle se levait de son siège pour descendre à l'arrêt suivant. Les passagers autour de nous me regardaient et s'écartaient, comme si j'étais un pestiféré. Résultat, planté devant les Lincoln Plaza Cinemas en ce matin de Thanksgiving, j'appréhendais de me montrer trop amical, de peur que ce jeune homme aussi ne croie que je lui faisais des avances. Mais, au final, c'est lui qui prit la parole.

— Vous avez retrouvé votre laideron? demanda-t-il d'un air ironique et suffisant, comme s'il aimait les conversations incongrues avec des inconnus.

— Excusez-moi, je ne suis pas sûr que…

— Cette étudiante que vous attendiez dimanche au Caffè Paradiso, celle qui ne s'est pas montrée et dont vous n'aviez pas le numéro.

— Pourquoi parlez-vous de laideron? Ce n'est pas du tout un laideron.

— Dimanche, je vous ai demandé si elle était jolie et vous m'avez répondu «non, pas vraiment», voilà pourquoi je vous ai dit que ce n'était pas grave si elle vous avait posé un lapin.

Je ne parvenais pas à me souvenir d'avoir dit une chose pareille, alors que, en remontant en arrière dans mon journal, je vois que c'est bien ce que j'avais insinué dans le compte rendu de notre conversation. C'était gênant de penser que j'avais été amené à faire une déclaration aussi déplaisante, le genre de truc qu'un homme pouvait confier à un autre pour se constituer un petit capital misogyne nauséabond. En repensant au passé, je doutais d'avoir dit une chose de ce tonneau depuis que je suis devenu père, et le remords que j'éprouvais envers Rachel, la manière dont je l'avais jugée et traitée depuis dimanche, m'oppressait.

— C'est une manière grossière de voir les choses.

Le jeune homme souriait toujours, montrant ses longues canines blanches, des dents qui avaient poussé naturellement droit ou avaient bénéficié de soins orthodontiques prohibitifs. Si je n'avais pas prêté grande attention à ce à quoi il ressemblait lors de notre rencontre, je voyais maintenant qu'il était de taille moyenne, plus mince peut-être qu'il n'aurait dû l'être, avec des cheveux fins et l'air famélique. Il portait un pantalon de laine noire, des chaussures noires et un caban en laine également noir, le tout de bonne qualité et hors de prix (des vêtements de marque, je dirais, bien que je ne m'intéresse point à la mode), et s'exprimait avec un accent que j'associais aux familles distinguées de la côte

Est, au point qu'il aurait pu faire partie du milieu de Peter, être un de ses anciens amis ou condisciples, le genre d'étudiant privilégié de l'Ivy League qui entre célibataire dans la trentaine, fuyant tout engagement ou peut-être dédaigné par les femmes qui le voient pour le crétin qu'il est.

— Mais je suis un type grossier. Alors elle est laide ou non ?

— Non, pas laide. Je suis sûre de n'avoir jamais dit qu'elle était laide.

— Mais pas jolie, vous avez dit catégoriquement qu'elle n'était pas jolie, ce qui signifie qu'elle doit être grosse ou velue.

Ce jeune homme n'était pas, lui-même, spécialement beau, objectivement il ne l'était pas, bien qu'il ne soit pas plus laid que Rachel, autrement dit il n'était ni beau ni laid, mais tout à fait quelconque, un individu ordinaire dans un monde de gens ordinaires. Dans son cas, le jeune homme était trop menu pour être beau, un menton trop proéminent, des joues émaciées, comme s'il souffrait d'un problème de drogue ou d'anorexie, même si l'anorexie est rare chez les hommes, je sais. Il n'avait pas l'air sportif, et ne possédait pas non plus la carrure ou la musculation d'un coureur, d'un cycliste ou d'un triathlète, ce qui aurait pu sinon expliquer la maigreur de son visage. Son pantalon était serré et ses jambes semblaient anormalement grêles ; son cou, dépassant du large col de sa vareuse, avait quelque chose de vulnérable qui lui donnait l'air pathétique. Ses cheveux raides étaient agressivement rabattus d'un côté, et lissés en arrière comme je savais que c'était la mode, prolongement d'une récente nostalgie des années cinquante qui, de manière inattendue, avait commencé à remonter encore plus loin, aux années trente, avec des coupes « Jeunesse hitlérienne » actuellement si répandues à Londres et dans certains quartiers de New York que, pour un historien du XXe siècle, il est troublant de voir cette coquetterie du fascisme adoptée par des jeunes gens si ignorants de l'histoire qu'ils peuvent voir le style de leur choix comme un simple marqueur de la sophistication citadine et une appropriation ironique du passé ; s'ils connaissent ou non ses connotations fascistes, je ne saurais dire (j'imagine que non dans leur grande majorité), mais j'osais espérer que, s'ils découvraient le sens réel de ces connotations, ils se dépêcheraient de se laisser pousser les cheveux et de prendre un air bohème progressiste, une fantaisie fin de siècle, afin de contrer l'embardée globale à droite, au moins esthétiquement parlant, bien qu'une si grande part de ce renouveau des signifiants du fascisme se double d'un basculement vers les mouvements politiques ultranationalistes qu'on ne peut s'empêcher de se sentir enhardi à ressortir la vieille antienne selon laquelle l'histoire se répète. Plaise au ciel que non !

Je voulais m'éloigner de lui mais, en même temps, sentais d'instinct qu'il pouvait être le genre de maniaque à avoir une arme dissimulée sur lui et à me prendre en otage. Autant que je sache, il pouvait s'être offert sa luxueuse garde-robe grâce à des vols à main armée. Je tentais donc de m'assurer une sortie qui serait définitive sans le provoquer.

— Écoutez, c'est Thanksgiving, on est des inconnus, on ne se connaît absolument pas, et cette conversation ne me plaît pas beaucoup. Quoi qu'il en soit, je suis attendu.

Le sourire narquois du jeune homme se creusa, balafrant la pâleur de sa joue droite.

— Une fête d'après la parade ?

— Quelque chose comme ça.

— Moi aussi. Un ami à moi du Century Building.

Je songeai fugacement à annuler, ou à prétendre que j'avais encore une course à faire avant de me rendre à la soirée, rien que pour l'éviter, mais personne ne fait de courses à la dernière minute le matin de Thanksgiving et je savais que mon mensonge serait transparent. « Quelle coïncidence ! C'est là où je vais... » Il n'y a pas de coïncidence, me rappelais-je, pas s'agissant de rencontrer des inconnus plusieurs fois en une brève période de jours, pas quand on parle de sujets intimes deux fois dans la même semaine à un homme qu'on ne connaît pas, pas quand ces échanges ont lieu à des dates et dans des lieux où l'on a prévu d'être présent, et surtout pas quand on apprend entre la première rencontre et la seconde qu'on contrôle toutes vos communications. Cette séquence de pensées me traversa rapidement l'esprit sans que j'en tire une conclusion précise, mais j'en profitai pour scruter le jeune homme efflanqué avec davantage de méfiance. Il souriait pendant que je parlais, puis éclata de rire, comme s'il trouvait la situation extrêmement comique. Dérangé, pensais-je, instable, prospectant déjà la nature sauvage au-delà des frontières de son micro-état personnel de santé mentale.

— Sans blague ! Ce ne serait pas marrant si c'était la même soirée ?

Nouvel éclat de rire. Je me forçai à sourire.

Ensemble, nous tournâmes de nouveau le coin de la 62e. Comme nous marchions jusqu'à l'entrée de service de l'immeuble, j'essayais de dissiper la sensation que je venais de me faire dévaliser, ou que la rencontre avait été, à certains égards, une variété d'agression très rapide.

Les gardiens de l'immeuble de Meredith me connaissent tous, je saluai donc d'un signe de tête et me dirigeai tout droit vers les ascenseurs, guettant l'arrivée de l'un d'eux, quand j'entendis le jeune homme annoncer qu'il allait chez Peter, qui l'attendait, même si j'avais déjà conclu que c'était probablement le cas, si horrible que cela puisse sembler, horrible parce que cela paraissait, déjà à ce stade, être partie intégrante d'un plan, celui du jeune homme, pour s'immiscer dans ma vie. Je n'entendis pas son nom, mais le gardien téléphona dans les étages, reçut de toute évidence la confirmation nécessaire, et le jeune homme vint se poster à côté de moi à l'instant précis où les portes de l'ascenseur s'ouvraient.

— Je vois que nous allons à la même soirée, dis-je le regard noir, retournant dans ma tête notre conversation de samedi après-midi, en quête d'indices qui m'en apprennent davantage sur lui ou ses possibles intentions. Je suis le père de notre hôtesse, Jeremy O'Keefe.

— Je pensais bien que c'était vous. J'étais au mariage, Peter et moi avons fait nos études ensemble. Je m'appelle Michael Ramsey.

Son nom confirmait mon intuition sur son probable milieu social, une vieille famille de Nouvelle-Angleterre, peut-être, bien que ce fût de plus en plus difficile à savoir, et que le prestige associé à de telles lignées n'ait plus cours dans la société au sens large. Pourtant, Michael Ramsey se comportait avec un air d'arrogance, plus affecté qu'acquis, que je trouvais rebutant, même si ma méfiance initiale était due à un rejet instinctif du ton de nos deux précédentes confrontations et, lors de cette rencontre de la seconde chance, au ressentiment que j'éprouvais devant son intrusion dans ce que je voyais comme une réunion familiale. De fait, je savais que Peter et Meredith attendaient quelque cinquante invités pour le petit-déjeuner de la parade et que nombre de ces gens seraient des relations professionnelles, tandis que seules vingt personnes restaient dîner, tous des amis proches, pensais-je, ou des membres de la famille. Je m'efforçais de me calmer avant que nous arrivions à la porte de ma fille, m'assurant de marcher devant afin que je puisse sonner et être le premier à entrer et que Michael Ramsey, qui qu'il soit, reste à sa place.

Dès les présentations, il fut clair que, bien qu'invité, Michael Ramsey n'appartenait pas au cercle intime des amis de ma fille. Au cours de ce matin-là, j'ai compris que même Peter ne le connaissait pas particulièrement bien, et que Mr Ramsey était peut-être un de ces parasites de troisième cycle universitaire qui tentaient de s'introduire par la flagornerie dans la vie de ses amis parce que la leur était si terne.

— Où êtes-vous allés le chercher? demandai-je à Meredith après que je l'ai eu coincée seule dans un coin du grand salon.

— Peter et lui étaient membres du même club. Ils se sont perdus de vue un temps, et puis il a brusquement refait surface il y a quelques années. Peter dit qu'il est inoffensif. Il a l'air sympa, ne trouves-tu pas ?

— Il a l'air con.

— Oh, papa, ne sois pas si bougon ! Prends une flûte de champagne.

Elle fit signe à un serveur qui traversa la pièce en douceur avec un plateau chargé de flûtes.

— Je crois que Mr Ramsey me suit.

Meredith me tourna le dos avec une grimace.

— Il ne te connaît même pas, tu ne l'as jamais vu avant !

— Si, nous nous sommes déjà rencontrés.

Nouvelle grimace – d'incrédulité ou peut-être, plus exactement, un air de panique et d'incrédulité, de totale incrédulité, comme si les mots qu'elle entendait poussaient ma fille à croire à ma propre inexistence, comme si, en révélant ma paranoïa (non sans motif, mais elle ne le savait pas à l'époque, ou du moins j'ai toujours confiance en elle, je veux croire qu'elle était naïvement ignorante), j'avais nié l'image du père, du parent dans lequel elle plaçait toujours sa confiance, si compromise cette confiance puisse-t-elle avoir été – nous n'en avons jamais vraiment parlé – après que j'eus quitté le domicile familial et traversé un océan.

Elle saisit une flûte sur le plateau du serveur et me la mit dans la main, puis en prit une autre pour elle. Nous avons trinqué. Elle a tourné la tête pour regarder en direction de Central Park et du défilé de Thanksgiving, comme si elle voulait s'aveugler sur sa propre méfiance envers moi, ou peut-être comme si, ne croyant plus que j'étais l'homme qu'elle croyait connaître, elle ne pouvait plus me voir en peinture. Ou encore comme si, en me voyant, elle découvrait que l'homme devant elle était soudain si différent de celui qu'elle croyait être son père qu'elle ne pouvait s'empêcher de regarder ailleurs, de détourner les yeux pour protéger une vision intérieure de la personne qu'elle croyait connaître, de l'homme que j'avais été autrefois, quand j'étais encore jeune et que j'occupais un territoire de santé si vaste que je ne pouvais pas même concevoir que ses limites soient accessibles.

Je regrettai mes paroles, parce qu'il était visible que Meredith était heureuse de donner cette soirée, de pouvoir recevoir une pleine salle de nantis beaux et bien habillés, que sa mère et moi ne lui aurions jamais permis d'approcher. Ce qui ne veut pas dire que Meredith soit une arriviste, c'est un des êtres que je connais qui a le plus les pieds sur terre, mais je sais et comprends que, du fait de sa profession, la fréquentation des gros richards est la condition de possibilité d'une réussite qui pourrait sinon se révéler hors d'atteinte voire absolument inaccessible. Peter finançait l'espace de sa galerie et les frais de démarrage, c'était aussi Peter qui se chargeait du contact avec les collectionneurs, mais c'est l'œil et le goût de Meredith, et son sens des affaires qui transformeraient sa galerie en un lieu de premier plan, je n'en doute pas. À l'instar du dîner de samedi soir, la fête matinale de Thanksgiving relevait autant des affaires que de la vie sociale privée. En regardant ma fille lutter pour retrouver sa joie de maîtresse de maison après ma drôle de déclaration, il me vint à l'esprit que la frontière entre le professionnel et le privé était ténue et assez poreuse dans le monde où elle et Peter évoluaient. Ils gèrent leur maison comme un local commercial, un tremplin pour des relations et des événements servant leurs visées professionnelles. C'était un concept qui m'était aussi étranger que s'ils faisaient le contraire, gardant leur foyer à leur usage exclusif, sans y laisser entrer personne hormis d'autres membres de leurs familles respectives. Une sociabilité ordinaire et traditionnelle a toujours constitué la règle du foyer que je formais avec Susan. C'était vrai aussi des foyers où elle et moi avions tous deux grandi, aussi différents fussent-ils. Des amis étaient invités à dîner ou à bruncher, la famille venait en vacances, mais les associés en affaires étaient toujours une rareté, peut-être parce que nos pères, bien qu'insérés dans le monde professionnel, n'avaient pas spécialement gravi les échelons de l'entreprise et que ni l'un ni l'autre n'étaient carriéristes, tous les deux étant peu disposés à travailler dur pour obtenir une promotion, persuadés qu'il suffisait d'être solide et fiable, sans paraître, aux yeux de leurs patrons ou cadres supérieurs, avoir des idées au-dessus de leur condition, si bien que, quand des collègues étaient invités, du moins dans la maison de mon enfance, ils étaient les égaux de mon père. Les réunions étaient plus inspirées par l'amitié que par une tentative calculée de consolider une situation professionnelle.

— Que veux-tu dire par vous vous êtes déjà rencontrés ?

Meredith buvait son champagne trop vite, et je savais que je risquais de gâcher la fête si je lui faisais part des doutes que je pensais alors peut-être fondés concernant Mr Ramsey. Au final, je dégustai mon champagne et regardai le jeune homme traîner autour de la terrasse. Ne parlant à personne, il avait l'air transporté par le cortège qui défilait en bas dans la rue, comme s'il était ébloui. Un enfant émerveillé devant le monde et les baudruches géantes flottant presque au ras de la baie vitrée et pliées en deux sous les rafales de ce jour-là, les yeux fixes comme s'il n'avait jamais rien vu de pareil, même si tout Américain vivant de ces dernières décennies, à moins qu'il ou elle n'ait vécu dans l'isolement et sans accès aux médias, est habitué à ce spectacle surréaliste de poupées gonflables de BD descendant Central Park Ouest pour célébrer ce jour férié.

Moi qui ai vécu à Oxford toutes ces années, je trouvais que Thanksgiving suscitait les sentiments de mal du pays et de nostalgie les plus aigus, aggravés du fait que, le dernier mardi de novembre, je passais généralement toute la journée à enseigner. Souvent un de mes étudiants, au moins, était américain et nous échangions tous deux un regard, en reconnaissance de notre exil et de la fausse connivence produite sur nous par cette fête qui nous manquait à tous deux

– ou bien, s'il n'y avait pas d'autres Américains dans les parages, un étudiant britannique attentionné me souhaitait en général un joyeux Thanksgiving à la fin des TP et me demandait si je n'allais pas dîner dehors. Parfois, ce jour-là, je consacrais une bonne part de mes cours aux origines de cette fête. Thanksgiving, forme attestée pour la première fois en anglais en 1533, une citation tirée de Tyndale, lisais-je à haute voix dans mon dictionnaire de vieil anglais : *thankes giuyng*, et deux ans plus tard, dans une traduction de la Bible, *thankesgeuyne*. *The Book of Common Prayer* (ou *Le Livre de la prière commune*), 1552, puis Shakespeare s'en était servi, *Peines d'amour perdues*, 1598, avant que les Pères pèlerins eussent institué leur propre Thanksgiving en 1621. Lincoln en a fait une fête nationale. Un ou deux Collèges, mais pas le mien, mettaient un point d'honneur à répondre au mal du pays de leurs membres américains et organisaient un ersatz de repas de dinde. Après avoir participé à ces agapes une demi-douzaine de fois, j'ai toujours trouvé que celles-ci rendaient mon sentiment de solitude encore plus cruel au lieu de l'atténuer. Entouré de tant de Britanniques (dont beaucoup semblaient trouver l'affaire vaguement ridicule et n'avaient que dédain pour toute tradition, fête ou expression qui avaient fleuri au Nouveau Monde), je renonçais à aller à ce type de réunions à l'avenir et pus décliner des invitations similaires l'année suivante, juste pour m'apercevoir que l'expérience d'être seul en Angleterre et de passer la journée sans marquer cette fête était encore pire qu'une célébration imparfaite. En un sens, il n'y avait rien de plus typique de Thanksgiving qu'un jour vécu dans la frustration ou une gaieté seulement mitigée, une fête où un membre du groupe vous exaspère avec ses blagues agressives ou ses manières grossières, mais dont vous êtes forcé de tolérer la présence au nom de la paix des familles, ou parce qu'il est le nouveau petit copain de votre sœur ou le mari de votre fille ou, comme à Oxford, votre supérieur hiérarchique qui exerce une autre sorte de pouvoir sur votre existence. C'était, somme toute, une fête officialisée à une époque de guerre civile, l'occasion, peut-être dans sa motivation philosophique la plus large, de rassembler des partis opposés dans un conflit domestique et de leur permettre de cesser les hostilités assez longtemps pour rompre le pain et découper une volaille, une tradition festive fondée sur une « action de grâce » pour célébrer le succès des efforts d'implantation des premiers colons.

C'était mon premier Thanksgiving depuis mon retour en Amérique. Une part de moi aurait préféré rester en famille, emmener Meredith et Peter dans la maison de ma mère ou même aller dans la propriété des parents de Peter à East Hampton (comme ma mère, ils étaient attendus plus tard dans la journée), au lieu de jouer au râleur doublé d'un paranoïaque dans une pièce remplie de gens aussi motivés pour établir de potentiels contacts professionnels que pour regarder la parade sous les fenêtres en se gavant de champagne et de viennoiseries à la cannelle, qui circulaient comme si l'un et les autres étaient en quantité inépuisable. Je ne voulais pas vivre dans un monde de folle abondance, d'une abondance fondée sur la croyance que rien ne devait jamais manquer tant qu'on était empli de désirs. Mes propres parents, enfants de la Grande Dépression, ont grandi avec un sens des privations qui les a rendus frugaux et pragmatiques, au point, parfois, de me mettre hors de mes gonds, mais ils ont aussi savouré ce qui était bon, et su profiter des grandes et petites joies de l'existence avec un plaisir qui était sincère. Si l'on promenait ses regards dans le grand salon de Meredith et Peter, il y régnait indubitablement une ambiance de plaisir, mais celui né de l'attente que ces produits de luxe étaient toujours disponibles. Et puis il y avait Michael Ramsey. Il se resservait à boire et à manger, bavardait avec Peter, riait comme s'ils étaient de vieux amis intimes, alors que les trois quarts de ces gens étaient déjà en mode fête accéléré, et que chaque personne dont ils faisaient la connaissance était potentiellement un vieil ami, quelqu'un qu'ils auraient toujours connu si seulement la chance s'en était présentée, pourvu bien sûr que la personne vaille la peine d'être connue et puisse offrir quelque chose en échange de leur amitié.

J'étais sur le point d'expliquer à ma fille pourquoi je me sentais si paranoïaque quand Susan fit son entrée. Meredith se leva pour accueillir sa mère et, au léger tremblement de la main de ma fille, je vis combien les premières retrouvailles de ses parents depuis son mariage la rendaient nerveuse, bien que notre divorce se soit déroulé en gros à l'amiable. Au mariage lui-même nous nous étions presque – c'est ce que j'aimais penser à l'époque – rapprochés, comme si mon ex-femme et moi imaginions tous deux qu'un plus grand réchauffement des relations était peut-être possible, au point qu'un jour nous pourrions même envisager de nous remettre ensemble. Je dus me rappeler que j'étais venu pour Meredith plus que pour n'importe qui d'autre, le monde ne tournait pas autour de moi, et à vingt-cinq ans on peut encore avoir l'impression d'être le centre de l'univers et que tous les événements et les relations de votre vie se ramènent finalement à *soi*. Meredith voulait que je sois là, j'en étais sûr, pour la soutenir face à sa mère, aussi m'accrochais-je à ma fille dans la certitude partielle que je la soutenais par ma présence, alors même que je savais, à un degré plus profond, que je ne supportais pas de circuler tout seul, de risquer de passer un instant de plus seul avec l'étrange Mr. Ramsey. Puis, par un de ces hasards extraordinaires des raouts mondains, je me suis trouvé séparé de Meredith mais proche de Susan, qui n'avait absolument pas changé durant les années ayant suivi notre séparation, à mes yeux elle ne paraissait pas plus de quarante ans.

— Où est donc ta merveilleuse mère, Jeremy ?

— Ils ont envoyé une voiture la chercher à Rhinebeck. Elle ne sera pas là avant midi.

— Quel dommage ! Elle va manquer les animaux gonflables…

— Tu sais bien que ma mère a horreur des parades.

— Elle cultive toujours sa misanthropie ?

— Avec autant de soin que ses violettes d'Afrique.

— Elle serait bien plus heureuse si elle pouvait se décider à aimer les êtres humains.

— Elle t'a toujours aimée.

— Mais j'ai été une telle garce avec elle !

— Elle pensait que ça voulait dire que tu la respectais.

— Tu sais que j'ai toujours été mauvaise avec ceux qui me foutaient la trouille.

Comme nous échangions un sourire, j'eus l'impression fugace que la précédente décennie n'avait pas existé et que, après notre départ de la fête, nous regagnerions le même appartement, tout en haut d'une maison de ville restaurée sur la 75e Rue, et que, quand j'irais au lit ce soir-là, bourré et repu, j'irais me coucher avec Susan, et qu'il n'y aurait rien de bizarre à cela, aucun *recommencement* de ce qui avait été jadis mais la *continuation* de ce qui avait toujours été, comme si mes dix ans à Oxford n'étaient qu'une parenthèse transitoire d'hallucinations, une vision empilée sur une autre, toutes se déroulant au cours d'une seule nuit new-yorkaise.

Je savais pourtant que Susan était satisfaite de sa vie et n'avait aucune envie de revenir vers moi. J'avais beau être paranoïaque, je ne délirais pas. Elle buvait une tasse de café, je la regardais retrousser les lèvres pour aspirer le liquide brûlant, attentive à ne pas en répandre. Une légère tache de rouge à lèvres cuivré se déposa sur la porcelaine blanche comme si la tasse était une peau tendre et sensible. Ses yeux quittèrent la foule et nous nous sommes regardés comme nous ne nous étions jamais vraiment regardés depuis plus de quinze ans, étant donné que, dans les derniers mois de notre cohabitation, elle détournait le regard chaque fois que je la fixais trop longtemps, comme si elle redoutait ma surveillance, ou comme si l'expérience d'être observée par son mari lui causait de la peine et non du plaisir. Mais maintenant elle souriait et s'échauffait sous mon regard, et c'est cette réaction, le plaisir évident qu'elle prenait à ma compagnie, qui permettait à mon esprit de vaguer et d'imaginer à quoi cela ressemblerait de revivre avec elle, de nous rendre à tous l'existence moins compliquée qu'elle ne l'était devenue depuis mon départ.

— Sympa de te voir de retour, Jeremy.

— Tu penses vraiment ce que tu dis ?

— Oui, c'est bon de t'avoir parmi nous. Tu m'as manqué.

Elle me donna un coup de poing dans le bras comme c'était son habitude, avec plus de force qu'elle ne le pensait, et la légère douleur de son coup était aussi familière et bienvenue que son visage toujours jeune. Voilà quelqu'un en qui je peux avoir confiance, songeais-je, malgré le temps qui passe, je pourrai toujours revenir vers elle, même si nous ne vivons plus ensemble elle écoutera mes paniques, mes hallucinations et ma paranoïa, et saura exactement quoi me dire pour m'apaiser parce qu'on a passé tant d'années ensemble et tant d'heures à assimiler les habitudes de pensée de l'autre que peu de choses ont aujourd'hui besoin d'être dites pour retrouver le territoire que nous partagions, et qui – me semblait-il alors, dans l'appartement de notre fille – commençait à étendre une fois de plus les paramètres de ma propre santé mentale, à repousser cette frontière dans un lointain quasi inaccessible, parce que, depuis notre première rencontre comme étudiants du troisième cycle à Princeton, Susan m'a toujours donné l'impression de faire partie des gens les plus sains que je connaisse, en dépit de son choix de mettre un terme à notre union, ce qui, à l'époque, m'avait fait l'effet d'un acte de folie, ou, à tout le moins, d'une crise de violence passionnelle. J'avais cru, jusqu'au moment où elle s'était mise à détourner les yeux chaque fois que je la regardais, que nous menions une vie de couple parfaite, parce qu'il n'y avait pas de cachotteries entre nous, ou parce que je croyais, à tort s'avéra-t-il, qu'elle savait tout ce qui était important sur moi et que, à l'inverse, je savais tout ce qui était important sur elle.

— Tu as quelqu'un en ce moment ? demandai-je.

— Non, pas en ce moment. Pas depuis le mariage de Meredith. Tu me connais.

— Difficile.

— *Trop* difficile...

Avec un hochement de tête, elle baissa les yeux vers la tasse de porcelaine tachée de rouge à lèvres, en fit tournoyer le contenu puis finit son café.

— Et toi ? Tu as retrouvé quelqu'un ?

— Pas maintenant, plus maintenant.

— Il y avait quelqu'un dans ta vie ?

— À Oxford. Quelques aventures, et une qui a duré plus longtemps que les autres. Plus sérieuse...

— Mais c'est fini ?

— Oui, je crois, même s'il peut y avoir encore des retombées fâcheuses, je ne sais pas. Je préférerais que non...

— Je suis désolée. Ç'a dû être...

— Ce n'est pas ta faute, ce n'était pas important.

— On dirait que tu mens.

— Oui, je mens. C'était important ! Et j'ai été idiot.

— Mon Dieu, tu as l'air si british maintenant !

— Ne dis pas ça, je n'ai pas changé, pas foncièrement.

— Pauvre Jeremy !

— S'il te plaît, Susan, pas de pitié.

— Qu'est-ce qui ne va pas ? Tu as l'air...

— Je...

À ce moment-là, j'étais prêt à confier à Susan ce qui m'était arrivé les jours précédents, pensant qu'elle aurait peut-être une idée sur la question ou, au moins, partagerait mon inquiétude, mais je vis alors Michael Ramsey traverser le salon dans notre direction. J'ai eu le sentiment de ne pouvoir rien dire tant que nous étions aussi près l'un de l'autre. Il portait une chemise blanche à col boutonné et un pull-over noir de sorte que, vu de derrière, on aurait pu le prendre pour un prêtre particulièrement hipster.

— Connais-tu cet homme ? soufflai-je à Susan, avec un signe de tête vers Ramsey, espérant qu'elle me rassurerait en expliquant que c'était un enfoiré d'ami inoffensif de Peter, un autre étudiant fils à papa désœuvré, rien qui sortît vraiment de l'ordinaire. Au lieu de quoi elle secoua la tête en fronçant les sourcils, comme si la seule apparence de Mr. Ramsey laissait un goût amer.

— Je ne l'ai jamais vu, mais en vérité je ne connais personne ici, à part toi, Peter et Meredith. Il me semble reconnaître quelques personnes présentes au mariage, mais personne ne s'intéressait alors vraiment à moi et je ne m'attends pas à les intéresser davantage aujourd'hui.

— Tu ne le connais donc pas ?

De la tête, elle fit signe que non.

— Qui est-ce ?

— Un ami de Peter. Je suis tombé sur lui deux fois ces derniers jours, samedi au Village, et puis en venant ici. Le recroiser sur le trajet jusqu'ici, ce n'est pas vraiment la même chose, je suppose, mais cela m'a paru une singulière coïncidence.

— Comment ça ? comme s'il te suivait ?

— Je te parais dingue ?

Susan haussa les épaules. J'aurais préféré qu'au lieu de hausser les épaules, elle me dise que c'était carrément dingue d'être aussi paranoïaque au sujet de l'ami de son gendre, ou qu'elle soit en tout cas moins dédaigneuse, moins ambiguë, moins pressée de consentir à la possible lucidité de ma paranoïa. C'est une horreur d'imaginer que ce qui ressemble à un délire paranoïaque pouvait être tout le contraire, que soupçonner qu'on est suivi, contrôlé et manipulé était, en réalité, le summum de la lucidité, peut-être la définition même de la lucidité dans le monde d'aujourd'hui. Ce qui est dingue, c'est d'imaginer que nous avons une vie privée, ou qu'avoir une vie privée est encore possible. Ceci n'est pas seulement vrai pour ceux d'entre nous qui purgeons notre peine dans le monde développé, mais pour quiconque et en tout lieu. Sauf peut-être pour ceux qui se cachent sous terre, car les satellites que nous avons lancés dans l'espace et les aéronefs, habités ou non habités, qui patrouillent les cieux au-dessus de la Terre nous observent, produisant des images finement détaillées de toutes nos vies pour mieux nous surveiller, à moins qu'on ne puisse dire que nous nous surveillons nous-mêmes, ou, du moins, que les gouvernements que nous maintenons au pouvoir nous surveillent pour notre compte, ainsi que les sociétés qui s'en chargent uniquement pour leur propre compte, même quand elles insistent sur le service public qu'elles prétendent fournir et auquel nous avons recours, souvent gratuitement, sans dépenser un sou pour scruter les images satellite des jardins et des toits-terrasses de nos voisins ou des vues de leurs fenêtres et portes de façade prises depuis la rue, échangeant ce libre accès à toute la connaissance du monde contre l'enregistrement par ces mêmes sociétés des habitudes de nos activités et nous rendant par là enclins, non seulement à la collecte de ces data et à leur potentielle monétisation, c'est-à-dire à leur vente à d'autres entités collectant leurs propres catégories de données sur nous, mais aussi à être bombardés de publicités qui, malgré nos résistances, insinuent leurs messages au fond de nos pensées pour nous influencer d'une manière ou d'une autre. Même si j'insiste pour dire que je ne suis pas réceptif aux publicités pour les fast-foods où je n'ai plus mis les pieds depuis mon adolescence, mais que, néanmoins, et malgré le fait que je ne mange plus de viande, en regardant ces burgers je *dois* lutter contre le désir que m'inspirent ces images.

— Je crois que plus grand-chose ne semble dingue de nos jours, soupira Susan, passant du café au champagne. Mais je ne vois pas comment un des amis de Peter aurait une raison de te suivre, à moins qu'il ne travaille effectivement pour lui et que Peter ne te surveille pour le compte de Meredith, par procuration. Mais c'est une explication un brin fantaisiste, ne trouves-tu pas ?

— Ou l'explication d'un mythomane.

— Je ne te le fais pas dire, chéri.

Elle me tapota le bras et me lança un regard si affectueux, un regard auquel je n'avais plus eu droit depuis que notre mariage avait commencé à se déliter, que je sentis mes yeux s'humecter et ma gorge se serrer. Le soulagement de retrouver des rapports humains, malgré le peu qu'on se soit dit, me laissait croire que les choses n'avaient peut-être pas vraiment changé. Ou qu'on avait remonté le temps et qu'on était encore quinze ans en arrière et qu'on cafouillait mais qu'on voyait bien à quel point notre relation sortait des clous et qu'on devait corriger le cap pour rester dans les limites connues, parce que la nature sauvage de toute relation est un lieu de risque existentiel à la fois potentiel et profond. Quitter le territoire cartographié d'une relation peut mener à des aventures susceptibles de revigorer une relation moribonde ou, tout au contraire, à en cultiver une florissante et plus ou moins heureuse puis à la pousser dans des périls dont il est impossible de s'échapper. Un abîme de désespoir, un marécage, une friche de sables mouvants et de bourbiers. Je n'avais aucune idée des relations que Susan pouvait avoir nouées depuis la fin de notre mariage, tout comme elle n'était pas au courant des détails de mes liaisons, pour ce qu'elles valaient, et parce que je ne m'étais jamais beaucoup répandu devant Meredith, qui, au début, était trop jeune pour être au courant de choses qui ne pouvaient que l'inquiéter et, plus tard, parce que j'attendais de voir si la relation tenait bon et serait assez suivie pour être officialisée, s'intégrer dans la vie de ma fille. Du fait qu'elle n'avait jamais même entendu prononcer le nom des rares femmes avec qui j'ai couché à Oxford, j'étais assez certain que Susan ne les connaissait pas non plus et ne pouvait sans doute pas s'imaginer que je suis capable de compter ces liaisons étrangères sur les doigts des deux mains et qu'il me reste encore des doigts.

La plupart du temps, la vie que j'ai menée à Oxford était une existence de célibataire dans un monde entouré de nombreux autres célibataires (des deux sexes), même s'il y avait les occasionnels coups d'un soir ; rien qui durât plus de quelques heures ou quelques jours avant qu'il soit clair pour les deux partenaires que ce n'était absolument pas raisonnable à cause des complications professionnelles (c'étaient souvent des collègues, comme Bethan) ou parce que ces femmes avaient déjà mari ou partenaire ou copain ou amoureux. Chacune d'elles employait différents mots pour désigner les mâles sur le territoire desquels j'empiétais, bien qu'elles-mêmes auraient été horrifiées par ma description de la situation en ces termes, refusant d'être considérées comme le territoire ou la possession d'un autre qu'elles-mêmes. Et bien que je respecte cette position, je comprends aussi l'attitude des hommes que leurs femmes trompaient avec moi, des hommes qui avaient cru avoir droit au moins à la loyauté de celles-ci sinon aux femmes elles-mêmes, bien que ce distinguo soit peut-être un peu jésuitique, le genre de sophistique que j'ai appris à apprécier dans ce que je commençais à voir comme l'esprit d'Oxford, une argumentation infiniment souple qui pouvait si souvent infléchir la logique vers l'intérêt personnel ou, à peine plus relevé, l'autodéfense.

Il y eut une ou deux fois, peut-être plus, où mes amours avec ces femmes d'Oxford déjà engagées ailleurs étaient devenues assez inconfortables pour moi, pour elles et pour leurs maris ou leurs partenaires. Ce n'est pas que je sois démuni face à mes désirs, même si un mari en particulier s'était senti obligé d'intervenir parce que sa femme menaçait de le quitter pour moi, alors qu'elle ne m'avait jamais demandé si je souhaitais avoir une relation suivie avec elle. Le malheureux s'était présenté, son chapeau à la main, très troublé, à ma porte de Divinity Road, me suppliant de rompre après avoir échoué à convaincre sa femme d'en faire autant. Je l'ai fait entrer, et nous nous sommes installés au salon, où je lui ai servi un verre. Loin d'être agressif ou sur la défensive, ce gars, Bryan, un médiéviste qui se rongeait les ongles, pleurnicha en me disant que sa femme Anne, une de mes collègues d'histoire, menaçait de prendre les enfants pour emménager chez moi. Je ne pouvais imaginer rien de pire que l'obligation de partager ma vie avec les enfants et l'épouse de Bryan et les désastreuses complications de cette nouvelle organisation. Aussi, je sautai sur mon téléphone et annonçai à Anne que c'était fini. Elle était si dévastée que le président du Conseil de la faculté me pria de savoir me tenir, d'un ton qui sous-entendait que j'étais en quelque sorte fautif, alors qu'en réalité c'était Anne qui avait fait les premiers pas à une *gaudy*, une fête d'anciens élèves de son Collège, où je me trouvais par hasard avoir été invité par un autre collègue. À la nuit tombée, par une de ces extraordinaires soirées printanières d'Oxford où l'été semble déjà souffler ses brises tièdes sur les rivières et l'herbe haute de Christ Church Meadow, Anne et moi étions seuls dans le Fellows' Garden du Collège, ou, du moins, nous pensions être seuls dans l'obscurité, dans un coin, à parler de Foucault ou d'Althusser, ou à avoir le type de conversation niaisement philosophique qu'alimentent un bon vin, un porto incomparable et le charme romantique de la décadence contrarié par l'argent qui entoure et favorise de telles rencontres, quand elle tendit une main dans le noir et la posa sur le côté gauche de ma poitrine, appuyant pour sentir battre mon cœur sous mes vêtements, ma peau et mes côtes. Je crus un instant qu'elle avait eu ce geste pour ne pas tomber, car elle semblait tituber, mais ensuite elle s'est penchée et, étant plus grande que moi et je subodore un peu plus forte, m'a poussé contre un mur de grès en ouvrant ma bouche de force avec ses lèvres et sa langue. Je n'aurais jamais pu m'imaginer que notre flirt pressant dans ce jardin, ou les étreintes qui suivirent dans son logement du Collège, ou encore le week-end qu'elle passa à la maison quand Bryan avait emmené les enfants chez ses parents à Stoney Middleton l'inciteraient à nourrir le fantasme d'une nouvelle vie avec moi.

Anne et Bryan – aussi encombrants fussent-ils, cela me servira de leçon, il ne faut jamais sortir avec des collègues ! – ne pouvaient pas avoir été la raison pour laquelle on puisse vouloir s'intéresser de si près à ma vie, pas plus que mon idylle avortée avec Bethan lors de ma première année à Oxford, ni mes démêlés avec des étudiantes comme Jayanti, qui avait menacé de se suicider et m'avait créé des problèmes pour rien mais qui, je le sais maintenant, n'avait jamais été sérieuse dans ses menaces, les proférait en réalité pour me terroriser. Non, j'étais sûr et certain – et j'en demeure convaincu encore aujourd'hui, alors que j'écris ces lignes, destinées à mes héritiers, peut-être, si vous avez l'occasion de les lire, ou peut-être produites un jour à ma décharge en audience publique ou secrète – qu'aucune de ces personnes n'était la raison de la surveillance minutieuse de mes activités on ne peut plus innocentes.

J'en connais la raison, ou, du moins, je la suspecte, j'ai l'ombre d'un soupçon, aussi fugace que le visage que je continue d'entrevoir dans la composition du texte sur une page, entre les voiles noirs de ces derniers instants d'inconscience qui précèdent le réveil tous les matins. En ce matin de Thanksgiving, en parlant à Susan, tout en observant Michael Ramsey et en repensant à mes années oxfordiennes, j'aurais dû commencer à comprendre que ce n'était pas juste un truc que j'avais fait, un acte isolé ou un mot de trop, ni seulement mon départ de la maison pour aller vivre dans un autre pays ni mon simple choix d'amis et de maîtresses, mais que c'était le déroulement de tous ces éléments qui avait tracé une forme de destin.

— Et puis ils m'ont conduit dans un local exigu et je suis resté assis là une éternité, disait l'homme. (C'était une des connaissances de Peter, un avocat sud-africain de Johannesburg.) Avec les Américains, on sait à quoi s'en tenir. Au bout de trois minutes, la bonne femme de l'ambassade américaine m'a souri en disant : « OK, merci, mon petit, voilà pour vous ! » et j'ai eu mon visa. Les Britanniques vous font poireauter. Ils vous posent mille questions, comme s'ils cherchaient à vous piéger, et puis à la fin de l'entretien le petit homme méprisant a ordonné : « Bon, regardez cette caméra dans le coin supérieur de la salle. » Cette bécane était minuscule, je n'avais même pas remarqué sa présence jusqu'à ce qu'il en parle. J'ai levé les yeux vers la caméra et le bonhomme a repris : « Bon, énoncez d'une voix claire et distincte, "Je m'appelle Mark Wald". » C'était le premier indice qui me montrait que mon entretien pour l'obtention d'un visa était enregistré, mais ça n'aurait pas dû être une surprise pour moi, je pense. Ce que je ne comprends pas, c'est pourquoi ils m'ont obligé à faire ça, regarder la caméra pour décliner mon identité.

Un homme d'un groupe voisin, qui tournait le dos à Mr Wald pendant que celui-ci racontait son histoire, pivota brusquement vers nous. Michael Ramsey.

— Reconnaissance faciale, dit-il.

— Pardon ? fit Mr Wald, l'air contrarié.

— Ils font ça pour la reconnaissance faciale. Maintenant vous êtes fiché. Vous pourrez marcher dans une rue du centre de Londres et un technicien ou un fonctionnaire de police assis devant son terminal zoomera peut-être pour vous scruter de plus près, et l'ordinateur pourra dire immédiatement que c'est Mark Wald, il a tel ou tel visa, il est entré dans ce pays à telle ou telle date, il est le fils de X et Y, il est expert dans quoi que vous fassiez, etc.

— Comment savez-vous tout ça ?

— Manie du complot, répondit Ramsey avec un sourire en coin.

— Eh bien, c'est bigrement terrifiant. (Mr Wald accepta une nouvelle flûte de champagne.) Mais ce n'est pas fini. Je suis donc dans l'avion à destination de New York au départ de Heathrow, après avoir clos mes rendez-vous londoniens. Je voyage en classe affaires, et au moment de l'embarquement, un bonhomme s'assoit à côté de moi, à peu près de mon âge, dégarni, j'ai su qu'il était américain avant même qu'il ouvre la bouche.

Une salve de rires approbateurs fusa, tandis que Mr Wald poursuivait.

— Alors nous échangeons des amabilités en nous installant. Enchanté, bonne soirée, etc. Le steward me tend un verre de vin pétillant, mais mon ami américain préfère un jus d'orange. D'accord, me dis-je, c'est un obsédé de la santé. Il est en parfaite forme, très mince, comme s'il fréquentait quotidiennement la salle de gym ou courait cinquante kilomètres par semaine. Pas comme moi ! (Regain de rires.) L'avion décolle, et pendant qu'on nous sert le repas, il engage la conversation, mais dès le début il m'appelle par mon nom, « monsieur Wald ». Je me dis, très bien, il a dû voir mon billet, ou l'étiquette de ma valise, ou je ne sais quoi, mais soudain il apparaît qu'il sait qui je suis, ce que je fais, où j'habite, qui est ma femme, combien j'ai d'enfants, et même qui sont mes parents. L'homme occupe le siège voisin pour une bonne raison, tout a été arrangé à l'avance. Il me questionne sur la situation en Afrique du Sud, sur ce que je pense du gouvernement et du Président, et je suis de plus en plus mal à l'aise, bien que mes réponses à ses questions soient presque à coup sûr celles qu'il souhaite entendre. Je n'aime pas ce gouvernement, le Président est corrompu, le pays risque de sombrer dans le chaos. À ce moment-là, on discute déjà depuis une heure ou deux. Les plateaux ont été ramassés, il laisse la conversation refluer un peu, et puis on tamise l'éclairage de la cabine et les gens autour de nous s'absorbent dans des films et ce genre de choses, et après s'être assuré que personne n'écoute, il se penche vers moi et me dit, pas en termes explicites, que le gouvernement américain aimerait que j'espionne le gouvernement sud-africain, «pour le plus grand bien de tous», et que c'est mon devoir de citoyen du monde libre d'accepter.

Ses auditeurs avaient l'air surpris, certains riaient, d'autres hochaient la tête d'une manière qui montrait que Mr Wald leur inspirait un nouveau respect ou que ce qu'il avait révélé corroborait leurs soupçons sur les opérations du gouvernement américain, tandis que d'autres s'agitaient, se mettaient à consulter leurs téléphones et s'esquivaient en s'excusant.

— Alors qu'avez-vous répondu? demanda Michael Ramsey.

— Je lui ai répondu que j'étais flatté mais que non, ce n'était pas une chose que je pouvais faire avec bonne conscience tout en continuant à exercer la profession d'avocat.

— Pourquoi non?

— Comment pourrais-je comparaître devant la Cour constitutionnelle et défendre un dossier, sachant que j'informerais aussi les autorités sur mon entourage, mes confrères avocats et les magistrats? Cela serait contraire à mon idée de la démocratie.

— La démocratie s'écroulerait sans espions. Vous auriez dû dire oui, déclara Michael Ramsay, d'un ton loin d'être amical.

À ce moment, Meredith me tira à l'écart pour parler avec la fille d'un ami qui avait déposé une demande d'inscription à NYU. Ma matinée de Thanksgiving se passa ainsi à capter ou éviter des bribes aléatoires de conversation, regarder les gens aller et venir. Et puis, quand je repensais à lui, je m'aperçus que Michael Ramsey était déjà reparti. Bon débarras, songeais-je, et Dieu merci, il n'est pas resté à déjeuner !

Ma mère arriva, ainsi que les parents de Peter, divers tantes et oncles et cousins de son côté de la famille. Nous nous sommes mis à table au milieu de l'après-midi, même si nous n'avions jamais vraiment cessé de manger. On s'amusa beaucoup du fait que je n'aie pas de smartphone, même ma mère en possède un aujourd'hui, un cadeau qu'elle s'est fait.

— Ces appareils sont si intuitifs, dit-elle. Je fais tout avec le mien…

Je lui demandai si elle avait conscience que tout ce qu'elle faisait sur son téléphone justement était enregistré quelque part, stocké sur une base de données, peut-être sur beaucoup de bases de données différentes.

— Qu'importe ? Je suis une vieille femme. Je n'ai rien à cacher, je n'enfreins aucune loi. J'appelle seulement mes amies, j'envoie des courriels et je regarde d'amusantes vidéos d'animaux. En quoi diable cela intéresserait-il la CIA, la NSA ou qui que ce soit d'autre ?

— Le fait est qu'on ne peut pas savoir ce qui va susciter leur intérêt.

— Ne sois pas paranoïaque, Jeremy ! On est encore dans un pays libre. Nous possédons la justice, la Déclaration des droits et la meilleure démocratie au monde. Pourquoi un citoyen respectueux des lois devrait-il s'inquiéter ? Même si on nous surveille, on le fait pour notre protection. Sincèrement, je suis partante.

Je faillis me pencher pour lui murmurer à l'oreille : « Tu ne sais pas de quoi tu parles, tu n'imagines pas avec quelle rapidité tu pourrais être impactée par, disons, mes activités, à quel point ce nouveau système de collecte de données ne pose plus la présomption d'innocence en premier mais suppose la culpabilité par association algorithmique. Quelles informations as-tu sur tous les gens que tu considères comme tes amis ? Que sais-tu de leurs relations ? Nous avons recomposé le paysage social sans comprendre les ramifications de cette reconstruction. »

Mais, bien sûr, je ne dis rien, arborant ce qu'un ami anglais d'Oxford a appelé un jour mon « sourire mange-merde », et acceptai une nouvelle ration de purée de pommes de terre.

Les parents de Peter restaient chez ma fille pour le week-end. J'étais donc d'accord pour ramener ma mère dans le nord de l'État vendredi matin, ce qui impliquait qu'elle dormirait chez moi, ce qui n'était pas un gros problème puisque nous nous entendons bien malgré ses accès de rébellion. En réalité, quand j'avais acheté ma maison à la périphérie de Rhinebeck un peu plus tôt dans l'année, je savais que ce serait un bon compromis de m'installer assez près de ma mère pour pouvoir la voir facilement sans être obligé d'habiter sous le même toit qu'elle. Certains parents et enfants s'adaptent à leur mutuel âge adulte et trouvent moyen de cohabiter, ou de passer des périodes de temps prolongées dans leurs maisons respectives. Cela a autant à voir avec le fait que les enfants apprennent à ne plus se comporter en enfants qu'avec le fait que les parents apprennent à ne plus traiter leurs enfants en enfants, ayant constamment besoin de punitions et de conseils, ce qui revient à dire que les deux bords doivent apprendre à se respecter réciproquement ainsi qu'à accepter la réalité de leur mutuel statut d'adulte, au moins jusqu'à ce que les parents, si cela devait arriver, entament cette terrible descente dans leur seconde enfance, pendant laquelle ils peuvent souhaiter, très sincèrement, que leurs enfants deviennent des parents pour eux, en retour de cette relation antérieure de soin, de protection et d'éducation.

Ma mère et moi avons atteint le stade où je suis heureux de la recevoir quelques jours chez moi et de séjourner chez elle pendant une durée similaire, mais davantage et nous courons le risque de nous entre-tuer parce que ma mère n'a jamais cru que j'étais devenu adulte, et bien qu'elle soit heureuse d'accepter une course en taxi de sa petite-fille pour une excursion à la grande ville, elle est farouchement indépendante à l'âge de quatre-vingt-trois ans et si remarquablement épargnée à la fois aux plans physique et mental que je n'ai pas encore été confronté à la perspective d'assumer une prise en charge plus importante.

Alors je m'interroge, si ce stade devait advenir, serais-je libre d'assumer cette responsabilité ou celle-ci retomberait-elle sur ma fille ? Maintenant plus que jamais, les doigts crispés sous l'effort de cette rédaction qui pousse mon stylo du haut en bas de la page, je crois qu'il est plus que probable que c'est sur les épaules de Meredith que pèsera le fardeau de nous tous, de ses parents et de sa grand-mère. Parmi les choix que nous avons tous faits dans notre vie, on récolte toujours ce qu'on a semé.

— Tu as bonne mine, Jeremy, dit ma mère à la fin du déjeuner. (Nous nous étions dispersés dans différents coins du salon pour prendre le café et des *digestifs**[1].) On dirait que tu as perdu du poids.

— Mon poids n'est pas soumis à discussion.

— C'est un compliment !

— C'est un compliment ambigu, mère. Un compliment qui implique que le destinataire était gros avant et a fait des progrès depuis.

— Ne sois pas si vieux jeu !

— Ce n'est pas très poli de parler du poids des autres.

— Mais tu t'es toujours battu contre un problème de

1. Les expressions en italique et marquées d'un astérisque sont en français dans le texte. (*N.d.T.*)

poids, Jeremy, alors je pensais te faire un compliment. Tu as l'air plus mince.

— Je n'ai pas toujours eu un problème de poids.

— Enfin, tu as fait le yoyo pendant que tu étais en Angleterre. Toute cette bière, j'imagine, et les *fish and chips*…

— J'ai mangé du fish and chips une fois en dix ans et ai dû boire une pinte de bière dans l'année, voire moins.

— Tu n'as pas besoin d'être autant sur la défensive. Pourquoi l'es-tu autant avec ta mère ? N'ai-je pas le droit de parler de la santé de mon fils ?

Cela se passait toujours ainsi, on tournait en rond autour du même malentendu, ou de la perception évolutive de la parole blessante prononcée par ma mère. C'était la teneur générale de nos conversations, car, avec les années, telle une enfant, elle a perdu sa capacité à filtrer ses émotions, dit ce qu'elle pense sans égard pour les sentiments de son entourage. Et en même temps, toujours telle une enfant, elle est si susceptible quand elle-même est l'objet d'une critique que nous pouvons très vite achopper si nous passons trop de temps seuls. Il restait la forte probabilité qu'un jour elle assène une vacherie au téléphone – que, par exemple, elle menace la vie d'un homme politique de manière complètement irréfléchie – ou écrive quelque chose dans un courriel – qui attirerait l'attention de ceux qui peuvent écouter et espionner. Est-ce si irréaliste ? Je ne le pense plus.

Ce matin-là, après avoir écouté Mr Wald et la curieuse immixtion de Michael Ramsey dans la conversation, j'étais certain que ma paranoïa était fondée. Dans un laps de temps peut-être pas très éloigné, ma mère et moi serons tous les deux en détention, dans l'obligation de prouver notre innocence ou, pire, de révéler ce que nous savons – qui se réduit à rien, j'en suis sûr. Est-ce que vous – qui que vous puissiez être qui finirez par lire ce document, ami ou ennemi – forcerez ma mère à gribouiller dans une chambre son rapport sur moi, sur ce qu'elle sait de ma vie récente, même s'il était clair qu'elle ne savait rien ? Ou bien la clarté est-elle une qualité à laquelle des gens comme vous ne croient plus ? Exigez-vous que le monde soit infiniment gris, que tous les êtres humains se fondent potentiellement dans les catégories qui méritent votre attention, que nous tous jusqu'au dernier soyons des suspects intéressants ?

Finalement, Thanksgiving avait été un jour béni, sans disputes ni conflits sérieux. La présence de Michael Ramsey ce matin-là était la seule ombre au tableau dans une réunion autrement sans particularité, et je ne doutais pas avoir été le seul à être perturbé par lui.

Avant que je m'en aille, ma fille m'entraîna discrètement à la cuisine et me questionna sur ma consultation chez le neurologue, le Dr Sebastian.

— Sur le plan physique, il n'y a rien qui cloche chez moi. Le scanner... je veux dire, je n'ai pas encore les résultats, mais il n'y a rien à craindre.

— Bien, quel soulagement ! A-t-elle une idée de ce qui a pu t'arriver ? Cela semble si bizarre.

— Elle m'a conseillé de consulter un psychothérapeute ou un analyste. Ce n'est pas que je sois fou, mais elle pensait qu'il était possible qu'un événement traumatique ait pu m'arriver récemment, ou à cause d'un traumatisme ancien – que j'ignore – ma mémoire aurait pu zapper l'échange de samedi avec mon étudiante. Le cerveau fait des drôles de trucs...

Meredith fronça le nez, un peu comme si elle avait trop bu et avait du mal à accommoder sa vision, bien que je sache que ce n'était pas le cas. Elle faisait des grimaces parce qu'elle était inquiète. Lors de ces grandes réunions familiales, ses émotions tendent encore plus irrésistiblement à remonter à la surface. Je savais qu'elle préférait ne pas pleurer devant les autres, y compris les siens, et c'étaient ses larmes qu'elle tentait de retenir, autant pour mon bien que pour sauver la face, peut-être précisément parce que c'était arrivé si fréquemment par le passé. Les pleurs faisaient autant partie de son enfance et de son adolescence – même si je n'oublie pas à quel point cette période me manquait… – que les rires et les fugues ordinaires mais depuis qu'elle était adulte je l'avais vue pleurer deux ou trois fois au maximum, de frustration et d'inquiétude plus que de tristesse, et je ne voulais pas provoquer de nouveau cette réaction, surtout pas le jour de Thanksgiving. La cuisine retentissant de cris entre parents et enfants est un cliché aussi éculé que l'oncle ivre qui fait un esclandre avant de s'écrouler dans la chambre d'amis !

Meredith eut un air à mi-chemin entre le dégoût et le désespoir, comme si elle envisageait la possibilité que, au lieu d'être atteint d'une maladie dégénérative, son père puisse être fou, et qu'elle imaginât toutes les conséquences de ce diagnostic et de cette déchéance bis, les différentes façons dont je pouvais soudain lui devenir inaccessible au moment même où elle pensait que j'étais de retour à part entière dans sa vie. Face à une alerte aussi tétanisante, on désire apporter du réconfort et, puisque j'étais certain qu'il n'y avait rien qui clochait chez moi tant au plan physique que psychologique, et que le malentendu avec Rachel était le fruit non de mon psychisme mais d'une incursion dans ma messagerie privée, que le vrai sujet résidait dans le fait que j'étais surveillé, suivi et baisé par des personnes et des organismes encore inconnus, je tendis les bras à ma fille pour lui offrir la tendresse et le réconfort dont je croyais qu'elle avait besoin.

Je la serrai contre moi et chuchotai dans ses cheveux :

— Je te promets que je ne suis pas fou. Je veux dire, je suis fou au sens large, mais je ne suis pas fou, en tout cas pas plus fou que la majorité des gens ! Un peu paranoïaque, oui, et peut-être que j'ai un sentiment de persécution, et parfois j'ai du mal à contrôler mes impulsions, mais je ne suis pas plus fou que les trois quarts des gens qui ont passé le plus clair de leur vie à New York ou Oxford, d'ailleurs…

En prononçant ces paroles, je songeais aux nombreux fous que j'avais croisés à Oxford, et en particulier au seul être qui, chaque fois que je repensais à lui, paraissait être la cause potentielle de cette brutale et étrange turbulence dans mon existence.

— Mais tu vas consulter quelqu'un? Je veux dire, ça ne peut pas faire de mal, si?

— Oui, mon cœur, je vais consulter quelqu'un pour être tranquille.

Ayant décliné la proposition de Meredith et Peter d'appeler une société de chauffeurs privés, ma mère et moi avons pris un taxi pour regagner le Village. Pendant le trajet, ma mère commença à piquer du nez, même s'il était à peine sept heures du soir, et elle se réveilla en sursaut quand le taxi s'arrêta devant mon immeuble. Je ne connaissais pas assez bien le portier de service pour savoir son nom. Il n'avait pas de badge et semblait plus pressé de regarder une vidéo sur son téléphone que de s'assurer que nous étions bien censés monter sans nous faire annoncer. Étant donné que c'était un jour férié, j'ai décidé de ne pas faire d'histoires, même si, en attendant l'ascenseur, je ressentais un besoin grandissant de dire quelque chose, que ma mère a dit à ma place, un aparté que le portier ne pouvait pas ne pas entendre.

— Si c'était mon immeuble, j'exigerais que le portier vérifie les entrées et les sorties. De nos jours et à notre époque, on n'est jamais trop prudent, mais je parie qu'il doit être *obsédé* par le foot, à moins qu'il regarde un film *pornographique*, tu sais que c'est ce qu'ils font tous!

Les portes de l'ascenseur s'ouvrirent et j'entrai dans la cabine sans oser me retourner pour voir la tête du portier. Pauvre gars, pauvre bougre, aurais-je dit à peine six mois plus tôt, être soumis aux remarques éclair de ma mère n'est jamais agréable! Je la mis au lit de bonne heure avec un verre de whisky, dont on pouvait compter qu'il la ferait dormir jusqu'au matin, alors que je me sentais moi-même une fois de plus complètement éveillé, et revoyais en pensée les gens que j'avais connus à Oxford, l'homme et la femme auxquels mon esprit avait évité activement de penser toute la journée et les jours précédents, conscient toutefois qu'ils étaient indubitablement à l'origine de ce qui se passait – de ce qui est en train de se passer *maintenant* pendant que j'écris ce mémoire.

Autrement dit j'avais commencé à soupçonner que Stephen, que je cherchais à oublier, et Fadia, dont le visage ne quitte jamais mon conscient même si une autre partie de mon esprit souhaite l'effacer de ma mémoire, étaient en quelque sorte la cause des persécutions auxquelles je faisais soudain front. Ce sont là les gens auxquels tu es attaché, je pensais, et pour la seule et unique raison que je les connaissais et m'étais permis de devenir intime avec eux, de mêler ma vie à la leur.

Ce n'est qu'au début de ma deuxième année à Oxford que j'avais fait la connaissance de Stephen Jahn, dont le retour sur le campus après une année sabbatique a transformé ma vie sociale, un tantinet désordonnée. Notre première rencontre eut lieu à une table d'honneur, où nous étions assis face à face, une soirée inhabituelle où seuls six ou sept confrères dînaient sur l'estrade au fond du réfectoire dix-huitième siècle, avec les étudiants en toge alignés sur des bancs autour des autres grandes et longues tables. Ces derniers grimpaient parfois dessus pour atteindre les bancs les plus près du mur ; vu leur longueur, il était impossible de déplacer les tables afin de laisser assez de place pour qu'on puisse s'installer plus loin, sur un banc autrement bien garni. Pour une obscure raison, une tradition perverse voulait qu'on laissât des places libres, et ceux qui le faisaient refusaient de se serrer, ou même de se lever pour revenir s'asseoir à la file afin qu'on puisse prendre place sans avoir à poser ses chaussures sales sur les tables où on allait manger. Mais c'était Oxford, qui se délecte d'un précaire équilibre de protocole et d'iconoclastie.

De petite taille, pas très différent du père de Bethan à cet égard, Stephan avait peut-être cinq ans de plus que moi, mais il était entièrement chauve, et je voyais bien, malgré son costume trois-pièces gris, bien coupé ou sur mesure, *bespoke*, comme disent les Britanniques, qu'il était musclé au point d'avoir presque l'air d'un culturiste, sans la corpulence habituelle. En d'autres mots, il était petit et nerveux, si bien que, au coup de maillet, quand il s'est levé pour réciter le *benedicite*, il semblait aussi racé qu'un sprinteur. C'est seulement quand il s'est rassis les bras tendus pour manger, le dos toujours très droit, que j'ai pris la mesure de sa bonne condition physique. Il avait un visage de boxeur, pugnace, des yeux saillants, et portait d'étroites lunettes d'allure germanique qui lui donnaient l'air d'un *kapo*, ou même d'un *capo*, d'un *consigliere* napolitain. En tout cas, il avait la tête, le corps et le style d'un fasciste.

Notre première rencontre était une de ces drôles de valses-hésitations de semi-imposture et d'interrogation à peine voilée. Initialement, j'ignorais tout de ses origines, bien qu'il commençât à être clair qu'il était, comme moi, américain, mais un Américain dont l'expatriation était plus ancienne que la mienne. Son accent s'était modifié, bien sûr, ou plutôt, à l'instar du mien, il gardait tous les sons du parler américain mais aucun de ses rythmes et peu de ses tournures idiomatiques.

Au début, j'ai eu l'air d'être plus inintelligible pour lui que lui pour moi, même si à mesure que les jours passaient, et que, tant bien que mal, nous devenions amis, j'ai suspecté que ça n'avait été qu'une ruse, qu'en réalité il en savait beaucoup sur moi avant notre rencontre.

— Oh, vous êtes *aussi* américain ! ronronna-t-il, me lançant un regard en coin à travers ses verres très épais. (Cette étrange coquetterie oxfordienne – ou peut-être plus généralement britannique – avoir une conversation directe avec quelqu'un tout en refusant tout contact visuel, n'a jamais manqué de me désarçonner.) J'aurais juré que vous étiez allemand, mais, bien sûr, le genre d'Allemand qui a passé les trois quarts de sa vie adulte en Angleterre.

— Mais je n'ai pas un nom allemand !

— Ah ? Je n'ai pas saisi votre nom.

Nous avions tous été présentés dans la salle des professeurs avant de gagner le réfectoire en procession et de nous réunir pour enfiler nos toges en prévision de cette parade devant des étudiants qui devaient, je l'ai toujours pensé, nous regarder avec ressentiment, ou peut-être, pour quelques-uns, avec le désir de se joindre à nous, d'être un de ces étudiants de troisième cycle qui ont de temps en temps le privilège de dîner à la table d'honneur, le doyen junior et ses semblables, qui sont souvent une compagnie plus intéressante et stimulante que les maîtres de recherche vieillissants.

Je rappelai mon nom à Stephen puis lui expliquai ma discipline et mon domaine de compétences, ce sur quoi je travaillais à l'époque, mon intérêt pour le cinéma et aussi pour l'histoire. Pendant que je parlais, il mangeait son poisson en se servant de sa fourchette et de son couteau à la mode européenne : fourchette à la main gauche, pointes vers le bas pour harponner la chair, couteau dans la droite pour découper et aplatir l'équivalent d'une bouchée sur le dessus de sa fourchette. Dès que j'ai eu fini de parler de mon travail, il posa ses couverts dans l'assiette, et avant même d'avoir cessé de mâcher, se tamponna les commissures des lèvres avec la grande serviette blanche posée sur ses genoux.

— Jeremy O'Keefe. O'Keefe. Non, non, non. (Il secoua la tête.) Ça ne cadre pas, pas vraiment, vous n'êtes pas un Jeremy, ou peut-être l'êtes-vous, même si vous m'avez plus l'air d'un Jeremiah, vous avez une voix de l'Ancien Testament, on dirait le type d'homme que le Tétragramme pourrait élever, mais O'Keefe est complètement, mais si complètement *à côté*... (et là, il me lança un regard noir, établit un bref contact visuel, scrutant mon visage de si près que je sentis presque le poids tangible de son regard sur ma peau). Vous n'avez rien d'irlandais, docteur O'Keefe. Rien de très celte, non plus. Non, vous avez une tête de Chevalier teutonique et bon nombre d'ancêtres de

New Canaan. C'est ce que je crois. Ai-je raison ? Avez-vous subi un de ces tests ADN ? Pour trouver vos racines ? Qui croyez-vous être ? Êtes-vous à moitié berbère ?

Malgré moi, je trouvai flatteuse la conjecture de Stephen. Cette flatterie tranchante, appris-je plus tard, était son charme le plus dangereux.

— Vous êtes dans l'erreur totale, autant que je sache.

— Saxon, alors, une flopée d'ancêtres saxons qui remontent très loin, mais vos grands-parents ont grandi en Nouvelle-Angleterre.

— C'est exact, mais pas à New Canaan. Vermont du Sud et Poughkeepsie.

Stephen battit des mains avec plaisir.

— Poughkeepsie ! C'est divin ! Vous voyez ! Je le savais, je le savais ! Je gagne toujours à ce petit jeu !

— Et vous, docteur Jahn ? Où avez-vous grandi ?

— Je vous en prie, nous devons maintenant nous appeler Stephen et Jeremy, chuchota-t-il, se penchant vers moi à travers la table, car nous sommes américains, même si ça ne s'entend pas. Non, mon cher, moi j'ai grandi à Long Island, Port Washington, ou non loin de là, mais pas de conclusions hâtives. Mon père et moi, nous sommes des *nouveaux pauvres**. Merci, Matthew, dit-il au maître d'hôtel du Collège, qui servait toujours à la table d'honneur et débarrassait le plat principal. Dites au chef que le poisson était parfait.

— Comptez sur moi, monsieur, répondit Matthew, ajoutant une autre assiette sur l'arc de son bras gauche.

Dès que Matthew eut disparu derrière la porte menant à la cuisine, Stephen se pencha encore plus au-dessus de la table en murmurant :

— On a dû payer une caution pour faire sortir Matthew de prison la semaine dernière. Rixe. Dans un pub pour étudiants. Heureusement, aucun de nos membres n'était impliqué. Si ç'avait été le cas, il aurait été viré à coup sûr. Mais bon, c'est parfait. Même s'il voulait partir, il ne pourrait pas. Il sera redevable au Collège pour le restant de sa vie professionnelle. Vous savez à quoi ressemblent ces bouseux d'Anglais. À des fermiers du sud-ouest de l'Angleterre !

Les paroles de Stephen devaient rester impunies ce soir-là, parce qu'il n'y avait, par bonheur, aucun citoyen britannique à la table d'honneur et que les étudiants de premier cycle étaient trop loin ou trop absorbés dans leurs propres conversations pour avoir entendu. Lors de cette première rencontre, après le dessert, puis le second dessert dans la salle à manger de la salle des professeurs et enfin la tournée du porto autour de la table, toujours dans le sens des aiguilles d'une montre, après la conversation de plus en plus confuse, autoglorificatrice ou autoflagellante ou autodisculpatoire qui menaçait de compromettre tous ceux qui étaient réunis si on se souvenait de quoi que ce soit le lendemain matin, j'ai vu dans Stephen Jahn juste une bernacle pittoresque de plus sur la barque de mon existence oxfordienne. C'est-à-dire qu'il m'amusait par sa préciosité et sa manière d'avoir embrassé un mode de vie européen, sa promptitude à adopter des habitudes que la majorité des Américains auraient trouvées déplaisantes sinon immorales, sans penser que notre relation irait plus loin, étant donné que, tout d'abord, il était ouvertement homosexuel et que je n'avais, à l'époque, aucun ami gay proche (rétrospectivement, ce point ressemble davantage à une lacune de ma part, un raté de mes sympathies ostensiblement libérales, qu'à autre chose), et deuxièmement parce qu'il était évident, déjà lors de cette première prise de contact, que, même s'il aurait pu être une sorte de centriste de gauche en Amérique, en Grande-Bretagne il ne pouvait être que conservateur, or j'avais désavoué les Tories parce que je m'étais trop souvent aperçu que la conversation s'échouait sur les écueils de mon propre sens du politiquement correct (oui, je sais, cette absence d'amis homos rend ma position personnelle de l'époque légèrement indéfendable), il paraissait donc impossible d'être détendu en compagnie d'hommes et de femmes qui étaient si désespérément enclins à dire des paroles blessantes sur les femmes (oui, même les femmes) ou les gens de couleur, les Africains, les Asiatiques, sans parler des Européens de l'Est (« Les Latins sont racialement distincts, on le voit à leur manière de traiter leurs femmes », m'a assené une fois un collègue d'anthropologie), des homosexuels et des transsexuels et parfois surtout des Américains. Du point de vue tory, les Américains étaient de gauche, mal élevés, peu instruits, guère mieux que des enfants, et pourtant des alliés géopolitiques utiles. Du point de vue des rangs d'extrême gauche du Labour, en revanche, les Américains étaient des voyous militaristes racistes cherchant à dominer la planète. Il n'y avait pas de place pour quelqu'un comme moi dans la politique britannique, ai-je dit un jour à Stephen Jahn. J'ai voté pour le Labour parce que je ne pouvais pas encaisser les Tories mais je l'ai fait en me pinçant le nez, comme aiment à dire les Britanniques.

Quelques années plus tard, toutefois, Stephen proposait que nous et « deux autres membres célibataires de la salle des professeurs » gardions à l'œil la liste de réservations de la table d'honneur et tentions de trouver un soir où une compagnie réduite d'âmes bienveillantes pourrait dîner tranquille. « Et puis, après dîner, nous devrions repasser à mon appartement pour goûter quelques excellents scotchs pur malt. »

Je ne me souviens absolument pas du dîner en soi, ni de qui d'autre avait pu s'assoir à notre table, bien qu'il y ait des chances pour que ce soit un des chargés de cours d'anglais et son petit copain, et peut-être le chargé d'allemand, mais à la fin du repas Stephen et moi sommes partis en vitesse. Nous avons descendu Turl Street, traversé High Street, continué par Alfred Street jusqu'à Blue Boar Street, tourné à hauteur du bureau de poste Saint Aldate, dépassé Christ Church Cathedral, Pembroke College et l'alignement des boutiques gentillettes liées à *Alice au pays des merveilles*, puis longé la faculté de Musique et le poste de police crasseux, avant d'atteindre la tour en briques prosaïquement moderne de Folly Bridge Court, où Stephen possédait un logement traversant au rez-de-chaussée, qui donnait d'un côté sur la Tamise et cette île fluviale bondée d'immeubles, et, de l'autre, sur une école victorienne transformée en appartements.

L'appartement de Stephen était moderne : une moelleuse moquette en laine blanc cassé (nous nous sommes tous les deux déchaussés), une salle de bains dont les murs étaient recouverts de carrelage blanc, une cuisine au sol en ardoise et à l'ébénisterie d'un blanc étincelant, deux chambres où je n'eus pas le droit de jeter un coup d'œil, et puis un grand salon-salle à manger avec exposition nord-sud, meublé d'une table en verre et acier, de chaises d'acier au siège en cuir noir et d'un ensemble de canapés et de fauteuils également en cuir noir, les murs tapissés d'étagères métalliques et bourrés de livres ainsi que d'une importante collection de DVD, tous dans les mêmes pochettes de plastique gris numérotées au lieu d'être étiquetées d'un titre. Les DVD me donnèrent le frisson, car je pensais tout de suite, dans ma *naïveté**, à une collection de films pornographiques. Stephen Jahn semblait exactement le genre d'homme à avoir en sa possession une accumulation exhaustive de vices.

Il m'entraîna vers le canapé le plus proche de la fenêtre donnant au sud, bien qu'il fût impossible de voir grand-chose sans se hisser jusqu'à celle-ci, étant donné que l'appartement se trouvait sous les combles de l'immeuble et que toutes les fenêtres étaient logées dans le toit mansardé.

— On va démarrer avec un jeune spécimen, avant de monter en gamme par étapes soigneusement calculées pour arriver à quelque chose d'une plus grande maturité. Nous commencerons par un dix ans d'âge.

Là-dessus, il s'accroupit en chaussettes pour sortir d'un buffet laqué de noir plusieurs bouteilles aux étiquettes inconnues, ainsi que deux verres en cristal d'un design résolument moderne. Il nous servit un verre à chacun, retira son veston si bien qu'il se retrouva en chemise blanche, gilet et pantalon gris (chaussettes noires, bien sûr, parce que la discrétion semblait lui convenir ; il n'était pas, à l'instar de certains immigrés assimilés et de nombreux hommes britanniques locaux, enclin à porter des chaussettes de couleurs vives ou à motifs avec un costume sombre), puis s'assit sur le canapé d'en face comme un écolier sage ou peut-être une tante pucelle qui reçoit son premier prétendant depuis vingt ans.

Son veston était posé sur le dossier d'une chaise, bien qu'il ait accompli ce geste avec un soin méticuleux, veillant à le plier le long de la couture centrale et tirant sur les manches pour qu'elles ne se froissent pas. Je me suis toutefois demandé pourquoi il ne prenait pas le temps de suspendre son veston dans la penderie d'une de ses chambres. Peut-être parce qu'il ne voulait pas me laisser seul pour que je n'aille pas fouiner dans ses rayonnages, bien que je m'intéresse peu à la vie de Stephen Jahn ou aux secrets qu'il pouvait cacher. En réalité, j'avais nettement l'impression que notre relation avait brusquement évolué de façon parallèle mais inégale, de sorte qu'à l'époque de ma visite à son appartement de Folly Bridge j'ai compris, peut-être seulement à la limite du conscient, que je présentais bien plus d'intérêt pour mon collègue que lui n'en présentait pour moi. Pourquoi devait-il en être ainsi, je ne parvenais pas à l'imaginer, et il n'entrait aucune fausse modestie dans ce sentiment, car, mis à part le fait d'être un Américain expatrié comme lui, et d'être employé par l'université d'Oxford et un de ses Collèges constitutifs, également comme lui, je n'étais en rien plus remarquable que n'importe quel autre universitaire partout ailleurs dans le monde. Et sans doute l'étais-je moins, puisque, à ma grande honte, je n'avais pas réussi à devenir titulaire à Columbia University, où je n'aurais été que trop heureux d'enseigner le restant de ma carrière si j'en avais eu la possibilité. Il était possible, supposai-je alors, que Stephen Jahn fut fasciné par l'échec, ou par un échec surmonté, ce qui était alors la façon dont je me voyais :

Je n'avais pas fait mystère de mon naufrage dans le monde universitaire américain, ni de la manière dont cet échouage à Oxford était une fuite hors d'un système figé et discriminatoire vers un autre plus fluide, moins fiable et beaucoup moins bien payé.

Pourtant, il n'était pas homme à poser des questions directes, ce qu'il ne faisait que rarement, proposant plutôt des jugements auxquels on s'attendait et, à plusieurs reprises, était forcé de réagir.

— Maintenant celui-ci, lança-t-il en faisant tourner son verre, vous ne le connaissez probablement pas. Il sort de la distillerie Tobermory, de l'île de Mull sous le label Ledaig, et est séché à la tourbe brûlante. Particulier, je pense que vous en tomberez d'accord.

Ses yeux lui sortirent un peu de la tête tandis qu'il inclinait la tête pour boire une gorgée.

— Iodé, *exquisément* tourbé, presque délicat, comme une belle petite danseuse, proche d'un xérès très goûteux, noisette et parfum des forêts de pins, calcinées sur les bords et qui ont déjà repoussé. Vous pouvez me traiter de pervers mais quand je sirote ce whisky je pense à votre jeune collègue, Bethan. Une ravissante jeune savante, très brillante, futée, un peu grillée sur les bords. Attirante, je suppose, pour ceux qui sont attirés par celles de son type.

Je me demandai s'il était déjà au courant de ma brève liaison avec Bethan ou s'il avait de simples soupçons, ou était complètement innocent, même si Stephen Jahn ne donnait pas l'impression d'être innocent de quoi que ce soit, dans le peu connu comme dans l'inattendu. Le matérialisme était son trait dominant. Je savais que son domaine d'expertise était le Moyen-Orient, particulièrement l'histoire et les relations arabo-israéliennes, et que, de réputation, il parlait couramment l'hébreu, l'arabe, ainsi que le farsi, le français, l'allemand, le yiddish, le turc et le kurde, et prétendait connaître aussi l'italien et l'espagnol. Ce genre de personnages sont moins rares à Oxford qu'ailleurs, et il avait sans nul doute des rudiments de base en latin et grec ancien, peut-être aussi – on ne sait jamais jusqu'où les limites de la compétence d'une telle personne peuvent s'étendre – dans des idiomes plus obscurs comme le baloutchi et l'azéri.

— Oui, elle a du charme à sa manière.

Même si j'avais conscience de refuser de me laisser entraîner à la dérision, ma relation avec Bethan avait été professionnelle sinon glaciale depuis que j'avais fui sa maison familiale en ce matin du Nouvel An, quelques années plus tôt. Nous avions échafaudé un plan compliqué selon lequel, dans les mois intermédiaires, nous nous débrouillerions pour ne jamais être voisins de table à un repas du Collège ; et si, à son entrée dans la salle des professeurs, l'un de nous trouvait que la seule personne présente était l'autre, nous feindrions tous les deux que personne n'était entré ou déjà là. En Amérique, ç'aurait été extrêmement étrange, mais à Oxford, plus généralement en Grande-Bretagne, il est possible, et même répandu, de « zapper » des gens qu'on connaît, soit par une technique d'évitement fondée sur une fiction, ne pas avoir noté la présence de l'autre personne, et donc considérée comme étant polie, soit dans un désir calculé et secret de faire savoir à l'autre personne qu'il ou elle n'a tout simplement aucune importance ni intérêt, et ne doit pas oublier sa place de subordonnée. C'était un usage auquel je ne saurais jamais me faire complètement, même dans mes pires moments de repli, mais à Oxford j'ai dû apprendre – au moins dans le royaume du Collège – à lever les yeux discrètement, et si c'était Bethan ou une autre personne que je préférais éviter, les rebaisser sur le livre, le journal ou la revue à la lecture desquels je consacrais quelques instants dans ces espaces semi-publics en attendant le départ de l'intrus ou de l'intruse.

Stephen continuait de faire tourner son verre, le humant et sirotant tour à tour.

— Cuir et cigares, dit-il, comme si je n'avais pas parlé, et puis, après avoir avalé une gorgée : J'ai laissé ce flacon ouvert pendant une semaine après l'avoir acheté. Vous n'imagineriez pas la différence ! Je crois que certaines femmes sont comme ça. Bethan, par exemple. Si elle pouvait respirer, en bonne compagnie, avec le juste degré... d'ouverture... elle aussi pourrait être sublime.

— J'ai du mal à vous suivre, Stephen.

— Non ? Vous êtes si politiquement correct, Jeremy. Je vois bien votre réticence à parler de vos femmes comme si elles étaient vraiment des égales.

Alors il savait, pensais-je, il savait exactement ce qui s'était passé entre nous, peut-être par Bethan en personne.

— C'est admirable mais assez lassant, ne trouvez-vous pas ? Les personnes avec qui on a des rapports sexuels n'ont pas nécessairement besoin d'être nos égales. C'est sympa, à mon avis, de séduire ses inférieurs sociaux et intellectuels, sachant que l'acte de séduction et les rapports qui en résultent leur donnent autant de plaisir qu'à nous. Votre supériorité est ce qui fait votre charme.

— C'est une façon de voir déplaisante. Je ne me rappelle pas avoir jamais couché avec une femme que je ne considérais pas comme mon égale ou meilleure que moi.

Stephen fit claquer sa langue.

— Politiquement correct *et* modeste. Il va falloir corriger ça ! J'ai un jeune ami égyptien, Saif, vous n'avez pas besoin de savoir son patronyme, qui travaille pour le gouvernement en place, vous n'avez pas non plus besoin de savoir à quel titre. Mais il m'a été assigné comme garde du corps lors d'une visite que j'ai effectuée là-bas il y a deux ans, et au cours de l'année dernière nous avons passé énormément de temps ensemble, bien que vous compreniez que dans ce type de société, et étant donné ma position personnelle ainsi que celle de Saif, on doive se montrer très prudent.

Stephen voulait-il que je sache que Saif était son amant, je ne savais pas trop. Cela semblait invraisemblable tout en étant en même temps la seule conclusion que je puisse tirer.

— Nous sommes devenus des amis très proches. Il m'a même emmené voir sa mère, française, une femme adorable, très élégante, d'excellente famille, plutôt fortunée, à qui j'ai dû paraître quelque chose comme un oncle gâteau. Le père est exécrable, mais ce n'est pas une surprise.

J'ai dû hocher la tête, ou peut-être me borner à avaler une nouvelle gorgée de whisky, que, malgré le panégyrique et les prétentions de Stephen, je trouvais un peu âcre, le goût étant si souvent subjectif, mais je me suis forcé à finir le verre qu'il m'avait servi. Et peut-être à cause de ça je l'ai bu trop vite, puis j'ai cherché à cacher le verre vide dans ma main, pensant qu'il était temps de rentrer, de regagner Divinity Road et la maison que je venais d'acheter, que j'étais encore en train de redécorer et rénover, transformant la vieille cuisine défraîchie en un espace lumineux et aéré avec une salle à manger au fond et des portes ouvrant sur le long jardin étroit.

— Bien sûr, Saif travaille pour le gouvernement égyptien et, même si l'Égypte est l'amie de l'Occident, il y a, nécessairement, des problèmes que nous souhaiterions aborder, en matière de démocratie et de droits de l'homme, bien que ceux-ci soient des considérations tout à fait mineures mesurées à l'aune d'une Égypte stable et coopératrice, si vous voyez ce que je veux dire. Mais vous voyez, bien sûr. Quoi qu'il en soit, comment ai-je découvert Saif ? (Il marqua une pause, leva les yeux au plafond, puis me regarda fixement avec son drôle de petit sourire.) Votre verre est vide, je vois. Passons à quelque chose de plus intéressant. Un Poit Dhubh, de l'île de Skye, vingt et un ans d'âge, et donc parfaitement légal, reprit-il avec son air narquois, sortant de son buffet une grande bouteille à étiquette noire dont il me servit une bonne ration dans un verre propre. Sucré et doux, juste une touche de tourbe, je vous ai vu grimacer au premier, la tourbe est trop forte pour certains palais moins chevronnés, j'ai commis une bourde avec le Ledaig, mais celui-ci vous allez le trouver sublime et très buvable. En réalité, c'est un « vatted malt », un mélange de divers malts. Vieilli dans des tonneaux à xérès, ce qui aide à neutraliser les trop fortes notes fumées. C'est une petite barre chocolatée de whisky qu'on peut mâcher et sucer, noisetée et fruitée, avec une tendre note de vanille. Soixante livres la bouteille, alors toujours très, très respectable... Humez-moi ça !

Je portai mon nouveau verre à mon nez, mais je commençais déjà à me sentir assez sérieusement ivre et impressionnable pour que les arômes qui me montaient au cerveau me fissent penser à un curieux mélange de fruits, de caramel, de noisettes grillées, de feux de bois dans de vieilles maisons au sol dallé et de puddings à la vanille en train de bouillotter dans les compartiments supérieurs de cocottes à double fond. J'avalai une gorgée et, bien que ce ne soit pas un vrai single malt, Stephen avait raison, la liqueur était sublime, un cordial, presque aussi substantiel et agréable qu'un repas entier, un whisky qui aurait été inventé pour les connaisseurs par le Willy Wonka de *Charlie et la chocolaterie*, avec juste ce qu'il fallait pour qu'une seule bonne bouteille les comble de nombreuses nuits sans avoir à se mettre en quête d'un breuvage plus subtil.

— Je le savais, je savais qu'il serait unique, mais ne vous inquiétez pas, nous n'allons pas en rester là, dit-il avec un rire. (Se servant à son tour un verre de ce whisky, il exécuta une petite gigue pour retraverser le salon, s'arrêta un instant pour jeter un regard par la fenêtre donnant sur la Tamise.) Oh, je vous en prie, excusez-moi, dit-il avant de quitter brusquement la pièce.

Je profitai de son absence pour aller examiner ses rayons de livres. Au passage, je me retournai et regardai aussi par la fenêtre de l'autre côté du fleuve, vers l'île et la grande maison jaune qui s'y dressait ; à l'étage du milieu, la lumière était allumée et les rideaux ouverts, tandis qu'un jeune homme et une jeune femme faisaient l'amour par terre, lui allongé sur elle, tous les deux athlétiques, presque certainement des étudiants, premier cycle ou diplômés, peut-être des boursiers postdoctoraux, mais il était visible que, quels que soient leurs grades universitaires, ils n'avaient aucun scrupule à être observés, à moins qu'ils ne soient si égarés par leur passion qu'ils en aient oublié de tirer les rideaux ou d'éteindre les lumières. Et puis l'heure était si tardive qu'ils avaient pu s'imaginer que le reste de la ville dormait et ne pensaient pas être espionnés.

Instinctivement, j'ai détourné les yeux et tenté une fois de plus de m'intéresser à ses livres, mais je ne cessais de tourner la tête et, à chaque regard que je jetais par-dessus mon épaule, le couple s'ébattait toujours. Stephen n'était toujours pas revenu, bien que je ne sache pas s'il se trouvait dans une des chambres ou à la salle de bains, dans la partie de l'appartement qui faisait face au fleuve et au jeune couple en pleine copulation. Quinze minutes s'écoulèrent, le couple conclut, et j'entendis un bruit de chasse d'eau dans le couloir. Stephen réapparut, faisant comme s'il ne s'était absenté qu'un instant.

— Comment trouvez-vous votre verre ? s'enquit-il.

— Excellent, merci, Stephen. Je dois rentrer chez moi. Avez-vous le numéro d'une compagnie de taxis ?

— Vous êtes pressé, mon cher ? Nous devons encore goûter le trente ans d'âge, qui, je vous l'assure, est tout à fait incontournable. Et en attendant, vous reprendrez bien une goutte de Poit Dhubh ?

— Non, je ne peux pas, vraiment, je ne me lèverai jamais demain matin sinon...

— Mais demain c'est samedi, alors pas besoin de se lever. Ce serait une injure de refuser ce que je vous offre si généreusement.

— Un soupçon, alors.

— Une petite goutte.

Il sourit en caricaturant l'accent écossais. Pendant qu'il souriait, ses yeux disparurent dans des plis de peau fine. Je remarquai qu'il avait roulé ses manches de chemise, exhibant ses avant-bras, qui étaient glabres, musculeux et striés de grosses veines bleues comme si, durant son absence du salon, il avait fait des pompes à la chaîne.

— Vous avez toujours une liaison avec Bethan ?

Je m'étranglai.

— Vous êtes bien indiscret, Stephen.

— J'interprète votre réponse comme un oui.

— Non ! Cela ne vous regarde pas, mais non, j'ai eu une brève aventure avec elle mais c'est fini. Complètement fini.

— Et cela signifie-t-il que vous deux ayez une relation professionnelle compliquée ?

Brusquement, j'ai vu que Stephen savait ce qu'il faisait, qu'il avait une idée en tête. Mais ce qu'il voulait, je n'aurais jamais pu le prévoir. Par-dessus tout, il vous faut comprendre que, quoi qu'il se soit passé par la suite, j'ai été, en tout cas au début, la dupe de Stephen Jahn.

— Notre relation est cordiale, mais nous ne nous laissons pas beaucoup de marge pour dialoguer.

— Vous vous évitez ?

— Pas volontairement. Ça s'est juste… terminé ainsi.

— Vous vous étiez mal conduit ?

— Écoutez, Stephen, je vous aime bien et vous respecte en tant que collègue, mais cela ne vous regarde pas.

— Je vous le demande en ami.

Je n'étais pas sûr que Stephen soit le type d'ami que je recherchais, mais son sourire était si ingénu qu'il avait réussi à me convaincre, ou peut-être était-ce simplement le whisky…

— Je n'ai pas mis un terme à cette histoire avec toute l'élégance souhaitée.

— Vous l'avez plaquée pour une autre ? Espèce de *chien* ! Je *savais* que vous étiez un chien !

— Non, ce n'est pas ça. Je suis juste parti. Mais je n'ai pas dit que je partais. Je séjournais chez ses parents et me suis éclipsé sans rien dire à personne.

Stephen me menaça du doigt avec un claquement de langue, mais sous son dédain perçait un sourire disant qu'il avait obtenu l'information cherchée.

— Je veux que vous me fassiez une faveur, Jeremy. Rabibochez-vous avec Bethan. Pas romantiquement, ne vous inquiétez pas, professionnellement j'entends. Allez vous excuser. Les femmes apprécient des excuses sincères même si, au départ, elles semblent ne pas les accepter. Dites-lui que vous savez que vous vous êtes mal conduit, mais, franchement, puisque vous devez tous les deux travailler ensemble tant qu'elle sera affectée au Collège, c'est-à-dire jusqu'à l'été prochain, et, sans aucun doute, c'est le genre de jeune femme qui trouvera un poste durable ici, à la faculté des lettres et dans un des autres Collèges, il n'est que logique que vous ayez des relations professionnelles cordiales. Mettez-vous à genoux, s'il le faut, mais présentez-lui vos plus plates excuses.

J'étais décontenancé par sa demande, étant donné que cela exigeait une forme d'abnégation qui n'était pas dans mon tempérament. Et puis aussi je ne voyais pas pourquoi quelques verres d'un whisky hors de prix pouvaient me rendre aussi profondément redevable envers Stephen.

— Pourquoi le ferais-je ?

— Parce que, comme j'ai dit, j'ai besoin d'une faveur.

— Ça a un rapport avec Bethan ?

— Bethan n'est qu'une composante dans l'accord de la faveur en question. Vous et elle devez convoquer ensemble des candidats, en décembre.

C'était vrai, bien que j'aie laissé mon esprit jeter un voile sur ce petit désagrément de ma vie universitaire, car cela signifiait deux jours assez fastidieux passés à interroger des adolescents brillants et d'autres moins brillants qui voulaient étudier l'histoire à l'université, et par malchance – ou peut-être, maintenant que j'y pense, après interférence de Stephen – j'avais été désigné binôme de Bethan pour les entretiens. Dans la pratique, c'était plus que normal que j'essaie de recoller les morceaux à l'avance avec elle. J'acquiesçai d'un signe de tête et tendis mon verre, qui était vide.

— L'heure du trente ans d'âge. Celui-ci est un whisky très spécial. Je ne vais pas vous raconter d'où il vient ni quel est son caractère, parce que ça ne voudrait rien dire pour vous de toute façon, mais je n'ai jamais moi-même retrouvé son égal, et je vous sers cette goutte, dit-il en remplissant le fond d'un autre verre propre, d'un liquide d'une grande rareté et hors de prix. Cela vaut littéralement son pesant d'or.

J'acceptai le verre et le levai à mes narines, immédiatement submergé par la vision quasi hallucinatoire d'une grande bibliothèque, semblable à celle de Humphrey de Lancastre dans l'Old Bodleian, remplie de magnifiques reliures en cuir. Une bibliothèque qui serait aussi un club de gentlemen, avec son arôme de bons cigares et d'excellent tabac, et peut-être, flottant tout autour de la pièce, un parfum aussi subtil et sublime que ceux créés par la pharmacie Santa Maria Novella à Florence, tels que l'odeur de l'ambre gris et de la fleur de grenade. Puis, comme j'inclinais le bord du verre entre mes lèvres, ces senteurs se mélangèrent pour se transformer en une stupéfiante et grisante rhapsodie de goûts qui m'enrobèrent la langue et m'emplirent la bouche avant de me remonter dans les narines puis de descendre dans ma gorge avec une douceur et une clarté absolue, à la différence de tous les alcools que j'avais pu goûter par le passé.

— Mon ami d'Égypte, Saif, il a une jeune sœur, qui s'appelle Fadia. Elle va venir au Collège pour un entretien de candidature. Ses notes n'ont rien de remarquable, mais elle est intelligente. Elle est impressionnante à l'oral, mais peut-être pas autant que certains, et pas tout à fait autant qu'elle devrait l'être pour compenser ses notes. Néanmoins, j'aimerais être certain qu'elle ne repartira pas de la fac sans l'assurance de pouvoir revenir y étudier. Vous et moi dirigerons les deux équipes d'entretien, et il est donc autant entre vos mains qu'entre les miennes que nous parvenions au bon résultat.

J'inhalai les arômes de ce whisky extraordinaire et laissai la requête de Stephen se déposer, bien que je fusse quand même conscient que ce qu'il venait de faire c'était de me donner un pot-de-vin (un bon whisky) dans l'attente que je fasse un geste pour mériter sa générosité, et que cet acte méritoire récompensé de manière prospective compromettrait sans doute ma position personnelle au Collège et à la faculté de lettres si cette Fadia se révélait être honteusement mal armée pour des études à Oxford.

— Vous voulez que je la pistonne ? Je ne peux pas.

— Vous êtes le supérieur de Bethan. Elle se sent peut-être blessée par votre comportement. Vous soutiendrez Fadia avec des arguments que Bethan trouvera convaincants. En tout cas, elle pourrait être elle-même favorable à Fadia, mais vous comprenez bien que, étant donné son statut subalterne au Collège et à l'université, je ne peux pas l'approcher de la même manière que je crois pouvoir me fier à vous.

— Et faire pression sur moi.

— Pression est un mot trop physique. Nous ne sommes pas des physiciens. Je vous ai observé et je sais que nous comprenons tous deux comment, de temps en temps, certains individus ont besoin d'un coup de pouce. Fadia fait partie de ceux-là. Elle a besoin de venir ici, elle a besoin de s'éloigner de l'Égypte. Je pensais que vous plus que quiconque comprendriez. L'Égypte de Moubarak, à maints égards, n'est pas différente de l'Allemagne de l'Est. Il y a plus d'un million de membres des services de sécurité pour surveiller les citoyens égyptiens, qui s'élèvent à moins de quatre-vingts millions. L'Égypte de Hosni Moubarak est un État policier, rien de moins, et un lieu de séjour très agréable pour les touristes, à condition de ne pas se retrouver en première ligne de la terreur. Et dans une large mesure la société égyptienne n'est pas aussi désunie que certains États policiers, mais elle n'en est pas moins, dirais-je, un État policier – un État où la vie peut vite devenir intenable pour ceux qui brandissent l'étendard de la démocratie et de la liberté d'expression, comme la jeune Fadia s'empresse de le faire chaque fois qu'elle rentre chez elle pour les vacances. Comme je l'ai dit, sa mère est française, et l'esprit révolutionnaire est héréditaire. Fadia a besoin de la protection que peut offrir la vie à Oxford. Elle a besoin d'un exil qui n'ait pas l'air d'un exil aux yeux des autorités. Elle a besoin de pouvoir venir étudier et de s'absorber dans ses études jusqu'au jour où la situation changera en Égypte, ou elle doit se laisser convaincre de rester durablement en Europe. Ce que je vous demande de faire, c'est de vous montrer indulgent envers une jeune femme d'une vive intelligence qui a vécu une existence plutôt protégée et n'a jamais eu besoin de travailler dur. Voyez-vous ?

Le doigt de liquide ambré dans le verre de cristal pesait lourd dans ma main. Je le fis tournoyer pour libérer son arôme avant de le porter de nouveau à mon nez et à ma bouche. Stephen, je le voyais bien, recherchait désespérément mon aide et avait abordé le problème avec les seuls arguments peut-être que connaissait un type comme lui, en tentant de faire levier par l'imposition d'un sentiment forcé de gratitude. C'était aussi déplacé que pathétique.

— Je vous le redemande. Pourquoi le ferais-je ?

Les yeux de Stephen s'écarquillèrent, sa bouche bredouilla. Il ne s'attendait pas à ce qu'on lui résiste. Dans son monde, les hommes comme moi ne défient peut-être pas les demandes exprimées par les hommes comme lui. À cette pensée, je m'aperçus que j'avais déjà émis des hypothèses sur son type de personne. Et je n'entends pas par là de simples conclusions ordinaires sur son caractère, mais un niveau de conjecture plus profond selon lequel Stephen Jahn n'était un universitaire qu'en théorie, destiné à masquer complètement autre chose.

Assis dans mon living-room sur Houston Street le soir de Thanksgiving, je faisais tournoyer dans mon verre un scotch bien moins intéressant que ceux que Stephen m'avait jadis servis dans son salon donnant sur la Tamise. En écoutant les ronflements de ma mère résonner de la chambre d'amis jusque dans le couloir, des ronflements si forts et si caverneux que le sol en vibrait, j'ai compris que le vrai commencement de cette histoire n'était pas mon départ de New York, ni mon arrivée à Oxford, ni non plus ma brève liaison avec Bethan, mais ma complaisance à m'être laissé entraîner dans une relation compromettante avec Stephen Jahn. Ce soir-là, il avait reconnu m'observer. Depuis combien de temps ? Et pourquoi ? Cherchait-il un pigeon ? Je commence maintenant à voir comment ce moment, la soirée dans son appartement, et tout ce qui en a découlé par la suite, tous les subterfuges par lesquels Stephen et Fadia ont fini par occuper ma vie à Oxford, ont également hanté mon retour à New York.

— Pourquoi devrais-je faire ce que vous me demandez ? ai-je répété à Stephen ce soir-là, à Folly Bridge Court.

L'instant d'avant, j'avais posé mon verre sur la desserte. Sans un mot, il avait tendu le bras, soulevé le verre et glissé un dessous-de-verre en cuir noir.

— Parce que je vous l'ai demandé le plus gentiment possible. Je vous ai expliqué comment vous me rendriez ainsi un grand service. Au cours de la soirée, je vous ai servi, dois-je le dire, une dose substantielle d'un whisky qui n'a pas de prix. Que d'autre puis-je ou devrais-je faire maintenant à part vous menacer si vous refusez de vous montrer raisonnable ? Vous voulez de l'argent ? Ce serait imprudent. L'argent est toujours, mais toujours ! traçable. Aidez-moi de cette manière et je vous faciliterai la vie plus que vous ne pouvez l'imaginer. Donnez-moi du temps, et je vous ramènerai à New York, qui, je le sais, vous manque plus que vous ne voulez le reconnaître. Je veillerai sur votre fille et même sur votre ex-femme sous des formes que vous ne croiriez pas possibles.

— S'agit-il de quelque chose de plus sordide que d'apporter mon aide à la sœur d'un de vos amis ?

Il se remit à bafouiller.

— Il s'agit de décence, et de faire la *bonne* chose au *bon* moment pour quelqu'un qui, à long terme, peut être plus important que nous ne pouvons le concevoir aujourd'hui.

Il s'agissait de sexe, j'en étais sûr, et de rien d'autre : Stephen voulait rendre service à un homme dont il était amoureux. Ou peut-être à un homme, ce fameux Saif, qui avait pu le menacer de publicité ou de chantage ou d'une vengeance encore plus noire.

Je me levai de mon fauteuil et me mis en branle vers la porte, entendant derrière moi la respiration sifflante d'un homme qui n'est pas habitué à l'échec.

— Puis-je vous faire confiance? cria-t-il. Puis-je compter sur vous ? Ou dois-je prendre d'autres mesures ?

Je me retournai, m'attendant à moitié à me retrouver face au canon d'une arme, mais sa main ne tenait rien d'autre que son verre de whisky.

— Personne n'a jamais tenté de m'intimider de cette façon, de toute ma vie.

— Ce n'est pas une réponse, Jeremy.

Dans son expression, je découvris une cruauté qui m'effraya, non seulement pour moi, mais pour Meredith et ma mère, même pour Susan, pour tous ceux que j'aimais ou avais jamais aimés. Il ne faisait aucun doute que c'était un homme capable de mettre ses menaces à exécution.

— Je vous promets d'évaluer la candidate sur ses mérites, dis-je, sachant que je mentais.

Dehors, sur Abingdon Road, la température était glaciale. Je ne trouvais pas de taxi avant d'être remonté à pied jusqu'à la tour Carfax, puis, une fois sur le chemin de la maison, complètement torché mais m'acharnant encore à ne pas perdre le fil, je me repassai mentalement notre conversation, imaginant d'autres réponses que j'aurais pu apporter et d'autres manières de retourner les exigences de Stephen à mon avantage. J'allai me coucher mais gardais les yeux ouverts, conscient du moindre son environnant : coups venant de la maison mitoyenne, voitures dans la rue, rumeur de la rocade périphérique d'Oxford et bourdonnement des avions militaires dans le ciel, appareils sur le point d'atterrir à la base de Brize Norton ou d'en décoller.

À New York, ces souvenirs me revenaient avec clarté et les réminiscences de notre conversation me tinrent éveillé autant que les ronflements de ma mère qui faisaient vibrer le parquet pendant que je déambulais dans l'obscurité du salon, luttant contre une insomnie qui avait fini par s'installer au cours des derniers jours, aussi désobligeante qu'un hôte indésirable.

Dans la lumière des réverbères de Houston Street, au milieu des coups de frein et des embardées des taxis, un homme en noir se tenait immobile, les yeux levés vers ma fenêtre. Quand j'ai allumé, comme pour constater une fois de plus le fait que j'étais surveillé, il m'a tourné le dos et est parti en courant.

Le lendemain de Thanksgiving, ma mère était debout avant l'aube à nettoyer ma cuisine, bien que celle-ci soit immaculée, et à lire par intermittence *The New York Times,* qu'elle était sortie acheter, en écoutant *Morning Edition* sur National Public Radio. Un blogueur prodémocratie égyptien avait été arrêté, tandis qu'un tribunal d'Alexandrie avait condamné à la prison un groupe de femmes et de jeunes filles qui avaient manifesté en faveur du Président islamiste destitué, armées seulement de ballons. Ce n'était pas ce que j'avais envie d'entendre en me levant le matin. Je ne voulais pas qu'on me rappelle que des gens que je connaissais – ou que j'avais connus autrefois – pouvaient être affectés par des événements aussi lointains. Des nouvelles internationales, NPR passa sans transition à des reportages sur la frénésie de shopping du Black Friday qui enflammait l'Amérique.

— Je *déteste* toute cette folie consumériste, dit ma mère. Les gens ont fait la queue devant Macy's toute la nuit ! Les magasins ont ouvert à huit heures du matin le jour de Thanksgiving ! Où va le monde ? Que faisons-nous pour nous-mêmes ? Veux-tu du café ? Il est frais.

— Mais il n'est pas sept heures. Notre train n'est pas avant dix heures.

— J'ai besoin de m'organiser !

— Il n'y a rien du tout à organiser, j'ai déjà tout organisé.

Malgré moi, j'observais ma mère, inquiet qu'elle puisse casser un verre ou compliquer une opération que je pensais avoir optimisée, par exemple la préparation du café. En buvant une tasse de son café, je le trouvai d'emblée trop léger et trop âcre, puis vidai théâtralement la cafetière et m'en préparai un autre à ma façon, et quand elle goûta une tasse du mien, elle tordit le nez, disant qu'elle préférait le sien.

— Le tien est trop fort, trop amer…

— Si tu ne l'aimes pas, tu n'es pas obligée de le boire.

— Ne sois pas si susceptible, Jeremy !

Je sais que ma période anglaise, mon assimilation partielle en Grande-Bretagne, implique que la timidité émotionnelle que j'ai intériorisée et adaptée à ma personnalité semble aujourd'hui, aux yeux de ma mère, une forme de rejet ou une sorte de rancune filiale, mais je n'y pouvais pas grand-chose. Peut-être qu'avec le temps je redeviendrai l'Américain que j'étais jadis, mais je doute qu'un tel revirement soit possible.

À huit heures trente, nous avons pris un taxi pour Penn Station. Pendant tout le trajet ma mère s'est agitée, fouillant dans son sac à main.

— Qu'as-tu oublié ?

— Rien, rien.

— Il te manque quelque chose ?

— Non, dit-elle avec un toussotement, et il était visible qu'elle mentait. Puis elle se pencha en avant pour dire à voix basse : Je regrette que tu ne nous aies pas permis de partir une demi-heure plus tôt.

Dans l'état actuel des choses, on a dû faire la queue pendant près d'une heure au milieu du serpent de gens qui savent d'expérience de quel quai les trains remontant l'Hudson ont des chances de partir. Bien que la gare eût un peu changé au fil des ans, j'éprouvai un sentiment familier, pour ne pas dire du réconfort, à me tenir une fois de plus au même endroit pour surveiller le panneau des départs par-dessus mon épaule, en écoutant le claquement de ses modifications d'horaires et de destinations, les annonces à l'ancienne mode des numéros de quai et des arrêts marqués sur les diverses lignes. Je remarquai que les voyageurs à destination du nord de l'État de New York, surtout ceux qui vont au nord de Poughkeepsie, ressemblent plus à des gens du Midwest qu'à des New-Yorkais. Ils sont souvent habillés comme des ploucs, ou du moins pas habillés comme des citadins, les hommes d'affaires avec leur pantalon kaki mal coupé et leur blazer bleu marine cachant mal leurs poignées d'amour, les fonctionnaires mal fagotés accrochés à leur smartphone et discutant à tue-tête, la femme âgée qui arrive et, après avoir demandé si c'est bien le train pour Albany, lie conversation avec ma mère, nous assurant qu'elle n'est pas folle mais que « faire la queue à Penn Station [la] rend si nerveuse, vous voyez ce que je veux dire ? », et on sait tous que cette vieille femme, qui habite dans le Vermont et s'inquiète des terroristes sans prononcer le mot, formule tout haut la peur que tant d'entre nous avons appris à contrôler dans des vies qui nécessitent de voyager. Mais cette dame, cette habitante du Vermont, qui compte sur une nièce pour venir la chercher à la gare de Rensselaer et la conduire à Bennington où elle et sa nièce vivent toutes les deux, ne va pas souvent à la grande ville, même si elle y a habité autrefois, est née et a grandi à Brooklyn, et a passé toute sa vie active à travailler à Manhattan avant de se retirer dans le Vermont juste après les attentats du 11-Septembre, ayant décidé qu'elle ne voulait pas passer le restant de ses jours à craindre de sauter dans une explosion pendant qu'elle vaque à ses affaires. Et toute l'histoire est sortie pendant qu'on attendait sur le quai, « en ligne », comme disent les New-Yorkais, sa décision de descendre à New York simplement pour passer Thanksgiving avec sa sœur et son beau-frère, et cela a poussé ma mère à parler de Meredith et de Peter, quoiqu'elle se soit bien gardée de dire leurs noms ou de divulguer leur adresse ou leurs activités, étant donné que beaucoup de monde les reconnaîtrait ou serait intéressé par la vie bling-bling qu'ils mènent, et que ce type d'informations pouvait les mettre en danger parce qu'en révélant notre proximité avec Peter en particulier nous pourrions être vus comme de bonnes cibles d'enlèvement ou pire.

— Voici mon fils, il est professeur à la New York University, dit ma mère, et je fus obligé de saluer la dame du Vermont bien qu'elle ne se soit pas présentée et ait promis de ne pas s'asseoir à côté de nous dans le train, « juste au cas où vous auriez peur de ne plus pouvoir vous débarrasser de moi », avait-elle lancé dans un éclat de rire. Et, à ma vive honte, je lui fus infiniment reconnaissant d'avoir dit cela alors que le train était annoncé et que nous montrions nos billets imprimés à l'employé d'Amtrak avant de descendre l'escalator et de nous précipiter sur le quai obscur à hauteur du milieu de la rame, où j'aidai ma mère à s'installer sur un des sièges en tête d'une rangée pour qu'elle puisse étendre les jambes, comme elle aimait à le faire, et regarder l'Hudson par la vitre pendant que le train se traînait sur son trajet parfois peu sûr vers le nord et la ville où j'avais investi dans une stabilité à long terme.

Après avoir quitté Penn Station, avoir enfilé des tunnels et en être ressortis, alternant plongées dans les ténèbres et aperçus sur Riverside Park suivis de vues des Palisades plus éloignées sur l'autre rive, je crus reconnaître de dos un homme qui traversa notre voiture. Il avait quelque chose de familier – une certaine nervosité dans sa démarche – sans que je sache avec certitude s'il était bien celui que je croyais, et le laps d'un instant, sans que cette pensée soit pleinement consciente, je me convainquis de la *possibilité* que ce soit Michael Ramsey.

Il y a des gens qu'on a rencontrés qu'on ne reconnaît pas toujours instantanément, au point que, si l'on aperçoit la personne de dos, ou qu'on ne voit qu'une petite partie de son profil, son identité reste un point d'interrogation. Je n'avais croisé Michael Ramsey que deux fois à ce moment-là, et en ce lendemain de Thanksgiving, jour où les trois quarts de l'Amérique se ruaient vers les centres commerciaux pour acquérir des collections de cadeaux inutiles et où ma mère et moi, assis dans un train, jouions aux mauvais capitalistes qui négligeaient de soutenir activement l'essor de notre économie, il était tout à fait concevable pour moi, sans que j'en sois pleinement conscient, que Michael Ramsey soit monté avec nous dans ce train.

Comme ma mère avait été fatiguée la veille, et que je n'étais pas de très bonne humeur ce matin-là, je ne lui ai pas parlé des trois cartons de papiers qui semblaient trahir une surveillance préoccupante de mes faits et gestes, au moins de mon existence dans la mesure où celle-ci passait par Internet et le téléphone, pas plus que je n'ai évoqué mes aventures avec Michael Ramsey, ni la présence de ce jeune homme à la réception de Meredith et Peter, apparition qui, rétrospectivement, avait gâché la fête dont la signification comptait pour moi plus que n'importe quelle autre. Tout ce que je voulais en ce premier Thanksgiving après mon retour en Amérique, c'était le réconfort de pouvoir me réfugier dans ma famille avec l'arrivée de l'automne, et le brouillard qui tombait dans les creux des Berkshires, des Catskills et des Adirondacks, ces montagnes bossues du nord-est où, en octobre et novembre, je me sens plus en Amérique que partout ailleurs. Mais là, aux dernières heures de la saison, mon intrus avait ressurgi, comme pour faire passer le message que je n'étais plus en sécurité dans mon pays natal, me laissant penser que j'avais raison d'être paranoïaque, parce que ma période loin de l'Amérique m'avait rendu vulnérable à des interrogations sur ma loyauté et mes habitudes, y compris sur mon patriotisme, comme si la trahison pouvait s'attraper à la façon d'un virus, s'acquérir par un exil, une maladie transmise par un contact de longue durée avec l'inconnu.

Pendant ma première année à Oxford, et tandis que l'Amérique se préparait à la guerre, malgré moi je polémiquais par courriel interposé, soutenant auprès de compatriotes amis qu'ils ne comprenaient pas la manière dont le reste du monde voyait notre pays, que nous avions dilapidé le capital de sympathie et de bienveillance de la communauté internationale, et que mon séjour à Oxford – alors seulement vieux de quelques rares mois – m'avait déjà «radicalisé». J'employais cette expression sans savoir que «radicaliser» allait devenir un mot-clé dans la grammaire de la guerre de l'Amérique contre la terreur, et que les médias et les politiques décriraient les présumés terroristes comme ayant été «radicalisés», et tandis que ces pensées défilaient dans mon esprit le train m'emportait le long de l'Hudson. Les arbres environnants avaient perdu presque toutes leurs feuilles, de la glace se formait dans les hauts fonds de la vaste étendue du fleuve, un paysage si différent de la Grande-Bretagne, que je me demandais si, dans le carton d'adresses Internet posé dans mon appartement, il n'y aurait pas un lien au courriel dans lequel je me disais, plus d'une décennie plus tôt, «radicalisé», et si cette qualification n'était pas le premier drapeau que j'avais levé, si cette seule remarque désinvolte ne m'avait pas marqué au fer rouge et déclenché la procédure permettant de tracer toutes mes communications.

Était-il possible, m'interrogeais-je, bercé par le rythme du train et regardant ma mère lire son exemplaire du *New Yorker* et glousser à ses bandes dessinées, que Stephen Jahn ait été *envoyé* à Oxford pour me débusquer? J'avais supposé que sa présence au Collège était antérieure à mon arrivée et qu'il avait été simplement absent lors de ma première année, mais je n'avais aucune certitude, je n'avais jamais eu de conversation sur Stephen avec aucun des autres chargés de cours. On avait l'impression qu'il ne participait pas pleinement à la vie du Collège. Si je n'avais pas fait sa connaissance, si je ne lui avais pas parlé et ne m'étais pas lié d'amitié avec lui (aussi inquiétante que soit cette amitié), personne d'autre n'aurait peut-être remarqué sa présence…

À la gare de Rhinecliff, ma mère et moi prîmes un taxi pour sa maison, où j'avais laissé ma voiture lors de mon dernier passage, quelques semaines plus tôt, afin qu'elle puisse l'utiliser en cas de besoin. De fait, elle conduit rarement aujourd'hui. Étant assez proche du centre de Rhinebeck pour pouvoir s'y rendre à pied afin de voir ses amies ou faire ses courses à son épicerie bio préférée, elle ne prend le volant que s'il lui faut consulter son médecin ou une de ses relations plus éloignées de Hyde Park, mais je me sens plus rassuré de savoir que l'auto ne reste pas dans le garage de ma maison vide située à la périphérie de la ville, sur une route tranquille et au fond de la propriété, dissimulée derrière une haute haie, de sorte qu'un voleur n'aurait aucun mal à s'introduire sans être vu de la route et à ramasser tout ce qu'il trouverait. J'avais pris la décision de faire installer un système d'alarme au cours de la nouvelle année, et peut-être aussi une série de caméras de surveillance intérieures à détecteur de mouvement intégré, suivant les recommandations de Peter, dispositif qui me permettrait de contrôler ma maison de Manhattan et, insista-t-il, de recevoir une notification si l'enregistrement des images de la caméra était déclenché. « On t'enverra même en courriel la vidéo qui a été prise, afin que tu puisses voir si ce n'est rien du tout, ou si un intrus traverse ton salon. » On aurait dit de la science-fiction, mais Peter maintenait que la technologie était abordable, même s'il y avait un petit souci d'intimité, vu que le service de courrier électronique impliquait que la vidéo serait envoyée par un tiers et qu'il n'y avait aucune garantie, aucune de sérieuse en tout cas, qu'« un connard de Bloomington ne regarde pas un flux vidéo en direct de ton salon chaque fois que ça lui chante ».

Ma mère et moi, on était convenus de déjeuner ensemble samedi. J'aurais préféré avoir un week-end tranquille, sans engagements sociaux, mais ma mère se réjouissait encore de mon retour. Dimanche soir, je déposerais mon véhicule en fin d'après-midi et gagnerais la gare à pied, ou, en cas de dégradation du temps, elle m'y conduirait d'un coup de voiture. Ce vendredi-là, elle me montra les changements qu'elle avait apportés depuis ma dernière visite, bien que la maison fût la même depuis des années, en bon état, peut-être plus encombrée, remplie jusqu'au plafond de calendriers, cartes de vœux et babioles offerts par ses amis et voisins, et bien qu'on n'eût pas le même style, c'était gratifiant de savoir qu'elle vivait sans être coupée du monde, au milieu de gens qui veillaient sur elle, remarquaient si elle ne ramassait pas son courrier ou son journal, si la lumière était allumée tard la nuit ou si ses rideaux n'étaient pas tirés le matin, passaient demander si elle n'avait besoin de rien à l'épicerie ou l'invitaient à déjeuner. Elle vivait au cœur de la ville, au centre de sa vie sociale, très près de son centre géographique, et avait toujours celui-ci dans son champ de vision. Je pouvais rentrer à Manhattan en croyant que ma mère allait bien parce qu'elle n'était ni ignorée ni oubliée.

Sur le chemin du retour, je m'arrêtai à l'épicerie sur la route 9 pour prendre quelques bricoles afin de pouvoir passer des heures durant à lire, mis à part le déjeuner du lendemain avec ma mère, et peut-être aussi à réfléchir à mon passé récent, à Stephen Jahn, Fadia et Saif, et au concours de circonstances par lequel ce trio en était venu à régir mon monde.

La maison, en bordure d'une longue petite route de campagne au nord de la ville, se trouve sur un terrain entouré de petites fermes. Mon voisin le plus proche habite à plus de huit cents mètres, et la route elle-même est un ancien chemin de terre goudronné, assez large pour un seul véhicule, aussi on a souvent l'impression d'être plus loin et plus coupé du monde qu'on ne l'est en réalité.

J'ai déchargé les provisions dans le vestibule, content de trouver la maison en bon ordre. En regardant la porte du garage redescendre et la lumière grise de l'après-midi céder le pas à la clarté blanche des luminaires, je retrouvais enfin mon calme après les événements de la semaine, soulagé de savoir que je pouvais toujours me retirer dans cet espace loin de la grande ville, des étudiants et des confrères, et même de Meredith et Peter, car cet endroit me faisait l'effet du lieu de ma future retraite, d'un échantillon de ce à quoi ressemblerait ma propre vieillesse, même si, à la différence de ma mère, je ne me voyais pas au centre d'une communauté.

Quoi qu'il puisse arriver dans mon cas, désormais plus incertain que jamais, il m'a toujours semblé que les vieilles dames ont plus de chances d'être choyées par leurs amis et leurs voisins que les vieux messieurs, lesquels sont peut-être par nature plus disposés à se replier sur eux, moins doués pour chercher de l'aide. Les gens croient sans doute les hommes plus capables de satisfaire leurs besoins, symptôme d'un vieux sexisme qui nous arrange aussi peu qu'il arrange les femmes, en fin de compte ; les hommes, étant jugés capables et donc négligeables, déclinent plus rapidement, alors que les femmes, jugées incapables, auraient besoin d'un chouchoutage présupposant qu'il n'existe qu'une manière de bien vieillir, même si on peut très bien penser que les femmes, finalement, tirent leur épingle du jeu. Ou peut-être n'est-ce pas vrai, peut-être les gens supposent-ils tout le contraire, que les hommes ne savent absolument pas s'occuper d'eux dans un cadre domestique, tandis que les femmes, en vieillissant, sont censées mener des vies centrées sur le monde domestique, gérant un champ dont elles sont les maîtresses depuis longtemps, et peuvent donc être laissées à elles-mêmes. En réalité, trop de vieilles dames et de vieux messieurs sont oubliés et ignorés, et les préjugés de l'un ou de l'autre côté contribuent à nuire aux deux. Peut-être un peu d'observation n'est-il pas de trop dans pareils cas.

Aujourd'hui, en effet, je suis heureux d'être seul et ignoré, peut-être même oublié, même si je sais que Meredith ne m'oublie pas, et que je ne suis pas vieux, juste la cinquantaine, à l'automne de ma vie peut-être, ou s'il faut en croire notre espérance de vie, juste au début de l'été. C'est un réconfort de penser que j'ai peut-être encore une moitié de vie à vivre, cinq autres décennies pour redresser ce que j'ai parfois spectaculairement foiré, surtout s'agissant de mes relations avec les femmes, et pas seulement avec Susan et Meredith, et dans une moindre mesure ma mère, mais avec Fadia, envers qui j'ai un profond et troublant sentiment d'échec. Le sentiment de ne pas lui avoir seulement manqué mais d'avoir activement mal agi, tout à fait indépendamment de la complexité des circonstances. Même là où la situation n'était pas simple, je sais qu'il aurait été possible de mieux faire.

Il y a des moments aujourd'hui où – seul dans cet appartement sur Houston Street, sans savoir combien de temps encore je pourrai aller et venir en toute liberté – je me demande si je n'ai pas déjà franchi la frontière de la vie, et si ma situation actuelle ne pourrait pas être, pour l'historien, l'universitaire, le chasseur d'histoires des autres dans les archives de l'histoire récente, la seule version du purgatoire que j'aurais pu mériter, une explication de mes échecs, sauvegardée à destination d'un public dont je ne peux que conjecturer le caractère, l'identité, la composition et l'objectif : les autorités, mes héritiers, de futurs historiens inquiets de la manière dont notre nation a retourné son regard vers elle.

J'ai passé ce vendredi après-midi, le dernier de novembre, installé dans mon salon, à contempler la pelouse et les plantations auxquelles j'ai peu travaillé cette année, me promettant qu'en avril ou mai, au moment du dégel, j'embaucherais quelqu'un pour créer un jardin exigeant un minimum d'entretien et peu d'arrosage. Un jardin capable de pousser tout seul, indépendamment des saisons, et immunisé contre mon œil oublieux. Et entre ces accès de contemplation où je voyais la végétation disparaître dans l'ombre et mon propre reflet devenir plus distinct sur les vitres par lesquelles je regardais, allumant à un moment la lumière pour ne pas me retrouver dans le noir, je lisais, sautant des Mémoires de mon ancien collègue, Timothy Garton Ash, *The File*, à *Top Secret* de Simon Menner, qui me glaçait avec ses photos polaroïd des foyers de gens qui avaient été objets de surveillance. À la fin du livre de Menner, une série d'images montre le chef de l'unité des écoutes téléphoniques de la Stasi dans son costume gris poser un genou à terre pour se faire taper sur l'épaule avec la lame d'une épée et se voir remettre un pendentif ornemental représentant un petit récepteur téléphonique rouge. Les honneurs de la surveillance, l'adoubement secret de l'espion. Mes espions à moi seraient-ils autant distingués ?

Après m'être assoupi un moment, j'ai allumé la télévision, tentant de glisser dans une de ces humeurs flottantes où l'esprit peut se reposer sur des existences et des préoccupations autres que les siennes. Je n'ai pas dû trouver quelque chose de suffisamment distrayant puisque mes pensées ne cessaient de revenir aux événements de la semaine passée, cherchant à séparer la factualité de la surveillance à laquelle j'étais soumis (mon Dieu, on m'espionne tout le temps !) de son objectif (pourquoi souhaiterait-on me suivre de si près ?) et de la révélation en soi (*qui* voudrait attirer mon attention sur cette surveillance et pourquoi ?)

Ayant quasiment accepté le fait de ma surveillance, j'avais maintenant la sensation que, quoi que je fasse et où que j'aille, si je le faisais de manière traçable (logiciel de reconnaissance faciale, relevés de comptes, y compris ma carte de métro, sans parler des mes activités en ligne et téléphoniques), alors on devait collecter les données même si on ne les analysait pas nécessairement pour chercher des modèles de comportement ou des indices prouvant que je pouvais, idée absurde, être considéré comme une menace pour la sûreté de l'État. Je décrochai le combiné de ma ligne fixe puis m'adressai à la tonalité ou à quiconque pouvait écouter, pour lui assurer, autant à lui qu'à moi-même : « Je n'ai rien fait de mal, je suis une personne innocente et irréprochable, un professeur d'histoire d'une honorable université dans une des grandes villes du monde. Pourquoi devrais-je m'inquiéter que les autorités contrôlent mes habitudes, mes communications et transactions financières si je n'ai rien à cacher ? Un étudiant ou une étudiante m'a dit, il n'y a pas si longtemps, que la confidentialité est utile aux criminels, que seul un criminel penserait à demander la confidentialité de ses communications. Je ne suis pas un criminel et je réclame pourtant la confidentialité. Je réclame le droit d'être laissé tranquille, d'être oublié, d'être une non-entité. »

Bien sûr, je savais que cela avait quelque chose à voir avec les gens que j'avais connus à Oxford, et peut-être aussi avec ce que j'avais lu en ligne ou écrit étourdiment dans des courriels ou dit au téléphone durant la dernière décennie. Au cours des deux prochains jours, je commençais à voir ces raisons avec une clarté grandissante, comme je les vois aujourd'hui, ou subodore que je les voie, quelle que soit l'impondérabilité continue de tout ce qui s'est passé. Mais à l'époque, en ce dernier vendredi de novembre, deviner qui pourrait souhaiter attirer mon attention sur ma surveillance et pourquoi il ou elle prendrait le risque de m'alerter sur une telle intrusion, cela dépassait mon entendement et mon imagination.

Ma première idée, c'est que cela devait être directement lié à quelqu'un qui me connaissait déjà, par exemple Stephen Jahn, qui savait comment accéder à mes dossiers et ne demandait qu'à me faire la faveur de me prévenir que je ne pouvais être assuré d'aucune confidentialité, comme s'il comprenait mon sentiment de vulnérabilité sur ces questions. Non, ce n'est pas la façon la plus exacte de s'exprimer. Plutôt comme s'il comprenait que j'avais une névrose particulière à propos de la confidentialité, une névrose qui, selon la meilleure mode freudienne, s'enracinait dans mon enfance, en lien avec mon père. Est-ce là, me demandai-je, le type de trauma que le Dr Sebastian pouvait avoir à l'esprit ?

Bien que je l'eusse aimé tendrement, mon père avait un sens de la vie privée complètement différent du mien, peut-être parce qu'il avait grandi pauvre dans une ferme, troisième enfant d'une fratrie de sept, si pauvre qu'il partageait son lit avec ses deux frères aînés et avait dû être habitué dès le plus jeune âge à se passer de véritable intimité. Alors que, moi, j'ai grandi avec un lit à moi dans une chambre à moi. Bien que ce ne soit pas la mienne à strictement parler, il y avait une salle de bains familiale (une des quatre de la maison), que j'avais l'habitude d'utiliser, où je prenais mes bains et me douchais, me brossais les dents matin et soir, chiais et pissais et, à l'adolescence, me masturbais. Mon père n'avait joui d'aucune intimité, enfant. Son corps était scruté par ses frères et sœurs, ses pipis et ses cacas l'affaire de tous les membres de la famille comme leurs pipis et leurs cacas étaient aussi la sienne, ils n'avaient eu droit qu'à un appentis pendant les premières années de sa vie, la plomberie intérieure était arrivée seulement plus tard. Et avec elle, la compétition pour y avoir accès supposait qu'un usage ininterrompu des toilettes par un seul candidat était rare.

À cause de cette différence dans notre perception du sens de l'intimité, quand j'étais jeune, mon père entrait toujours dans la salle de bains sans frapper, même quand la porte était fermée, même quand j'étais sur le trône, et sans que je me doute, au début, que ce comportement était bizarre ou avait quelque chose d'inquiétant, jusqu'au jour où j'ai commencé à verrouiller la porte de la salle de bains chaque fois que j'y entrais. Chose curieuse, au lieu de comprendre ce qui se passait, que je veuille chier et pisser sans avoir à m'inquiéter si la porte allait s'ouvrir pendant ces activités on ne peut plus privées, mon père s'en irrita et exigea que je ne ferme pas le verrou parce que, assurait-il, il n'y avait « pas de secrets dans notre maison ». S'ensuivit une période de négociations amorcée par ma mère ; mon père finit par céder et je fus autorisé à fermer le verrou de la salle de bains, content que personne n'aille soudain entrer et me déranger quand j'étais aussi vulnérable. Une puissante part de honte corporelle était à l'œuvre, bien sûr. Ces intrusions coïncidaient avec mon refus que mes parents me voient nu, mais alors que ma mère semblait le comprendre d'instinct, pour mon père ce refus demeurait quasi inintelligible. Son propre père et ses frères l'avaient vu nu systématiquement, soupçonné-je, jusque assez tard dans son adolescence. Les conséquences physiques pour moi furent durables, pour ne pas dire indélébiles, si bien que, chaque fois que j'utilise des toilettes publiques, je ne peux pas m'empêcher de vérifier que la porte dispose d'un verrou, ou, si c'est un seul local, que la porte donnant sur le reste de l'établissement ferme bien à clé. De la même façon, en visite chez des amis, j'ai souvent hâte de savoir si la porte de la salle de bains ferme ou non au verrou, et quand il n'y en avait pas, je faisais des efforts ridicules pour m'assurer que les gens sachent que j'allais utiliser les toilettes et, si je me trouvais sur le trône dans une salle de bains non fermée à clé et que j'entendisse du bruit de l'autre côté de la porte, je toussais ou m'éclaircissais la voix bruyamment pour que la personne qui passait comprenne que les WC étaient occupés. Un individu équilibré ne se sentirait tout simplement pas concerné, étant donné que ce qu'un homme fait dans des toilettes est ce que fait tout homme ou toute femme, à quelques menues variations d'habitude ou de physiologie près, mais cette névrose sur l'intimité de l'usage des toilettes porte en définitive sur la gêne et la honte ; alors que mon père n'avait aucune honte personnelle et aucune pudeur naturelle (du moins, dans la sphère domestique), ma mère était et reste une femme profondément pudique que je ne crois pas avoir vue les épaules nues avant que j'aie eu dix ans et que nous soyons partis tous les trois en vacances en Floride. Jusqu'à cette époque, je ne l'avais jamais aperçue en maillot de bain et fus surpris, quand l'occasion se présenta, de la voir se tasser sur elle-même, malheureuse de devoir exposer même la plus modeste surface de peau.

Était-il possible, me demandai-je, que la personne qui m'avait renseigné sur les moyens par lesquels j'étais aujourd'hui contrôlé eût connaissance de ma névrose en cette matière ? Si c'était le cas, alors lui ou elle devait être quelqu'un qui me connaissait assez bien pour avoir observé mon comportement ou avoir été présent quand, par exemple, je donnais un cours sur la surveillance en Allemagne de l'Est, mon domaine d'expertise étant sans doute le fait le plus révélateur à mon sujet. Qu'une personne eût choisi de centrer sa vie professionnelle sur l'histoire de la surveillance dans un pays déterminé donne quand même à penser qu'elle peut être anormalement obsédée par les concepts de surveillance et de vie privée. Bien sûr, cela m'a frappé – plus tard qu'il n'aurait fallu peut-être – qu'on puisse prendre note de ma névrose sur la vie privée rien qu'en consultant mon dossier universitaire, directement accessible en ligne sur la page Internet du département d'histoire, ainsi que sur de nombreux sites de colloques où je m'étais exprimé, dans les catalogues d'innombrables bibliothèques où mes livres pouvaient être référencés sous divers thèmes révélateurs, notamment ceux qui impliquent une « surveillance » de diverses formes et dans plusieurs contextes, non limités bien sûr à l'Allemagne de l'Est. Autrement dit je pouvais être considéré pas seulement comme un névrosé de la surveillance mais comme un des meilleurs experts au monde de la surveillance, et pourtant, bizarrement, ceci n'est pas une partie centrale de mon univers mental. Je ne me promène pas en me prenant pour un expert de la surveillance, mais plutôt pour un historien de l'Europe du XXe siècle et, dans une moindre mesure, un analyste ou même un philosophe politique. Dans mon salon à la périphérie de Rhinebeck, par un après-midi glacé de novembre qui s'était mué en une soirée encore plus glaciale, je devais toutefois reconnaître que si l'on voulait faire le point sur la surveillance étatique, alors j'étais, en un sens, parmi les personnes les plus utiles à contacter, cibler ou montrer en exemple, selon la nature de la motivation.

Avec ces pensées qui tournaient en rond dans ma tête, je me suis préparé à dîner et servi un verre de vin. Je venais de m'asseoir pour manger et regarder les actualités quand j'ai entendu un bruit de pas dans mon allée de gravier – quelqu'un qui se dirigeait rapidement vers la maison – suivi d'un brutal coup de sonnette à la porte d'entrée. J'ai reposé ma fourchette sur mon plateau, placé le plateau par terre près du canapé où je m'étais installé et suis sorti de la pièce. Dans l'entrée, j'ai écarté le rideau de la fenêtre voisine de la porte et jeté un coup d'œil sur ma véranda, sous la lumière de laquelle un jeune homme attendait en se tortillant. C'était Michael Ramsey, comme toujours vêtu de noir, le visage émacié et gercé par le vent.

J'ai ouvert la porte, mais la moustiquaire nous séparait toujours, et même si ce n'était qu'un fin grillage en aluminium, je savais qu'elle était sûre parce que je la laisse toujours verrouillée en partant et que je n'étais pas passé par la porte d'entrée depuis mon arrivée. Ramsey avait beau afficher un air surpris, trois coïncidences par semaine ça n'existe pas, surtout à New York. Je savais que, quoi qu'il pourrait dire, il était chez moi pour une raison précise, tout comme il l'avait été au Caffè Paradiso le samedi précédent et chez Meredith et Peter la veille.

Bien que naturellement peu enclin à la grossièreté, en réalité mes parents m'ont si bien dressé que je trouve difficile de m'adresser à quiconque, même à des employés ou à des caissiers de magasin, sans dire d'abord : « Bonjour, comment allez-vous ? », face à Michael Ramsey pour la troisième fois de la semaine, et confronté à sa présence sur le perron du lieu que j'en étais venu à voir comme ma retraite loin du monde, je trouvai mes réserves de politesse brutalement à sec, remplacées par un débordement de grossièreté.

— Que diable me voulez-vous ?

— Hé, c'est... Hé, vous êtes le père de Meredith. Est-ce possible ?

Je répondis en levant le sourcil gauche, qui s'arque plus spectaculairement que le droit.

— Je... euh, j'habite le pavillon plus bas.

— Oui ?

— Je n'ai pas d'électricité.

— Vraiment ?

— Je suis sans voiture, et quand j'ai vu de la lumière entre les arbres, je me suis dit, vous savez, que vous auriez peut-être des bougies ou une lampe torche que je pourrais vous emprunter. Même une simple radio à dynamo, vous savez ?

— Non.

— Non, vous n'avez aucune de ces choses, ou non, je ne peux pas vous les emprunter ?

— Je n'ai aucune de ces choses. Et si j'avais des bougies, on ne peut pas les emprunter, puisque c'est une catégorie de choses qui se consume à l'usage, non que des batteries de radio ou une lampe torche ne le soient pas aussi, mais c'est, selon moi, un ordre d'usage différent. On peut recevoir des bougies, comme des œufs ou une tasse de sucre, étant bien entendu qu'on doit les remplacer ou sinon conclure avec la personne qui les a fournies un accord réciproque aux termes duquel on peut, la prochaine fois qu'on se trouvera sans bougies, œufs, sucre ou une livre de beurre, venir frapper à la porte de l'autre et lui demander un de ces articles en nature, en guise de remboursement.

Ramsey eut l'air perplexe.

— Alors vous n'avez pas une lampe torche à me prêter ? Il fait noir comme dans un four, là-bas. Les arbres, mon vieux, ils me foutent les jetons !

— Vous êtes venu jusqu'ici dans le noir, je suis sûr que tout ira bien. Vous pouvez reprendre votre somme.

— Allez, professeur, vous devez bien avoir une autre lampe électrique. Je viens de débarquer. Je suis venu de New York parce que je voulais m'échapper pour le week-end, vous savez, et mes amis, ils m'ont dit que je pouvais loger chez eux, mais je ne sais pas, ils ont peut-être oublié de payer leur facture d'électricité ou je ne sais quoi. J'arrive et il n'y a ni courant ni chauffage or il fait rudement froid ce soir, je furète depuis des heures pour tenter de savoir ce qui cloche. Ils ont dit que la température allait être la même à Rhinebeck qu'à New York, mais merde, mon vieux ! Il fait beaucoup plus froid une fois sorti du microclimat de la grande ville. Vous n'avez pas remarqué ? Il fait toujours plus chaud à Manhattan que dans les environs, je parie que l'effet d'îlot thermique, ou quel que soit son nom, les autos, les métros et tout ce verre, ce béton et cet acier, tout ça produit sa propre hausse de dix degrés ou quelque chose comme ça. On pourrait croire que le service météo en tiendrait compte, mais je jurerais que non, ou leurs stations de surveillance météo sont sur le faîte des immeubles et donnent lieu à différentes lectures. Merde, on se les gèle dehors ! Pourrais-je entrer pour me réchauffer avant de repartir ?

— Vous êtes seulement à dix minutes à pied. Vous vous réchaufferez sur le chemin.

— Ce n'est pas très hospitalier.

— Je ne suis peut-être pas une personne très hospitalière.

— Allez, je ne vous crois pas... vous êtes juste... je ne sais pas...

— Je suis quoi ? Vous avez votre théorie sur moi ? Vous ne me connaissez même pas !

— Vous êtes peut-être un peu parano, professeur.

— Peut-être que je le suis, peut-être que vous devriez retourner dans la maison de vos amis...

— Vos voisins.

— Ouais, vous voyez, je ne les connais pas, je ne les ai même jamais rencontrés. Je ne me sens en rien obligé d'aider un de leurs invités.

— Mais je suis un ami de votre fille !

— Je ne pense pas, monsieur Ramsey. Je pense que vous êtes un ami de Peter, et je ne pense pas que vous soyez des amis particulièrement intimes. J'ai le sentiment que vous êtes un lointain parasite qui êtes apparu dans leur existence avant de réaliser que ma fille et mon gendre pourraient vous être utiles.

— Ce n'est pas très gentil. Allez, mon vieux, puis-je me réchauffer quelques minutes ? Cette maison est rudement froide, et si je ne parviens pas à remettre le gaz et l'électricité en marche, je suis bon pour une nuit glacée.

— Il n'est pas trop tard pour attraper un train pour New York. Écoutez, je vais vous appeler un taxi.

— Je ne renonce pas si facilement, je vivrai à la dure s'il le faut... si je pouvais juste me réchauffer...

Malgré l'obstacle de la porte-moustiquaire, il était visible qu'il tremblait, peut-être jouait-il bien la comédie, ou peut-être avait-il vraiment froid, dans tous les cas quelque chose en moi commença à fondre à mon corps défendant et je déverrouillai la porte, m'écartant pour laisser entrer Michael Ramsey. Avec le recul, il est possible que j'aie déjà tout prévu dans une certaine mesure et voulais voir ce qu'il allait en sortir, dans l'espoir que, faute de mieux, le fait de l'inviter à entrer puisse me fournir des réponses, ou qu'il me révèle peut-être son rôle dans le drame qui se déroulait autour de moi.

— Écoutez, merci mon vieux, je vous suis vraiment reconnaissant. (Il frissonna pendant que je refermais la porte d'entrée en la verrouillant de l'intérieur afin qu'il ne puisse pas partir sans un obstacle temporaire, comme si je voulais qu'il pense qu'il était tout autant mon otage que mon invité.) Mon téléphone est déchargé, et je me demandais si je pouvais vous emprunter le vôtre pour appeler mes amis et leur demander ce qu'il se passe avec l'électricité. Je ne sais même pas s'ils sont chez eux, mais ils m'ont dit qu'ils dormaient à New York ce soir et qu'ils venaient me rejoindre demain. Vous savez, je préférerais ne pas passer la nuit dans une maison froide si je peux l'éviter. Il doit y avoir une explication très simple, comme un interrupteur qu'il suffit de basculer, un disjoncteur ou je ne sais quoi, il y a peut-être une surtension et ça a disjoncté, mais vous, vous n'avez pas eu de problèmes avec votre électricité en arrivant ? Vous avez débarqué hier soir ou ce matin ?

— Je suis arrivé aujourd'hui, ce matin. Tout fonctionnait. La maison était chaude, la lumière marchait, elle marche toujours, comme vous pouvez voir, donc je ne pense pas qu'il y ait un problème d'alimentation électrique dans le coin. Je ne crois pas qu'un transformateur ait sauté. Et s'il y a un problème, c'est dans la maison de vos amis. Comment s'appellent-ils, à propos ?

— Phil et Sara Applegate.

Leur nom avait quelque chose d'improbable, mais j'inclinai la tête.

— Ils ont acheté la villa il y a deux ans et l'ont complètement refaite. Elle aime le design primitif, vous savez, alors c'est genre, je ne sais pas, colonial, comme si on retournait au XVIIIe siècle ou quelque chose dans ce goût, tout est vraiment simple. Mais, merde, on gèle à l'intérieur…

— Ils n'ont peut-être pas l'électricité. Ils se servent peut-être seulement de lampes à pétrole et de bougies et se chauffent au poêle à bois. Il y a des gens comme ça par ici. Vous seriez surpris par leur nombre. Ils ne veulent pas dépendre du secteur. Ils creusent un puits, coupent du bois, mènent une vie bucolique. Ce doit être épuisant, à mon avis !

— Absolument. Waouh ! Vous vous imaginez ça ? Travailler toute la journée juste pour se chauffer…

— Une existence plus simple. Zen, ou quelque chose dans ce genre.

— Vous êtes un rigolo, professeur.

— Qu'ai-je dit de rigolo ?

— « Zen ou quelque chose dans ce genre »… paf paf paf ! J'aime votre tempo comique. Très postironique ! Je n'avais jamais remarqué ça chez vous avant ! Alors, puis-je utiliser votre téléphone ?

— Pourquoi pas ?

Je tendis la tête vers le téléphone, dans un coin du salon. Michael Ramsey courut à l'autre bout de la pièce, je vis qu'il portait apparemment sa tenue préférée, tout en noir et en gris, lainage, coton et cuir, comme s'il avait intériorisé la perception du chic de Manhattan par un outsider, la façon de s'habiller d'un New-Yorkais vue par un habitant du Midwest. Puis, d'un geste élégant, il saisit le téléphone et composa un numéro. Il était souple et très mince, et je me suis redit qu'il était trop maigre pour être en bonne santé, c'était le corps d'un junkie ou d'un anorexique.

— Je connais leur numéro par cœur, lança-t-il, se retournant pour s'adresser à moi par-dessus son épaule.

— Une mémoire photographique ?

— Eidétique. Surtout pour les numéros, les adresses et toutes ces conneries. Allô, Sara, c'est Michael...

Je l'écoutais à moitié pendant qu'il racontait à mes voisins sa découverte de la maison froide et glacée, et son impuissance à remettre en marche la lumière et le chauffage, avant de leur apprendre qu'il téléphonait de ma maison. En quelques phrases supplémentaires, il devint évident que Sara et Phil (j'ai vérifié plus tard que mes voisins s'appelaient bien ainsi) ne savaient pas pourquoi l'électricité était coupée et espéraient bien que Michael accepterait de rester samedi pour que quelqu'un passe jeter un coup d'œil à leur installation et peut-être qu'eux-mêmes allaient réfléchir à deux fois avant de venir pour le week-end, ce qui laissait supposer que les Applegate étaient des enfoirés ou qu'ils n'étaient pas aussi amicaux avec Michael Ramsey que ce dernier voulait me le faire croire. (Je n'ai pas encore approfondi la question.) Il finit par raccrocher et, se retournant, me trouva planté au bord du tapis du salon, les orteils au ras des franges, une de mes mains posées sur le dossier d'un fauteuil tandis que l'autre fouillait l'intérieur de ma poche de pantalon en quête d'une indication sur la marche à suivre. Mais la laine n'apporte aucune réponse et une poche n'est toujours qu'une poche.

— Je crois que je suis coincé. Êtes-vous sûr de ne pas avoir des bougies ou une lampe électrique ? Je vous les rapporterai demain matin. Ou, je veux dire, je peux acheter d'autres bougies demain pour remplacer celles que vous...

S'il mentait, il était convaincant. Il semblait presque perdu, accablé à la perspective de devoir rester dans une maison sombre et glacée, presque aussi horrifié que j'aurais pu l'être confronté à la perspective de devoir aller aux toilettes au milieu de Penn Station, au milieu d'inconnus qui me passaient autour en tous sens, heurtant mes fesses et mes jambes nues avec leurs valises à roulettes, et ricanaient en me voyant me tourner pour me torcher.

— Je vais voir ce que je peux trouver à la cuisine. Je ne crois pas avoir de bougies, mais je peux peut-être vous trouver une lampe électrique...

— Merci, n'importe quoi fera l'affaire, vous savez, même une lampe-stylo, peu importe...

Au moment de quitter la pièce, je me rendis compte que je ne voulais pas que Michael Ramsey reste seul sans surveillance dans ma maison, exactement ce que, imaginais-je, Stephen Jahn avait dû penser à mon sujet il y avait toutes ces années à Oxford, quand j'étais venu dans son appartement de Folly Bridge Court.

— Suivez-moi. Je vais vous préparer du thé, si vous voulez.

— Oh, non, ça ira ! Tout va bien, vraiment, je ne veux pas vous déranger.

— Vous ne me dérangez pas, venez. Je vais allumer la bouilloire.

Je m'immobilisai dans l'entrée, entre le salon et le couloir menant à la cuisine, montrant par ma posture que je ne ferai pas un pas sans lui. Il traversa le tapis en traînant les pieds, manquant trébucher. J'avais envie de lui dire de lever les pieds et de se grouiller, mais me bornais à sourire en m'écartant pour le laisser entrer dans la cuisine. En même temps, je m'imaginais le pousser dans l'escalier du sous-sol, qui était juste devant, la porte de l'escalier était ouverte, la cave obscure, et si je le poussais dans cet escalier, comme je réfléchissais que j'aurais peu de mal à le faire vu sa légèreté, il mourrait presque à coup sûr. Je chassai ces pensées et le suivis à la cuisine, où la lumière était toujours allumée, laissant mon dîner attendre sur son plateau dans le salon, où la télévision clignotait en silence.

Planté au milieu de la cuisine, Michael embrassa du regard le fourneau, la bouteille de vin débouchée, les placards remplis de tasses et de verres, le tiroir que j'avais laissé ouvert, débordant d'une ménagère plaquée argent d'occasion récupérée dans un vide-greniers de Hudson.

— Ça sent bon, mon vieux ! Vous savez faire la cuisine ?

— Avez-vous dîné ? demandai-je, sensible brusquement au pouvoir qu'il y a à feindre d'être hospitalier.

La grossièreté est limitée. Parfois, une hospitalité feinte peut se révéler bien plus dangereuse, comme le sait tout lecteur des contes de fées. La maison de l'inconnu au fond des bois qui, soudain, est ouverte et bien garnie, la table dressée de la vieille femme qui vous offre en souriant une chaise au coin du feu, le barbon gris qui vous sert un verre de grog en vous contant son histoire, tous ces êtres en veulent au minimum à votre vie, si ce n'est à votre âme immortelle, car ce sont peut-être des démons déguisés, Satan dans la peau d'un homme, une sorcière sous la perruque d'une vieille mégère.

— Non, mais vraiment, c'est trop gentil…

— Je ne vous invite pas de force.

— Oh, excusez-moi, je croyais…

— Je blague. Avez-vous dîné ?

— Non, mais comme je vous ai dit…

— Ce n'est pas un problème. J'ai ce qu'il faut. Vous avez une maison sans chauffage ni électricité. Comme vous dites, la nuit est glaciale. Vous n'avez pas de véhicule. Vous connaissez ma fille et mon gendre, par conséquent la tradition, ainsi que vous me l'avez rappelé, veut que je vous offre l'hospitalité.

Je sortis une assiette du buffet, la remplis d'un monticule de pâtes, d'une ration de salade et d'un morceau de pain à l'ail, puis servis un verre de vin rouge en souriant à Mr Ramsey d'un air dont j'espérais qu'il suggérait que je n'étais pas entièrement ravi de le recevoir mais reconnaissais que c'était le seul truc humain à faire. Ou peut-être le geste le plus humain que j'avais pu choisir d'accomplir à part l'inviter à dormir chez moi, ce qui n'était absolument pas dans mes intentions. Je posai l'assiette sur un plateau et lui tendis celui-ci, emportant le verre de vin et nous ramenant au salon où je repris ma place sur le canapé en lui faisant signe de s'asseoir sur une des chaises en bois à dossier rigide que j'avais trouvées à ce même vide-greniers de Hudson où j'avais acheté ma ménagère à un couple de jeunes homosexuels âpres au gain qui tentaient de transformer un autre coin de misère rurale en une terre d'antiquités et de fromages artisanaux.

— Ça a l'air génial, merci, dit-il, et pour la première fois j'ai cru sentir qu'il était peut-être nerveux ou avait des doutes sur la sagesse qui consistait à accepter ma collation et sur les risques qu'il y avait à mettre dans sa bouche ce que j'avais préparé, même s'il aurait dû comprendre que je n'avais pas eu le temps d'empoisonner ce qu'il mangeait à moins de l'avoir prémédité.

Je soulevai ma propre assiette, avec ma part de pâtes déjà froides, et me fourrai dans le bec une fourchette de penne à la sauce tomate aux aubergines et à l'ail. Après que j'ai eu avalé, lui aussi a absorbé une bouchée de pâtes, bu une gorgée de vin et grignoté son pain à l'ail; subitement, il a eu l'air épuisé et soulagé. Nous avons continué à manger en silence. Et en mangeant, Mr Ramsey semblait devenir toujours plus frêle et plus jeune, plus enfantin, vulnérable, si bien que, loin d'avoir une petite trentaine, comme je pensais que c'était le cas, il se transformait en quelqu'un de la moitié de son âge, et même s'il connaissait ma fille et mon gendre, et que nous nous soyons déjà rencontrés à deux reprises, je trouvais étrange de voir ce jeune visiteur d'aspect très immature, assis dans mon salon pour partager mon dîner, s'immiscer dans mon intimité après avoir vu, à travers les huit cents mètres de bois séparant la maison où il séjournait de ma propriété, les lumières de ma demeure briller dans la nuit. Cela voulait dire qu'il avait cherché une solution, ou peut-être aucune solution n'était-elle nécessaire et savait-il depuis le début que je venais ici. Et puis il me vint à l'esprit qu'il ne séjournait peut-être même pas chez mes voisins mais avait débarqué de New York dans un taxi, qui avait pu le déposer à cinq cents mètres de là afin que je ne voie pas ses phares, puis qu'il avait marché dans le froid de la nuit pour se présenter à ma porte avec cette histoire de séjour chez mes voisins alors que, en réalité, c'était peut-être autant une invention que si je lui avais raconté que j'avais jadis couché avec une princesse égyptienne.

— Peter m'a dit que vous avez vécu en Angleterre.

— C'est exact, pendant plus d'une décennie.

— Pourquoi êtes-vous revenu en Amérique ?

— Ma fille est ici. Et NYU m'a fait une proposition que je n'étais pas en position de refuser.

— Vous êtes mieux payé ?

— Significativement mieux. Pour moins de travail...

— *Sympa*, approuva-t-il à la manière de sa génération, prolongeant le mot, lui donnant une tonalité déplaisante voire immorale, un triomphe pas entièrement justifié ou un avancement acquis par un piston rien moins qu'impartial, comme si NYU et moi nous étions compromis par la proposition qui m'avait été faite et le fait de mon acceptation. Mais Oxford est une meilleure école, pas vrai ?

— Ces choses-là sont difficiles à quantifier. Si meilleur signifie plus ancien et plus sélectif, alors Oxford est meilleur, certes, mais comme je dis, il n'est pas facile d'évaluer des abstractions. Vous et Peter étiez tous les deux à Harvard, n'est-ce pas ?

— Ouais, je me suis vraiment éclaté.

— Et avant Harvard ?

Il hésita un moment.

— Hum, Columbia, répondit-il avec une intonation montante.

— Une bonne école aussi.

— Sans aucun doute. Mais je ne me suis pas autant amusé...

— Parfois on échoue là où on n'a rien à faire, et il peut être difficile de se dégager.

— Vous parlez d'expérience ?

— *Perhaps, perhaps not.* Peut-être que oui, peut-être que non.

— La majorité des Américains disent *maybe* pour « peut-être », vous savez ? Je trouve *perhaps* très britannique.

En souriant, je le regardai finir les dernières bouchées du dîner que j'avais prévu assez copieux pour avoir des restes le lendemain soir et ne pas devoir cuisiner deux fois dans le week-end, bien qu'il y ait tout autant de chances qu'après avoir déjeuné chez ma mère je trouve des pâtes réchauffées trop déprimantes à ingurgiter. Je m'autorisai à penser que Michael Ramsey me faisait une faveur en consommant la moitié du plat que je m'étais préparé. Pourtant, en le regardant manger avec appétit mais distraitement, comme si l'opération tenait de la mécanique plutôt que du désir, du simple besoin de se sustenter sans prêter attention au goût, sans savourer le repas cuisiné par mes soins, je commençai à regretter non seulement sa présence importune mais aussi mon désir idéaliste de dépanner quelqu'un à la dérive par une froide nuit du Nord, et mon envie de me rendre utile – et même, curieusement, de sympathiser avec ce jeune homme. Il posa sa fourchette sur le plateau et me regarda en ayant l'air d'attendre mon prochain coup, et comme je n'ouvrais pas la bouche tout en continuant de le fixer sans sourire et en silence, il se tortilla sur son siège.

— Je devrais rentrer, je pense.

— Avant qu'il soit trop tard.

Bien qu'il soit encore tôt, j'étais impatient de me débarrasser de lui, aussi je me levai et me dirigeai vers la porte.

— Vous êtes sûr que vous n'avez pas de lampe électrique ?

— J'avais oublié ! Permettez-moi de jeter un œil à la cuisine.

Je faillis le laisser seul dans le salon quand il me revint à l'esprit qu'il serait imprudent de penser que je pouvais lui faire confiance ne fût-ce qu'un instant. Je me figeai sur le seuil et me retournai pour le toiser.

— ... Pourquoi ne m'aidez-vous pas ?

J'attendis une fois de plus qu'il m'ait précédé dans la cuisine et reste planté au milieu. Sans le perdre de vue un instant, je me dirigeai droit vers le tiroir utilitaire, avec tout son assortiment de tournevis, clous de secours et autres échantillons de bric-à-brac domestique. Au fond de la cavité qui demeure perpétuellement dans le noir du fait du surplomb du comptoir et n'est accessible qu'en basculant le tiroir hors de ses glissières, je tendis la main et farfouillai jusqu'à ce que je trouve, non pas une, mais deux lampes différentes. Toutes les deux projetaient une clarté assez incertaine, comme si elles n'allaient pas durer plus de quelques pas sur le trajet de retour de huit cents mètres par la route ou à travers bois, et même si elles duraient, Ramsey serait quand même tout seul dans une maison obscure, à supposer que son histoire soit vraie. Je cherchais des piles dans un placard, en vain. Il y avait une antique lampe à pétrole dans ma chambre à l'étage, que j'avais remplie en cas de coupures de courant, mais je n'allais pas la prêter à un inconnu. Je n'avais pas de bougies, aussi secouai-je la tête en disant que j'étais désolé mais qu'il faudrait qu'il se débrouille avec les lampes électriques et se couche de bonne heure.

— Merci, ça va m'aider, je vous les rapporterai demain matin.

— Seulement si l'électricité est revenue.

Quand j'ouvris la porte d'entrée et que le froid me fouetta le visage, je ressentis un spasme de culpabilité. Si Meredith se présentait dans une situation similaire à la porte, disons, du père de Michael Ramsey, si un tel homme existe, n'aimerais-je pas qu'elle soit traitée avec plus de bienveillance que je n'en montrais à ce jeune homme ?

— Permettez-moi de vous déposer, proposai-je. Je peux peut-être regarder votre tableau électrique.

— Non, non, non, je ne veux pas vous ennuyer davantage. Ça ira pour ce soir.

— Pourquoi ? Vous ne séjournez pas là ?

— Je ne comprends pas...

— Si vous ne voulez pas que je vienne jeter un coup d'œil, j'imagine que cela signifie qu'en fait vous ne séjournez pas chez mes voisins et que vous avez inventé toute cette histoire juste pour vous introduire chez moi, parce que je ne vous crois pas assez délicat pour vous soucier de savoir si vous m'embêtez ou me créez des ennuis supplémentaires ou pas.

Michael Ramsey sourit d'un air suffisant.

— J'y séjourne, vieux. J'ai les clés, vous voyez ?

Il sortit un anneau de sa poche, mais les clés pouvaient être celles d'une autre maison.

— Je suis curieux de voir si l'une d'elles ouvre la porte d'entrée de mes voisins.

Je pris mon pardessus à la patère de l'entrée puis priai Michael de m'attendre sur la galerie. De nouveau seul dans la maison, je fermai à clé et cherchai mon téléphone, en vain. J'abandonnai et sortis par le garage.

— Comment ? Pas de Merco vintage ? ironisa Michael en ouvrant la portière côté passager.

La route était déserte et noire, scintillante de verglas, et les phares de la voiture découpaient des troncs d'arbres dénudés qui bordaient les terres agricoles de chaque côté. Je savais donc en roulant que personne n'était témoin de notre passage. Je pouvais toujours, si l'envie m'en prenait, emmener Michael Ramsay vers une destination lointaine et le tuer, même si je ne suis pas et ne pourrais jamais être un assassin. Et pourtant, et ce n'était pas la première fois, la pensée de le supprimer flottait dans mes pensées, dansait tel un bouchon de pêche en plastique rouge et blanc qui pouvait à tout moment plonger sous la surface paisible si l'appât du hameçon subissait une attaque brutale. Mords à l'hameçon, Michael Ramsey, pensais-je, mords à l'hameçon pour voir ce qu'il se passe. Pour voir ce dont je suis capable…

— Qu'attendez-vous exactement de moi ? demandai-je.

Hormis le bruit de l'auto et des roues sur l'asphalte, le crissement des gravillons giclés par les pneus et le craquement des fines plaques de verglas qui se brisaient sous le poids du véhicule, le silence était total. Je posai cette question parce que j'étais convaincu que les apparitions soudaines et répétées de Michael Ramsey au cours de la semaine ne pouvaient pas être un hasard : il était venu pour une raison, et celle-ci devait être liée aux trois cartons de dossiers livrés à mon domicile. Liée à ça ainsi qu'à ma résidence à Oxford. J'étais convaincu que c'était le cas sans posséder la moindre preuve en dehors de mes soupçons.

— Je ne vois pas ce que vous voulez dire, vous m'avez proposé de regarder le tableau électrique. Si vous ne voulez plus, alors vous pouvez me laisser descendre ici et je finirai le reste du chemin à pied. Je n'attends rien de vous, bon Dieu !

Dans l'habitacle obscur, je ne distinguais pas bien son visage, mais sa voix trahissait une panique qu'il n'avait montrée dans aucune de nos autres conversations, cette nuit-là ou le matin de Thanksgiving, ou encore lors de notre première rencontre le samedi après-midi précédent. Je me suis dit qu'une simple série de coïncidences expliquait peut-être nos trois rencontres en une semaine, et que Michael Ramsey n'avait aucun rapport avec tout ce qui pouvait être arrivé d'autre dans ma vie. Autrement dit les boîtes de numéros de téléphone et d'adresses mail pouvaient provenir de quelqu'un de totalement autre, quelqu'un lié à Stephen Jahn. Je me suis ressouvenu que Ramsey s'était lui-même décrit comme un « vendu à l'entreprise ».

— Qu'est-ce que vous faites ? Quel est votre boulot ?

— Hein ? Je ne…

— Ce que vous faites pour gagner votre vie m'intéresse. Vous savez ce que je fais, mais, moi, je ne sais pas pour quoi vous vous levez le matin. Vous êtes toujours élégant, vous naviguez dans des cercles qui englobent ma fille et mon gendre et ce sont là, si vous voulez bien me pardonner, des niveaux plutôt fermés de la pyramide sociale. J'aimerais savoir ce que vous faites.

Il s'écoula un silence, comme s'il cherchait une réponse.

— Je suis, vous savez, une sorte de documentaliste.

— Vous ne ressemblez à aucun des documentalistes de ma connaissance.

— Un documentaliste privé. Je travaille pour une entreprise. Je suis responsable des archives et des dossiers de la société, de sorte qu'on peut dire que je suis un expert en informatique, mais je me vois plutôt comme un documentaliste ou un archiviste.

— J'aurais pensé que tous ces systèmes étaient déjà numérisés.

Au moment où nous arrivions à la maison de mes voisins, je sentis que Michael Ramsey s'agitait sur son siège. Nous sommes restés assis un moment à scruter les fenêtres obscures ; je me suis demandé s'il n'allait pas avoir un autre geste imprévisible, s'il séjournait peut-être vraiment ici et si je n'avais pas atteint la fin de mes jours.

— Ils le sont pour la plus grande part. On a un accès instantané à toutes les archives de la société, et ouvert à tous, savez-vous, à condition que celles-ci ne soient pas réservées aux cadres supérieurs. L'ensemble est crypté derrière un pare-feu. Mais il y a encore des trucs qui disparaissent, et si nous perdons un dossier ou un volume informatique, cela implique bien plus de choses que si votre bibliothèque universitaire égare un exemplaire de *Guerre et Paix*. Une fois les dossiers tous numérisés, ils sont plus traçables. Je peux savoir quel employé a eu accès à quels dossiers à quel moment, quelles pages il a consultées et pendant quel laps de temps. Imaginez que vous puissiez faire ça avec vos étudiants et avoir une trace de qui a fait des lectures, voir combien de temps ils ont passé à lire... je ne sais pas, sur quoi travaillez-vous ?

— Sur l'histoire de l'Allemagne du XXe siècle.

— Alors imaginez que vous ayez prescrit *Stasiland* d'Anna Funder (il cita cet ouvrage avec tant d'aisance que j'ai pensé qu'il avait dû regarder mes programmes) et qu'il soit exigé des étudiants qu'ils le lisent sous forme d'e-book et que vous disposiez de la technologie voulue pour voir non seulement s'ils ont terminé leur lecture mais combien de temps chacun y a consacré, s'ils ont annoté le texte, quel type de notes ils ont prises, si – en admettant une expérience de lecture socialement interactive pour la classe – ils s'étaient donné la peine de regarder les notes et les commentaires de leurs camarades et avaient participé à une conversation ou à un débat sur la lecture devant la classe.

— Vous auriez besoin d'une armée de gens pour tracer tous ces marqueurs numériques. Qui pourrait gérer tant de données ?

— C'est plus simple qu'on ne pense.

— Franchement, ça me donne froid dans le dos. La vie privée est la dernière chose qui nous reste. La vie privée avec un livre, surtout ! Quand je m'installe pour lire, je n'ai pas envie que quelqu'un d'autre sache combien de temps j'ai mis pour lire une page, ce que j'ai écrit à son sujet, si j'ai parcouru un paragraphe trop rapidement pour avoir un souvenir net de son contenu. Vous imaginez un monde où même la pensée relèverait du domaine public ? C'est grotesque !

Les lèvres de Ramsey exhalèrent un souffle d'air, comme sous l'effet de la surprise ou de l'exaspération.

— Comment, repris-je, vous me prenez juste pour un professeur poussiéreux à l'ancienne mode, un bibliophile amateur de vieilles reliures qui croit naïvement que la vie privée existe encore ?

— C'est touchant.

— Je ne veux pour rien au monde connaître toutes ces informations sur mes étudiants. Je préfère leur faire confiance au risque d'être déçu. Je ne pourrais jamais les fliquer ainsi. C'est contraire au milieu universitaire de ficher les autres. Je veux croire dans la vérité, monsieur Ramsey. Autrement dit, je veux croire que mes étudiants seront motivés par leur foi en la valeur de la vérité, qu'ils seront honnêtes, pas seulement avec moi, mais avec eux-mêmes et les uns avec les autres et avec le monde entier. Mais cela doit vous sembler ridiculement romantique !

— La vérité est peut-être belle, mais il lui manque l'art des mensonges.

Il ouvrit la portière. Je le suivis dans l'allée menant à la maison et à la galerie de devant de mes voisins, restant un pas en arrière comme si je m'attendais à ce qu'il se retourne vers moi avec une arme, ou qu'il me frappe à la tête. Je le regardai sortir les clés qu'il m'avait agitées sous le nez chez moi, en choisir une sur l'anneau, tâtonner avec celle-ci, la laisser choir, tendre le bras vers le paillasson pour la ramasser – avait-il procédé à un quelconque échange ? me suis-je demandé –, glisser la clé dans la serrure, la tourner et pousser le battant avant de faire volte-face pour me sourire, comme pour me dire : « Vous voyez, professeur, j'habite vraiment ici, malgré votre paranoïa et vos soupçons je ne vous ai pas raconté de mensonges. » Même si la possession de la bonne clé ne prouvait pas qu'il était l'hôte de mes voisins, puisqu'il existait de multiples manières de se procurer une clé, car il pouvait très bien être un cambrioleur chevronné, capable de reproduire des clés ou d'avoir convaincu un serrurier local de le laisser entrer et de fabriquer un double. C'était le genre de jeune homme capable de persuader un inconnu peu méfiant de son droit d'accès en soutenant qu'il était sûr d'être parti avec les clés. Peut-être prétendait-il même que les voisins étaient son oncle et sa tante ou des cousins, et le serrurier du coin, ne connaissant peut-être pas très bien mes voisins, aurait regardé ce jeune New-Yorkais et l'aurait cru sur parole ou, s'il avait subodoré une supercherie de la part de Ramsey, aurait néanmoins été partant pour fabriquer une nouvelle clé parce qu'il appréhendait d'avoir affaire à un snob de Manhattan tout en noir qui pouvait causer des histoires à n'en plus finir et menacer d'appeler les flics si le serrurier ne se pliait pas à ses exigences. Ramsey pénétra enfin dans la maison, allumant une des lampes électriques faiblardes que je lui avais prêtées. Alors que je lui emboîtais le pas, j'ai essayé le premier interrupteur venu, pensant que tout cela pouvait être un coup monté, y compris l'absence de courant, mais il ne s'est rien passé, les pièces sont demeurées obscures en dehors des faisceaux anémiques que nous tenions à la main. Au bout d'un couloir, Ramsey marqua une halte.

— Où se trouve le disjoncteur, selon vous ?

— Dans la cuisine ou au garage, peut-être au sous-sol. Le sous-sol est plus probable.

— Vérifions d'abord la cuisine et le garage, décida-t-il, presque comme s'il redoutait ce que je pourrais lui faire dans l'obscurité du sous-sol. Vous n'avez pas de lampe torche sur votre téléphone ?

— Je l'ai laissé à la maison. Et vous ?

— Il est déchargé, je vous l'ai dit.

Il me conduisit à la cuisine, dont les placards et les plans de travail luisaient au clair de lune qui, dans mon souvenir, entrait par la fenêtre. Peut-être n'y avait-il pas de lune ce soir-là mais je me rappelle que, entre le faible rayon de ma lampe électrique et la luminosité des fenêtres, j'y voyais assez pour distinguer dans quel genre d'espace je me trouvais. Une modeste cuisine, pas très différente de la mienne, un lieu tout de bois et de pierre.

Je baladais ma lampe autour de la pièce en plissant les yeux, même si je n'ai jamais compris en quoi plisser les yeux pouvait améliorer la vision puisque ce réflexe semble réduire le champ visuel et la quantité de lumière atteignant la rétine. Je commençai à ouvrir les placards, à la recherche d'une trappe encastrée, ayant en tête un des deux types de disjoncteur électrique, gros, gris, en plastique et relativement neuf, installé dans les vingt dernières années, ou un ancien avec un couvercle métallique et les gros interrupteurs noirs de mon enfance, mais au bout de cinq minutes de recherches, nous avons tous deux compris qu'on faisait chou blanc.

— Peut-être le garage.

Ramsey ouvrit une porte de la cuisine qui donnait sur quelques marches. C'était un garage ordinaire comme tant d'autres, avec quelques outils de jardinage, une tondeuse à gazon autoportée et une Volvo poussiéreuse qui, supposai-je, devait appartenir aux voisins. Nous balayâmes les murs de nos faisceaux lumineux, fouillâmes les étagères et les placards groupés autour de la porte de la cuisine. Aucun signe de quoi que ce soit ressemblant à un tableau électrique ou à un disjoncteur. Après ce constat, c'était presque comme si, sans paroles, nous avions admis la nécessité de mettre de côté les tensions qui avaient pu marquer nos échanges jusqu'ici et de descendre au sous-sol, même si mon esprit passait en revue divers scénarios, réfléchissant à la manière dont je pourrais maîtriser Michael Ramsey au cas où il pensait, seul à seul avec moi dans une cave obscure, pouvoir m'assommer ou me ligoter, et si j'emporterais le morceau. J'envisageais toutes sortes de ruses possibles, m'imaginant que c'était là une façon élaborée de me séquestrer ou même de se débarrasser de moi, bien que je n'aperçoive aucune raison logique pour laquelle il en serait nécessairement ainsi, pourquoi Michael Ramsey pourrait m'en vouloir.

— On se connaissait avant ?

— Comment ?... que voulez-vous dire ?

Il se retourna à l'instant précis où il remontait les marches de la cuisine et pointa sa lampe sur mon abdomen. Pleins feux sur le point faible, voir la cible. Je m'écartai du faisceau. Sans voir son visage, je sentis sa surprise.

— On s'était déjà rencontrés avant de se voir samedi au café ?

— Pourquoi me posez-vous cette question maintenant, Jeremy ?

Pour la première fois j'avais conscience qu'il m'appelait par mon prénom, et je perçus dans son ton une familiarité qui me déstabilisa plus que tout ce qui s'était passé d'autre depuis notre rencontre au Caffè Paradiso, le samedi après-midi précédent. Il disait « Jeremy » comme s'il l'avait déjà dit, ou comme s'il connaissait tant de choses sur mon existence, se sentait si familiarisé avec les détails de mon passé, que continuer à me donner du « professeur O'Keefe » aurait été une si grosse imposture que pas même lui, qui se considérait manifestement comme un artiste de l'affabulation et voyait dans le mensonge un art à maîtriser, ne pouvait persister dans cette veine. Ou peut-être éprouvait-il un peu de sympathie pour moi dans ma confusion et mon inquiétude.

— Répondez à la question.

— J'y répondrai en vous en posant une autre. Comment se fait-il que vous ne vous souveniez pas de *moi* ? Êtes-vous malade, souffrez-vous de démence sénile ou d'un Alzheimer précoce ? Ou êtes-vous inconscient ? Êtes-vous juste un enfoiré qui ne faites pas attention aux gens qui traversent votre vie ?

— Je ne vous *connais* pas ! Vous parlez comme si c'était le cas. Nous avons pu nous rencontrer, on croise des tas de gens dans la vie et on peut oublier ces rencontres si elles ne nous marquent pas, mais je ne vous *connais* pas, monsieur Ramsey.

— Jetons un coup d'œil au sous-sol, ma lampe faiblit.

Il regagna la cuisine et, bien que profondément troublé par cet échange, je lui emboîtai le pas, me sentant incapable de mettre un terme à la conversation avant qu'il se soit bien fait comprendre. Sa lampe torche vacillait. Je suivis Michael dans le couloir jusqu'à une porte, le regardai ouvrir celle-ci, puis me glissai derrière lui pour descendre au sous-sol. C'était une de ces caves aménagées avec de la moquette et des lambris de pseudo-bois des années soixante-dix : une buanderie comprenant la chaudière et le chauffe-eau, un autre local équipé d'un lave-linge et d'un sèche-linge, des toilettes, une sorte d'établi, une douche, un canapé informe du milieu du siècle dernier. Nous inspectâmes le secteur autour de la chaudière et du chauffe-eau, puis trouvâmes enfin, tout au fond du sous-sol, un coffret de plastique gris accroché au mur. Après en avoir ouvert la porte, j'ai vu tout de suite que le disjoncteur général avait été coupé. Je l'ai remis en position marche et ai entendu un cliquetis, puis nous avons écouté la chaudière commencer à ronfler. Le chauffe-eau a émis un sifflement, suivi d'un gargouillement. Au rez-de-chaussée, le réfrigérateur de la cuisine est revenu à la vie, mais les pièces étaient encore obscures.

Michael se tourna pour se diriger vers la porte de la buanderie, chercha à tâtons et finit par actionner un interrupteur mural. Une unique ampoule s'alluma. Pour la première fois depuis que nous avions quitté ma maison, au mieux à peine une demi-heure plus tôt, je voyais son visage distinctement, mais son propriétaire semblait s'être transformé en quelqu'un de tout à fait différent de celui qu'il était quand il était venu sonner à ma porte ce soir-là.

Un étudiant, songeai-je, Michael Ramsey était un de mes étudiants de Columbia, exactement comme Fadia était mon étudiante d'Oxford. Est-il si inconcevable que je ne me sois pas souvenu de lui avant cet instant précis, ou que même alors, quand il m'avait dit que j'avais été son professeur, aucun souvenir de ses traits ne me soit revenu en mémoire, que je n'aie eu aucun souvenir de nos précédentes rencontres, que je ne puisse pas me le représenter tel qu'il était à vingt ans, pas plus que je ne puisse citer les noms des trois quarts des étudiants que j'avais formés à Columbia – cela faisait aujourd'hui si longtemps et j'étais moi-même une autre personne avec un cerveau différent, un cerveau déjà bousculé par de trop nombreux abus de sa capacité de mémoire finie ? Michael Ramsey était un inconnu pour moi, qui voulait se faire passer pour un familier, sinon un ami, quelqu'un à qui ma vie était liée, semblait-il, par le hasard de son inscription à des cours que j'avais donnés autrefois, et par le hasard ultérieur qu'il ait appartenu à la même organisation – quelle qu'elle soit – que Peter quand ils étaient tous deux étudiants de troisième cycle à Harvard et que ma fille était encore en premier cycle.

J'ai pensé alors qu'il était peut-être une sorte de harceleur en colère, un pirate informatique qui m'avait mis sous surveillance après que je lui ai eu parlé trop durement en cours, un de ces jours du début du millénaire.

Je contemple la ville en griffonnant ces pages, un nouveau jour s'achève, des lumières s'allument aux immeubles adjacents, et dans Houston Street bouchée par la circulation, les trottoirs sont plus bondés qu'à d'autres heures de la journée tandis que les étudiants libérés des cours se précipitent à leurs rendez-vous ou vers les trivialités de leur emploi à temps partiel. Je me rends compte que je me suis lourdement trompé sur Michael Ramsey. Lors de ce week-end à Rhinebeck, je pensais en mode mélodrame de campus, un professeur d'âge mûr ciblé par vengeance par un étudiant méprisé. Ça faisait mauvais genre, je le vois aujourd'hui.

Qu'est-ce qui fait « bon genre », alors ? Encore aujourd'hui je ne sais pas vraiment. Les événements qui ont refaçonné ma vie et me donnent de plus en plus l'impression d'avoir abattu la frontière qui m'empêchait jadis de m'aventurer hors du territoire de la santé mentale ? Sont-ils moins réalistes à leur manière que les caprices du mélodrame ? La paranoïa (particulièrement, peut-être, une paranoïa confirmée par des événements ou des preuves comme étant rien de plus bizarre qu'une prudence raisonnable dûment justifiée ?), est-elle moins une forme de réalisme socialiste qu'un testament lyrique d'amour, d'amitié ou de deuil ? Mon histoire, je le sais, ne parle pas seulement d'un état de paranoïa qui aurait enfin prouvé sa légitimité. Dans le souvenir en accordéon de mon passé, ces lointains événements qui se rapprochent durant les moments où je les pèse avant de s'estomper de nouveau à mesure que le bouillonnement de l'inattention les repousse en arrière, j'ai le sentiment que, en définitive, les expériences les plus universelles de l'amour et de la séparation peuvent encore prouver mon innocence.

La clé, bien sûr, c'est Fadia.

Lorsqu'elle s'était présentée à son entretien à Oxford, Fadia était dans sa dernière année de lycée ou d'enseignement secondaire, en réalité je ne devrais pas avoir de mal à me souvenir, c'était un *lycée**, puisqu'elle était scolarisée à Paris et que, pour une raison inconnue, il avait été décidé que Oxford lui conviendrait mieux qu'une université française. Bien qu'elle parlât avec un accent typiquement français, son anglais était irréprochable, et elle était, au premier regard, une des jeunes femmes les plus sublimes que j'aie jamais rencontrées. Elle avait d'épais et longs cheveux sombres, tantôt relevés en chignon, tantôt qui lui tombaient à la taille, rejetés en arrière grâce à un accessoire qu'on appelle en Angleterre un « serre-tête d'Alice » d'après l'illustration de l'héroïne de Lewis Carroll par John Tenniel, comme si toutes les jeunes filles portant ce serre-tête étaient des « participantes » du vaste dispositif d'Alice. Comme si même les hommes qui osaient porter des serre-tête – et ils n'étaient pas rares pendant mes débuts en Angleterre, un footballeur français ayant rendu possible cette transgression de genre – participaient eux-mêmes de l'imitation de cette précoce enfant blonde.

Grande et mince, Fadia donnait l'impression d'être formée de pure assurance, son aplomb était tel qu'il l'aveuglait sur ses échecs personnels et la rendait impatiente avec d'autres dont elle considérait les qualités comme des défauts, même quand elle trouvait celles-ci chez des figures de l'autorité comme des enseignants ou, en effet, des professeurs d'université qui lui faisaient passer un entretien pour une inscription dans leur établissement.

Si elle croyait avoir raison, je l'ai vu lors de cette première rencontre, lui remontrer qu'elle pouvait se tromper demandait une persuasion très inventive, et cette ténacité était, sans que je m'en rendisse trop compte à l'époque, un des traits les plus séduisants de sa personnalité. Sans être belle au sens conventionnel du terme, car elle avait un nez proéminent légèrement busqué, des yeux sombres un peu trop rapprochés, et, même si sa taille et sa minceur suggéraient une acrobate plus qu'une grande beauté, elle se tenait comme si elle était la noblesse en tailleur pantalon, lequel, sur une fille moins sûre d'elle, aurait eu l'air d'un emprunt à la garde-robe d'une mère cadre supérieur. Sur Fadia, cette tenue semblait aussi naturelle que sa peau, douce et lisse à l'éclat or rouge de l'ambre.

Lors de notre première rencontre pour cet entretien d'admission, son niveau était satisfaisant, mais elle était plus agressive que réceptive. Elle me paraissait trop confiante, presque arrogante, pour être le choix naturel d'une université comme la nôtre – je l'aurais orientée plutôt vers St-Hilda's College ou même Christ Church – et pourtant je n'avais pas oublié la requête de Stephen Jahn et posai donc à Fadia des questions encourageantes qui, je l'espérais, la mèneraient à des réponses qui me permettraient de convaincre Bethan de lui donner le type d'évaluation – on évaluait tous les candidats puis, au bout de deux jours, on comparait leurs notes avec l'autre binôme d'entretiens – qui ferait d'elle, sinon une des meilleures candidates, un élément solidement bien placé en milieu de peloton, sur qui il n'y aurait pas à hésiter. Peut-être était-ce la nature du pool de candidats de cette année-là, coup de chance ou pure coïncidence, mais sans que j'aie à dire quoi que ce soit à quiconque, Fadia fut acceptée, même si Bethan jugeait que c'était une jeune femme potentiellement « difficile », tandis que Stephen avait tenu à mentionner la fortune familiale et la perspective d'un don substantiel au Collège à une date ultérieure, le type de don qui pouvait, de fait, permettre la création d'une autre chaire d'histoire ou l'attribution de bourses à des jeunes étudiantes issues de milieux défavorisés. Encore moins flatteur, il y avait une entente tacite selon laquelle, du point de vue des relations publiques, ce ne serait pas une mauvaise chose, dans le sillage des attentats terroristes de Londres au cours de cet été-là, que le Collège montrât son engagement dans l'éducation des étudiants musulmans, indiquant son investissement de longue date dans une tradition humaniste libérale. À l'époque, je n'y pensais pas. Fadia faisait partie d'un groupe de jeunes gens, cela n'allait pas plus loin, bien que j'attendisse à distance avec impatience de voir comment elle allait évoluer dans les années à venir, par quoi je veux dire que mon intérêt était pédagogique et lié à l'observation et non affectivement altéré.

Fadia était arrivée avec les première année en octobre de l'année suivante, mais en raison de la conception de la licence d'histoire à Oxford et de l'organisation de l'enseignement du Collège, j'ai eu peu de rapports avec elle jusqu'à l'année d'après, date à laquelle j'avais été titularisé à mon poste (bien que je n'aie pas particulièrement tablé sur ma candidature) et avais donc repris l'enseignement avec une motivation renouvelée.

Quand j'ai commencé à la voir aux séances de travaux dirigés hebdomadaires, elle m'a rappelé, pour la première fois dans ce qui n'était alors guère plus qu'une relation superficielle, un jeune Égyptien que j'avais connu lors de ma première année à Georgetown. Sans être amis, nous partagions le même dortoir et je l'apercevais souvent à des événements, étant donné que nous étions tous les deux élèves de l'École de diplomatie de Georgetown, à laquelle je m'étais stupidement inscrit, envisageant de faire carrière dans la diplomatie ou les affaires publiques. Si j'ai oublié son prénom, peut-être était-ce Amir, je me souviens de mon étonnement qu'un Égyptien puisse avoir sa blondeur, et intérieurement déstabilisé par la curiosité qu'il m'inspirait. Je crois que nous ne nous sommes jamais parlé, mais à plusieurs occasions j'avais trouvé une excuse pour me mettre à côté de lui en cours et aux conférences, ou derrière lui dans l'autobus qui allait de Georgetown à Dupont Circle. Une fois, au milieu d'un chaud après-midi printanier, je me revois assis près de lui lors d'une conférence, conscient de son odeur, qui n'était pas désagréable, plutôt un mélange d'eau de Cologne et de son odeur corporelle, un parfum différent de tout ce que j'avais senti par le passé, et pourtant celui-ci avait pour moi quelque chose de curieusement familier, quasi familial. Quand Fadia a commencé à faire des apparitions à mes travaux pratiques, je captais la même odeur, une note reconnaissable, sans être capable de mettre le doigt dessus.

Au début, Fadia était une étudiante sérieuse bien que moyenne. Son travail était soigné et ses arguments solides plutôt que le fruit du génie, dans une population estudiantine qui produisait souvent des éléments de premier cycle universitaire dotés d'une authentique flamme intellectuelle. Au cours de l'été précédant son année de licence, il s'est passé quelque chose, comme il arrive souvent à des jeunes gens sur le point d'entrer dans l'âge adulte. À la rentrée universitaire suivante, elle était devenue une autre, comme si son corps avait enfin trouvé sa plénitude. Son arrogance occasionnelle avait disparu pour laisser place à une assurance plus séduisante, comme si en l'espace de quelques mois elle était devenue l'aristocrate qu'elle semblait toujours avoir su être. Avec cette métamorphose, je notai également l'émergence d'une furtivité ou d'une nervosité que je n'avais pas observée par le passé. Aux séances de travaux dirigés, elle s'asseyait toujours à la même place et regardait par la fenêtre au moindre mouvement, même si ce n'était qu'un pigeon. Quand je la voyais autour du Collège ou dans les bibliothèques, ou simplement dans les rues d'Oxford, entrer dans les boutiques de fringues de Cornmarket et en ressortir, ou faire la queue pour acheter un sandwich au marché couvert, elle jetait souvent des regards derrière elle, comme si elle craignait d'être suivie. Je me mis à soupçonner qu'elle avait subi un traumatisme pendant ses vacances tout en sachant que nous n'étions pas assez proches pour que je l'interroge sur ce qui avait pu se passer. De temps en temps, elle venait en cours mal préparée et s'était déjà fait porter pâle plus d'une fois, même si, lors de ces absences pour maladie, je l'apercevais souvent en ville, l'air en pleine forme. Aussi, alors qu'elle devenait physiquement plus impressionnante, ses résultats universitaires se dégradaient. Pourtant, à cause de mon histoire avec Jayanti, ou peut-être à cause d'une certaine finesse que je sentais en Fadia, je ne l'ai pas secouée pour la faire travailler plus dur.

Puis, par un sombre après-midi de novembre, elle s'attarda après un cours en demi-groupe pour me demander si je pouvais soutenir sa candidature à un doctorat de philosophie sur deux ans.

— Je ne suis pas certain que les études de troisième cycle soient un bon choix pour vous, Fadia. Je ne veux pas être paternaliste, mais vous ne me semblez pas correspondre à un profil de doctorante, cela demande une autonomie énorme.

— Vous ne comprenez pas, professeur, il *faut* que je fasse ça !

À son ton et à l'expression de panique qui se lisait sur son visage, je compris qu'il y avait un autre enjeu que les études.

— Est-ce un moyen pour rester ?

— Je ne comprends pas ce que vous voulez dire.

— J'imaginais que vous entreriez peut-être dans la vie active immédiatement après avoir fini vos études.

Elle eut l'air choqué, comme si la « vie active » était une option si convenue qu'elle en était impensable.

— Est-il si surprenant que je puisse m'intéresser à ma discipline ?

— Vous n'avez pas montré grand-chose en manière d'enthousiasme. Votre travail est sérieux, mais j'avoue n'avoir jamais été épaté !

— Vous êtes en train de me dire que je suis une mauvaise étudiante ?

— Pas du tout. Vous avez été une très bonne étudiante jusqu'à ces dernières semaines, sans vous distinguer particulièrement.

— Je vais peut-être me distinguer dorénavant. Voulez-vous bien m'écrire une lettre de recommandation ?

Elle me rappela quels cours elle avait suivis et m'expliqua que, en réalité, les objets de son intérêt se trouvaient dans le champ de mes propres recherches, l'Allemagne après la Seconde Guerre mondiale.

— Votre travail sur la Stasi a été très éclairant pour moi, déclara-t-elle avec une gravité qui empêchait ses paroles de sonner à mes oreilles comme une vaine flatterie. Cela me donne un nouveau regard sur l'Égypte.

— C'est gentil de me dire ça.

— Mais votre livre sur le cinéma de l'Allemagne de l'Est, voilà ce qui a inspiré mes propres réflexions ! Je suis fascinée par les mouvements terroristes du gauchisme européen. Vous savez, les Forças Populares 25 de Abril, les Brigades rouges, mais surtout le groupe Baader-Meinhof. (Bien qu'elle gardât un ton sérieux, presque monotone, je préférais voir dans ses propos une étincelle de passion – peut-être rien de plus qu'une source d'inspiration intellectuelle.) Je veux réfléchir à la terreur et aux médias, ou au rapport entre les médias et le terrorisme d'extrême gauche.

— Beaucoup de travaux ont déjà été menés dans ce domaine.

— Mais que pensez-vous des films de Fassbinder ? Avez-vous vu *La Troisième Génération* ? C'est si absurde, et pourtant il y a quelque chose sur la nature aliénante de sa forme qui parle directement aux préoccupations de la Fraction Armée rouge. Qu'est-ce que ses militants tentaient de faire en 1979 sinon forcer la société de consommation ouest-allemande à voir l'artifice de sa propre construction, tout comme Fassbinder tente de forcer ses spectateurs à appréhender l'artifice du film réaliste qu'ils sont en train de regarder en terrorisant leurs oreilles grâce à son usage de cette horrible bande-son non-diégétique ?

— Je ne l'ai pas revu depuis longtemps, mais oui, ce que vous dites paraît sensé. Vous n'avez pas à choisir votre sujet tout de suite, bien sûr, vous aurez le temps, à supposer que vous soyez acceptée en mastère de philosophie. Pensez-vous à un doctorat ?

— Si la faculté m'y autorise.

— Et c'est vraiment ce que vous voulez ?

— Vous pensez que parce que je suis une fille…

— Je ne pense rien de tel. Mais je n'avais pas compris que vous étiez si motivée.

— Cela vous surprend-il beaucoup ? Me preniez-vous pour une jeune musulmane indolente qui allait se contenter d'épouser un cheikh pour vivre dans une suite avec terrasse de Dubaï ?

— Je n'ai jamais pensé cela. Mais je ne voulais pas non plus prétendre savoir…

— Je suis athée, monsieur. Culturellement mixte. Moitié musulmane, moitié catholique.

— Je n'imaginais pas…, balbutiai-je, avant de laisser ma phrase en suspens, conscient du caractère abrupt de la conversation que nous avions, pris de vertige à l'idée que nous avions cessé de parler de ses études ou d'histoire pour aborder sa vie.

En règle générale, je n'aimais pas parler avec les étudiants de leur vie, pas après l'expérience de Jayanti. Cela semblait trop risqué de savoir ce qu'ils aimaient ou en quoi ils croyaient, et peut-être était-ce un effet de cette prudence si je faillais à ma mission tutorielle, qui, à Oxford, était prise autant au sérieux que le travail intellectuel.

Pour faire sortir Fadia de ma salle de cours ce jour-là, j'ai accepté d'écrire sa lettre de recommandation, sachant qu'elle serait presque certainement admise au programme de mastère de philosophie si elle avait mon soutien. Malgré un récent fléchissement au cours de ce trimestre, ses résultats avaient été bons et elle avait des chances pour réussir ses derniers examens, ce qui se révéla être effectivement le cas.

Après avoir obtenu son diplôme de licence, elle vint me remercier pour mon soutien. C'était un de ces longs et incomparables après-midi qu'Oxford offre l'été et qui traîne avec une langueur aussi grisante que le parfum des fleurs de tilleul.

— J'attends l'automne avec impatience, lança Fadia, me tendant un lourd colis enveloppé d'un épais papier argent et noué d'un ruban bleu.

— Qu'est-ce que c'est ? Qu'ai-je gagné ?

— C'est juste un petit témoignage de ma gratitude pour votre recommandation, et pour votre enseignement.

Les cadeaux de mes étudiants étaient suffisamment rares pour que je sois touché par son geste et submergé par une joie presque puérile. Une fois le papier retiré, il resta une boîte, et puis encore une boîte à l'intérieur, et c'est seulement en dégageant la seconde boîte de la première que j'ai découvert que c'était une bouteille de ce whisky de trente ans d'âge que Steven Jahn m'avait servi quelques années plus tôt. Un whisky dont la splendeur m'avait fait me pâmer au point que j'avais accepté de faire ce qu'il m'avait demandé – en l'occurrence, tout mon possible pour m'assurer que Fadia soit admise dans notre Collège. Alors que je sortais la bouteille de son écrin intérieur et levai la liqueur pour laisser la lumière d'été la traverser et embraser son coloris, je compris que ce ne pouvait pas être une coïncidence. Stephen en personne avait dû la payer, ou peut-être était-il simplement à l'origine du conseil, que Fadia n'avait plus eu qu'à suivre.

Je me suis interrogé sur la transgression que représentait, pour une jeune femme musulmane de bonne famille, le geste d'offrir en cadeau à un chrétien d'âge mûr bien que non pratiquant – un Américain, pas moins – une bouteille d'alcool d'un prix prohibitif. Cela semblait doublement déplacé, mais la transgression rendait le cadeau d'autant plus précieux, un peu comme si Fadia m'avait dit : « Regardez ce que je suis prête à faire pour vous montrer l'étendue de ma reconnaissance. Imaginez ce que diraient mes parents s'ils m'avaient vue acheter la bouteille, ou s'ils savaient que, encore pire que la boire moi-même, j'allais vous l'offrir, l'offrir à mon professeur ? » Même si son geste aurait été peut-être encore plus mal jugé si elle se l'était destinée. Je connaissais si peu de chose à l'islam que je ne pouvais que commencer à conjecturer le poids et la portée d'un tabou particulier. Mis à part les occasionnelles bribes d'informations que Stephen avait laissé filtrer au fil des ans sur le frère de Fadia, j'ignorais aussi tout de sa famille, s'ils étaient laïcs ou bigots, dotés d'une fortune normale ou hors normes, s'ils avaient gagné leur argent ou s'ils en avaient hérité, et même ce que les parents faisaient dans la vie. Je savais à ce moment-là que Saif avait d'une manière ou d'une autre servi le gouvernement de Moubarak (bien que, à l'époque, je n'aie pas su exactement à quel titre), mais, au plan politique, Fadia était démocrate, progressiste – et même gauchiste, pourrait-on dire. Je savais aussi qu'elle était athée, selon ses propres dires. C'était peut-être la raison pour laquelle elle avait été envoyée à l'étranger en premier lieu, pour être à l'abri des autorités avec lesquelles sa famille était compromise, ou peut-être pour les protéger *eux* de l'embarras et des risques de son militantisme politique.

Un soir de ce même été, juste à la fin du Trinity Term ou troisième trimestre, où Stephen Jahn et moi nous étions retrouvés seuls après dîner dans la salle des professeurs, il m'avait proposé de le raccompagner à son appartement. J'ai décliné l'invention parce que j'avais un rendez-vous tôt le lendemain matin et pas très envie de passer la soirée en tête à tête avec lui.

— Monsieur O'Keefe, marmonna-t-il, toujours si occupé maintenant que vous avez votre chaire d'histoire. Vous voyez que vous avez été dûment récompensé…

— Dûment récompensé ? Dans quel sens ?

— Récompensé pour avoir fait votre devoir. Récompensé pour avoir fait ce qu'on vous demandait...

— Je ne suis pas sûr de vous suivre, Stephen.

— Vous avez répondu à ce qu'on attendait de vous, très bien répondu. On est récompensé quand on fait ce qu'on vous demande.

— Vous parlez de Fadia ?

Stephen, à sa manière inimitable, bafouilla les yeux exorbités, toute sa personne sèche et glabre frappée d'apoplexie, comme si son être de chair et d'os pouvait se transformer, sous la simple force de l'outrage, en une colonne de feu.

— Je parle de faire son devoir, Jeremy, de rien d'autre. *De rien d'autre.*

Il battit plusieurs fois des paupières puis, se levant tant bien que mal, comme s'il pouvait perdre à tout instant l'équilibre, me souhaita bonne nuit. Était-il possible, m'interrogeais-je, que parce que, à ma manière on ne peut plus passive, j'avais aidé Fadia à entrer au Collège, Stephen eût orchestré ou soigné ma titularisation ? Quelle autre récompense pouvait m'être accordée si je continuais à veiller sur cette jeune femme ? Et pourquoi, si cela se révélait être le cas, cette dernière était-elle si importante ? Cela tenait-il au fait qu'elle était la sœur de Saif, l'homme dont je croyais Stephen amoureux à sa manière, que cet amour soit ou non réciproque ? Je n'avais pas de réponses et, alors que j'y repense maintenant, je ne vois toujours pas complètement clair dans ces possibilités.

En ce glacial vendredi soir du dernier week-end de novembre, Michael Ramsey me regardait fixement dans le sous-sol de la villa de mes voisins, au nord de Rhinebeck. Et dans son air meurtri et incrédule, je vis un écho des expressions qui avaient explosé autrefois sur le visage de Stephen, ses yeux qui s'agrandissaient et s'assombrissaient tour à tour, les muscles entre ses sourcils se nouant pour dessiner un V, sa bouche tuméfiée comme une blessure.

— Vous avez été mon étudiant dans le temps.

— Ouais, vous ne vous en souvenez pas ?

— Non, seulement… oui. Je vois votre visage maintenant, je veux dire, je vous revois jeune homme.

C'était un mensonge, je ne pouvais pas, je n'avais aucun moyen de m'imaginer à quoi il pouvait ressembler dix ans plus tôt.

— Mais à part ça ?

— Non, j'ai bien peur que non, je suis désolé.

Je le regardai se retourner et disparaître en haut des marches. Impossible que ce soit le même cas que Fadia. Les hommes ne m'intéressent pas, mis à part ma fascination pour Amir – était-ce son nom ? –, et dans cette affaire il s'agissait d'un intérêt pour une altérité qui me paraissait inexplicablement familière. Mais alors que j'étais planté là, il me vint soudain à l'esprit que Michael Ramsey, comme Stephen Jahn, était peut-être intéressé, *lui*. Et peut-être, je dis bien peut-être, était-ce moi l'objet de son obsession, une figure paternelle, un papa pour un garçon orphelin. Encore un mélo, une idylle de campus, une histoire d'amour gay. Je me trompais de genre.

Nous gardâmes un mètre de distance dans la cuisine, sans oser nous regarder en face.

— Merci pour votre aide, Jeremy.

— Je suis content qu'on ait trouvé le disjoncteur. La maison ne devrait pas tarder à se réchauffer.

Des excuses semblaient déplacées, voire excessives. Pourquoi donc aurais-je à m'excuser ? Pourquoi s'excuser d'une défaillance de mémoire ?

— Il faut que j'y aille, Michael. Passez une bonne nuit. Je vous reverrai peut-être à une autre fête de Peter et Meredith (je me tus pour le laisser parler, mais il ne dit rien). Excusez-moi de ne pas vous avoir reconnu tout de suite.

Peu désireux d'attendre sa réponse, je trouvai le chemin de la sortie. Mon auto était déjà glacée bien que le moteur n'eût pas été très longtemps à l'arrêt, aussi m'attardai-je dans l'allée le temps que mon volant tiédisse. Ramsey circulait à l'intérieur de la maison, son ombre traversait les fenêtres pendant qu'il tirait les rideaux d'une pièce après l'autre. Je l'observais, comme si dans l'observation de ses mouvements un geste ou un tic pouvait me rappeler des souvenirs, mais rien ne me revint. Il ressemblait à n'importe quel jeune homme efflanqué. J'étais incapable de deviner son orientation sexuelle ou ses opinions politiques. Quant à son âge, il devait avoir au moins une petite trentaine, s'il n'était pas plus vieux, à moins qu'il n'eût été un petit génie, ce qui n'était pas impossible à Columbia mais néanmoins improbable. Son visage, qui possédait encore la jeunesse d'un homme de vingt ans, paraissait plus frais que celui de Stephen, qui devait être son proche contemporain.

Une fois revenu chez moi, je rentrai au garage et attendis dans la voiture verrouillée que l'abattant fût redescendu, puis mis pied à terre après un instant d'hésitation et fermai à clé la porte du garage avant de pénétrer dans la maison, vérifiant toutes les portes et même certains verrous de fenêtres, comme si quelqu'un s'apprêtait peut-être à en ouvrir une pour se glisser à l'intérieur, semant des empreintes humides sur mes sols et moquettes avant de se tapir près de mon lit. Ce sont des choses que je m'imagine sans trop d'efforts, alors que je n'ai jamais été victime de cambriolage, ni ma mère ni personne de ma famille élargie. Nous avons été singulièrement épargnés par la criminalité, si bien qu'on pourrait penser que nous aurions déjà dû y passer.

Avant de monter à l'étage, j'ai vérifié encore une fois les portes de devant et de derrière. Je songe aujourd'hui que je n'avais pas tiré les rideaux du premier étage, avant l'extinction des feux j'ai donc dû passer de pièce en pièce pour les fermer et jeter un dernier regard à la campagne scintillante sous le clair de lune bleuté. Au sud, je voyais de la lumière dans la maison de mes voisins, où Michael Ramsey regardait sans doute la télévision en buvant une bière ou se livrait peut-être à une activité beaucoup moins innocente. Il était tôt, pas même dix heures. Je sentis un poids énorme descendre sur mes épaules tandis que je me tenais immobile dans la chambre obscure, pieds nus sur le plancher, dont le bois lisse et bien ciré était altéré par un semis de poussière qui créait l'impression de la vie, d'un monde qui échappait aux contorsions humaines et luttait pour nous submerger. Entre les arbres, je distinguais la marche en avant de la mémoire, une armée usée par la durée de la bataille et oubliée de ses généraux, qui progressait peu à peu pour présenter son rapport.

Dans *L'Esprit de l'utopie*, écrit pendant la Première Guerre mondiale, Ernst Bloch indique dans une partie intitulée «Le rêve de pétrification de l'Égypte» que dans l'«esprit de la pierre» de l'Ancienne Égypte – cette «domination totale de la nature inorganique sur la vie» – «l'homme se regarde dans l'avenir, mais il se voit mourir», et par conséquent qu'«une angoisse sans nom devant la mort règne toujours... dans toutes les figures de l'Égypte». Bien qu'indubitablement exotique, et contaminé par les hypothèses culturelles de son temps, comme tout historien doit l'être dans une certaine mesure, le texte de Bloch résonnait dans mes pensées, se réarrangeant en de nouvelles formulations pendant que j'apprenais à connaître Fadia, jusqu'à ce que je ne puisse plus la voir sans entendre ses mots à lui. Une prémonition d'une mort prochaine s'était gravée sur son visage, du moins me l'imaginais-je, jusqu'à ce que la fermeté et la précision de ses traits aient pris l'aspect de la pierre.

Il ne s'est rien passé entre nous tant que Fadia était étudiante de licence. Il ne s'est rien passé non plus pendant son DEA, et bien que j'eusse conscience de sa beauté – c'était quelque chose qu'on ne pouvait pas ne pas remarquer et, à l'occasion, j'étais distrait malgré moi par sa grâce, par l'arc finement ciselé de son nez et les cheveux sombres qu'elle gardait longs, parfois tressés, souvent lâchés sur ses épaules, des cheveux raides qui semblaient rétifs à toute boucle sauf autour du visage, où de fines mèches s'enroulaient en spirales pour encadrer ses traits et parfois s'égarer dans le tendre modelé de sa bouche entrouverte –, je puis affirmer devant moi-même, et devant quiconque pourrait s'interroger, que je n'avais aucunement l'intention de la poursuivre de mes assiduités. Cela n'a jamais été mon style, à la différence d'un grand nombre d'universitaires masculins qui se retrouvent célibataires ou simplement loin de leurs épouses – ou même de leurs maris aujourd'hui – je n'ai jamais été enclin à rechercher l'affection de mes étudiantes. Peut-être cela vient-il d'un vieux réflexe puritain ou d'une simple aversion pour le désordre et les complications, mais quel que soit le nombre de femmes que j'aie pu remarquer à mes cours au fil des ans, et je n'ai pas oublié certaines bombes, je n'ai jamais imaginé tenter d'en séduire une, sauf, peut-être, pendant mes rêveries, exploration des possibles érotiques qui n'était entachée par rien qui soit proche d'une intention concrète.

Puis, un mois de janvier, pendant la première année de son doctorat, le monde de Fadia s'est délité, par quoi j'entends que le monde de ses parents et de son frère, qui étaient restés en Égypte, a commencé à craquer et à se fissurer. Lors de ce qui était célébré en Égypte comme le « jour de la Police », une fête qui commémorait le sacrifice des fonctionnaires de police qui avaient résisté à l'occupation britannique en 1952, la population s'est soulevée contre le gouvernement, y compris contre la police et tout l'appareil répressif du ministère de l'Intérieur, qui avait placé des militants politiques sous surveillance, parmi d'autres atteintes aux libertés civiques. Tout à fait par hasard, je passais devant le foyer pour étudiants du Collège, un soir après un dîner à la table d'honneur, et remarquai que Fadia et un groupe de troisième cycle s'étaient réunis pour suivre la couverture en continu des événements, de la crise ou de la révolution en cours. Une révolution qui semble au final avoir été désamorcée par un coup d'État.

Mais ce soir-là de janvier, comme je m'étais arrêté devant le foyer, je me rappelle que Fadia, le visage illuminé par une étrange lueur d'espoir mêlée de peur, a levé les yeux vers moi, qui hésitais dans l'entrée. Elle paraissait tiraillée à chaque instant entre des pôles de joie et d'inquiétude, de triomphe et de défaite, et, du peu que je savais alors sur elle et sa famille, sur l'antagonisme dont je supposais déjà l'existence bien que j'en viendrais plus tard à voir que la fracture était bien plus complexe que si elle était liée simplement aux lignes de faille de l'âge, je sentis qu'elle était heureuse du renversement d'un régime qu'elle méprisait, mais aussi terrifiée par ce que ce changement dans l'histoire nationale allait signifier pour ses parents, son frère et sa famille au sens large. Elle ne savait peut-être même pas où se trouvait vraiment Saif. Peut-être Stephen Jahn ne le savait-il pas non plus. Peut-être Saif lui-même ne le savait-il pas, bien que je doive affirmer, je veux le noter clairement ici et maintenant, sur cette page, dans ce document, que je n'ai jamais rencontré ni communiqué avec cet homme, ni avec aucun autre membre de la famille de Fadia. De cette charge-là, je demeure innocent.

Stephen fut absent du Collège pendant ces mois-là, comme il l'avait souvent été pendant les précédentes crises du Moyen-Orient, et j'ai commencé à me dire que son statut n'était estudiantin ou universitaire qu'à la marge. Je soupçonnais qu'il était impliqué dans un réseau de gouvernement et de renseignement international, qu'il travaillât pour la CIA ou le MI6, bien que je n'en sache rien à l'époque et n'aie toujours pas la réponse. Il se comportait suivant l'idée que je me faisais d'un espion, j'ai donc pensé qu'il en était un. Descendant clopin-clopant Turl Street avec son complet gris trois-pièces et son feutre assorti, ses petites lunettes rondes perchées sur son nez et ses richelieus Duckers faits main, il donnait l'impression qu'il aurait été plus à son aise au début du XXe siècle que dans la deuxième décennie du XXIe, un espion à Vienne ou à Berlin dans les années vingt ou trente plutôt qu'un espion du présent, mais c'était peut-être le meilleur travestissement de tous, se déguiser en antiquité ambulante sans en être une. À ce moment-là, j'étais à Oxford depuis près de dix ans et avais appris au fil du temps que si j'avais des problèmes d'ordinateur, à la maison ou au Collège, je pouvais compter sur Stephen pour les régler plus vite que n'importe qui d'autre et sans attendre que je fasse quoi que ce soit en échange, sauf peut-être lui offrir un verre en salle des professeurs. Comment ai-je cherché son assistance la première fois ? Si seulement je pouvais mettre le doigt sur cette date et la croiser avec la date du départ des livraisons de cartons ici chez moi, à New York, je trouverais peut-être un début de réponse aux questions que je me pose.

Par chance, je revis Fadia le lendemain dans Brasenose Lane, alors que je me rendais au Collège à vélo. Il faisait encore assez sombre dans la morosité d'une mi-matinée de janvier pour que j'aie allumé le phare de ma bicyclette, si bien que le faisceau jaune perça le brouillard et éclaira le contour de son corps. Elle portait un long manteau noir avec un châle blanc artistiquement entortillé autour des épaules qui lui descendait dans le dos. Malgré le froid et un ciel qui menaçait de crever, nous nous sommes arrêtés tous les deux, cherchant notre équilibre sur les pavés glissants.

— Votre famille va bien ? Je voulais vous le demander hier soir.

Elle prit son inspiration, puis souffla des nuages de buée.

— J'aimerais pouvoir être là-bas. Je pense que je devrais prendre un avion, mais je ne peux pas. Je veux dire, je pourrais le faire, mais ma mère me l'a interdit. La situation est trop incertaine pour eux. C'est un peu compliqué, Jeremy, comme je suis sûre que vous pouvez vous l'imaginer.

Curieusement, au cours de son doctorat, on était passés du stade où elle me donnait du « monsieur le professeur » à celui où elle utilisait mon prénom. Ce n'était pas si rare, certains confrères sont contents que leurs étudiants de premier cycle les appellent par leur petit nom dès le début. Je n'avais pas de politique précise sur le sujet, permettant simplement à mes élèves de s'adresser à moi de la manière qui leur convenait, pourvu qu'ils se montrent respectueux, bien que l'absence de respect soit encore un fait relativement rare dans un Collège d'Oxford. Elle a prononcé mon nom avec cette inflexion française si particulière qui était la sienne, le faisant sonner plus comme *Jérémie* que comme Jeremy, me permettant de voir en moi un homme louche mais *soigné**. Discrètement, Fadia transformait déjà la conscience que j'avais de moi. J'y vois aujourd'hui un de mes premiers pas sur la voie que j'ai suivie vers une attirance plus consciente.

— Mais sont-ils en sécurité ? Vos parents, je veux dire, et vous avez un frère, non ?

Je savais qu'elle avait un frère. Nous feignons l'ignorance pour paraître plus discrets, faire comme si nous n'avions pas déjà passé des heures à regarder *son* profil sur les diverses plates-formes des réseaux sociaux, toutes publiques, ouvertes à tous. Je savais quelle musique *elle* aimait, quels films et quels livres (les œuvres d'Edouard al-Kharrat, Ahdaf Soueif, Amina Zaydan, Hélène Cixous, Frantz Fanon et Jacques Derrida, mais aussi Wolfgang Hilbig et Italo Calvino, Elena Poniatowska et Clarice Lispector), *ses* coups de cœur (droits des animaux, démocratie, liberté d'expression, suppression de la censure, environnement, droits des femmes et des enfants, combat contre l'excision, sans parler des Monty Python, d'Astérix et de Tintin). Je connaissais toutes ces choses et les voyais défiler dans ma tête en feignant de ne pas être certain qu'elle eût un frère ou non.

Tout d'un coup, dans cette allée entre Lincoln et Exeter, Fadia luttait contre les larmes. Ses yeux devinrent rouges, mais elle garda son sang-froid. J'aurais pu lui toucher le haut du bras ou l'épaule pour tenter de la rassurer, et je me souviens lui avoir proposé de passer à mon appartement pour prendre un thé au lieu de continuer vers la bibliothèque Bodléienne, comme c'était son intention, car elle ne semblait pas en état de rester assise sur les chaises basses en bois de l'Upper Reading Room (salle de lecture du 2e étage). Je m'étais suffisamment acclimaté pour être alors raisonnablement convaincu qu'une tasse de thé et un biscuit versaient un baume sur la plupart des maux. Rebroussant chemin, elle me suivit au Collège, traversa avec moi la loge du concierge et la cour d'honneur, puis monta l'escalier menant à la salle des professeurs où je nous préparai un thé et glanai quelques biscuits avant que nous redescendions l'escalier pour gagner la cour de la Chapelle, puis que nous grimpions un autre escalier montant au logement que j'occupais alors et qui donnait sur un carré de pelouse si bien tondu et si vert, même en hiver, qu'on aurait dit un leurre ou une opération d'alchimie des jardins, une performance de la vie plus que la vie elle-même.

Je me souviens que les lattes grises grinçaient sous notre poids, alors que nous étions assis l'un en face de l'autre devant la cheminée, qui n'avait jamais été allumée de mon temps. Elle posa la tasse et la soucoupe sur la table basse et se défit, laissant choir son manteau noir et son châle blanc sur un fauteuil vide, ramenant ses cheveux lâchés sur le devant d'un souple mouvement de son corps. Je ne me rappelle plus ce qu'elle portait sous son manteau, mais j'imagine que c'était quelque chose comme un chemisier de soie crème, un pull en cachemire noir et un pantalon fuseau noir avec des bottines de cuir également noires. À mesure qu'elle progressait dans ses études, les touches de couleur que j'avais vues dans sa garde-robe les années précédentes commencèrent à disparaître, cédant la place à toute une palette de gris, de blancs, d'ivoires et de noirs, mélangés en d'inventives combinaisons au point qu'avec le temps je la verrais avec un chemisier ou un pull que je ne reconnaissais pas alors qu'il faisait peut-être déjà partie de sa garde-robe depuis des mois. Elle n'était ni plus ni moins qu'un « agent de transformation », bien que, au début – c'est-à-dire, au début de ce qui est devenu un attachement plus fort, plus intime – je n'aie pas entièrement mesuré la puissance potentielle de cet art.

L'histoire de sa famille sortit autour de cette tasse de thé prise chez moi par un sombre matin de janvier : que son père et son oncle étaient haut placés au ministère égyptien de l'Intérieur, que son frère avait travaillé pour la même division, mais s'était désormais aligné sur la Société des Frères musulmans, tandis que sa mère, Jeanne-Alice, née et éduquée en France était, comme Fadia, partisane de la démocratie laïque. À ce moment précis, pareil espoir n'était pas naïf, semblait-il. C'était son père, Khalid, et son oncle, Samir, qui préoccupaient Fadia. Étant aussi proches de Moubarak, elle s'inquiétait pour leur sécurité.

— Ils parlent de quitter le pays et de venir à Londres, ce qui est possible, mais cela ne se présente pas bien. Je connais les agissements de mon père et de mon oncle. Je sais, bien sûr que je sais, que ce gouvernement est complètement à côté de la plaque depuis très longtemps. Pourquoi croyez-vous que ma mère m'ait envoyée à l'étranger pour mes études ? Elle a vu que je ne pourrais pas supporter ce qui se passait et que j'allais continuer à être un problème, un problème encore plus gros si je restais. Et maintenant Saif aussi est un problème. J'ai de terribles visions de mes parents tentant de fuir et se faisant rattraper par une foule en colère, se retrouvant soudain face à face avec des gens qui haïssent mon père, ou ce qu'il représente, et en toute justice ils le haïssent, même si je ne crois pas que ce soit un méchant homme, et même si j'ai peur qu'en le voyant fuir ils ne l'arrêtent et ne tuent mes parents, mon père et ma mère, et je peux m'imaginer avec quelle facilité je pourrais faire partie d'une de ces foules, me laisser emporter par l'effervescence générale ! Je sais que Saif est là-bas, en train de manifester et de camper sur place, et que lui comme d'autres pourraient bondir à la vue d'hommes tels que mon père en train de fuir avec leurs femmes et s'abandonner à une fureur si irrépressible que lui, mon propre frère, pourrait être un osselet de la main qui presse la détente qui tue ma mère ou le poignet de la main qui prépare le nœud pour lyncher mon père. C'est ce que je vois quand je longe les grilles de Trinity le matin, quand j'ouvre un livre d'histoire d'Allemagne ou que je cherche le sommeil dans ma chambre universitaire sur Museum Road. C'est aussi ce que je vois quand j'écoute les informations et que je regarde mon peuple et mon pays, ce peuple et ce pays qui sont à la fois plus proches et plus loin de moi que jamais, parce que je les connais mais ne les connais plus aujourd'hui, j'ai passé tant de temps en France et en Grande-Bretagne que je suis devenue française et britannique. Je dois me rappeler que je suis à moitié française, que je suis autant européenne qu'égyptienne, et cet antagonisme en moi, Jeremy, parfois me déstabilise tellement que je veux retourner en Égypte et oublier la personne que je suis devenue en vivant en Europe, être simplement égyptienne et me battre pour le pays que tant d'autres croient qu'il peut devenir. Je vous regarde, et je ne sais pas comment vous faites, comment vous avez pu passer tant d'années loin de chez vous. Une décennie loin des vôtres ! Comment pouvez-vous le supporter ?

— Je prends l'avion.

— C'est assez facile.

— Sauf pour l'argent.

— Bien sûr, toujours ça !

Quand elle détourna les yeux, j'ai compris qu'elle n'était pas faite pour gérer un budget.

— Avez-vous parlé à votre frère ?

— Il ne décroche pas quand je cherche à le joindre, il ne répond pas non plus à mes mails ou à mes textos. Je ne le connais plus…

Je ne pouvais m'empêcher de me demander où était la place de Stephen Jahn dans tout ça, quel rôle il avait joué. Son teint pouvait le faire passer pour un Égyptien, même s'il avait des traits italiens et que je croyais me rappeler qu'il avait aussi une grand-mère arménienne. Aurait-il pu être là-bas, au milieu de la foule des manifestants, ou errait-il comme un fantôme entre les supposés démocrates et les despotes avérés, signalant l'identité des manifestants à ces hommes encore accrochés au pouvoir ? Et que dire de Saif, l'homme dont j'étais sûr que Stephen était amoureux, car son nom n'avait cessé de surgir dans la conversation au fil des ans, souvent le tard le soir dans la salle des professeurs, quand seuls lui et moi et peut-être une ou deux autres collègues sympathiques s'attardaient à boire thé sur thé après avoir dîné à la table d'honneur, et que quelqu'un, souvent moi, se hasardait à demander des nouvelles de Saif et si Stephen l'avait vu récemment. Et alors Stephen secouait presque invariablement la tête en disant, comme l'oncle gâteau qu'il s'imaginait être, ou l'amant d'une maîtresse beaucoup plus jeune : « Oui, il va très bien, merci de vous inquiéter de lui, bien que je me fasse du souci parfois à son sujet, il y a des gens… qui pourraient lui rendre les choses impossibles, alors on doit se montrer très prudent. Discrétion ! »

Toutefois, ces échanges ne m'avaient presque rien appris. Stephen n'a jamais dit clairement que Saif était son amant, et supposer que ce fût le cas serait, j'y pense maintenant, tomber dans un certain type de piège, peut-être un piège du cru de Stephen.

Une ou deux semaines après, Fadia m'apprenait que ses parents s'étaient réfugiés à Londres, et bien que sa mère soit venue passer une journée à Oxford, Fadia n'était pas allée les voir avant les vacances entre les trimestres Hilary et Trinity. Quand elle est revenue passer ses examens lors du dernier trimestre d'été de son master, elle avait perdu la petite étincelle d'innocence que j'avais cru détecter par le passé. Au cours de ces mois-là, je ne me rappelle aucune conversation sur la situation ou la santé de ses parents, même si je savais que d'autres fonctionnaires égyptiens ayant fui le pays avaient vu leurs avoirs gelés par les autorités britanniques ; cette politique semblait être appliquée d'une manière typiquement inégale et incohérente, comme si certains anciens tyrans étaient de meilleure compagnie que d'autres. Stephen Jahn allait et venait, et semblait, bien que cela puisse avoir été l'effet de mon imagination, éviter de me parler. Si lui et Fadia se voyaient – s'ils s'étaient jamais vus –, je n'en savais rien. L'appartement de Stephen à Folly Bridge Court se trouvait dans un quartier de la ville où j'avais rarement l'occasion de me rendre, à moins qu'on ne m'invite par hasard à boire un verre au pub Head of the River ou que je décide d'aller soutenir le Collège à la régate d'Eight Weeks, quand ce tronçon de Tamise appelé localement l'Isis déborde de jeunes corps sveltes en train de « pousser la planche » dans l'eau.

La faculté d'histoire accepta l'inscription de Fadia à un DEA, étant entendu que je superviserai ses futures recherches sur le rôle des médias et du cinéma dans la formation et la critique du terrorisme gauchiste européen. Les études doctorales britanniques sont significativement différentes de ce qui se passe ici en Amérique, où un comité d'universitaires encadre les progrès d'un étudiant dans la rédaction de son mémoire seulement après deux années de contrôle continu exigeant et d'épreuves orales. En Grande-Bretagne, un étudiant doctorant n'a qu'un ou au plus deux superviseurs ou directeurs de thèse, et il n'est pas question de contrôle continu, seulement de « pure recherche ». En pratique, cela signifie que, suivant le superviseur, les choses peuvent évoluer très bien ou très mal – ou bien, comme dans l'immense majorité des cas, l'étudiant se débrouille tant bien que mal d'une manière banalement passable et par là éminemment britannique.

Au cours de cet été-là, Fadia quitta son logement sur Museum Road pour emménager dans une maison propriété du Collège sur Divinity Road, juste en face de chez moi. On lui avait attribué la chambre du dernier étage, dont le bow-window donnait sur la rue et par là, aussi, sur ma chambre principale et mon salon, qui tous deux se trouvaient en façade de ma victorienne jumelée de briques rouges. Divinity Road est une rue très pittoresque, et dans notre portion particulière – au sommet d'une colline mais toujours sur la ligne droite, avant que celle-ci commence à s'incurver à la hauteur du Warneford Hospital, à l'origine l'asile d'aliénés d'Oxford fondé en 1826 – elle était si étroite qu'on avait la sensation que les voisins d'en face étaient quasi aussi proches que ceux de chaque côté.

Au début, je ne vis rien d'anormal au fait que nous soyons voisins, membres du même Collège, directeur de jury et étudiante, ni au rapprochement de nos vies au fil des ans, deux vies qui s'enchevêtraient aussi naturellement que les vrilles d'un rosier grimpant se fraient un passage entre les croisillons d'un treillage. Un de mes collègues anthropologues avait loué une chambre de sa maison à une de ses étudiants doctorants, même si personne au Collège ne semblait penser que ce soit une très bonne idée. Je me souviens maintenant que l'étudiante en question a trouvé la maison si sombre et si froide, et mon collègue si excentrique, qu'elle a déménagé bien avant le terme de son bail.

Alors que l'automne s'installait et que s'annonçait le retour de l'hiver, avec les brouillards qui montaient des rivières et ensevelissaient les rues d'Oxford sous leur brume spectrale, le hasard a voulu que je me réveille en sursaut une nuit. Je me suis levé, ai traversé le couloir pour me rendre aux toilettes et suis revenu dans ma chambre. J'allais me recoucher quand j'ai remarqué une lumière dehors. Écartant mes rideaux, j'ai scruté la rue inondée de l'éclairage jaune des réverbères ; dans la maison d'en face, les stores de Fadia étaient ouverts, les lumières allumées. Debout à la fenêtre, enroulée dans un peignoir blanc, elle parlait au téléphone. Pas d'erreur, elle était bouleversée, ses épaules et ses bras bougeaient avec agitation, et, une fois son appel terminé, elle s'assit à son bureau dans le bow-window et contempla la nuit.

Je me reculai dans la pénombre de ma chambre, mais elle leva la tête comme si elle m'avait vu planté là, ou, en tout cas, avait capté mon mouvement, celui d'un observateur qui se mettait hors de portée de son observation à elle. Mon cœur a fait un bond, j'ai retenu mon souffle, peut-être me suis-je même maudit, mais je n'ai pas battu immédiatement en retraite dans mon lit, j'ai attendu dans le noir en regardant mon étudiante me regarder. Son regard ne tarda pas à se détourner de ma personne pour suivre un cycliste qui descendait la colline en direction de Cowley Road. Puis, d'un geste qui semblait trop désinvolte pour ne pas être étudié, elle abaissa ses stores et éteignit.

La direction de thèse oxfordienne étant ce qu'elle est – parfois guère plus d'une réunion trimestrielle ! – je n'eus l'occasion de revoir Fadia seule qu'au mois de janvier suivant. À cette époque, je l'avoue, j'avais commencé à prendre l'habitude de noter en me couchant si ses stores étaient ouverts ou fermés, quand elle était chez elle, ce qu'elle avait porté ce jour-là, si elle prenait une douche avant de se coucher ou au saut du lit le matin, si elle sortait tous les jours pour travailler en bibliothèque ou préférait rester à la maison assise à son bureau, quand elle invitait des amis à venir prendre le thé ou déjeuner ou encore dîner avec ses autres colocataires, et si elle sortait avec des jeunes gens, ou avec des jeunes femmes, car je ne préjugeais pas de la nature de ses affections, ou, pour être cru, de sa vie sexuelle. Pendant tous ces jours où je l'ai observée, je ne l'ai jamais vue seule avec quiconque, mais toujours en groupe.

Stephen Jahn réapparut au Collège à peu près à la même période. J'appris qu'il était resté en Égypte pendant presque toute l'année précédente, ne revenant à Oxford que pour de brefs séjours depuis le début des révolutions qui s'étaient propagées dans le monde arabe. Quand je le questionnai sur ce qu'il avait fait durant son absence, il sous-entendit que c'étaient des affaires gouvernementales officielles et hautement confidentielles.

— Quel gouvernement ? lui demandai-je à haute voix, installé seul avec lui dans la salle des professeurs, un soir de février.

— À votre avis ?

— Vous êtes américain, je présume donc qu'il doit s'agir du nôtre, et en même temps je pense qu'il serait naïf de ma part de présumer que tout ce qui vous concerne, vous ou vos affiliations, puisse être simple. Travaillez-vous pour le nôtre ?

— Le nôtre ? Mon cher Jeremy, pour des gentlemen comme nous, ces allégeances sont pragmatiques et volatiles. Vous bénéficiez de la binationalité tout comme j'en bénéficie. Pour quel gouvernement je travaille est affaire de contexte, de moment et d'intention.

— Et de discrétion.

— Toujours.

Il sourit, me servant un whisky quelconque du plateau des alcools de la salle des Professeurs.

— Comment va Saif ?

Stephen eut une hésitation que je n'avais jamais observée auparavant chez lui, comme s'il soupesait ce qu'il pouvait me dire, ou comme si la question de Saif était la plus sérieuse de toutes.

— J'ai bien peur de ne pas le savoir. Je ne peux plus le voir. Je ne le reverrai probablement jamais, il n'est plus en Égypte. Je crois qu'il est peut-être en Syrie. (Sa bouche se fendit d'un sourire de Polichinelle avant de se refermer hermétiquement.) Et comment va sa sœur ?

— Elle progresse bien. Je suis content de son travail. Je n'aurais pas imaginé, quand vous m'avez demandé il y a cinq ans – ou six, je ne sais plus très bien – de m'assurer de son admission, qu'elle serait aussi assidue et sérieuse qu'elle s'est révélée l'être.

Le regard éteint, Stephen battit des paupières.

— Je ne vois pas de quoi vous parlez.

J'étais si déconcerté par sa réplique que, l'espace d'un instant, je ne sus quoi dire. Je le regardai avec insistance, cherchant à savoir s'il plaisantait ou jouait à un petit jeu, mais il continuait à me fixer d'un air énigmatique.

— Un soir, chez vous, vous m'avez bien dit, après m'avoir fait beaucoup boire, que je n'avais d'autre choix que de favoriser l'inscription de Fadia, vous m'avez menacé.

Stephen but une gorgée de son verre. Les instants se transformèrent en minutes, je compris qu'il ne reconnaîtrait rien.

— Vous devriez veiller sur elle, énonça-t-il à la fin. Ce n'est pas une famille...

Puis il s'interrompit, comme s'il préférait taire ce qu'il avait eu l'intention de dire.

— Ce n'est pas une famille qui quoi ?

— Qui rien, répondit-il, si vous avez un peu d'idées.

— Excusez-moi, Stephen, mais je ne comprends pas ce que vous voulez dire.

— Il est visible que vous la trouvez attrayante. Je vous préviens que ce serait une bêtise, et pas seulement parce qu'elle est votre étudiante. Il y a d'autres raisons de s'en tenir au plan professionnel. Voyez là le conseil d'un ami !

Peut-être ai-je secoué la tête ou l'ai-je remercié, ou alors Stephen s'est simplement levé pour quitter la salle des professeurs et nous n'en avons plus reparlé, à moins que je ne sois sorti le premier, offensé qu'il puisse prétendre me donner des conseils sur le mélange de mes vies privée et professionnelle, et que j'aie quitté le Collège pour descendre Turl Steet jusqu'à High Street où j'ai pris un taxi pour regagner Divinity Road, où j'ai vu de la lumière dans la chambre de Fadia. Et comme j'avais son numéro dans mes contacts, je lui ai envoyé un texto pour lui demander si elle allait bien et, pour changer un peu et malgré l'heure très tardive, si elle n'avait pas envie de traverser la rue pour prendre un dernier verre. En tout cas, c'est ce que j'ai fait, que ce soit cette nuit-là ou une autre, au printemps de l'an dernier. Ce verre que nous avons pris dans la salle à manger au fond de ma maison, donnant sur le jardin plongé dans la nuit, marqua sans conteste le début d'une nouvelle phase.

Pendant que je regardais par la fenêtre de ma maison de Rhinebeck, obnubilé par la lumière de la villa de mes voisins où, innocemment ou pas, Michael Ramsey était venu passer le week-end, les feux se sont soudain éteints et je suis resté seul dans le noir, à contempler le clair de lune, le ciel étoilé et la luminosité ambiante de la ville qui filtrait à travers les arbres. J'ai éprouvé, et ce n'était pas la première fois de la dernière décennie, un sentiment de solitude si déchirant que, en d'autres circonstances, j'aurais pu envoyer encore à un quasi-inconnu un message pour le prier de trinquer avec moi, sauf que Michael Ramsey n'était pas Fadia. Je n'avais aucune intention de devenir son ami, encore moins son amant. Je voulais au contraire mettre de la distance entre nous, mais je subodorais que, si on me donnait une heure de plus seul avec lui, je pourrais obtenir des réponses aux questions posées par les événements de la semaine précédente.

Debout là dans le noir, il me vint à l'esprit que je n'avais toujours pas retrouvé mon téléphone égaré. Désireux de dormir sans qu'un si petit détail tourmente mon inconscient, je commençai à fouiller la maison, rallumai toutes les lumières, cherchai à tâtons dans les tiroirs et palpai les poches de mes vêtements, vérifiai tous les endroits logiques. Aucune trace de mon portable. Je m'attaquai enfin à la cuisine, farfouillant dans les placards et le garde-manger, jusqu'au moment où il ne resta plus qu'à regarder dans le frigo. Et c'est là que je l'ai trouvé, à l'intérieur, posé carrément sur l'étagère du haut, à côté du lait. Je n'avais aucun souvenir de l'avoir mis là et tentais de réfléchir s'il était possible que j'aie laissé à Michael Ramsey toute latitude pour l'avoir caché à cet endroit. Je savais que je lui avais tourné le dos au moins une fois, peut-être deux. Je fus poussé à lui téléphoner, puis m'avisai que je n'avais pas son numéro, mais à l'instant précis où je touchais le bouton de navigation centrale en haut du clavier du téléphone, son écran revint à la vie et voilà, dans le champ de la messagerie, trois mots écrits, j'en étais sûr, par Ramsay en personne. En posant le téléphone sur la table de la cuisine, j'avais les mains qui tremblaient. L'écran s'obscurcit, puis j'appuyai sur le bouton de navigation pour le rallumer. Les trois mots, noirs sur fond blanc, étaient écrits, si pareille connotation est possible pour un texte de cette nature, avec une pseudo-insouciance, à moins que ce ne soit une forme de télégraphie hâtive, pas le temps d'écrire plus que ce qu'il avait écrit parce que j'allais me détourner de ce que je faisais au moment où il avait gaulé mon téléphone. Je me représentais le déroulement du scénario dans mon dos, Ramsey tapotant les lettres à toute vitesse dans l'appareil.

Je reportai mes yeux sur l'écran.

« Les téléphones écoutent », était-il écrit.

Il n'y avait pas de neige le lendemain matin, mais les arbres étaient festonnés de glace, et du givre s'était formé sur les vitres, réfractant la lumière. Michael Ramsey devait s'activer pendant que je buvais tranquillement mon café en me demandant pourquoi, alors que la température n'avait jamais été aussi basse pendant toutes mes années à Oxford, j'avais eu davantage froid là-bas que partout ailleurs, frissonnant dans ces maisons pleines de vents coulis avec leurs fenêtres à simple vitrage et une isolation insuffisante, ou attendant sur un quai de gare à Oxford ou Didcot, y compris dans les grandes gares victoriennes de Londres comme celles de Saint-Pancras et de Paddington, ouvertes aux quatre vents à un bout ; même s'il serait logique d'ériger un mur de verre afin de protéger les zones d'attente, cette idée ne semble jamais être venue à l'esprit de personne, même aujourd'hui où les hivers deviennent de plus en plus imprévisibles en Grande-Bretagne. Certaines années, le vent glacial qui descend brutalement de l'Atlantique nord apporte la neige et paralyse un pays qui se voit encore comme tempéré. Ce manque de confort seul suffisait à m'inciter à retourner en Amérique, dans une maison comme celle que j'avais achetée à Rhinebeck.

En ce matin glacé de novembre d'il y a quelques semaines à peine, j'étais content en d'autres termes d'être de retour à New York, dans ma maison bien isolée avec ses fenêtres à double vitrage et son chauffage à air pulsé diffusé par les orifices d'aération. Je projetais d'installer un panneau solaire, suivant l'exemple de voisins, et d'investir dans diverses autres technologies qui rendraient la maison non seulement plus chaude mais plus autonome et plus pérenne. Désormais, ces projets semblent pour le moins incertains. Combien de temps ma maison sera-t-elle encore à moi ? En l'absence de réponse, je n'ai qu'à espérer que, quoi qu'il arrive, si compromise que soit ma liberté, je ne serai pas dépouillé de mon bien.

Durant mes années oxfordiennes, même après l'achat de ma maison de Divinity Road, même après, à la mi-temps de mon exil, l'acquisition de la binationalité, j'avais une impression quasi permanente d'insécurité, une prémonition que le sol allait brusquement se dérober sous mes pieds, ou que je pouvais me retrouver, bien qu'innocent, victime d'un système de lois apparemment conçu pour prendre quelqu'un en défaut de manière totalement imprévisible. Parfois, je m'imaginais ma vie à la retraite dans une communauté où j'avais des amis mais aucun d'assez proche pour que j'aie le sentiment de pouvoir lui téléphoner en pleine nuit si j'avais besoin de secours. Quand je regagnais la Grande-Bretagne après une absence d'une certaine durée, je me disais souvent : « Je pourrais disparaître demain et personne ne s'en apercevrait. » Je me sentais sans ancrage, à la dérive et ignoré, ou au moins négligé par mon entourage immédiat. Le bon voisinage tel que je le connaissais semblait inexistant en Grande-Bretagne, en tout cas dans de grandes villes comme Oxford ou Londres. C'est peut-être différent en Écosse et dans le nord du pays, mais à Oxford les gens restent entre eux. Mon sentiment d'isolement social était aggravé par l'impression que plus je restais là, plus Meredith me manquait cruellement, et plus je voulais retrouver le cadre de vie de ma mère et de ma famille élargie, les oncles et les tantes qui avaient de quatre-vingts à quatre-vingt-dix ans, les cousins que je n'avais pas vus depuis dix ans.

Chaque fois que je regardais en ligne des photos d'amis au milieu de réunions familiales, ou qui traversaient l'Amérique en voiture du Kansas à la Californie pour rendre visite à des frères et sœurs ou à des grands-parents, je ressentais un sentiment de relégation si aigu, et mon désir de renoncer à la vie que je m'étais construite en Grande-Bretagne devenait si intense que je ne m'y sentais plus impliqué. Je ne me souciais plus de savoir si je faisais tout ce qu'on attendait de moi, je voulais seulement écrire des livres qui me signaleraient à l'attention des universités américaines, publier dans les bonnes revues savantes, donner les conférences plénières et les documents de conférences qui pousseraient les membres éminents des départements d'histoire en pointe aux États-Unis à se consulter quand ils réfléchiraient à qui ils pourraient souhaiter intégrer dans leurs rangs et suggérer, sans avoir à hésiter plus de quelques secondes : «Et pourquoi pas Jeremy O'Keefe ?» Et un autre de leurs collègues répliquerait : «N'était-il pas à Columbia ?» puis : «Il n'a pas réussi à se faire titulariser ?» et : «Oui, mais il a eu beaucoup de chance, il a travaillé dur, il a remis les pendules à l'heure à Oxford et ce qui s'est passé à Columbia est de l'histoire ancienne, vous n'avez qu'à regarder ses publications, une liste d'ouvrages et d'articles longue comme le bras, et sa monographie sur les vies privées des informateurs était novatrice tant par l'importance de ses archives que par sa pertinence intellectuelle.»

Égoïste, je l'étais certainement, mais telle était la teneur de mes pensées pendant que je veillais dans ma maison mitoyenne, par des nuits d'une humidité à vous glacer les os où la température descendait à peine au-dessous de zéro. Je regardais par la fenêtre, parfois étendu sur mon lit, les rideaux tirés de telle manière que je puisse avoir vue sur celle de Fadia. La lumière de sa chambre brillait tard, stores ouverts, pendant qu'elle travaillait à son bureau, souvent pelotonnée dans les plis de son grand peignoir blanc, tout cela après le premier soir où je l'avais invitée à venir boire un verre. Ce devait être en février ou en mars de l'année dernière, la chronologie n'est pas anodine dans le cas présent, mais mon calendrier et mon journal intime ne révèlent rien de précis. Plus je cherche à déterminer les dates de ma vie, plus je les trouve floues et fragmentaires pour l'historien que je suis. Peut-être était-ce à ce moment-là, peut-être plus tard. Ce qui compte, c'est que j'ai tendu la main, qu'elle a répondu et que notre voie était tracée.

Elle était à ma porte un quart d'heure après que j'eus envoyé mon message, me laissant juste le temps d'enlever mon pyjama pour renfiler un jean, une chemise et un pull, me vaporiser un peu d'eau de Cologne et de déodorant, me donner un coup de peigne. Et quand j'ai ouvert, elle était là enroulée dans une de ses redingotes noires, sans écharpe, le cou nu, les yeux aux paupières légèrement rougies, comme si elle avait pleuré des heures, ou peut-être était-elle simplement fatiguée et frigorifiée. Dans ses mains, elle tenait une boîte de chocolats, le type de produits fins parisiens qui aurait pu être un cadeau de ses parents (lesquels à cette période, m'avait-elle confié, s'étaient installés à Mayfair, dans une maison aussi haute et étroite qu'un obélisque, juste au coin de l'ambassade saoudienne), ou peut-être quelque chose dont elle gardait tout un stock pour des invitations impromptues exigeant un cadeau pour l'hôte. C'était une boîte blanche parfaitement carrée contenant seize chocolats si finement décorés que cela confinait à l'art. Je ne m'attendais pas à un cadeau, et l'aspect de la boîte de chocolats, la finition de son papier sous mes doigts changèrent ma perception des événements. Sincèrement, j'avais l'impression que c'était à moi qu'on faisait la cour.

— Du chocolat le soir – elle toussota – j'imagine que ce n'est pas très sain, mais c'est peut-être l'heure qui l'exige.

J'accrochai son manteau à une patère et l'entraînai dans mon couloir coudé, m'imaginant ce qu'elle devait penser en marchant derrière moi, que son directeur de thèse essayait de la séduire, qu'il était seul, malheureux, plein de désir, ou qu'il s'inquiétait de son bien-être. Peut-être, à supposer qu'elle connût mal les habitudes américaines, avait-elle vu dans l'heure tardive un drôle de tic culturel, le refus d'un New-Yorkais de croire qu'une ville pouvait dormir, et pourtant ces chocolats me disaient que, quels que soient mes sentiments, elle éprouvait aussi une certaine attirance, bien qu'avec le recul je puisse comprendre qu'elle avait peut-être apporté ces chocolats par simple politesse, parce que j'étais son professeur, son directeur de thèse et son tuteur, en un sens aussi son protecteur, et si elle était invitée par un tel homme chez lui le soir, que pouvait faire une jeune femme comme elle sinon accepter son invitation ? Lui avais-je laissé le choix de dire non ? Pensait-elle même que ce soit possible ? Ces questions me hantent aujourd'hui, bien que ce qui s'était passé entre nous ne relevât pas, j'en ai la certitude, de la coercition.

Les lumières étaient allumées dans la cuisine tout en longueur et derrière, dans la grande annexe que j'avais rajoutée peu après avoir acheté la maison, une pièce qui faisait double office de coin dînatoire et de bibliothèque. Comme Fadia s'avançait pour prendre place à la table, je fermais les rideaux, même s'il aurait fallu escalader le mur du jardin pour nous voir.

— Pourquoi ne vous asseyez-vous pas plutôt ici ? (Je montrais un canapé à l'autre bout de la pièce.) Qu'est-ce qui vous ferait plaisir ? J'ai toujours ce pur malt que vous m'avez offert.

Je savais à l'époque que Fadia était suffisamment occidentalisée pour boire de l'alcool, comme cela semblait être le cas de la majorité des jeunes musulmanes que j'avais connues durant mon séjour en Grande-Bretagne, beaucoup d'entre elles ayant été éduquées dans des pensions britanniques, avec des parents qui partageaient leur vie entre Londres et le Moyen-Orient. Bien qu'elle se soit déclarée athée, j'avais le sentiment que, culturellement et jusqu'à un certain point, elle restait musulmane. Je savais également que d'autres étudiantes et consœurs musulmanes que je côtoyais adoptaient souvent ce que je voyais comme une approche catholique de leur foi, sélectionnant et choisissant leur manière personnelle d'adhérer aux règles de l'islam ; certaines mangeaient même du porc, je l'avais constaté aux dîners du Collège, et seule une minorité portait le foulard ou le voile – du moins aucune dans mon Collège, même si le nombre d'étudiantes à Oxford, et particulièrement à Cowley, où j'habitais, qui étaient complètement voilées semblait augmenter d'année en année, pendant que les hommes avec leurs barbes et leurs tenues traditionnelles se réunissaient en foules qui croissaient à un rythme encore plus rapide. Je mentirais si je disais que je m'étais senti totalement à l'aise parmi eux, mais je voulais, toujours, m'efforcer de garder un esprit ouvert. Un chauffeur de taxi, qui me ramenait de la gare après mon retour de Londres un jour où un certain nombre d'individus avaient été appréhendés à Birmingham pour des infractions liées au terrorisme, pesta du début à la fin de la course : « Putain, je vis ici depuis quarante ans, et j'ai jamais vu des conneries pareilles ! Toujours cette putain de minorité qui fout le bordel pour nous tous. Ça n'a aucun putain de rapport avec nous, vous comprenez, professeur ? Tout ce putain de terrorisme n'a *absolument* aucun putain de rapport avec *nous* ! Moi, tout ce que je veux, c'est rentrer à la maison, je suis crevé, prendre un verre (le chauffeur avait ri) sans que ma femme et mes enfants me voient. Je suis un *mauvais* musulman ! »

— Un whisky, non, ça m'empêcherait de dormir.

Fadia se mordilla la lèvre d'une façon qui me fit me sentir coupable. Son geste avait quelque chose de nerveux, et même d'enfantin. Je me demandai vraiment ce que je croyais être en train de faire. Pensais-je chercher à séduire mon étudiante, ou offrais-je rien de plus qu'une innocente hospitalité de fin de soirée, s'il n'y a pas une contradiction dans les termes ? Une hospitalité que j'étendrais à ma fille si par hasard je la voyais passer devant mon appartement un soir tard, seule et avec l'air triste que Fadia avait si souvent quand je l'apercevais entre les rideaux de ma chambre.

— Vous avez du vin ?

— Rouge ou blanc ?

— Avec des chocolats, je pense qu'il faut du rouge, pas vous ?

— Du banyuls ? Ou préféreriez-vous un porto ?

— Le banyuls sera très bien.

Je fis le service, nous trinquâmes, et je pris le fauteuil proche du canapé où Fadia était assise. Je suis certain qu'elle portait une variante de son habituel uniforme bicolore, pantalon de laine gris et pull blanc en mohair à col roulé, j'entrevis l'éclat d'un fin collier d'argent sur sa peau. J'ouvris la boîte de chocolats et lui en offris un. Une partie de moi croyait qu'une femme aussi mince que Fadia refuserait un chocolat, mais elle en prit un sans hésiter, refermant son pouce et son long index autour de sa forme.

— Ma mère aimerait ça, reprit-elle, buvant une gorgée avec un sourire.

Pas un sourire d'invitation, pensais-je, mais de légère lassitude et de plaisir gourmand.

— Vos parents vont bien ? Ils se plaisent à Londres ?

— Très bien, autant que possible. Moi, je déteste Londres. Les avoirs de mon père sont gelés, mais pas ceux de ma mère, je ne comprends pas vraiment pourquoi, ils logent dans une maison qui appartient à mes grands-parents maternels, donc les choses se passent bien pour le moment, même si, en réalité, ma mère n'a pas autant d'argent que ça. Le temps est aux économies bien qu'ils vivent encore comme des riches. Tous les deux ont l'impression de s'être déclassés dans le monde. D'un côté, je les plains mais je trouve aussi leurs jérémiades insupportables.

— Les voyez-vous beaucoup ?

Faisant signe que non, elle déglutit et se passa les doigts de la main gauche dans les cheveux qu'elle ramena derrière ses oreilles avec une mimique qui me parut, pour la première fois, inconsciemment aguicheuse. C'était un geste que je ne me rappelais pas l'avoir vue faire dans le passé.

— C'est bizarre, bien sûr, de vivre en sachant que son père a probablement commis des choses terribles, torturer des gens, les faire disparaître, mais qu'il les a commises si... je ne sais pas... si *prudemment*... c'est le mot? (Je hochai la tête.) Si prudemment que je soupçonne qu'il n'a jamais été tenu pour responsable, et puis aussi il n'y a pas de traité d'extradition entre la Grande-Bretagne et l'Égypte, il est donc en sécurité dans ce pays, et je me demande si c'était la raison pour laquelle ils voulaient que j'atterrisse ici à long terme, au lieu de la France, comme s'ils avaient prévu ce qui s'est passé et redoutaient que les familles puissent aussi être impliquées, je n'en sais rien. C'est un truc étrange à considérer. Je ne peux plus vraiment regarder mon père, plus avoir de contact, vous savez, visuel, parce que chaque fois j'imagine ce qu'il a pu faire. Il vaudrait peut-être mieux savoir exactement ce qu'il a fait que vivre avec tant d'incertitudes à son sujet, mais je ne sais pas pourquoi je n'arrive pas à le questionner, et si j'y arrivais, je ne crois pas vraiment qu'il me dirait la vérité. Je n'ai même pas compris ce qu'il était, pas comme il faut, avant d'aller à Paris pour être scolarisée. Et puis c'était ma grand-mère – je vivais chez mes grands-parents, dans leur appartement rue Visconti, elle m'a aidée peu à peu à comprendre. Rien ne m'a été dit directement, mais il y avait ces articles qu'on laissait traîner sur les violations des droits humains en Égypte, et puis des camarades de classe m'ont raconté des choses qui m'ont éclairée. J'étais si naïve ! Avant d'emménager à Paris, je croyais que tout le monde avait des domestiques en smoking, je croyais que tout le monde avait un chauffeur et une escorte policière. Je croyais que toutes les petites filles faisaient des virées shopping à Londres, New York et Paris. Ou, du moins, je le pensais sans y croire vraiment. Je savais que les domestiques et les chauffeurs, les gens qui vivaient dans les quartiers déshérités où je passais en voiture enfant, ne vivaient pas comme moi, et pourtant je n'ai jamais pensé à la pauvreté, pas de manière réfléchie. Je ne pouvais même pas la voir convenablement jusqu'à ce que j'aille à Paris et connaisse une vie moins chaperonnée que ce que j'avais connu au Caire. Et puis, après que j'ai commencé à comprendre la nature de la vie de ma famille, j'avais du mal à être seule avec mon père ou même à le laisser me toucher. J'avais fini par haïr son odeur.

— Et votre mère ? Pouvez-vous lui parler ?

— Ils font chambre à part, ce qui est nouveau... Je crois qu'elle le quittera si elle peut être sûre de sa sécurité, je ne veux pas dire seulement financière. Je pense qu'elle s'inquiète de ce qu'il pourrait faire si elle partait, ou de ce que ses anciens collègues pourraient être amenés à faire. Je ne sais pas si c'est de la paranoïa ou non. Qu'en pensez-vous ?

— Honnêtement, Fadia, je ne sais pas. Ce n'est pas à moi qu'il faut poser la question. Où irait-elle ?

— Je pense qu'elle tenterait de retourner en France, peut-être pour vivre chez ma tante ou mes grands-parents. Je l'aime tant, mais maintenant qu'elle est ici elle vient sans arrêt à Oxford pour m'inviter à déjeuner. J'ai goûté à tous les plats de la carte du Gee's Restaurant et je voudrais juste lui demander de me laisser tranquille pour que je puisse avancer dans mon travail, mais elle est presque morte de peur, une étrange anxiété que je comprends parfaitement étant donné les circonstances mais que je ne sais pas l'aider à surmonter, ni gérer. Comment peut-on vaincre une anxiété pareille, quand sa vie est bouleversée en si peu de temps et que les gens qu'on aime disparaissent ou que vous disparaissez de leur vie ? À cause de nos convictions, mon frère ne nous parle plus, et c'est à cause de ses propres convictions. *Je crois que la foi elle-même est une sorte de terreur. Vous comprenez* ?*

— À peu près. Vous avez eu des nouvelles de votre frère ?

Ma question lui tira une grimace, un rictus de dégoût et de suspicion.

— C'est Stephen qui vous a demandé de me poser cette question ?

— Non, bien sûr que non.

— Je sais que vous savez, Jeremy, c'est OK. Stephen me harcèle depuis des semaines, comme si je savais quelque chose ! Je n'arrête pas de lui répéter que non. (Elle but une nouvelle gorgée de son vin, puis tendit la main vers un autre chocolat.) Le cœur fait d'étranges choses à la tête, et Stephen a un cœur très étrange.

— Vous êtes donc toujours sans nouvelles de Saif ?

Elle secoua la tête.

— Pourquoi vous en soucier ?

— La curiosité, l'intérêt. C'est votre frère. Vous ne vous inquiétez donc pas pour lui, même si vous n'êtes pas d'accord ?

— Vous comprenez, nous n'avons jamais été proches. Il a quinze ans de plus que moi. C'est comme si j'avais tous les gènes de ma mère ou, en tout cas, sa sensibilité, et lui ceux de mon père. Apparemment, il était, vous savez, un membre de la police politique, alors dès que j'ai saisi ce que ça signifiait, ce qui aussi est arrivé assez tard dans ma vie, seulement après mon départ pour Paris, on ne s'est plus entendus. Désormais, ayant tourné le dos à tout ça, il s'est plongé dans la religion, et en un sens je trouve cette évolution encore plus terrifiante. Je n'ai plus de nouvelles depuis près d'un an. Il a juste... je ne sais pas... il s'est volatilisé. Je parie que Stephen lui a parlé plus récemment que moi. Peut-être est-il en Syrie. C'est ce que pense Stephen. Mes parents n'ont pas eu davantage de nouvelles, et je sais qu'ils me le diraient, en tout cas ma mère me le dirait, elle ne sait pas garder un secret. Mon père aussi me le dirait, je crois, puisqu'il se sent trahi par Saif. Ce serait une forme de victoire s'il avait confirmation...

Elle laissa sa phrase en suspens comme si elle ne savait pas quelle forme pouvait prendre la pire trahison. Je ne me rappelle plus maintenant s'il m'était venu à l'esprit à ce moment-là que Saif avait pu être un terroriste, membre d'une organisation ou d'un groupuscule ou d'un autre qui ne cessait d'émerger et de se fondre, de se subdiviser et de se reproduire, une organisation répondant à tant de noms, *ad-Dawlah al-Islamiyah* ou *Da'esh* ou d'autres. Je soupçonne mon esprit d'avoir classé Saif dans un fichier mental d'hommes qui étaient des combattants libres antigouvernementaux et de ne plus y avoir pensé par la suite. Dans ma naïveté, je me rappelle qu'on devait faire quelque chose pour armer la résistance syrienne. Comme cela me semble risible aujourd'hui ! Comme ma *politik* est devenue *real* ! Plutôt se coucher devant le dictateur qu'on connaît que de prêter assistance à des groupes aussi imprévisibles, si mal connus, des groupes qui peuvent tout aussi facilement se retourner pour mordre la main qui les a nourris.

Quelles que soient mes idées de l'époque, j'ai servi à mon étudiante un autre verre de vin cuit, un plus petit cette fois-ci, étant donné qu'elle a levé la main pour m'arrêter, et nous avons chacun pris un autre chocolat. Ni l'un ni l'autre n'étions ivres, en tout cas je sais que je ne pouvais pas l'être, sauf peut-être ivre de manque, de solitude et de la froidure d'un sombre soir du début du printemps anglais, et je présumais qu'un petit vin doux n'enivrerait pas Fadia non plus, Fadia que j'avais vue tellement s'amuser avec ses camarades étudiants que je croyais qu'elle tenait l'alcool et s'en sortait bien. Moitié française, me suis-je rappelé, une adolescence à Paris, des parents intellectuels, le grand-père était un éminent critique, la grand-mère une économiste, Fadia devait avoir eu le droit de boire du vin à table, du champagne aux grandes occasions, j'étais certain qu'elle savait garder le contrôle.

— Pourquoi m'avez-vous invitée, Jeremy ?

— Je voulais savoir comment vous alliez. Nous ne nous sommes pas beaucoup vus, et j'ai remarqué la lumière allumée. Un directeur de jury n'est-il pas censé offrir l'hospitalité à ses impétrants ?

— Pas à minuit en général, du moins pas quand ils ne sont que deux, et que le directeur est un homme face à une étudiante.

— Me jugez-vous inconvenant ?

— Non, non, je ne vous juge rien du tout. J'observe simplement que c'est une situation exceptionnelle et j'aimerais connaître vos intentions.

— Être hospitalier, passer le temps... Je ne peux m'empêcher de remarquer que vous passez beaucoup de temps seule dans votre chambre d'étudiante, même si votre mère vous emmène souvent déjeuner dehors. Vous semblez travailler d'arrache-pied. Il est parfois bon de savoir se délasser et quitter son bureau. *Mens sana*, etc.

— Je me délasse : je nage à la piscine de l'université quatre fois par semaine. Une heure chaque fois.

— Alors je parie que vous n'avez cure de mon hospitalité. Vous êtes libre de partir. Vous ne devez pas vous sentir obligée.

Elle posa son verre sur le guéridon entre le canapé et mon fauteuil.

— Ne soyez pas anglais à ce point ! Vous n'êtes pas anglais et les manières anglaises ne vous vont pas. Je préfère l'Américain direct que vous êtes dans vos autres activités. Je préfère le professeur qui me tance quand mon travail est médiocre et qui me félicite quand il est bon. Pas comme ces Anglais qui bafouillent et attendent que vous lisiez entre les lignes et deviniez que quand ils disent que quelque chose n'est « pas tout à fait juste » ils veulent dire que c'est à chier, mais que quand ils disent que « vous vous en êtes assez bien sorti » ils veulent dire que vous êtes extrêmement brillant. Je trouve ce cirque grotesque et malhonnête, toutes ces circonvolutions et ces euphémismes. Cela ne sert qu'à rendre malheureux...

Je ne me souviens plus du reste de la conversation. Mais j'ai le souvenir net de m'être levé et attardé sur la marche menant à la cuisine. Peut-être ai-je lancé un regard éloquent à Fadia, quoi qu'il en soit elle m'a suivi dans le couloir coudé, puis dans l'escalier montant à ma chambre en façade, où les rideaux étaient restés ouverts juste ce qu'il fallait pour que nous puissions scruter les fenêtres de sa propre chambre plongée dans le noir.

— Vous m'espionnez tous les soirs ?

— Pas tous les soirs, souvent. Le saviez-vous avant aujourd'hui ?

— Je n'étais pas sûre. Je pensais que c'était peut-être mon imagination.

Au cours de l'heure qui a suivi, mon esprit s'est immergé dans la beauté du présent, plongeant allègrement dans les hauts-fonds au moment même où je prenais conscience des abysses proches, plus terribles : ma terreur devant ce que je m'étais permis de devenir, ce prédateur de jeunes femmes, d'un être qui était en mon pouvoir, dont je pouvais gâcher la vie si je voulais, bien que je ne me voie pas faire quelque chose d'aussi cruel. Et puis, alors que nous étions couchés l'un près de l'autre dans le noir, je sentis ses yeux sur mon corps, la force de son regard sur ma peau, et songeai à Cham et Noé, et à ce premier péché de voyeurisme, à la manière dont j'avais ouvert mon corps, ma personne, et m'étais rendu vulnérable, comme Noé couché *nu sous sa tente*. Je songeai comment j'avais laissé Fadia me pénétrer presque aussi profondément que je l'avais pénétrée, qu'en me voyant ainsi, en regardant ma nudité, elle était entrée en moi tout comme j'étais entré en elle. Je tendis le bras pour prendre sa main et la garder.

— Est-ce le commencement de quelque chose ? ai-je demandé.

— Vous parliez d'hospitalité partagée. Faut-il qu'il y ait autre chose ?

Nous avons dormi l'un près de l'autre, mais elle s'est sauvée avant l'aube, se glissant dehors alors que le laitier remontait la rue en faisant vrombir sa voiturette électrique. Seul dans mon lit, je humais son parfum dans les draps, et la tête de ce jeune Égyptien blond de Georgetown me revint en mémoire : même odeur, même familiarité aussi peu familière. Je vis dans un roman, pensai-je, voyant Fadia apparaître à la fenêtre d'en face et fermer prestement les stores pour se protéger de moi. En tout cas, le mélodrame de campus débouche sur autre chose, un genre de complication différent.

Au cours des semaines suivantes, nous nous retrouvions tous les soirs ou un soir sur deux, toujours chez moi. Je n'attendais pas que le sexe suive nécessairement le verre et la conversation que nous partagions. À chaque nouvelle retrouvaille, j'attendais que Fadia m'indique si elle souhaitait autre chose, la laissant prendre le chemin du couloir puis de l'escalier. Une ou deux fois, nous en restâmes à un verre, rien d'autre.

— Je pense que je me dois de clarifier la situation, dis-je à un moment donné, peut-être une semaine après notre première nuit ensemble. Quoi que nous fassions, cette hospitalité partagée, cela n'affectera absolument pas notre travail commun.

— Tu veux dire que si je te demande d'arrêter ça, tu ne me créeras pas de soudaines complications, Jeremy ?

— Précisément, je veux que tu te sentes responsable.

— Mais je suis responsable !

Je la revois, alors que j'écris ces mots aujourd'hui, se redresser légèrement sur le canapé et finir son verre de vin.

— En guise de test, je vais te dire bonsoir et te laisser te demander s'il y aura une prochaine fois.

— En guise de test pour toi ou pour moi ?

— Pour nous deux.

Au bout de plus d'une dizaine de ces rendez-vous, au cours desquels je me suis mis à imaginer continuer sur ce mode jusqu'à ce que nous nous sentions capables de nous montrer en public, peut-être même avant que je lui aie demandé – ou qu'elle m'ait demandé – d'officialiser notre relation, quelles que soient les conséquences pour l'un comme pour l'autre, Fadia a cessé brusquement de répondre à mes messages. Une communication par jour, un échange badin de projets, et puis, sans prévenir, silence radio, stores de sa chambre toujours baissés, même si je savais quand il y avait de la lumière, pouvais voir son ombre passer et observais ses allées et venues dans la maison matin et soir, sachant tout le temps que je ne pouvais pas en toute bonne conscience – pas si je devais atténuer mon manquement à la bienséance, à l'éthique et à la politique (Dieu sait si j'ai dû enfreindre d'innombrables règlements d'université, de Collège et de faculté en couchant avec une étudiante !) – la prier de s'expliquer, demander à savoir pourquoi j'étais soudain frappé d'ostracisme, pourquoi elle ne me connaissait plus. Regarde-moi, voulais-je lui dire, regarde-moi et dis-moi ce que j'ai fait de mal.

Il s'écoula un mois pendant lequel Fatia demeura silencieuse et moi aux aguets, avec l'espoir qu'un changement, tout aussi subit que le premier, me permettrait de rentrer en grâce. Je ne voulais surtout pas devenir le professeur obsédé qui tambourinait à la porte de sa jeune étudiante ou qui la harcelait de mails et de textos, la suivait à la bibliothèque ou à la piscine universitaire, même si malgré moi je songeais un jour à m'acheter un nouveau maillot de bain jusqu'au moment où j'ai capté la destination de la voie où mes pensées m'entraînaient. Professionnellement, il n'y avait aucune raison que nous nous revoyions avant la fin du printemps ; j'étais sûr que nous nous étions quittés de telle manière que, si nous devions nous retrouver face à face, les choses se passeraient naturellement, aussi irréelles que ces nuits partagées commençaient à me paraître avec le recul, les invitations prolongées, la pavane assise d'une séduisante hospitalité du soir, l'affaire naturelle de se mettre au lit.

Et bien que j'aie pris les devants pour l'inviter à la maison, et que j'aie été le premier à nous entraîner dans l'escalier, les semaines qui passaient sans messages ni appels téléphoniques commencèrent à me donner la sensation perverse que c'était elle qui me manipulait. Cela n'était pas tant déplaisant que surprenant, car je n'avais jamais éprouvé cette sensation avec aucune autre femme.

Certainement pas avec Susan, qui semblait subir la mécanique du sexe avec patience et indulgence plus que prendre plaisir à l'acte, et bien que ce bémol ait joué un petit rôle dans notre éloignement progressif, ce n'était pas la force à l'origine des brèches qui s'étaient creusées entre nous au fil des années. Ou bien, je me demande aujourd'hui, mésinterprétais-je complètement la situation avec Fadia ? Son détachement était-il un signe que ce qu'on faisait ne répondait pas à son désir ?

Durant ce mois de silence, je veillais davantage à m'habiller et me déshabiller derrière mes rideaux fermés, dissimulant ma nudité aux yeux de Fadia dans la chambre d'en face autant qu'au reste du monde. Oxford est une assez petite ville pour que tout le monde puisse passer dans la rue – étudiants, confrères, autres employés de mon Collège ou de l'université.

Un soir d'avril de l'an dernier, même si l'on était peut-être déjà en mai, Fadia m'envoya un texto pour me demander si elle pouvait traverser la rue. Surpris comme je l'étais par son message, je lui répondis aussitôt que, oui, bien sûr, elle était la bienvenue, je n'avais pas d'autres projets, souhaitait-elle dîner ? Non, elle était déjà prise pour le dîner, mais lui était-il possible de passer plus tard boire un verre ? Bien sûr, répondis-je encore, ce serait adorable. Sauf que la vulnérabilité trahie par ma réponse, ou la sensation de vulnérabilité que mon affirmation comme quoi il était adorable de voir une étudiante avec laquelle j'avais couché il n'y avait pas si longtemps provoquait dans mon propre psychisme, celle de m'ouvrir à la féminité, ébranla une fois de plus le sol sous mes pieds, tant et si bien que j'ai eu, ainsi qu'il semblait m'arriver plus souvent plus je restais en Grande-Bretagne, la sensation de faire le grand écart entre deux plateaux opposés, l'un se déplaçant vers l'est et l'autre vers l'ouest, mon équilibre devenant plus précaire à mesure que je m'évertuais à ne lâcher aucun des deux.

Aujourd'hui, bien sûr, je comprends pourquoi Fadia a gardé le silence. J'avais commencé à réfléchir à son brutal retour dans mon existence après cette absence de quatre mois pendant que je contemplais les arbres couverts de givre sur le terrain séparant ma maison de celle de mes voisins, dans la limpide lumière matinale du dernier samedi de novembre quelques semaines plus tôt, avec la chaleur qui pulsait par les bouches d'aération et me chauffait les pieds sur le linoléum de la cuisine, sachant que je devais emmener ma mère déjeuner au Beekman Arms. C'était exactement pour ça que j'étais rentré en Amérique, pour profiter de ces week-ends délassants en famille, pouvoir foncer de chez ma fille à chez ma mère, voir mon ex-femme sur un coup de tête comme si je croyais un seul instant qu'elle pourrait trouver la force de me reprendre après mes années de vagabondage géographique et romantique. J'imaginais combien il me restait de chemin à parcourir, les confessions auxquelles je devrais me livrer, les révélations sur mon intimité avec Bethan et Fadia, mes liaisons avec une demi-douzaine d'autres femmes, et je m'en étais tiré sans attraper de maladie (ce que, pour une raison inconnue, j'avais craint davantage qu'en Amérique), bien que non sans complications d'un ordre peut-être plus grand que la variété d'infections censées réagir aux antibiotiques.

Dès l'instant où ma mère est montée dans la voiture, j'ai su que quelque chose n'allait pas. Elle tripota son sac à main, avant d'avouer qu'elle avait oublié de réserver une table. Nous irions à la place au restaurant italien du Culinary Institute of America, qui était à une demi-heure de route en voiture et pas du tout ce dont j'avais envie.

— Tout va bien? m'enquis-je, conscient de l'impatience de ma voix tandis qu'elle continuait à farfouiller dans son sac.

— Mmmm… oui, oui.

— Tu as perdu quelque chose ?

— Non, je m'organise, c'est tout, chantonna-t-elle sur le ton que j'avais fini par associer avec toute une palette d'humeurs faussement radieuses susceptibles de virer au noir sans prévenir.

— Ça me déconcentre, maman.

Avec un gros soupir, elle referma son sac. Nous roulâmes en silence, ou plutôt je conduisais, et ni l'un ni l'autre de nous ne dit mot jusqu'à notre arrivée sur le campus de l'école hôtelière. Au restaurant, elle se plaignit que notre table près de la fenêtre, avec sa vue sur les jardins, était trop froide, il y avait du courant d'air. L'établissement était décoré dans un style pseudo-toscan qui me donnait envie de gerber. Ma mère a commandé des aubergines à la parmigiana en entrée, tandis que je me rabattais sur une salade de poulpes, puis nous avons tous deux opté pour le poisson du jour garni de couscous aux pistaches (pas très authentique, ai-je pensé en gardant ça pour moi). Pendant que nous attendions le premier plat, ma mère regardait autour d'elle de son habituel air distrait.

— Dis-moi une chose. Comment se passe ton cours ? Celui sur le cinéma.

— Que veux-tu que je te dise ?

— Je ne sais pas, tu es si secret, Jeremy. Tu ne me dis jamais rien. Parle-moi de tes étudiants.

— Mon cours attire une population mélangée. Théoriciens du complot, philosophes, anarchistes en couche-culotte aux bras tatoués de fils barbelés, plus quelques représentants sérieux de la philosophie du cinéma qui veulent discuter sans fin de Gilles Deleuze et de l'« image-mouvement », dont j'ignore vraiment tout. Moi, je m'intéresse aux films en tant que documents sur des mouvements sociaux particuliers.

— Je ne comprends rien à tout ça !

— Bien sûr que si.

— Mais tu parles trop vite, j'aimerais bien que tu prennes le temps de m'expliquer. Je ne sais pas comment tes étudiants peuvent suivre...

— Je te l'expliquerai une autre fois.

— Tu dis toujours ça !

— Il y a quelque chose qui ne va pas ?

— Ce n'est rien, tu vas être contrarié.

— Contrarié par quoi ?

— Ce que je vais te dire.

J'eus un pressentiment, ce qu'elle s'apprêtait à me révéler avait un rapport avec les événements de la semaine précédente, de ce samedi de la semaine d'avant, quand, attablé dans un café de MacDougal Street, j'attendais une étudiante qui n'était jamais venue parce que j'avais ou je n'avais pas – un autre l'avait peut-être fait à ma place – envoyé un mail pour reporter notre rendez-vous. Ce que ma mère allait me dire avait un rapport avec les boîtes livrées à mon domicile. Cela avait un rapport avec Fadia et son frère, Saif, et Stephen Jahn. En dernière instance, j'en eus la certitude dans une onde glacée de panique, cela avait un rapport avec Michael Ramsey.

— J'ai reçu un appel téléphonique.

— De qui ?

— Il n'a pas dit son nom.

— C'était un homme, alors ?

— C'était une voix d'homme. Je connais encore la différence entre un homme et une femme, Jeremy, même si tu me crois givrée. Je n'ai pas perdu la boule au point de ne plus distinguer une voix masculine d'une voix féminine !

— Ne parle pas si fort.

— Personne ne peut entendre !

— Répète-moi juste ce qu'il t'a dit.

— Il a dit que je devais savoir que tu n'étais pas une bonne personne, que tu étais un homme très méchant – là, elle commença à s'étrangler – que tu avais commis des choses *terribles*, que tu étais anti-Américain, que tu étais un ami de notre ennemi, que tu croyais au terrorisme et avais financé des djihadistes, que tu travaillais contre nos intérêts nationaux, toutes sortes de choses, je veux dire, vraiment abominables, c'était si perturbant, et puis il a dit... je ne sais même pas comment mettre les mots... il a dit que tu avais été intime avec une jeune musulmane, à Oxford, qui était liée à des organisations extrémistes. Je sais que rien de tout ça ne peut être vrai, mais je ne savais pas quoi dire, et je me suis mise à crier après l'individu au bout du fil en l'accusant de mentir, et puis il a répondu que si je voulais m'exposer à une vie de terreur c'était mon libre choix, mais il me conseillait de ne jamais te revoir ni te reparler, et j'ai raccroché, c'était *atroce*, acheva-t-elle, et à cet instant une pluie de larmes avait embué ses joues. Ce n'est pas vrai, n'est-ce pas ?

Pendant qu'elle parlait, je sentis avec un vertige ma peau devenir moite, mon ventre se serrer, mes jambes ruer. Si je tombais, pensai-je, mon exposition serait complète. Exposition en tant que quoi ? En tant qu'homme qui ne sait pas contrôler ses désirs ? En tant qu'homme qui s'est allié accidentellement avec la terreur ? En tant qu'homme du mauvais côté de l'histoire ? Mon visage me trahit : l'expression de ma mère reflétait ce qu'elle voyait devant elle, ma honte et ma culpabilité, ma panique, la sensation de terreur qui s'ouvrait à moi.

— Ce n'est pas vrai, répéta-t-elle, comme pour tenter de nous convaincre tous les deux.

— Bien sûr que non ! Sans doute un étudiant frustré. Il n'y a absolument aucune vérité dans tout ça. Zéro. (Les mots me venaient facilement mais je luttais pour contrôler ma voix.) A-t-il ajouté autre chose ?

— Je te l'ai dit, j'ai raccroché. Je ne voulais pas en entendre davantage.

— Mais avant, il n'a pas dit quelque chose en dehors de ce que tu viens de me raconter ?

Elle secoua la tête.

— Non, je ne vois pas. Tu as connu une jeune musulmane à Oxford ? J'ai cru me souvenir que tu avais une doctorante égyptienne, ne m'en as-tu pas parlé ? Une Fawzia ?

— Fadia.

— C'est ça. Il m'a semblé que tu m'en avais parlé. Mais c'était juste une étudiante, et je sais que tu ne serais jamais allé chercher une étudiante, n'est-ce pas, Jeremy ?

— Bien sûr que non, non, je ne franchirai jamais cette ligne.

J'essayais de me rappeler si j'avais toujours été capable de mentir aussi facilement à ma mère. Des mots et des inventions entières franchissaient mes lèvres sans une hésitation, mais je ne me rappelais aucun grand bobard que je lui aurais raconté, aucun moment de mon enfance où j'aurais tenté de m'en tirer par des actes de vandalisme ou séché les cours, aucune simulation de maladie, pas de thermomètres chauffés à l'ampoule électrique, au coussin chauffant ou sous l'eau chaude, je n'étais tout simplement pas ce type de gamin. Peut-être parce que mes parents étaient eux-mêmes inflexibles avec la vérité, je ne les ai jamais vus mentir à quiconque, et leur honnêteté leur avait souvent coûté cher aux plans social et professionnel : ils s'étaient aliéné certains de leurs amis par leur tendance à décliner une invitation à dîner au dernier moment sous prétexte que l'un ou l'autre n'avait plus envie de sortir, ou mon père téléphonait au bureau tous les deux ou trois mois pour expliquer qu'il serait absent ce jour-là parce qu'il était las de la routine quotidienne et avait besoin d'une pause et que les deux semaines de congés annuels auxquels il avait droit n'étaient tous simplement pas suffisantes pour l'aider à supporter les cinquante autres.

La seule fois où je me revois raconter un beau mensonge à ma mère, c'est quand Susan m'a demandé de partir. En raison d'un sentiment de loyauté mal placé envers ma femme, j'ai expliqué à ma mère que c'était moi qui avais besoin de changement, moi qui étais en crise, que j'avais décidé d'abandonner le domicile familial, de tourner le dos à ma femme et à ma fille, même si avec le temps j'avais avoué à ma mère que ce n'avait pas été le cas. Rétrospectivement, je vois bien que mon premier mensonge avait moins à voir avec le désir de protéger Susan qu'avec celui de m'éviter la honte de devoir admettre que j'avais été un mauvais mari à qui on avait demandé de partir.

— À quoi ressemblait ton correspondant ? Quel âge ?
— Je n'en sais rien. La cinquantaine ?
— Américain ?
— Je ne saurais dire. Non, pas américain. Ou alors un Américain à l'ancienne mode. Tu sais, comme une star de cinéma des années quarante. Cary Grant.
— Cary Grant n'était pas américain.
— Non ?
— Britannique, un déraciné.
— Alors j'imagine que cet homme avait quelque chose de Cary Grant. Tu ne connais personne de ce style ?
— Pas que je sache... (Bien sûr que je connaissais quelqu'un dont la voix correspondait à sa description, même si je n'y pense jamais en ces termes.) Un collègue qui m'en veut, ou quelqu'un dont j'ai critiqué l'ouvrage...
— C'était si particulier.
— Ce n'est rien, j'en suis sûr.

Pendant que je résidais en Grande-Bretagne, si je n'ai pas appris à mentir, j'ai appris à en dire beaucoup moins à ma famille – à ma mère, ma fille et même mon ex-femme – sur ma vie, compartimentant des pans entiers de relations et de connaissances en zones top-secret. Cela m'avait surpris qu'elle se souvienne de Fadia, car je croyais l'avoir rayée de la carte, tout comme j'avais tenu Bethan et toutes les autres femmes secrètes malgré les questions épisodiques de ma mère sur ma vie amoureuse au fil des ans, ses approches en douceur pour savoir s'il y avait « quelqu'un de spécial » ou si je « voyais quelqu'un » ou encore si je pensais un jour « me ranger ». Je lui répondais avec impatience que je n'avais pas de projets dans l'un ou l'autre sens et, aussi éloigné que je puisse être de ma vie antérieure en Amérique, je m'étais certainement rangé, j'étais aussi rangé qu'il est possible de l'être, avec une maison à mon nom, de l'argent dans plusieurs banques et la sécurité d'un poste à durée indéterminée. « Comment serais-je moins rangé que si je me réveillais auprès de la même femme tous les matins pour le restant de ma – ou de sa –

vie ? » Ensuite, ma mère soupirait et promettait de ne plus poser de questions aussi indiscrètes. Elle était capable de tenir parole six mois, ou jusqu'au jour où la partie de son esprit qui s'inquiétait de mon bien-être la poussait à me redemander, d'un ton qui rendait sa question insupportablement chargée d'attentes, si elle pouvait encore espérer avoir une nouvelle belle-fille.

Nous avons achevé notre repas dans un silence relatif en picorant dans notre assiette, avant de nous battre pour payer l'addition et d'aller jeter un coup d'œil à la boutique de cadeaux de l'école hôtelière, où ma mère fit l'acquisition d'une nappe française à fleurs dont elle n'avait sûrement pas besoin. Sur le trajet du retour, elle regarda par la fenêtre, d'un air si préoccupé que je la soupçonnais de ne pas avoir cru en mes dénégations. Bien qu'il soit toujours possible que Michael Ramsey lui eût téléphoné, peut-être en déguisant sa voix, il faisait peu de doute dans mon esprit que Stephen Jahn était l'auteur de l'appel.

— Je te verrai le prochain week-end.

— Oui… (elle marqua une hésitation) Il faut que je vérifie mon agenda. J'ai peut-être un déjeuner.

— Les deux jours ? Et un dîner, ça te dirait ?

— Devons-nous absolument décider aujourd'hui ?

— Non, on peut se parler dans la semaine. Quel est ton planning ?

— Pilates mardi, espagnol mercredi, et j'ai l'intention de commencer à penser à Noël. As-tu des idées pour Meredith et Peter ?

— Offre-leur des livres. Ou une boîte de tes bonshommes en pain d'épices. Cela aurait plus de valeur…

— N'est-il pas curieux que tout change si vite ? Une année, je m'inquiétais pour Meredith et, tout à coup, je me dis que c'est elle qui doit s'inquiéter pour nous.

— Honnêtement, maman, il n'y a pas de quoi s'inquiéter.

— Non ? Bon, je suis contente de l'entendre, dit-elle en m'embrassant pour me dire au revoir.

En m'éloignant de la maison maternelle, je me repassai les accusations que son interlocuteur anonyme avait lancées contre moi. Bien que grossières et prévisibles, et presque complètement à côté de la plaque, celles-ci étaient si troublantes – pour ne pas dire choquantes pour mes propres convictions politiques et idéologiques – que je les entendis comme une litanie, mais une litanie seulement au sens tardif du mot, qui retourne et subvertit l'original, pas une prière de supplication mais une énumération de malheurs, un raga bourdonnant dans ma tête, et toujours avec la voix de ma mère, bien que je m'efforçasse d'en modifier le registre, d'entendre ces accusations sur le ton de Stephen Jahn, comme si ce changement de timbre pouvait désamorcer toutes ces fausses assertions. Ou comme si la malédiction d'un homme était curieusement moins puissante, moins assassine que celle d'une femme.

Je ne suis pas amateur de terrorisme, même si, au lycée, j'avais flirté brièvement avec l'*idée* romantique de l'IRA et de l'indépendance irlandaise, assistant aux festivals de musique celte dans le nord de l'État où des représentants de diverses fraternités irlandaises affichaient autocollants et accessoires avec les slogans *Our day will come*, « Notre jour viendra », ou *England, get out of Ireland,* « Dehors les Anglais ! ». J'avoue avoir acheté ces mêmes autocollants et en avoir collé un à l'arrière de ma voiture, bien que je n'aie jamais eu droit à un klaxon de reconnaissance. Plus tard, quand j'ai émigré en Grande-Bretagne, il m'est venu à l'esprit que mon acquisition de ce type d'autocollants pouvait être interprétée comme un signe de soutien à une organisation terroriste. Cette pensée fit davantage son chemin en moi quand quelqu'un comme le père de Bethan clama carrément sa haine des Irlandais. Ou quand, à Oxford, je commençai à remarquer que mon nom suscitait parfois des réactions d'hostilité chez certains employés de banque ou commis de magasin, des gens qui se montraient parfaitement aimables jusqu'à ce qu'ils voient mon patronyme, et alors c'était comme si, à la vue d'un nom commençant par

« O' », le rideau tombait, et que toute association ou souvenir que la personne pouvait avoir – peut-être d'un être cher tué ou blessé, comme pour le père de Bethan, ou peut-être d'une fréquentation intime avec le terrorisme irlandais – la poussait à voir chez tout porteur d'un nom irlandais un ennemi potentiel, ou, du moins, un rappel inopportun d'un malheur ancien.

Il y a un peu plus d'un an et demi, je me tenais encore avec Fadia dans ma salle à manger, au fond de la maison. Les jonquilles étaient finies, les tulipes en fleur, les cerisiers ornementaux chargés de lourdes efflorescences roses, mais tous ces coloris s'estompaient pour donner un terne camaïeu de pastels roussis dans l'obscurité.

Ce serait romantique de dire que j'avais remarqué qu'elle avait l'air différent, mais en réalité je ne soupçonnais rien à ce moment-là et n'avais remarqué aucun changement dans son apparence. Elle était aussi ravissante qu'elle l'avait toujours été, bien que, avec le recul, j'eusse envie de dire qu'elle débordait encore plus de vie, ou que son minois rayonnait d'anticipation, mais je ne pense pas que ce fût le cas, parce que, au contraire, elle était préoccupée, pour ne pas dire agitée, et avait besoin de réconfort.

— Puis-je t'offrir quelque chose à boire ?

— Un thé à la menthe ?

— Rien de plus fort ?

— Non, Jeremy, juste du thé.

— Et ton travail ? As-tu songé à visiter les archives de la Rainer Werner Fassbinder Foundation ?

— Non, j'ai été assez occupée, non, je n'ai pas pu m'occuper des archives Fassbinder ni de quoi que ce soit d'autre, d'ailleurs. Pas encore. Peut-être cet été... Berlin est plus agréable l'été, quand on peut nager.

— Pourvu que tu ailles là-bas dans le courant de l'année, tout ira bien. Du miel ?

— Non merci, nature.

Comme pour tous nos précédents rendez-vous, nous nous étions retrouvés dans ma maison, moi dans le fauteuil, Fadia sur le canapé, bien qu'elle se fût déchaussée et eût replié ses pieds sous elle. Je sentais que cette soirée ne serait pas comme les autres sans avoir, à cet instant, la moindre idée de ce qui m'attendait. Nous buvions notre thé en silence, j'avais l'impression qu'une heure s'était écoulée, même s'il n'avait pu s'agir que de quelques minutes au plus. Je crois n'avoir rien dit, préférant lui laisser l'initiative. Ce n'est pas flatteur pour moi, mais j'avoue m'être demandé si on ne pourrait pas aller dans ma chambre, même si je redoutais aussi qu'elle ne me repousse pour ma lâcheté, ou pensais qu'elle était peut-être venue pour clarifier la nature de nos relations.

— J'ai quelque chose à te dire, Jeremy.

— Cela n'a pas l'air très agréable ;

— Je ne sais pas exactement ce que je ressens... *Je ne sais plus, je suis confuse**.

Elle souhaitait peut-être, pensais-je, me présenter à ses parents.

— Quelqu'un a dit quelque chose ? demandai-je, craignant qu'un de ses amis ou un de mes collègues ait pu insinuer être au courant de notre liaison.

— Bien sûr que non. Mais... je n'ai pas envie de me disputer quand tu entendras ce que j'ai à dire.

— Je ne m'imagine pas avoir envie de me disputer avec toi.

— Je ne veux pas que tu me persuades que c'est autre chose que ce que je sais que c'est.

— Tu es bien mystérieuse.

— Non, je veux juste préparer le terrain. Tu ne devras ni discuter ni poser de questions qui sèment le doute sur ce que je te dis.

— J'accepte.

Comme elle buvait une nouvelle gorgée de thé, je remarquai ses lèvres pressées contre le bord de la tasse blanche et pensai, ce n'était pas la première fois, à quoi cela pourrait ressembler de m'embourber dans sa vie, de rencontrer ses parents, qui n'étaient pas beaucoup plus vieux que moi, de rencontrer tôt ou tard son frère, à moins qu'il ne soit, de fait, le fondamentaliste que Fadia craignait qu'il puisse être, auquel cas… auquel cas je ne savais pas quoi. Je considérai ce que cela signifierait pour ma propre existence, pour ma carrière, mon gagne-pain, et la vie de ma mère, de ma fille et même de mon ex-femme, si cela finissait par se savoir que j'étais le professeur qui s'était marié avec une étudiante qui se trouvait être la sœur d'un terroriste et la fille du vieil ami d'un dictateur. Qu'est-ce que cela signifierait de divorcer d'avec l'existence que j'avais connue, y compris de l'existence singulière que j'avais adoptée à Oxford, pour épouser une vie d'étrangeté totale, et une qui soit « divisée contre elle-même » ? Cela signifierait, pensai-je, être retenu aux frontières, s'apercevoir que les voyages en avion entraînaient soudain de nouvelles complications, peut-être même être placé sous des formes de surveillance à la fois visibles et invisibles par les services de sécurité de nombreux gouvernements, pas seulement britanniques et américains, mais aussi égyptiens et israéliens. Je sentis que Fadia regardait ailleurs, comme si elle ne supportait pas de garder un contact visuel avec moi. Qui savait ce que l'aimer pourrait impliquer d'autre ? Je ne savais rien de sa culture ni de son pays, presque rien de sa vie jusqu'à ce qu'elle soit devenue mon étudiante, et encore j'en savais à peine plus que ce qui concernait son parcours universitaire et ses habitudes quotidiennes, l'heure à laquelle elle se levait et se couchait, qu'elle fréquentait la piscine d'Iffley Road, qu'elle s'habillait toujours en femme adulte et stylée.

Je ne peux pas dire aujourd'hui si tout ça, la situation dans laquelle je me trouve, à noircir ces pages, est une phase préparatoire à une série de plus graves conséquences pour la manière dont ma vie a été absorbée dans celle de la famille de Fadia. Est-ce que je me force à écrire ce mémoire parce que j'ai couché avec une femme innocente à part entière mais suspecte par parentèle et association ? Je n'ai pas de réponse. J'écris, j'écris, et, je n'en doute pas, quelqu'un à un moment donné lira ces pages, portera un jugement et peut-être, s'il constate quelque chose à ma charge, cherchera à infliger une forme de sanction – à ma personne si je suis toujours en vie ou à mon héritage si je suis mort. J'ai fini par croire au cours de la dernière semaine – s'est-il seulement écoulé une semaine ? ai-je écrit autant en quelques jours ? combien de pages ai-je écrites, au fait ? je les compte, j'écris gros, il y a au moins trois cents feuillets mais je ne peux pas dire combien de mots... – que j'attends quelque chose qui ne viendra peut-être jamais, que je peux continuer à écrire ce mémoire de mon innocence et le voir rester sans lecteur jusqu'au moment où je me mettrai plus clairement dans l'illégalité. Ou jusqu'à ce que quelqu'un, peut-être Stephen Jahn, me dénonce aux autorités de telle sorte que celles-ci n'auront d'autre choix que de prendre des mesures. Stephen a toutes les qualités d'un informateur, je connais ce genre de type. Les gardiens sont-ils fiables ? La femme qui vient faire le ménage dans mon appartement ? Ma fille, mon gendre, mon ex-femme et ma mère ? Est-il possible qu'ils soient tous des informateurs ?

Malgré cette première formulation de mes appréhensions, assis là avec Fadia dans mon logement d'Oxford, j'éprouvais aussi une exaltation de la *volonté*, un nouveau désir d'accepter l'ouverture, l'étape suivante de l'embourgeoisement, que je m'étais autopersuadé que Fadia allait me proposer.

— Je n'ai pas eu mes règles, lança-t-elle d'un ton impassible. J'ai acheté un test de grossesse, un de ces horribles petits machins en plastique, et puis j'ai consulté un médecin dans une clinique de Reading. Je ne pouvais pas consulter un médecin universitaire, et je ne voulais pas non plus prendre le risque d'aller dans une clinique d'Oxford ou de Londres, par peur d'être reconnue. Le médecin de Reading a confirmé le résultat du test. C'est tout récent, mais il n'y a aucun doute. Tu comprends ?

La soudaine joie que j'ai ressentie dans ma poitrine ne semblait pas en phase avec le ton de sa voix. Pas de sourire sur son visage, pas de grand bonheur. Ce qui était arrivé était une complication dans ses projets, je l'ai bien compris, une complication qui exigeait plus que les précautions normales pour être réglée. Je voulais la gérer comme il faut, réparer le mal que j'avais fait, pour commencer. Nous nous étions protégés, mais ce sont des choses qui arrivent. Meredith, de fait, avait été conçue dans des circonstances similaires. Je comprenais que Fadia ne veuille pas que je pose des questions sur sa présomption de ma paternité. Elle n'était pas, pensais-je, le genre de femme à avoir de nombreux partenaires. Bien entendu, je n'avais vu aucun signe d'autres engagements romantiques.

— Alors qu'est-ce que ça veut dire ? Je ne veux pas m'attribuer un plus grand rôle que tu ne le souhaites.

— Je voulais te demander ton avis. C'est la raison pour laquelle je suis ici. Si c'était simple dans mon esprit, dans un sens ou dans l'autre, alors, pardonne-moi, j'aurais peut-être choisi de ne pas t'impliquer, en fonction de ma décision bien sûr.

— Est-ce indélicat de ma part de te demander si tu désires le garder ?

— Oui, j'imagine que c'est indélicat en un sens, mais j'aime ta franchise. La réponse, c'est que je ne sais pas, je n'ai pas encore décidé. Je ne prévoyais pas d'avoir déjà un enfant, mais je veux des enfants, c'est juste que je pensais avoir des enfants avec un mari et quand j'aurais quelques années de plus, peut-être même dix ans de plus, après avoir pris le temps d'avoir une situation et de gagner un peu mieux ma vie.

— Nous pourrions nous marier.

Elle me sourit, se prêtant un instant à mon jeu.

— Le fait est que, même si je t'aime bien, Jeremy, et même si je te trouve charmant et que je ne regrette pas ce qui s'est passé entre nous, il est inimaginable que je me marie avec toi. J'espère que tu n'es pas trop vexé.

Bien sûr que j'étais déçu, mais je tâchais de le cacher.

— La différence d'âge, d'abord, et je suppose... je veux dire, nous venons de pays très différents. Le fossé culturel...

— Oui, ces choses-là ne seraient pas faciles. Mon père, et mon frère, s'il resurgit un jour dans ma vie, il leur serait impossible de comprendre, même si mon père a toujours été laïc. Quand j'étais petite, on aurait dit qu'il passait plus de temps à boire et à jouer au squash au Gezira Club qu'à travailler. Il est très libéral à de nombreux égards, je veux dire dans sa manière de vivre, mais pas dans ce qu'il croit, et sur ce point il ne comprendrait pas, j'en suis certaine. Même ma mère poserait problème.

— Et l'autre solution ?

— Je n'ai pas d'objection de principe à l'avortement. J'ai hérité du pragmatisme rationnel de ma mère, de ce côté-là. Mais je ne suis pas sûre que ce soit ce que je veux, si c'est la décision que je prendrais nécessairement, et pourtant je n'ai jamais envisagé de renoncer à l'enfant pour le faire adopter. Donc ou j'avorte ou j'accepte d'avoir un enfant, et ça veut dire avoir un enfant avec toi en quelque sorte, que ça marche ou non.

— Je ne peux pas décider à ta place.

— J'apprécie que tu me dises ça. Je veux dire, j'apprécie que tu respectes mon droit à prendre cette décision. Mais cela m'aiderait de savoir ce que tu serais prêt à faire dans les deux cas.

— Je te soutiendrai, quelle que soit ta décision.

— Qu'est-ce que ça veut dire exactement ? Sur le plan affectif ? (Elle marqua un silence, fronçant le nez, ses yeux disparaissant fugitivement derrière un rideau de cheveux sombres.) Financier ? Ou serais-tu prêt à être père ? À être présent dans la vie de ton enfant ?

— Quelle que soit ta décision, je serai là, si tu désires ma présence, ou je disparaîtrai si c'est ce que tu préfères. Si tu choisis l'avortement, je le paierai. Si tu décides de garder l'enfant, je t'aiderai aussi et jouerai dans sa vie le rôle que tu souhaites me voir jouer. Je ne suis pas une mauvaise personne, en tout cas je ne veux pas être une mauvaise personne. Cela a peut-être été une erreur, mais je veux faire tout mon possible pour la réparer. Ou faire ce qui est bien, ce qui est le mieux de ton point de vue à toi.

— N'as-tu pas ta propre façon de voir ? Est-ce que tu veux un enfant avec moi, même si nous vivons séparément ?

Je ne m'attendais pas à cette question. Après la naissance de Meredith, Susan et moi avions pris la décision délibérée de ne pas avoir d'autre enfant, avec la conviction que c'était la chose éthique à faire, ne pas contribuer à la surpopulation de la planète mais aussi réfléchir sagement à nos moyens en tant qu'universitaires habitant New York. Les circonstances avaient changé, car je me retrouvais soudain, plus tard dans la vie, avec une situation financière non négligeable, et sans avoir à m'inquiéter pour la situation de Meredith. En d'autres mots, j'avais les moyens de subvenir aux besoins d'un enfant. Mais quel sens cela aurait-il si c'était un enfant avec qui je pouvais entretenir seulement un lien ténu, un gamin ou une gamine qui vivrait peut-être en Égypte ou en France, ou même à Oxford, auquel cas je pourrais le ou la voir quand même toutes les semaines ? (Je n'avais pas encore été, à ce moment-là, approché par la New York University, je ne pensais donc pas retourner à New York dans l'immédiat.)

— J'ai déjà un enfant, bien sûr, une grande fille de ton âge. Elle s'est mariée l'an dernier, plus jeune que je ne m'y attendais. Je sais à quoi ça ressemble.

Avec quelle facilité j'ai prononcé ces mots, alors ! Je me demande si je trouverais ça aussi facile maintenant.

— Comme tu dis, ce sont des choses qui arrivent.

— J'ai donc déjà l'expérience de la paternité. Ce n'est pas un besoin que je ressens avec la même urgence qu'un homme plus jeune, mais cela ne veut pas dire que je n'accueillerais pas une seconde paternité avec joie, même à distance, si c'est ce que tu as voulu.

— L'idée d'un enfant te tente ?

— Oui, répondis-je sans hésitation, le premier surpris par ma conviction personnelle. As-tu réfléchi à comment ça pourrait fonctionner, si tu le gardes ?

— Je ne sais même pas si ça *peut* fonctionner, c'est le problème. Si je garde l'enfant, il me faudra trouver une explication pour mes parents. Mon père voudra savoir qui est le père. Il pourrait même vouloir... je ne sais pas... Pour ma part, je ne le vois pas comme un homme violent. Mais, tout à coup, j'ai des visions dans lesquelles je lui parle et puis je le vois devenir fou de rage et prendre un avion, rouler jusqu'à Oxford, défoncer ta porte et t'étrangler dans ton lit ou te traquer aux quatre coins de la terre, rendre la vie impossible à ta famille en Amérique, et je l'en crois bien capable. Ces scénarios n'arrêtent pas de tourner dans ma tête ces derniers jours. Alors je ne sais pas comment gérer la situation. Je pourrais peut-être mentir et raconter que c'était un condisciple, ou que j'étais ivre et avais couché avec quelqu'un sans me souvenir qui c'était. Mais, pour le moment, je crois qu'il serait impossible de leur dire que c'est toi le père. Même s'il ne voulait pas te tuer, mon père reste bien introduit, surtout chez des gens en Amérique.

— Mais aurais-je un rôle dans la vie de cet enfant ?

— Oui, je le voudrais bien. Je ne sais ni comment ni quand, je n'ai pas décidé. J'ai besoin de temps pour démêler toutes les ramifications, mais il m'est utile de connaître ta position. Je t'en suis reconnaissante.

— Regrettes-tu ce qui s'est passé ?

— Regretter ? Je ne sais pas. Je crois que j'ai besoin d'être seule un peu plus de temps. Mais merci, Jeremy.

Elle se leva et me tendit sa tasse vide.

— Dois-je attendre de tes nouvelles ?

— Oui, ce serait mieux pour le moment.

— Si tu as besoin… Ce que je veux dire, c'est que si cela te demande de prendre du temps sur ton travail, on peut toujours s'arranger.

— Oui, je sais. Ne sois pas si anglais !

— Je ferai tout mon possible pour me racheter, quel que soit ton choix. Si tu as ton bébé, tu peux marquer une pause. Dans le cas contraire, tu peux aussi marquer une pause. Si tu as besoin d'argent, j'en ai.

Elle se retourna et me lança un bref regard noir.

— J'aimerais que tu dises simplement ce que toi tu veux, sans faux-fuyants.

Je n'eus pas à réfléchir.

— Garde-le, garde l'enfant. Voilà ce que je veux ! Nous trouverons bien un moyen.

L'air à la fois surpris et furieux, elle se pencha presque par réflexe pour m'embrasser sur la joue, deux fois, juste à côté de mes lèvres, de part et d'autre de ma bouche, puis elle me tourna le dos et traversa la cuisine pour s'enfuir dans le couloir. Le temps que j'atteigne la porte d'entrée, elle était déjà sur le trottoir et leva une main en guise d'adieu quand je lui criai bonne nuit.

De nouveau seul dans ma maison d'Oxford, je me sentis submergé par une vague d'émotion en imaginant l'enfant qu'elle allait peut-être avoir, même si je m'abstenais d'y penser comme étant *le mien*, étant donné que, à ce moment-là, je n'avais aucune certitude que, malgré mon rôle dans sa conception, elle veuille m'impliquer au final, ou me permette même de rester en contact afin que je puisse me voir en parent. Parallèlement à ce sentiment, j'avais une impression d'isolement, celle de ne pouvoir annoncer à personne la nouvelle que je venais d'apprendre, pas seulement parce que je voulais protéger Fadia, quelle que soit sa décision, mais aussi me protéger moi. Je craignais le scandale qui pouvait éclater si le Collège ou l'université découvrait que j'avais engrossé une de mes étudiantes ; il rendrait ma position à Oxford intenable s'il devenait public et pouvait même mettre un terme à ma carrière plus efficacement que tout refus de titularisation. Je m'imaginais dire au revoir au reste de ma carrière d'enseignant dans une université publique ou un centre universitaire perdu, peut-être même me réfugier dans un des coins anglophones reculés du monde et enseigner l'histoire dans une petite université asiatique ou un institut technique africain où personne ne saurait ce que j'avais fait. La Grande-Bretagne a une grande tradition, celle d'expatrier ses scandales, jadis dans l'Empire ou les colonies ; encore aujourd'hui on entend des rumeurs du mouton noir d'une bonne famille qui a été expédié au Kenya, en Afrique du Sud ou en Australie pour qu'il tente de refaire sa vie là où sa disgrâce ne causera aucun embarras à la famille restée en Grande-Bretagne. Il n'y a pas de réel équivalent américain, peut-être parce que les Américains sont dans un sens plus indulgents vis-à-vis de l'échec et que le pays est si vaste que l'idée de pouvoir se terrer dans un lointain avant-poste occidental flotte toujours dans l'esprit de celui qui redoute de ne pas avoir assez de forces pour vivre la vie que ses parents et sa communauté ont prévue pour lui ; il demeure possible de se faire oublier en Amérique du Nord d'une manière qui ne l'est plus en Grande-Bretagne depuis de nombreux siècles.

Ces trajectoires se bousculaient dans ma tête pendant que je restais figé, un peu oppressé, dans le couloir de ma maison de Divinity Road, face à la perspective de redevenir père. Comment, me demandai-je, réagirait ma fille ? Ou ma mère, d'ailleurs, soudain gratifiée d'un nouveau petit enfant, d'un bébé à chouchouter et à choyer alors qu'elle n'avait plus de raison d'en espérer l'apparition ? Je m'efforçai de me calmer, de ne présumer de rien, mais la sensation de chaleur qui se répandait dans mes membres était née autant de l'impatience de pouvoir choyer une nouvelle fille ou un nouveau fils que d'un espoir en la création de quelque chose de bien : une nouvelle vie vierge d'actes ou d'exploits.

En repartant de la maison de ma mère, j'allumai le chauffage de l'auto, tendis les mains pour sentir l'air chaud souffler sur mes doigts puis tournai au nord, en direction de ma propre maison, qui n'était maintenant plus seulement une maison mais un foyer, même si je ne l'avais pas entièrement intégrée dans ma perception révisée et indéfiniment révisable de ma place dans le monde. Cette petite ville du nord de l'État, ce terrain boisé, cette construction solide bien que modeste représentaient les lieux où j'escomptais passer le reste de ma vie, gardé par ma fille ou les personnes qu'elle paierait pour s'occuper de moi quand je ne serais plus autonome. C'était là ce que j'imaginais, croyant naïvement avoir laissé les complications d'Oxford derrière moi, ou que celles-ci seraient vite oubliées grâce au type de gestion indépendante que j'avais instauré plus tôt cette année-là pour les pallier. Maintenant, bien sûr, je sais que ce ne sera pas le cas.

Le trajet était court, à peine assez long pour que je réfléchisse à ce que je faisais. Ou j'aurais pu me raviser et rentrer directement chez moi plutôt que de m'arrêter dans cette allée, à un demi-mille plus au sud, et garer ma voiture devant celle de mes voisins. Tassé dans la chaleur faiblissante de l'habitacle, je sentis avec surprise la vitesse avec laquelle celui-ci se refroidissait; mes doigts commençaient à me piquer sous l'effet de l'air froid entrant par les grilles d'aération. La température était trop basse pour rester là trop longtemps et je savais que Michael Ramsey devait me surveiller. Avant que j'aie eu le temps de sonner, il avait ouvert la porte et me souriait de son petit air narquois :

— Je savais que vous repasseriez.

— Puis-je entrer ? On gèle.

— Êtes-vous armé ?

— Bien sûr que non. Quelle question stupide !

— Je voulais juste savoir si je me mettais en danger en vous laissant entrer.

Je ne savais pas s'il plaisantait.

— Je pensais que c'était peut-être moi qui devais avoir peur.

Son sourire disparut.

— Vous pouvez appeler les flics.

-- J'ai oublié mon téléphone chez moi.

Là-dessus, il s'écarta pour me permettre d'entrer dans la maison que j'avais explorée pour la première fois la veille, dans des circonstances si inhabituelles, en gambadant dans l'obscurité à la suite de ce qui pouvait, songeais-je rétrospectivement, n'avoir été qu'une ruse pour jauger les limites de ma peur.

La passion de mes voisins pour le mobilier américain primitif était si obsessionnelle que tous les meubles et objets d'art dataient de cette période, disposés dans une palette de teintes et de formes savamment scénographiée. Le canapé où je m'étais assis était dur et inconfortable, prévu pour un corps plus petit et plus menu que le mien.

— Vous m'avez dit hier soir avoir été mon étudiant. Quand exactement ai-je été votre professeur, monsieur Ramsey ?

— Pendant mes années de licence et de master.

— Vous avez participé à plus d'un de mes séminaires ?

— Ouais, genre trois.

Il semblait offusqué que je ne me souvienne pas de lui. Objectivement, c'était vrai, j'avais des souvenirs assez clairs de plusieurs étudiants qui avaient suivi mes cours, du moins je revoyais leurs têtes même si je ne me souvenais plus de leurs noms, bien que, selon moi, ce soit moins une lacune de la mémoire qu'un processus naturel grâce auquel un enseignant, confronté chaque année à des dizaines de noms et de visages nouveaux – parfois des groupes différents d'un semestre à l'autre –, pouvait mémoriser ses étudiants au cours d'une période nécessaire de contact mutuel, mais à un moment donné, peu après que l'étudiant ou l'étudiante sera passé à la phase suivante de sa vie, l'esprit de l'enseignant doit commencer à purger ses dossiers, gérer les données de la mémoire pour faire de la place à d'autres informations plus importantes dans l'espace occupé par des personnes avec qui on n'a plus de relation permanente, ou des personnes avec qui ce bref moment relationnel n'était pas assez significatif pour créer des souvenirs durables.

— Pardonnez-moi, j'ai beau fouiller dans mes souvenirs, je ne me souviens pas de vous.

— J'étais aussi un très bon étudiant, insista-t-il avec une grimace, et la manière dont il le dit me laissa penser pour la première fois que je pouvais ne pas avoir affaire à un homme doté de toute sa raison.

— Seriez-vous facétieux ?

— Non, j'étais vraiment bon. Un vingt sur vingt, aucune absence, pendant quatre ans. *Summa cum laude*. Avec les félicitations du jury.

— Vous devez comprendre que j'ai eu des tas d'étudiants au fil des ans.

— Pas des comme moi.

Un petit sourire réapparut sur ses lèvres.

— Vous étiez un trublion ?

— On ne va pas parler de moi !

— Pourquoi pas ? Je trouve ça intéressant. J'aimerais en savoir davantage sur vous, Michael. Puis-je vous appeler Michael ?

— Appelez-moi comme vous voulez, Jeremy.

— Vous m'aviez dit que vous étiez documentaliste, je crois.

— Quelque chose comme ça. Un archiviste privé serait plus juste.

— Et vous avez suivi une dominante en histoire à Columbia ?

— Avec une sous-dominante en littérature et histoire de la culture allemande.

— Et votre master après votre rencontre avec Peter ?

— Relations internationales.

— Et pourtant vous êtes documentaliste. Pas de diplôme en science de l'information et des bibliothèques ou ce genre de choses ?

— Je me suis peut-être formé sur le terrain. Ou j'ai un diplôme ou un certificat, un cours de formation en ligne dans cette autre discipline.

— Pouvez-vous me dire pourquoi nous nous sommes rencontrés ?

Il sourit.

— Le hasard.

— Est-ce possible ?

— Ce sont des choses qui arrivent à New York.

— Donc, selon vous, nous avons passé de nombreuses heures ensemble dans une salle de séminaire de Columbia il y a plus de dix ans, au fil de plusieurs semestres.

— Trois semestres en tout. *Et* vous avez été mon directeur de thèse.

Je m'efforçais de ne pas me laisser entamer, il était encore possible qu'il ait tout inventé, juste pour me déstabiliser ou voir l'effet produit. Une question m'obsédait : si Michael Ramsey était bien derrière les trois boîtes d'archives Internet et téléphoniques qui avaient été livrées à mon domicile, et s'il me harcelait d'une manière ou d'une autre, alors à quoi cela rimait-il ? Cherchait-il à montrer son pouvoir de nuisance à mon égard, en raison d'un quelconque vieux grief, ou cherchait-il, d'une manière plus compliquée, à m'aider, me prévenir que j'étais dans le viseur d'une entité beaucoup plus importante ? Michael, réfléchis-je, pouvait être un allié plus qu'un adversaire. Ou était-il possible pour quelqu'un comme lui d'avoir des intentions belliqueuses, de vouloir proposer son aide au moment où il aurait pu vouloir se venger, tendre la main en même temps qu'il restait dans l'ombre, peut-être pas même présent ? Et puis il restait la possibilité, la très réelle possibilité, que Michael Ramsey n'ait rien à voir avec tout ça, que son apparition dans ma vie au cours de la semaine soit le pur produit du hasard, et que quelqu'un de tout à fait autre – un quelqu'un qui ne pouvait être que Stephen Jahn – essayât à la fois de m'intimider et de me discréditer.

— C'est vous qui avez appelé ma mère ?

— Je ne vois pas ce dont vous parlez.

— Vous niez avoir téléphoné à ma mère ?

— Oui, je le nie. (Il le dit sans hésitation.) Quelle raison aurais-je d'appeler votre mère ? De toute façon, je n'ai pas le début du commencement d'une information pour la localiser.

— Je pense que c'est un mensonge.

— Une litote, peut-être. Bien sûr, je pourrais savoir qui elle est et où elle habite, à moins qu'elle ne soit placée sous le régime de protection des témoins, et même alors il existe des moyens de localiser ces personnes. Mais non, je veux dire, dans un sens ordinaire, je n'ai pas la moindre idée de l'endroit où se cache votre mère, quelle est son identité, si elle est divorcée ou mariée ou veuve, propriétaire d'une maison, sur liste rouge ou titulaire d'un compte bancaire suisse. Zéro, *nada*. Je ne sais rien d'elle, Jeremy.

— Pourquoi nous croisons-nous alors ?

— À vous de me le dire. C'est vous qui avez frappé à ma porte.

— Que faites-vous dans cette maison ?

— Je vous l'ai dit, elle appartient à mes amis, les Applegate. Ils étaient censés venir ici ce week-end. On devait faire des trucs dans le nord de l'État ! (Il agita son poing en l'air dans un geste pseudo-héroïque qui semblait aussi annoncer un changement de registre, ou peut-être est-ce encore une lacune de ma mémoire.) Je n'ai pas de famille dans le coin, vieux. Ma famille, ce sont mes amis. C'était censé être un week-end frais, pas glacial. En tout cas, le chauffage fonctionne maintenant. Merci pour votre aide d'hier soir. Je suis désolé si je vous ai effrayé.

— Vous ai-je fait quelque chose ? Je veux dire, ai-je fait quelque chose quand vous étiez mon étudiant pour provoquer votre colère ?

— Je ne suis pas en colère contre vous, Jeremy.

— Je pensais…

— Mon vieux, non, vous étiez un bon professeur ! Je la ramenais et vous avez été patient, je veux dire, vous me disiez de me taire parfois, pas en ces termes, et vous m'avez plus ou moins lâché quand j'ai eu besoin de recommandations…

— Désolé.

— C'est bon, ce n'est pas que… je veux dire… ça ne m'a pas empêché d'aller où j'avais envie. J'ai quand même intégré Harvard, et c'est tout ce qui m'intéressait vraiment, vous savez, m'inscrire à la Kennedy School of Governmcnt et *tutti quanti*, c'était mon rêve, et vous m'avez aidé à y entrer même si vous ne m'avez pas recommandé et que j'ai dû me précipiter à la dernière minute et en chier, mais ouais, c'est bon, on est cool. Je n'ai pas de rancune ou quoi que ce soit. Vous pensiez que je vous harcelais ?

— Une telle série de coïncidences… De quoi rendre méfiant.

— Ou paranoïaque.

— Alors vous ne me suivez pas ?

— Bien sûr que non.

— Et vous ne vous êtes jamais posté au pied de mon immeuble cette semaine, le soir, pour regarder mcs fenêtres ?

— Pourquoi ferais-je ça ?

— Je *vous* le demande, Michael.

— Non, merde, la réponse est non ! On s'est rencontrés il y a une semaine dans ce café, puis on s'est revus en allant à la fête de Meredith et Peter, et enfin j'ai sonné chez vous par hasard hier soir…

— Vous devez reconnaître que ça devient une habitude, on peut voir ça comme une forme d'approche progressive.

— Si j'avais envie de vous harceler – et je n'en ai aucune envie – je serais beaucoup plus subtil. Vous ne sauriez même pas que je vous traque avant qu'il soit trop tard. Et à quoi bon, alors ? Je n'ai rien contre vous. Vous étiez un professeur respectable et il se trouve, par *hasard*, que nos vies se sont recroisées. Je ne savais pas que vous étiez le père de Meredith, je ne la connais pas bien. Le hasard, voyez-vous. C'est comme sur les réseaux sociaux...

— Je ne les utilise pas beaucoup, le coupai-je, bien que ce fût un mensonge.

— Enfin, si vous y alliez, vous verriez, ça devient vraiment glauque le rôle que le hasard joue dans nos vies, ou peut-être n'est-ce pas le hasard, mais il ne se passe pas une semaine sans que je découvre que deux de mes amis, venus de parties complètement séparées de ma vie, des gens que je n'aurais jamais réunis en un million d'années, se connaissent indépendamment de moi. Par exemple, mon colocataire de première année à Columbia, un type sympa, travaille pour le Département d'État, j'apprends qu'il connaît une réalisatrice avec laquelle je suis sorti pendant l'année que j'ai passée à Berlin. Ou bien j'apprends que ma cousine, que je connais à peine, on ne s'entendait pas bien enfants et... c'est une autre histoire... quoi qu'il en soit, cette cousine vit à L.A. et je découvre qu'elle est aujourd'hui la meilleure amie d'un de mes collègues. C'est le hasard, c'est aléatoire, ou si ce n'est pas le hasard, alors nous évoluons tous inconsciemment dans les réseaux que nous avons d'une manière ou d'une autre conçus, ou que nous n'avons pas même conscience de concevoir chaque fois que nous décidons d'être ami avec quelqu'un ou d'accepter un job précis ou de coucher avec une nouvelle partenaire ou de reprendre contact avec un ami que nous n'avons pas vu depuis dix ou quinze ans. Ou, et c'est encore plus glauque, nous sommes baladés sur l'échiquier du monde, nous n'avons pas de véritable libre arbitre, nous ne sommes que des figurants dans la simulation d'autrui, et les règles, équipes et relations, les véritables relations qui nous lient, nous sont invisibles, ou elles l'ont été jusqu'à maintenant, jusqu'à ce que nous commencions à voir exactement ce à quoi notre propre réseau ressemble, et si nous devions le cartographier, si quelqu'un choisissait de cartographier tous les réseaux de relations entre nous, il serait possible de commencer à redessiner de vraies cartes et de vraies frontières. Et puis... non, restez avec moi, je sais que tout ça a l'air un peu dingue... il y a tous ces gens là dehors, toute une longue liste de gens avec qui j'ai, genre, dix, vingt, parfois encore plus d'amis en commun et pourtant je ne connais pas la personne en question, je sais qui il ou elle est, mais nous n'avons jamais été présentés, n'avons jamais correspondu, ni n'avons jamais échangé une parole ni vu nos vies se croiser assez longtemps pour établir cette connexion malgré la masse de connexions qui *devraient* nous rapprocher, et peut-être nous *rapprocheront* un jour. Vous et moi, je présume que nous sommes *censés* nous connaître, que ce soit le hasard qui nous dise que c'est le cas ou peut-être une folle histoire génétique – nous sommes peut-être vraiment parents, on dit qu'on partage un énorme nombre de gènes avec nos plus proches amis même quand on ne croit pas être apparentés, et on peut sentir, vraiment sentir, les gens qui nous sont même lointainement apparentés – ou encore quelque chose, quelqu'un, une entité, appelons ça l'Univers ou Dieu ou les joueurs qui animent la simulation dont on pourrait suspecter qu'elle constitue notre vie collective sur cette Terre, nous déplace l'un vers l'autre pour voir ce qui se passera. Maintenant, nous ne pouvons pas être certains, ni vous ni moi, que nous sommes nécessairement du même bord dans la partie en cours, à supposer même qu'il y ait des bords opposés et que ce ne soit pas juste une pétaudière générale. Tous les zéros et les uns pour soi. Taratata !

À la fin de son petit discours, il était presque à bout de souffle, assis au bord de son fauteuil et penché en avant, paumes pressées l'une contre l'autre et doigts pointés dans ma direction, tel un jésuite tentant de convertir les ignorants.

— Tout ça est très intéressant. Des théories stimulantes, je ne sais pas comment les appeler. Je pense que nous n'avons rien d'autre à nous dire pour le moment. Peut-être qu'on se reverra...

— Je pense que nous pouvons y compter, Jeremy.

En me dirigeant vers la porte, je m'arrêtai et me retournai, surpris de le trouver sur mes talons, comme s'il s'était approché tout doucement de moi sur la pointe des pieds.

— Ce n'est donc pas vous qui avez téléphoné à ma mère ?

— Merde, Jeremy, je vous le jure, ce n'est pas moi !

Je brûlais de lui demander si c'était lui qui avait envoyé trois cartons à mon domicile mais une petite voix insistante me fit hésiter. J'étais prêt à croire qu'il n'avait pas téléphoné à ma mère, ou que, dans le cas contraire, c'était une autre partie de lui qui s'en était chargée, parce que l'homme qui me faisait face en cet instant avait l'air, aussi peu banal que cela soit, très aimable avec moi, il semblait ne pas avoir de ressentiment à mon égard, et j'envisageai que ce soit peut-être rien d'autre que le hasard qui nous avait réunis, et peu importe ce qui se passait avec les boîtes d'archives et le tripatouillage de mon rendez-vous avec Rachel une semaine plus tôt, il ne me voulait aucun mal, fût-il même responsable de ces faits. Mais la famille de Fadia, c'était une autre paire de manches. Le coup de fil à ma mère avait pu être passé par un ami du père de Fadia ou par un de ses amis personnels d'Oxford... Et même, pensais-je une fois encore, par Stephen Jahn, pour tenter de salir mon nom, maintenant que j'étais en sécurité loin de la ville où résidaient Fadia et notre enfant, son fils.

La nuit tombait déjà lorsque je regagnai ma maison. Dans le temps, j'aurais fermé la porte du garage seulement après être sorti de la voiture, mais pour la deuxième fois en deux jours j'attendis que la porte soit complètement redescendue avant de déverrouiller les portières, puis je pris soin de verrouiller la porte du garage, de revérifier toutes les serrures de la maison et de tirer les rideaux, me demandant au passage si des drones ou des satellites ne pouvaient pas zoomer avec leurs téléobjectifs pour capturer un aperçu des habitudes de ma vie absolument ordinaire. Une nouvelle fois je me redemandai ce que j'avais pu faire pour attirer l'attention de quiconque a pu décider de surveiller mes faits et gestes et me repassai mes « crimes » tels qu'ils pouvaient être perçus par des gens qui me seraient hostiles :

A. J'étais parti à l'étranger à un moment de crise nationale, quelques jours après les attaques de New York et de Washington ; un patriote aurait modifié ses plans et serait resté pour veiller sur sa femme, même séparé d'elle, et sur sa fille adolescente ; si je n'étais pas un traître, j'étais au minimum un homme égoïste.

B. Pendant mes années à Oxford, je m'étais lié avec un homme qui était presque certainement un espion ; je supposais qu'il était de notre bord, quoi et qui que puisse être notre bord (américain, principalement, mais aussi, par la suite, britannique, car je suis, suivant la loi, loyal à ces deux pays, ayant prêté serment à la Reine et à tous les héritiers du trône bien que, en réalité, j'aie croisé les doigts dans ma poche à l'époque).

C. Dans la seconde moitié de ma période britannique, j'ai eu plus d'une douzaine de rendez-vous avec une de mes étudiantes, une jeune Égyptienne dont le frère est aujourd'hui, au dire de tous, impliqué dans une organisation terroriste qui tente d'instaurer un nouveau califat ; son père, de plus, était jusqu'à récemment recherché pour des crimes commis durant les vingt années menant à la révolution manquée de l'Égypte.

D. La liaison avec cette sœur d'un terroriste et fille d'un sbire d'un tyran s'est incarnée dans un enfant qui, loin d'avoir été avorté avant que soit écoulée la période réglementaire pendant laquelle le droit britannique autorise les interruptions de grossesse, avait été porté à terme, mis au monde sept jours après la date prévue et prénommé Selim.

Cet acte d'accusation moral suffisait-il, me demandais-je, à mettre en péril ma vie privée, peut-être même ma liberté ? Autant que je sache, je n'avais commis aucun crime, à moins que le fait d'avoir donné de l'argent à Fadia puisse être considéré comme un acte criminel. Les lois évoluent si vite qu'il est difficile de savoir quand l'affaire ordinaire de son existence, la manière dont on gère ses affaires selon un protocole qui a été longtemps légal et paraît assez innocent, pouvait être proscrite du jour au lendemain par le caprice de quelques centaines d'hommes et de femmes réunis dans une salle étouffante. L'ignorance de la loi n'est pas un système de défense, nul n'est censé ignorer la loi, mais on dirait trop souvent que les législateurs n'ont eux-mêmes qu'une compréhension partielle des lois qu'ils votent. Être la *sœur* d'un terroriste est-il aujourd'hui aussi bien, ou aussi mal, sous les lois britannique et américaine, que d'être soi-même un ou une terroriste ? Ai-je compromis ma liberté en ne faisant que chercher légalement à subvenir aux besoins de mon fils ?

Hier soir, dans les heures qui se sont écoulées entre le moment où j'ai fini une page de ce texte et celui où j'en ai commencé une autre, j'ai sommeillé, allongé sur le petit divan de mon bureau de la maison, juste des murs blancs et un Neo Rauch acheté il y a des années et accroché au-dessus de mon bureau. J'ai rêvé que j'étais assis seul dans une pièce similairement blanche et austère, avec des toilettes en acier inoxydable et un lavabo dans un coin, une fenêtre trop haut placée pour que je puisse regarder dehors, une porte percée d'une fente dans laquelle je fourrais les feuillets rédigés et par laquelle arrivaient du papier vierge et des stylos quand mon écriture s'éclaircissait, fente par laquelle je recevais aussi mes trois repas quotidiens et une ration d'eau. Dans mon rêve, je n'entendais personne d'autre et ignorais où je me trouvais. Une fois tous les deux jours au cours du rêve, où le passage du temps était mystérieusement facile à évaluer, une voix m'ordonnait de m'asseoir par terre et de poser ma tête contre la fente de la porte. Des mains en sortaient alors pour m'enfiler un capuchon sur la tête avant que la voix m'ordonne de me relever mains sur la nuque. Quand j'avais appliqué les consignes, la porte s'ouvrait, quelqu'un me prenait les bras et les tordait pour me les menotter dans le dos. L'homme – je présumais que c'était un homme – m'emmenait dans un couloir où les menottes et le capuchon m'étaient retirés, puis je restais seul dans une salle de douche, ayant dix minutes pour me laver avant que le bonhomme se retourne et m'ordonne de m'arrêter et de repartir vers la porte de la salle de douche, toujours les mains sur la nuque, le capuchon remis en place et les poignets de nouveau menottés. Le rêve semblait durer des semaines, peut-être des mois. Tous les deux jours j'étais autorisé à me laver, mais étais sinon laissé seul pour écrire mon mémoire, celui que j'écris en ce moment, d'une manière plus réaliste, à cet instant même. Quand vous lirez ces pages, qui que vous soyez, me plaindrez-vous ? Ou attendrez-vous une confession que je ne puis fournir ? Confesser ma participation à des crimes dont j'ignore tout serait en soi un crime bien plus grave selon les arrêts de ma philosophie, qui, pour moi, remplace cette religion que j'ai rejetée, trouvant, à l'instar de Fadia, que la foi elle-même est la plus grande forme de terreur.

Ce samedi soir de novembre, assis seul dans ma maison à la périphérie de Rhinebeck, alors que je venais de discuter avec Michael Ramsey, et que, plus tôt, j'avais déjeuné avec ma mère qui m'avait rapporté l'appel téléphonique malveillant qu'elle avait reçu, je me suis préparé un verre en pensant à mon fils, Selim, qui a aujourd'hui près d'un an. J'ai levé mon verre à sa santé, trinqué au secret que je cachais au reste de ma famille. Un secret que j'avais même commencé à me dissimuler à moi-même, enfouissant toute pensée de cet enfant au plus profond de moi parce que Fadia avait précisé que, dans un proche avenir, elle ne voulait pas que je sois impliqué, bien qu'elle eût promis de faire des voyages à New York, et que je continue à vivre dans l'espoir en suspens qu'un autre futur finisse peut-être par advenir, et que nous puissions trouver un moyen de fonder une famille américaine non conventionnelle. Une famille de style très new-yorkais, une qui aurait sa place à Manhattan ou Brooklyn, et, avec le temps, en viendrait à se sentir chez elle à Rhinebeck, même si, plus je me permets d'imaginer ces futures vies, et plus les semaines et les mois passent pendant lesquels je n'ai pas de nouvelles de Fadia et mes appels téléphoniques et mes emails demeurent sans réponse, plus je comprends que je panse une plaie qui a peu d'espoir de guérir. Il y a peu de chances pour qu'elle change d'avis, et je sais, j'ai conclu un marché, que nous suivrons ses conditions. En un sens, elle m'a sauvé des oubliettes professionnelles, de l'Institut technique sud-africain de Limpopo ou de l'université de Chhattisgarh ou, en effet, des équivalents du Centre universitaire de Staten Island, lieux qui ont peu d'intérêt pour un homme dont toute la carrière s'est construite autour d'une étude obsessionnelle du passé national.

Fadia raconta à ses parents une fable de son invention, comme quoi elle aurait bu à une fête et était incapable de se rappeler qui était le père, et par là elle me sauva de l'embarras et de plus encore, prenant toute la faute sur elle, jouant noblement le rôle d'une mère isolée avec un nourrisson sans père. C'est là, du moins, ce que je comprends, au peu qu'elle m'a dit. Je n'ai guère d'illusions : je sais que la honte a dû être énorme, peut-être si profonde qu'elle a risqué l'amour de sa famille, bien qu'elle répète que les siens l'ont soutenue, dans la mesure du possible étant donné les circonstances difficiles, entre les comptes de son père qui demeuraient gelés et les ressources de sa mère qui baissaient. Lorsque je lui ai demandé comment son père avait réagi à la nouvelle de sa grossesse, je me souviens qu'elle a répondu : «Il était furieux, comme on pouvait s'y attendre. Il a menacé de me faire suivre, il a parlé de réaliser des tests ADN pour retrouver le père, mais je savais à la fin qu'il ne le ferait pas. Ma conduite était pour lui une défaite plus qu'autre chose, et j'ai compris, dans les quelques jours de vitupérations qui ont suivi la nouvelle, à quel point il avait perdu son influence. C'est ma mère qui a tout le pouvoir maintenant.» Et puis, peu de temps après la naissance de notre enfant, Fadia m'a décrit la transformation quasi totale de son père. «Selim, bien sûr, est *son fils*, *son garçon*, il voit ses traits dans le visage de Selim, comme s'il était lui-même le père, comme si Selim était né seulement d'un père et n'avait pas de mère. Ça me rend furieuse ! »

En échange de sa supercherie, je fis le serment de subvenir aux besoins de Fadia par un versement mensuel, viré automatiquement de mon compte bancaire britannique sur le sien. Voilà la raison – c'est ce que je soupçonne et ressens avec une certitude croissante – pour laquelle on me surveille : l'argent remis à une femme dont le frère est un terroriste, et dont le père soutenait un régime aujourd'hui en délicatesse avec l'Amérique, cela suffit pour que les services secrets de Londres, Washington et Tel-Aviv se réveillent pour scruter vos affaires privées avec le téléobjectif inquisiteur de leur regard à distance et fouiller vos tiroirs virtuels avec leurs doigts numériques, la moindre trace étant une séquence de code binaire. Je n'aurais jamais dû avoir la naïveté de croire qu'un virement automatique au profit de Fadia ait pu rester entre nous deux.

J'avais gardé mon compte d'Oxford ouvert pour plus de commodité, et avec l'arrière-pensée que je pouvais un jour avoir besoin de revenir là-bas si l'Amérique sombrait et que la Grande-Bretagne, par miracle, restait à flot. Je laissai une provision suffisante pour couvrir les paiements mensuels à Fadia au cours des prochaines années, et prévoyais que, une fois celle-ci épuisée, j'en virerais simplement davantage. Ou, mon plus grand espoir et le plus profondément enfoui, je m'imaginais qu'elle pourrait à un moment donné accepter d'émigrer en Amérique pour devenir ma femme. Ce rêve indique que j'aime assez Fadia pour m'imaginer passer le reste de ma vie avec elle. Cela ne paraissait pas si absurde alors, et pendant que je la regardais grossir durant l'été et l'automne de l'année dernière, avec son corps qui gonflait et s'épanouissait d'une manière qui à la fois me surprenait et me fascinait (la grossesse de Susan, en comparaison, avait été pleine de petites misères et d'inconfort), il n'était pas impossible de penser que nous pourrions former un couple capable de blaguer sur notre différence d'âge : en vieillissant, je pourrais fermer les yeux sur les flirts de Fadia, acceptant qu'elle ait envie d'un homme plus jeune pour satisfaire ses besoins sexuels, alors que, moi, je serais fidèle jusqu'à la fin, ne regardant plus jamais une autre femme mais savourant la béatitude qui doit réchauffer un homme quand une femme d'une plus grande beauté et intelligence condescend à l'aimer et à l'accepter aux conditions qui sont les siennes, et que cet amour – ou tendre indulgence, appelez ça comme vous voulez – engendre un enfant qui pourrait capter entre ses parents le crépitement d'énergie qui l'a engendré et savoir que c'est l'essence de son propre être dans la mesure où cela demeurerait toujours un mystère. Comment cet homme et cette femme s'étaient-ils unis pour me fabriquer? devrait-il penser, comme nous tous nous posons des questions à un certain degré sur nos parents. Comment ces deux personnes, qu'il aimait peut-être à des degrés différents, mais trouvait horripilantes, exaspérantes et même repoussantes, avaient-elles pu chacune voir quelque chose dans l'autre d'où avait jailli l'étincelle requise pour produire sa propre vie ?

Ma conversation avec Michael Ramsey m'avait laissé une impression de soulagement, compromise par la conviction que, si ce n'était pas lui qui me tourmentait, alors c'était quelqu'un d'autre. Je savais que je n'avais pas perdu la raison, je le sais aujourd'hui d'une certitude quasi absolue. Les boîtes qui sont arrivées à mon domicile n'étaient pas imaginaires, leur contenu n'avait rien d'une hallucination. Je suis sûr de ne pas avoir oublié ma correspondance avec Rachel ; c'était sans nul doute l'intrusion et l'initiative, l'intervention malveillante d'un autre. Je savais que ma mère ne me mentait pas sur l'appel téléphonique, et je croyais Michael quand il niait en être l'auteur. Michael Ramsey pouvait, ainsi qu'il l'affirmait, n'avoir rien à voir avec ce qui se passait, ou alors, et cette possibilité m'intriguait encore plus, il cherchait à m'aider de la seule manière qui lui fût possible.

Le lendemain matin, j'appelai un taxi pour me conduire à Rhinecliff. Après avoir composé les premiers chiffres du numéro sur ma ligne fixe, j'entendis brusquement une tonalité, comme si je téléphonais depuis un réseau plus vaste sans pouvoir obtenir une ligne extérieure. Je fis plusieurs tentatives avec le même résultat, au bout de quatre chiffres la tonalité revenait. Je raccrochai et essayai avec mon téléphone portable, et même si je pus composer le numéro entier, le téléphone sonna et on décrocha, mais quand je parlai je n'entendis que ma propre voix en guise de réponse.

— Allô ? j'ai dit.

— Allô ? me suis-je répondu à l'autre bout du fil.

— Il y a quelqu'un ? j'ai demandé.

— Il y a quelqu'un ? a dit ma voix enregistrée.

Je mis fin à l'appel, recommençai. Il se passa la même chose.

— Allô ?

— Allô ?

— Puis-je avoir un taxi dès que possible ?

— Puis-je avoir un taxi dès que possible ?

Je raccrochai de nouveau, composai le numéro d'une autre compagnie, on me répondit et une voix autre que la mienne, celle d'une femme, me dit qu'une voiture serait en route dans un quart d'heure. Sur le trajet de la gare, je téléphonai à ma mère et m'excusai auprès d'elle de devoir rentrer en ville de bonne heure pour voir un vieil ami, ou quelque autre boniment, je ne me souviens plus de mon mensonge, sauf que la voix de ma mère était heurtée, comme si elle avait d'autres choses en tête, ou ne pouvait plus me parler sans penser à son correspondant anonyme et aux accusations qu'il avait portées.

Comme j'attendais le train à l'intérieur de la gare de Rhinecliff, un pavillon de brique rouge du XXe siècle doté d'élégants bancs à claire-voie et d'une salle d'attente à haut plafond chaude et bien sèche, si différente de toutes les gares britanniques où je suis passé, une chose que Stephen Jahn m'avait dite un jour m'est soudain revenue en mémoire. Ce devait être la dernière conversation que nous avions eue ensemble, peut-être en janvier de cette année, peu après l'accouchement de Fadia. Stephen et moi étions en salle des professeurs un jour après déjeuner, et, une fois que tous les autres eurent quitté la pièce, il fonça sur moi, titubant sur le tapis comme s'il était à moitié soûl ou avait des problèmes de vision, son corps se déplaçant si lourdement que je me demandais s'il n'allait pas s'effondrer, mais il s'assit alors en face de moi, leva les yeux derrière ses petites lunettes rondes et hocha la tête. Je ne m'étais confié à personne sur la grossesse de Fadia, période au cours de laquelle je l'avais vue régulièrement, mais toujours au collège ou en compagnie d'autres doctorants et collègues si elle venait chez moi. Personne n'était au courant, pour autant que je sache, que j'avais désormais un fils, par conséquent l'euphorie que je ressentais était tempérée par le sentiment d'être isolé du monde.

— Je devrais vous offrir un cigare, chuchota Stephen. Ou peut-être est-ce vous qui devriez offrir des cigares.

— Je ne suis pas sûr de comprendre.

— Si, vous comprenez, mais ce n'est pas grave.

— Honnêtement, Stephen, je ne vois pas ce que vous voulez dire, répliquai-je, même si je voyais, bien sûr.

Les yeux de Stephen s'écarquillèrent, puis se fermèrent. Quand il les rouvrit, une petite lueur dure excentrée brillait dans ses pupilles. Je savais que ce n'était que le soleil qui se réfractait sur ses lunettes, mais cela me fit penser à un djinn. Un souffle d'air jaillit de ses lèvres. Trois vœux, songeais-je, que seraient mes trois vœux ? Ramène-moi à New York, rassemble ma famille dans une nouvelle constellation et puis disparais à jamais de ma vie, Stephen Jahn. Il marmonna quelque chose dans sa barbe que je ne parvins pas à entendre, puis prit la parole d'une voix basse et blanche.

— Dans les prochains jours, je prédis que vous allez recevoir un mail vous invitant à proposer votre candidature pour un poste dans une université américaine. Peut-être plus d'une. Je vous conseille de candidater. Je vous prédis que vous allez vous voir proposer un poste, de nouveau, peut-être plus d'un, et quand cela arrivera vous seriez sage d'accepter l'offre de votre choix et de donner votre congé ici, au collège et à la faculté. Il sera assez simple de mettre vos affaires en ordre à Oxford. Le marché est à la hausse, et la maison *in excellent decorative condition*, comme aiment à dire ces agents immobiliers britanniques, dans un excellent état intérieur. Je suspecte que vous dépasserez le prix demandé, et vous seriez stupide de ne pas accepter pareille offre, même si je m'aperçois aujourd'hui que vous êtes encore plus stupide que je ne l'avais d'abord imaginé. Peu importe. Quand tout sera réglé, vous repartirez en Amérique, comme vous le souhaitez depuis longtemps. Comprenez-vous ?

— À quoi jouez-vous, Stephen ?

Il lissa les plis de son pantalon de laine gris puis pinça les lèvres.

— Je ne joue pas, Jeremy. Ne soyez pas si empoté, j'ai clairement dit…

Et là, il s'interrompit à cause de la soudaine apparition d'une collègue. Celle-ci nous adressa un signe de tête, se servit un café et repartit.

— J'ai clairement dit, à maintes reprises, que tout était important, reprit Stephen. Cela n'a rien d'une blague. Je ne comprends pas qu'un historien comme vous ait pu être aussi aveugle quant aux rouages de l'histoire contemporaine. C'est l'Histoire avec un grand H, Jeremy. Vous vous êtes impliqué dans un récit qui est déjà en cours et menace de nous balayer tous. Que savez-vous de cette fille ? Que savez-vous de ses parents et de son frère ? Vous êtes-vous seulement donné la peine d'enquêter sur ce qu'elle vous a raconté ? Avez-vous cherché une vérification indépendante de tout ce qu'elle a dit ? Elle parle gentiment de la *shabab* comme s'il s'agissait juste d'un groupe de jeunes révolutionnaires en quête de démocratie, mais comment être certain qu'elle ne parle pas d'autre chose, par exemple du *Al-Shabaab* somalien, qui est une tout autre affaire ?

Je suis peut-être resté assis bouche bée, un peu stupéfié, mais en me repassant cet échange, je crois n'avoir rien répondu. Qu'aurais-je pu dire ? Mes lecteurs, qui que vous soyez, ne voyez-vous pas combien j'ai été naïf ? Il était inconcevable pour moi de suivre son conseil. Je me suis donc levé, ai tourné le dos à ce petit homme et ai quitté la salle.

Quelques jours plus tard me parvenait un courriel du directeur du département d'histoire de NYU qui me demandait de poser ma candidature à un poste de professeur. Il y avait aussi d'autres invitations, au moins une demi-douzaine, d'universités du nord au sud de la côte Est. C'était la première fois qu'une telle chose m'arrivait. J'envoyai des CV, accompagnés de lettres et d'une liste de recommandations. J'enchaînai des entretiens et trois visites de campus au printemps. Au final, c'est NYU qui me fit la meilleure offre. Je donnai mon congé à Oxford, vendis ma maison à une femme qui proposait à peine plus que ce que je demandais et rentrai en Amérique, sachant au fond de moi que je faisais exactement ce que Stephen Jahn m'avait pressé de faire. Sauf que non, pas tout à fait, car je mis en place le virement bancaire mensuel et restai en contact avec Fadia. J'avais bien l'intention, hier, aujourd'hui et pour toujours à l'avenir, de connaître mon fils et de subvenir à ses besoins. Cela fait-il de moi un traître ?

Au cours des mois menant à mon départ, je revis Fadia et Selim plusieurs fois, toujours dans mon logement du Collège, où il n'y avait rien d'étonnant à ce qu'une étudiante montre son bébé à son directeur de jury. Nous avions des séances polies, durant lesquelles j'avais le droit de tenir mon fils et de jouer avec lui, bien que j'aie toujours ressenti la nécessité de cacher mes émotions, de peur que Fadia puisse s'alarmer d'une expression visible de la joie intense que je ressentais. Seul, je pleurais, submergé de bonheur, me forçant à croire que ce n'était pas différent de la jubilation que j'avais ressentie à la naissance de Meredith, mais si je suis honnête avec moi-même, et avec mes enfants (si vous, Meredith et Selim, avez l'occasion de lire ce texte), alors je dois avouer des émotions d'une « valence » entièrement autre, peut-être parce que mon fils était le fruit d'une relation qui, à tant d'égards, était interdite. Le genre seul ne jouait aucun rôle. Je n'ai pas passé toutes les années de la vie de ma fille jusqu'à aujourd'hui à espérer un fils. Mais les circonstances de l'arrivée de Selim supposaient qu'il y avait, dans chacune de mes interactions avec lui, une charge d'excitation que je n'avais jamais éprouvée à aucun autre moment de ma vie.

Chaque fois que je voyais Fadia prendre Selim dans ses bras pour l'installer dans sa poussette, puis contourner la cour d'honneur et disparaître par le portail principal du Collège, j'étais certain qu'il n'y aurait pas de prochaine fois, que, à tout moment, elle pouvait se volatiliser sans laisser d'explication, ni d'adresse de réexpédition. Je mis un point d'honneur à ne pas la harceler, à toujours attendre qu'elle me joigne par courriel ou texto pour organiser notre prochaine entrevue jusqu'à la dernière avant mon départ, que j'ai pris le risque de solliciter en les invitant chez moi un soir de la fin juillet de cette année, la veille du jour du déménagement. Selim avait déjà sept mois, et bien qu'il ne marchât pas encore à quatre pattes, il se retournait tout seul et était très éveillé, et, j'aimais le penser, content de me voir. Comme nous étions assis dans le jardin, je le tenais sur mes genoux et il sommeillait en tétant le bout de mon index.

— Il pousse bien.

— Ses parents sont grands, ainsi que ses grands-parents. En tout cas, les miens le sont. Les tiens doivent l'être aussi, acquiesça Fadia, alors que je me rendais compte que nous ne nous étions jamais montré de photos de nos parents ou d'autres membres de la famille. J'avais regardé des photos de sa mère et de son père sur Internet, mais ils ne m'avaient pas paru particulièrement grands. Je n'avais pas pris le risque de chercher Saif, craignant, même alors, que l'introduction de son nom dans un moteur de recherche puisse allumer un voyant rouge pour tous les pouvoirs de surveillance qui pouvaient être à l'affût.

— Raisonnablement grands, tous les deux font moins d'un mètre quatre-vingts. Je ne sais pas d'où je tiens ma taille.

— Meilleure alimentation.

Nous avions pris l'habitude de ce type de papotage, mais je savais que ces échanges étaient trop polis pour être honnêtes. Ce n'était pas la conversation de personnes qui, après avoir couché ensemble plus d'une fois, vivaient désormais avec le fruit inattendu de leurs amours et l'entouraient de leur tendresse.

— Je pars au début de la semaine.

— Je n'ai pas oublié.

— Alors c'est un au revoir.

— Oui, répondit-elle.

— Puis-je caresser l'espoir que tu viennes en visite à New York ?

— Il n'a pas encore de passeport.

— Cela peut être vite réglé.

— Ne me mets pas la pression, Jeremy.

— Ce n'était pas mon intention, honnêtement.

— Non, je comprends. Tu as envie de le revoir, c'est ce que je veux aussi pour lui.

Ils restèrent encore un quart d'heure, puis elle dit qu'il était temps d'y aller, il avait besoin de faire sa sieste, et elle espérait en profiter pour travailler. C'est la dernière fois que je les ai vus. Tous mes messages suivants, mes emails et mes textos, mes appels téléphoniques, même les lettres matérielles que j'ai expédiées par la poste, sont restés sans réponse, lettre morte. Je suppose qu'elle et lui, mon ex-étudiante et mon fils, sont toujours à Oxford, bien que je sache qu'il est possible qu'ils aient pu bouger, à Londres ou à Paris, ou, même si cette perspective me terrifie, au Caire. Tous les mois, l'argent glisse de mon compte britannique sur le sien. Il tombe sans arrêt, et je garde l'espoir qui fait peut-être de moi pire qu'un idiot, qu'il sert à subvenir aux besoins de mon fils, et que, où qu'il soit, Selim grandit en sachant que je suis son père.

Toutes ces pensées se déroulaient dans mon esprit durant le trajet en train qui me ramenait de Rhinebeck à New York, il y a quelques semaines à peine, les pans de mon manteau étendus derrière moi telles des ailes, avec les Catskills qui s'éloignaient à mesure que j'étais emporté vers la ville et mon propre avenir incertain, m'éloignant ainsi du passé que je méditais en regardant les eaux prises par les glaces et la tempête qui soufflait du Canada, bouche bée devant les décombres de ma vie qui s'entassent devant moi.

Bien que ce soit un dimanche et que la galerie soit fermée, je savais qu'il y avait une chance pour que Meredith y soit en train de travailler comme c'était si souvent son habitude. En arrivant, je la vis à l'intérieur, plantée devant une grande toile composée de millions de petits points représentant une scène de rue dans un possible New York, même si on ne pouvait avoir aucune certitude. Une image semblable à une photo pixellisée, prise par une caméra de surveillance fixée à un lampadaire pour enregistrer une demi-douzaine de femmes et deux hommes marchant dans les deux sens, une des femmes tenant un téléphone pressé contre son oreille sans se rendre compte qu'un homme plongeait la main dans son sac en bandoulière. J'avais manqué le vernissage de l'exposition en octobre et ne savais rien de l'artiste, un peintre français appelé Guillaume Pari, dont le nom était peint en lettres grises hautes d'un mètre sur un des murs blancs de la galerie.

Tandis que ma fille me faisait entrer en m'embrassant sur les deux joues, elle se retourna vers le tableau. Sa surface avait l'air mécaniquement traitée ; chaque point de peinture acrylique était en relief et biseauté sur ses quatre bords parfaitement carrés.

— Je ne peux pas m'arrêter de le contempler. Je n'avais vraiment aucune raison d'être à la galerie aujourd'hui, mais j'ai eu envie de venir regarder les toiles toute seule, sans public ni collectionneurs ni, tu sais, mes collaborateurs. Je voulais être seule avec l'œuvre.

— Je peux repasser si le moment est mal choisi.

— Non, papa, ce n'est pas ce que je voulais dire. Tu ne fais pas partie des autres. Que penses-tu des toiles ?

— Très précises. On ne dirait pas le produit de la main humaine.

— Elles sont réalisées au moyen d'une machine-outil à commande numérique. Pari prend des images de vidéo-surveillance qu'il manipule sur son ordinateur et dégrade pour les transformer en ces visions impressionnistes du *présent*, un peu comme Pissarro ou Seurat. Nous oublions que les Impressionnistes peignaient leurs contemporains, plus de scènes classiques ni bibliques. Et que ce parti pris en soi était révolutionnaire, leur volonté de transformer l'ordinaire en art, de montrer ce que la peinture peut faire que la photographie ne peut pas, bien que nous puissions ne pas être d'accord à ce sujet. Je crois peut-être que c'est le projet de Pari, montrer comment la photographie dégradée n'est effectivement guère différente de ce qui peut être accompli en peinture, ou que la peinture est elle-même une forme de procédé mécanique dont les effets, au final, ne sont pas différents de la photo. Quand on prend une photo avec son téléphone ou sa tablette, et puis qu'on se sert d'un programme pour l'altérer et qu'elle en ressort aussi convaincante qu'une toile réalisée au pinceau, il est difficile d'être catégorique sur ce qui est de l'art et ce qui n'en est pas. Quoi qu'il en soit, quand Pari a fini de manipuler ses images, l'ordinateur crache ses commandes à la machine, qui réalise la peinture.

— Est-ce de l'art si l'artiste n'est pas celui qui contrôle la peinture ?

— Mais il la contrôle ! C'est son projet, son programme, la machine ne fait qu'appliquer le médium. Je ne sais pas si c'est en rien différent à la fin, juste une affaire de degré. Je les trouve belles et inquiétantes, peu importe la manière dont elles sont réalisées.

— Comment trouve-t-il ses images ?

— Elles sont vendues sous licence par toutes ces différentes agences de sécurité. Du moins, c'est ce que me dit sa galeriste parisienne. Je n'ai jamais rencontré Guillaume en personne, et j'ai comme un pressentiment qu'il n'existe pas vraiment. Il n'y a *aucune* photo de lui où que ce soit. Aucun de mes interlocuteurs ne l'a jamais rencontré, pas même Marie-Édith, la galeriste française. Les tableaux sont livrés par camion dans sa galerie de Paris, mais le chauffeur les enlève dans un entrepôt en milieu rural et Marie-Édith affirme qu'elle a tenté de remonter jusqu'au propriétaire de l'entrepôt mais n'a pu aboutir qu'à une société d'investissements, puis à une autre société, puis à une société écran, genre une boîte chinoise ou je ne sais quoi... Et tiens-toi bien, l'entrepôt se trouve dans une rue au milieu de nulle part et n'est équipé d'aucun système de vidéosurveillance. Qui que soit Guillaume Pari, il a trouvé le moyen de se rendre invisible. Guillaume Pari n'est peut-être pas son nom ! Il pourrait être quelqu'un d'autre, pas même un artiste, ou ce pourrait être aussi un collectif d'artistes ou de militants. C'est magnifique, toutes ces incertitudes, l'invisibilité de l'artiste qui consacre entièrement son œuvre à la visibilité ! J'ai écrit un petit essai dans ce sens pour le catalogue. T'ai-je donné un exemplaire ?

— Je n'ai pas eu un moment pour le lire. Je m'y plongerai aujourd'hui, ce soir, quand je rentrerai à la maison. Sommes-nous vraiment seuls ici ?

— Pourquoi ? Tu vas me tuer ? lança-t-elle dans un rire, même si ce n'était pas drôle.

— Je me demandais si tu aurais le temps de prendre un café.

Elle me précéda dans les trois salles immaculées de la galerie, qui s'ouvraient en enfilade dans l'entrepôt reconverti de Chelsea, sis à un jet de pierre de l'Hudson. Au fond, après avoir franchi une porte blanche sculptée qui était en soi une œuvre d'art, une pièce de Castellani d'une valeur sans doute supérieure aux émoluments annuels que Meredith verse à son assistant, nous débouchâmes dans les bureaux et enfin dans la cuisine où elle appuya sur un bouton qui moulut les grains et prépara le café, lequel coula en filet dans deux tasses en acier inoxydable.

Son bureau me rappelle toujours un lumineux atelier d'artiste parisien, au toit constitué pour moitié d'une verrière. Nous nous installâmes dans le coin salon en contrebas, situé sous la verrière, avec le ciel d'un début d'hiver au-dessus de nos têtes. C'était un espace visible des satellites, de la NSA ou d'autres entités susceptibles de m'espionner en train de bavarder avec ma fille sur son lieu de travail. Je savais que je n'inventais rien. Un ami de Georgetown, qui jusqu'à récemment travaillait à la Maison Blanche, m'a raconté voilà quelques années qu'on avait testé les nouvelles technologies satellitaires dans l'aile Ouest et fait apparaître une image en direct des enfants d'un autre membre du personnel en train de jouer dans leur jardin. Récemment, ma mère m'a montré sur sa tablette un plan de Rhinebeck en trois dimensions, si détaillé que j'ai eu une perception incroyablement intrusive de sa maison, de ses voisins et de ma propriété. Dans combien de temps, je m'interroge, chacun d'entre nous pourra consulter des images en direct des rues où nous-même, nos familles, nos amis, ex-amants et ennemis vivons tous ? On nous surveille tous, tout le temps, que cela nous plaise ou non.

— Comment était Rhinebeck ? Grand-mère va bien ? Elle semblait ailleurs mardi.

— Tu sais bien que les grandes réunions sont difficiles pour elle parce qu'elle n'entend plus assez bien pour suivre la conversation, mais elle se porte bien.

Je marquai un silence pour lever les yeux vers le ciel au moment où un hélicoptère passait au-dessus de nos têtes. L'arc soudain d'une mouette jaillit en direction du fleuve, l'oiseau traçant une boucle autour de l'appareil.

— … En réalité, je suis ici pour des raisons égoïstes, je suis venu te parler de moi.

— Tu es bien mystérieux.

— Ne t'inquiète pas, je ne suis pas malade ni mourant. Je n'ai pas perdu mon travail. Tout bien considéré, tout va pour le mieux. Je ne devrais pas être dans cette panique et je ne devrais sans doute pas être aussi anxieux. Regarde mes mains, je n'ai pas été dans cet état depuis que j'ai soutenu ma thèse.

— Tu as des problèmes financiers ? Tu sais que nous pouvons t'aider.

— Ce n'est rien de tel, mais merci, chérie. Je veux que tu comprennes que ce que je vais te dire ne change rien au fait que je t'aime plus que tout ou n'importe qui au monde. Je suis si fier de tous tes succès ! Et tu es encore si jeune ! Tu ne te doutes même pas à quel point tu m'épates. J'étais un étudiant désespérément paumé à ton âge, et, toi, tu as une situation, une vie, et tout organisé au point de me donner le vertige.

— Tu me flattes, papa.

— Arrête d'être si modeste. Et arrête de m'interrompre ! Je dois te dire une chose avant de changer d'avis.

Elle m'a alors regardé, les sourcils froncés en signe de légère contrariété si bien que, pour la première fois, j'ai pu m'imaginer à quoi cela pouvait ressembler de voir Meredith vraiment fâchée contre moi, ou déçue par moi. C'était une horrible pensée qui aggrava encore mon anxiété, au point de me flanquer la nausée, comme si, après tant d'années d'enseignement, je me retrouvais dans la position de l'étudiant, de l'enfant commandé et réprimandé par un adulte qui avait promis de réparer toutes les erreurs pourvu que je me montre convenablement repentant.

— Quand j'étais à Oxford, j'avais une étudiante, elle est un peu plus vieille que toi, mais pas de beaucoup. Elle et moi sommes devenus proches, j'ai été son professeur plusieurs années, et le hasard a voulu qu'elle habite dans un appartement situé sur le trottoir d'en face de chez moi, de sorte qu'on se voyait en dehors du contexte habituel du collège, travaux dirigés, cours et repas, tout ce genre de trucs. Ce n'est pas si inhabituel dans un endroit comme Oxford, cela peut arriver dans toute ville universitaire. (J'avais le souffle court et m'interrompis pour respirer à fond plusieurs fois, conscient que le regard contrarié de Meredith s'était encore assombri.) Un soir, je l'ai invitée à boire un verre. Je pense que tu peux imaginer ce qui s'est passé, mais une chose en a entraîné une autre…

Meredith se redressa sur son siège, levant les mains.

— Je t'en prie, papa, pourquoi me racontes-tu ça ? Je n'ai pas envie… je n'ai vraiment pas envie d'entendre ça…

Quel effet cela produit-il, me suis-je demandé, d'apprendre que votre père a embrassé quelqu'un de votre âge tout aussi facilement, tout aussi étourdiment qu'il vous a d'abord abandonnée ? Pourquoi, songeai-je soudain, Meredith voudrait-elle rencontrer Fadia et Selim ? De quel droit demanderais-je une telle magnanimité de la part de ma fille, à qui j'avais déjà tant pris ?

— Crois-moi, chérie, si je n'étais pas contraint de t'en parler, je m'en dispenserais.

— Donc tu as couché avec ton étudiante. Je ne…

— Elle était ma doctorante à cette époque, mais oui, j'ai couché avec elle. Cela s'est reproduit plusieurs fois au cours de quelques semaines, et puis je n'ai plus eu de nouvelles d'elle pendant un temps…

— Attends, *comment* ? Je ne comprends pas, si elle habitait en face… Était-ce consenti ?

— Bien sûr que c'était consenti. Comment peux-tu me poser cette question ? À bien des égards, c'est elle qui menait la danse.

— Ça semble juste un peu bizarre que tu couches avec ton étudiante et qu'ensuite tu ne lui parles pas, comme si elle t'évitait, ou que tu l'évitais, toi…

— Ça ne semblait pas bizarre à l'époque. Elle est très indépendante.

— Oh, papa, putain de bordel de merde ! Tu l'as appelée ?

— S'il te plaît, ne crie pas, Meredith, c'est difficile pour moi. Je ne voulais pas paraître agressif. J'essayais de faire ce qu'il fallait. J'essayais de réfléchir à ce qu'*elle* voulait. Et puis j'ai fini par avoir de ses nouvelles, peut-être un mois après la période où on se voyait.

— Putain de merde ! Puis-je savoir la suite ? Je n'arrive pas à y croire…

— J'essaie de faire de mon mieux.

Meredith leva de nouveau les mains. Je ne savais pas si je devais y voir un geste de capitulation ou de congédiement.

— Elle est revenue m'annoncer qu'elle était enceinte et qu'il n'y avait aucune chance pour que quelqu'un d'autre soit le père. Ce ne pouvait être que moi.

— Et tu t'es contenté de la croire ? Seigneur, papa, c'est vieux comme le monde !

— Si tu la connaissais, tu comprendrais. Elle n'est pas le genre de fille à raconter des mensonges. J'irais même jusqu'à dire qu'elle vit dans la plus fervente croyance en la vérité. De fait, ce qui s'est passé entre nous l'a forcée à une position de compromis. Elle a menti pour me protéger. Je sais que ce n'est pas agréable à entendre. En tout cas, elle et moi avons discuté des différentes options offertes, et j'ai promis de l'aider quelle que soit sa décision, acceptant que c'était finalement à elle seule de choisir. Au bout de plusieurs semaines de délibérations et de discussions supplémentaires sur la manière de procéder, elle a décidé de garder l'enfant.

La bouche de Meredith s'était pincée en un petit trait ferme. Ses yeux s'étaient agrandis. Elle porta un doigt au coin d'un de ses yeux.

— Elle a accouché il y a moins d'un an. J'ai vu mon fils, ton demi-frère, de nombreuses fois avant de rentrer à New York. Il me ressemble trait pour trait quand j'étais bébé. Depuis notre dernier rendez-vous, en juillet, elle a cessé de répondre à mes messages, bien que j'aie toutes les raisons de croire que Fadia soit encore à Oxford.

— Fadia ? C'est quoi, ce nom ? Ils sont arabes ?

— Meredith, s'il te plaît. Ils sont égyptiens, franco-égyptiens. La mère de Fadia est française, et le petit garçon est, bien sûr, de sang encore plus mêlé, pour moitié du mien.

Meredith se leva et se dirigea vers son bureau sur sa plate-forme légèrement surélevée, ouvrit un tiroir, sortit une bouteille de scotch, dénicha un verre, se servit une bonne ration, qu'elle avala cul sec. Je voyais sa poitrine se soulever puis s'abaisser tandis qu'elle tentait de rester calme, une veine palpiter à son cou, ses mains désormais posées à plat sur son bureau.

— J'aimerais que ce soit tout, mais ça ne l'est pas.

Et alors je lui ai parlé des livraisons que j'avais reçues au cours de la semaine précédente et des autres rebondissements bizarres, mes multiples rencontres avec Michael Ramsey, l'appel téléphonique reçu par ma mère et ma perplexité à l'idée qu'on puisse vouloir me suivre de si près et m'alerter ensuite sur le fait que j'étais surveillé.

— Je peux seulement penser que c'est à cause de l'argent que je vire à Fadia, parce que son frère travaillait autrefois pour le gouvernement égyptien, mais, après la révolution, il est devenu membre des Frères musulmans, et puis il a tout bonnement disparu. La dernière fois que Fadia et moi en avons parlé, elle pensait qu'il combattait en Syrie. Tout ce que je peux subodorer, c'est qu'un service de renseignement a repéré les mouvements d'argent de mon compte vers celui de Fadia et peut-être, pour autant que je sache, reverse-t-elle cet argent à Saif, c'est son frère. Ou je ne sais pas, elle n'a peut-être même pas à lui reverser quoi que ce soit pour que cela paraisse quand même suspect, que je donne de l'argent à la sœur d'un homme qui est peut-être bien classé comme terroriste. Je te demande conseil, j'imagine. Qu'en penses-tu ?

— Tu lui vires de l'argent ?

Meredith s'agita derrière son bureau et fronça encore le nez.

— Cela paraissait normal. Elle ne m'a jamais demandé d'argent, c'est moi qui lui en ai proposé, et, légalement, je suis tenu de le faire, même si ce n'est pas une obligation à laquelle je chercherais à me soustraire, de toute façon.

— As-tu consulté un avocat ?

— Je n'ai rien fait d'illégal.

— Il te faut un conseil. Je dirais que tu peux avoir recours à l'un des nôtres, mais je ne crois pas que ce soit une bonne idée. Peter ne serait pas… Je vais demander à Barry de t'aiguiller. Il faut que tu voies quelqu'un dès demain, avant que cette affaire n'aille plus loin.

Comme elle se servait un nouveau verre, j'ai remarqué que sa main tremblait. Elle faisait tout pour se contrôler, mais était plus fâchée que je l'avais jamais vue. Ce que j'avais fait avec Fadia était méprisable, j'en étais conscient, ou je comprenais que cela puisse paraître tel à ma fille, même si je voyais bien que ce que Fadia et moi avions fait était le fruit de la solitude et de l'attirance physique et, à coup sûr, d'un respect réciproque. Ce qui rendait la situation si compliquée, nous mettant dans une position qui menaçait maintenant de faire dérailler ma vie, c'étaient les conséquences. Je savais aussi que, quoi que Meredith puisse tenter pour s'empêcher d'être concernée, elle aurait quasi certainement envie de voir son demi-frère, refusant un futur où Fadia et Selim continueraient à vivre leur vie en dehors de son influence. Ils rentreraient dans le rang, s'intégreraient, couperaient tous les liens avec leur famille pour le bien de la nôtre. C'était du moins mon espoir, qu'une sphère d'influence américaine puisse remplacer l'empreinte égyptienne.

— Tu ne crois donc pas que je suis paranoïaque ? Tu ne penses pas que j'ai tout inventé ?

— Si quelqu'un t'envoie des preuves que tu es sous surveillance, alors non, je ne crois pas que tu es paranoïaque.

— Mais je ne suis personne.

— On n'est tous *personne* jusqu'au jour où on fait quelque chose qui nous transforme en *quelqu'un*, et toi, papa, tu as effectué des choix qui ont eu ce résultat. De nos jours, cela demande peu d'efforts pour se mettre hors la loi. Dans le passé, il devait être bien plus difficile de commettre quelque chose de vraiment grave, mais aujourd'hui on se retrouve en prison en un clin d'œil.

— Peut-être pas. Remettre à quelqu'un une lettre qui ne lui est pas destinée. Cancaner. Signaler à un indicateur, à son insu ou pas, que votre voisin a été vu en pleine conversation avec quelqu'un déjà suspecté de méfaits. Je ne crois pas que ce soit si différent. Il a toujours été facile de tomber dans un trou noir. La seule différence réside dans l'intensité et la réactivité des autorités, si on est contraint, arrêté, exécuté. Michael Ramsey…

— Je ne pense pas que Michael Ramsey ait quelque chose à voir avec ça, papa. Il est la personne la plus insipide que Peter connaisse. (Elle hésita, me regardant fixement avec cet horrible air déçu.) Tu comprends que Peter doit être mis au courant de ce qui se passe. Lui et moi sommes tous deux impliqués par notre proximité avec toi.

— À t'entendre, on dirait que vous êtes les enfants d'un terroriste.

— On ne peut pas plaisanter avec ces choses-là. C'est la réalité de notre monde et tu as franchi la ligne, intentionnellement ou pas.

J'avais envie de hurler sur ma fille, elle qui ne m'avait jamais mis en colère de sa courte vie. Que pouvais-je faire ? Qu'aurais-je pu faire ? Je n'avais pas d'autre choix que de donner de l'argent à Fadia. C'était le seul geste moral, éthique, que je pouvais faire, et pourtant en lui donnant cet argent, j'enfreignais aussi potentiellement la loi, de manière implicite ou explicite, selon ce qu'elle-même faisait de cet argent, selon qu'elle avait ou non renoué des liens avec Saif, selon qu'elle apportait son aide, par un terrible hasard ou une aberration de conscience, à son frère le terroriste. D'abord, je n'aurais pas dû coucher avec elle, non seulement parce qu'elle était mon étudiante, mais à cause de ce que je savais sur les siens. Je ne savais pas contrôler mes désirs. C'est là sûrement ma pire faiblesse ?

Quand sa grossesse avait commencé à se voir, des bruits avaient circulé au Collège et à la faculté d'histoire, bien que je n'aie jamais entendu la moindre accusation portée contre moi par mes collègues, à l'exception bien sûr de Stephen Jahn, qui à ce moment-là passait de nouveau de plus grandes périodes dans les ministères, loin d'Oxford. Je regardais souvent les actualités dans l'espoir de voir sa tête, soit au titre d'expert télé du Moyen-Orient soit perdue au milieu des autres dans la foule en Égypte ou en Syrie, aux côtés de la personne ou de l'entité que l'Amérique et la Grande-Bretagne avaient choisi de soutenir pour le moment. Si d'autres collègues que Stephen savaient ou soupçonnaient que j'étais responsable de la grossesse de Fadia, de telles rumeurs ne sont jamais parvenues à mes oreilles.

Je me suis entendu avec un de mes collègues pour qu'il prenne le relais dans la supervision de la thèse de Fadia après que j'ai eu annoncé mon retour à New York, un peu plus tôt cette année. Lors de notre dernière entrevue dans mon jardin de Divinity Road en juillet dernier, Fadia m'a demandé d'attendre qu'elle me contacte, de ne pas téléphoner ni envoyer de courriel ni écrire jusque-là, mais dès qu'elle fut sortie de chez moi, je savais que je ne pourrais pas satisfaire sa requête. Cela m'avait trop peiné de rendre mon garçon à sa mère sans savoir si je le reverrais avant qu'il soit assez grand pour décider de cela tout seul. Je me sentais forcé d'écrire et de téléphoner comme pour montrer que ma porte serait toujours ouverte pour Fadia comme pour lui. Tandis que les mois passent et que mes messages continuent d'être ignorés, je redoute qu'il n'y ait peu d'espoir de les revoir un jour l'un ou l'autre.

Une fois de plus, hier soir, j'ai rêvé de la salle blanche, un lieu qui semble inspiré à moitié de mon bureau, à moitié des « sites noirs » de détention secrète qui doivent exister en Amérique – peut-être en plus petit nombre – tout comme il en existe à l'étranger. Dans cette réplique de mon rêve, je suis encapuchonné et menotté avant d'être tiré dans le couloir, me doutant qu'une douche m'attend comme les fois précédentes. Finalement, je sens que j'arrive dans un espace plus grand, une salle sonore haute de plafond et aux murs lointains. On relève mon capuchon, découvrant mes oreilles, mes narines et ma bouche, mais l'étoffe rugueuse est alors plaquée sur l'arête de mon nez pour m'empêcher de voir quoi que ce soit de plus substantiel que des petits points de lumière à travers la trame. Je perçois des bruissements de papiers, des chaises métalliques qu'on traîne sur du linoléum – deux chaises, je pense, trois paires de pieds : deux individus assis, le troisième étant celui qui m'a conduit ici, a relevé mon capuchon et se tient derrière moi, les mains sur mes épaules, dégageant une chaleur qui m'emplit fugitivement d'une étrange sympathie pour l'homme. Je reconnais son odeur à partir d'autres rêves, je sais que c'est lui qui m'emmène d'habitude aux douches, d'une poigne ferme mais jamais cruelle, et qui me regarde me laver sans jamais prononcer un mot.

Sans attendre un signe de mes geôliers, je parle.

— Si la détention c'est ça, elle ne répond pas à mes attentes. Je suis presque déçu. Vous ne pouvez pas faire pire ? Me faire souffrir dans ma chair, me causer une douleur que je peux ressentir à fleur de peau, m'arracher les ongles, m'obliger à voir la mort au lieu de cette torture de l'isolement ? C'est comme quand on est obligé de rester consigné seul après la classe, en se demandant si le professeur va revenir un jour.

— On pourrait faire ces trucs que tu suggères, répond une femme. Est-ce là ce que tu mérites, Jeremy ? (Au moment où elle prononce mon nom, je sais que la femme qui parle est Fadia. Je lorgne dans les petits points lumineux et son visage devient plus net.) On peut continuer à te traiter en gamin indiscipliné, ou on peut t'en faire voir de bien pires. *Notre régime pédagogique est assez doux**. On veut seulement que tu réfléchisses à tes actes.

L'homme derrière moi, le gardien aux mains chaudes, se penche pour me chuchoter à l'oreille :

— C'est déjà plus grave que deux heures de retenue, dit-il en me pressant l'épaule droite.

— Jeremy n'a jamais été retenu après la classe, reprend Fadia, comme si elle avait entendu les messes basses du gardien. Il était sage à l'école, jamais dissipé.

— C'est vrai, renchéris-je, pas une seule retenue dans toutes mes années de scolarité. Ma fille sait-elle que je suis détenu, ou retenu ? Elle ne tente rien pour défendre ma liberté ? Qu'avez-vous à me dire ?

— Ta fille est au courant, répond un homme. Elle a appris ses leçons, à la différence de toi. Sa mère l'a bien élevée.

— J'ai joué mon rôle aussi là-dedans.

— Vraiment ? ricane l'homme, et je reconnais alors Stephen Jahn. Elle ne peut rien faire pour te libérer, nous te tenons à l'œil depuis trop longtemps.

— Je n'ai jamais pensé…

— Nous devons tous supposer qu'on *peut* nous surveiller, Jeremy, même si nous ne sommes pas en mesure d'être certains si ou quand on nous surveille vraiment. Nous avons transformé le monde en un panoptique virtuel.

— La liberté est alors une illusion, répliquai-je, posant une équation dans ma tête, une formule qui, dans le rêve, brillait en lettres de néon à travers le capuchon de jute qui me couvrait les yeux : *Retenue < Suspension < Exclusion*. C'était l'échelle du châtiment, au-dessus de quoi il manque seulement *Exécution*, si nous les criminels ou présumés criminels sommes assez malchanceux pour nous trouver dans un État qui reconnaît la peine capitale, ou un État sans procédure équitable qui agit comme bon lui semble, à huis clos, sans tenir compte de la lettre de ses lois. Remplacez *Exclusion* par *Élimination* et l'affaire est vite réglée, plus besoin d'une catégorie supérieure.

Je me suis réveillé avec l'équation sur le bout de la langue, assez claire pour que je puisse m'en servir comme d'une clé pour le reste du rêve, les formulations que mon inconscient assemblait en dialogue. Allongé sur mon lit, je contemplais le ciel blanc, les reflets sur les immeubles adjacents, la publicité peinte de l'autre côté de la rue. Bien que je ne sois pas en état de détention, je suis au moins dans un état de suspension : suspension de ma croyance en la possibilité de la liberté. En d'autres mots, je crois qu'un jour bientôt, peut-être aujourd'hui ou demain ou après-demain, je ne serai peut-être plus libre en ce monde, ne gardant rien d'autre que le souvenir d'une liberté illusoire dont j'ai joui autrefois sans égards pour sa rareté.

Il existe une similitude entre la détention à laquelle je peux faire face, dans une salle blanche et glacée, et la retenue après la classe qu'un élève dissipé doit endurer en salle d'étude. Dans les deux cas, ce sont des tentatives de remettre le « détenu » ou le « retenu » sur les rails. Une petite désobéissance est punie par une heure de confinement supplémentaire sous l'œil du professeur, premier pas sur la voie de la suspension, toujours une curieuse punition, une sanction qui doit sembler un cadeau à certains enfants, pouvoir rester à la maison pendant tant de jours ou de semaines. Et finalement, si ce type de sanction ne suffit pas, l'exclusion, le renvoi définitif de l'école qui peut se solder par une inscription dans un établissement différent ou spécial. Je n'ai jamais été assez proche d'un élément exclu de l'école pour savoir où il ou elle pouvait avoir échoué. Ce genre de personnes disparaissait et, avec la cruauté de la jeunesse, je les ai chassées de mon souvenir. (Avec quelle rapidité ceux que j'aime pourraient-ils parvenir à m'oublier ?) L'école nous dresse avec ses menaces de violence existentielle et de séparation d'avec le troupeau, nous préparant ainsi à la violence plus profonde de l'âge adulte, cette longue étendue de vie où seule une déclaration vérifiable d'irresponsabilité pénale pour cause de troubles mentaux peut nous épargner d'être punis pour des écarts de conduite tombant sous le coup de la loi dont nous avons nous-même autorisé la rédaction pour contrôler et organiser nos vies. J'ai été autrefois un étudiant d'Althusser, et trouvais dans sa formulation des « appareils idéologiques d'État » – institutions scolaires, églises, etc. – une photographie de mon enfance et de mon expérience de l'endoctrinement et du contrôle social. Aller à l'école apprendre les leçons de la société et du droit. Aller à l'église pour un supplément d'édification morale, l'inculcation des Dix commandements, les leçons des Évangiles, tout cela pour se préparer à se soumettre aux appareils répressifs d'État de la police, de la justice et de l'armée, sûrement aussi des systèmes de renseignement.

Si je suis détenu ou retenu, y aura-t-il un procès ? Comparaîtrai-je devant un juge et une cour pour entendre plaider successivement pour et contre ma remise en liberté ? Ce type de procès n'autorise peut-être plus la présence du prévenu, une authentique procédure étant jugée indûment clémente. La peine de prison susceptible de suivre une détention moins officielle ne serait guère différente d'une suspension ou exclusion temporaire de l'école, même si la métaphore commence à se lézarder puisque la prison retire l'individu *de* la maison (la maison en tant que le monde prétendument libre hors des murs), et non de l'institution, de l'école, du corps social, dans l'attente que ses parents l'enferment à la maison. (Accepterais-je, aujourd'hui, d'être confiné par ma mère, le parent assumant les devoirs de l'État, *in loco imperium* ?)

Si on pousse plus loin, je peux concevoir un scénario selon lequel, la prison elle-même échouant à corriger ma conduite, mon pays de naissance chercherait peut-être à m'expulser, me renvoyant en Grande-Bretagne, ou même – même si je trouve ça intolérable – vers l'État, c'est-à-dire vers le règne, le territoire, le royaume géographique de la terreur, la terre du nouveau calife, quel qu'il soit, qui décapite ses ennemis en guise d'avertissement et de sport. Ensuite, j'imagine, ma famille américaine se sentirait libre de m'éliminer par une frappe de drone ciblée, un missile individualisé de soixante centimètres de long avec ma tête peinte dessus, guidé par un gars souffrant d'un vague syndrome post-traumatique dans un centre de contrôle, quelque part au fin fond du désert du Nevada.

Personne de ma famille n'a jamais été arrêté, personne de ma connaissance non plus n'est jamais allé en prison. La pire infraction que je connaisse de près, c'est une comparution pour excès de vitesse. Personne de ma connaissance n'a même jamais été interrogé par la police ; nous tous, famille ou amis, l'ensemble de notre cercle ondoyant, sommes si ennuyeux et si respectueux des lois ! Le crime n'a touché l'existence de ma famille et de mes amis que sous forme de victimation mineure : la dernière voiture de ma mère emboutie, un oncle agressé un jour dans Central Park, un ami – le boursier postdoctoral suisse qui était mon voisin de palier lors de cette première année à Oxford – dont les comptes bancaires avaient été vidés par des escrocs nigérians. J'imagine que, si je suis détenu, que ce soit en Amérique ou en Grande-Bretagne, j'aurai droit à des mauvais traitements, de la torture, une forme de coercition physique telle qu'on peut imaginer qu'elle été infligée à d'autres détenus dans les premières années de notre nouveau millénaire, cette ère où l'humanité recommence une fois de plus à se déshumaniser dans le même temps où elle se bat pour prendre le contrôle total de la planète. Un esprit historique ne s'intéresse pas seulement aux détails, mais aussi aux ères et aux époques, au macro autant qu'au micro. L'anthropocène. Nous nous projetons dans une dystopie, marchant comme des somnambules dans de fantastiques cauchemars devenus réalité.

Jusqu'ici j'ai eu la vie facile. La menace brutalise l'esprit mais pas le corps. J'appréhende plus la douleur physique que la douleur morale. J'imagine que le capuchon qu'on enfile si régulièrement sur ma tête dans ces rêves récurrents puisse un jour se resserrer autour de mon cou, et que de l'eau imbibe le tissu afin que je vive l'horreur qu'il y a à se noyer sur la terre ferme juste pour voir sa condamnation annulée au dernier moment, la mortalité une nouvelle fois mise en appétit, un nouveau sursis, la torture de la mort qui revient puis recule, le *fort-da* de la bobine freudienne… Et peut-être iraient-ils trop loin, la mort survenant accidentellement de sorte que je sombrerais dans ses bras, aveugle et suffocant, un coton mouillé au fond de ma gorge et de mes narines, pendant que nous foncerions, la Mort et le Mourant, dans le tunnel frangé de noir, loin de la lumière dans la lumière.

L'isolement en soi peut s'interpréter comme une torture. Ai-je perdu la raison comme Louis Pierre Althusser ? (Ma connaissance de son œuvre me rend-elle suspect ? Le français est-il trop exotique ?) Pourrais-je, tel Althusser, étrangler à mort l'être aimé ? Devrais-je aussi recevoir des électrochocs ? Il aurait peut-être mieux valu que je reste à Oxford (où, une fois par siècle, des hommes chassent un canard en bois autour d'un quadrangle), logeant au Collège et limitant mon existence aux murs du monde universitaire où les excentricités sont tolérées, voire valorisées, tout comme Althusser a vécu sa vie entre l'*École normale supérieure** et les hôpitaux psychiatriques. À la différence d'Althusser, je ne suis pas une *éminence grise**, un grand esprit vénéré par la nation. Si je tuais mon ex-femme ou mon gendre, il n'y aurait aucune excuse à mon crime, personne pour invoquer ma valeur pour la société et contrebalancer ainsi l'horreur de mes actes. Je suis personne, un amateur en histoire et en philosophie, un dilettante, un amant raté, un père d'enfants qui ne se connaissent pas et ne se connaîtront peut-être jamais, un homme divorcé, un enseignant prédateur, un ogre qui repère une femme désirable et ne sait pas se contrôler, qui ne dispose d'aucun appareil pour se maîtriser, qui a donc besoin des appareils répressifs d'État d'Althusser pour le tenir en échec, l'empêcher de devenir un traître non seulement envers l'État mais envers tous les membres de son entourage.

Je coche les jours sur un calendrier en papier stratifié, mais l'encre fait des pâtés sur la surface glacée. Je commence à me demander combien de jours se sont écoulés depuis le week-end de Thanksgiving, si ce sont mes mains tremblantes qui ont barbouillé les marques ou si quelqu'un d'autre, peut-être la femme de ménage, pouvait travailler pour ceux qui me surveillent de si près. Certains soirs, je crois entendre des voix venir d'en haut ou d'en bas ou résonner dans le couloir, mais chaque fois que je m'arrête pour écouter ou que je vais ouvrir il n'y a personne. Je redoute que ces chuchotements masculins et féminins ne soient peut-être que dans ma tête.

Est-il possible que même ma famille, ces êtres dont je me souviens qu'ils sont ma fille et ma mère, mon ex-femme, l'étudiante qui a été ma maîtresse pendant trois semaines, le petit garçon que j'appelle mon fils et dont la frimousse me rappelle une photo de moi en bas âge, soient tous seulement des *figments*, des feintes – du latin *fingere*, feindre, façonner (en d'autres mots, faire ou falsifier) – tous des inventions qui sont aussi des fictions, un catalogue de tromperies ? *Figment* est un terme que Shakespeare n'a jamais employé, il suffit de compulser le corpus de son œuvre. Mais pas Hobbes, il avait compris sa force, comparez sa théorie de la personnification : « Une idole, ou simple fiction (*meer figment*) du cerveau, peut être personnifiée », c'est-à-dire *représentée* ou actée, voire jouée, « comme l'étaient les dieux des païens ; qui étaient personnifiés par des fonctionnaires nommés par l'État, qui détenaient des Possessions, et d'autres Biens, et des Droits, que les hommes de temps à autre leur dédiaient et consacraient. Mais les Idoles ne peuvent pas être Auteurs, car une idole n'est rien ».

Et si, mon cher Jeremy – moi-même, puisque je parle maintenant à mon esprit frappadingue, car qui sait si quelqu'un d'autre lira ces lignes... – et si ma famille et mon passé étaient de simples idoles hobbesiennes, des fictions de mon esprit, que je personnifierais pour moi ? Et si la main de l'artiste avait capturé des visages de connaissances passagères, les avait manipulés et avait autorisé la machine de mes pensées à les transformer en un diaporama de faux souvenirs ? Et si j'avais passé toute ma vie d'adulte dans une salle blanche et glacée, depuis que j'ai quitté le lycée ou le Collège, en individu confiné à des fins d'observation, traitement et thérapie par électrochocs, et jugé encore si dangereux pour lui et autrui qu'il devait être mis à l'isolement dans une cellule capitonnée, menotté, les yeux bandés, autorisé seulement à se doucher seul, sans jamais voir les visages de ses geôliers et geôlières, c'est-à-dire moi, le premier signe de folie étant cette dissociation de soi, je ne sais plus, ne peux pas dire avec certitude, le stylo, en tout cas, commence à manquer d'encre et la plume métallique usinée gratte, fendant la fragile page grise, tirée non de chiffes de coton mais de pulpe de bois, des rames de cette matière, sujettes à un pourrissement rapide, de sorte que le texte lui-même ne tardera peut-être pas à disparaître, se désintégrant longtemps avant que j'aie achevé ce testament.

Je me souviens d'avoir passé le reste de ce dimanche-là, le premier de décembre, avec Meredith et Peter, dans leur appartement, et puis, parce qu'ils ont insisté pour qu'elle se joigne à nous, avec Susan aussi. Bien qu'elle ne fût qu'à vingt minutes à pied, Peter envoya une voiture la chercher pour qu'elle arrive plus vite, comme si j'étais une bombe et que mon ex-femme soit la seule personne capable de me désamorcer.

Nous étions installés tous les quatre dans le salon de ma fille qui donne sur Central Park. Je fus forcé de m'expliquer plusieurs fois sur la nature de ma faiblesse et de mon imprudence en me soumettant à leurs questions.

— As-tu couché avec d'autres étudiantes? s'enquit Susan, le visage aussi apoplectique que l'avait été un jour celui de Stephen Jahn.

Les yeux lui sortaient de la tête et ses joues étaient cramoisies, la Judy de Punch. Mais pouvais-je la tuer? Non, impossible.

— Je t'en prie, maman, ce n'est pas ça l'important, soupira Meredith.

— Je pense que Jeremy devrait nous dire si c'est un comportement habituel ou si ç'a été juste une bêtise isolée.

— Cela ne s'était jamais produit avant et ne se reproduira plus.

— Tu as intérêt à ce que ça ne se reproduise pas, on te mettrait en prison, siffla Susan.

— Je n'ai rien fait d'illégal.

— Je ne suis pas sûr que ce soit strictement vrai, interrompit Peter. Si tu as donné de l'argent pour soutenir une organisation terroriste, même indirectement, à mon avis cela *pourrait être* illégal.

— Mais Fadia n'est pas une organisation terroriste, ce n'est pas une terroriste ! Elle est séparée de son frère, et nous ne sommes même pas certains que Saif...

— Seigneur, vous entendez ces noms ? murmura Susan.

— Maman, ça suffit !

— Néanmoins, tu n'en es pas vraiment certain, n'est-ce pas, Jeremy ? poursuivit Peter. As-tu vu un relevé bancaire du compte de Fadia ? As-tu vérifié que c'était son compte individuel ? Es-tu certain qu'il n'existe pas de cosignataire ? Es-tu sûr que son père ou son frère ne sont pas cotitulaires de ce compte ? Comment sais-tu si ce n'est pas en réalité le compte du frère et que Fadia a seulement procuration ? Et si elle n'était rien d'autre qu'une façade pour une levée de fonds terroristes ? Tu pourrais être juste un parmi des dizaines ou des centaines de gogos dupés de la même façon...

J'hésitais. Bien que déplaisantes, c'étaient des questions rationnelles. Je n'avais jamais vérifié aucun de ces détails.

— Je lui faisais confiance. J'étais dans sa chambre d'hôpital pour la naissance de mon fils. Je ressentais... j'étais amoureux d'elle. On fait confiance à ceux qu'on aime, pas vous ?

— Tu es idiot, Jeremy, ou quoi ! On ne peut pas faire confiance aux autres comme ça !

— Franchement, maman, tu ne nous aides pas.

Susan grogna.

— Je suis contente de voir que rien n'a changé. Toutes tes anciennes loyautés...

Un laps de temps, personne ne dit mot, puis Peter et Susan continuèrent à me sermonner en tandem, ce qui suggérait une forme de complicité entre eux à laquelle je ne m'attendais pas.

— Je pense que tu as de la chance – nous avons tous de la chance – que tu n'aies pas été déjà arrêté, déclara enfin Peter, comme si c'était là le point le plus important, le point final.

Par mon comportement, j'avais risqué, non seulement ma réputation et ma liberté, mais la réputation et la liberté de toute ma famille, peut-être même de mes amis et collègues.

— Peter, mon chéri, ce n'est pas juste. Ce qu'a fait papa est imprudent, mais je ne crois pas qu'il nous faille aller plus loin. Il s'est excusé.

— Reste l'aspect juridique.

— Nous pouvons nous en occuper, dit Meredith. Je suis sûre que nous pouvons nous en occuper. Nous ne sommes pas le genre de personnes à avoir ce type de problèmes ...

J'étais reconnaissant à ma fille de ses paroles, mais aussi conscient du désespoir qui perçait dans sa voix.

Alors qu'ils tentaient de me convaincre de rester dormir chez eux, à huit heures du soir j'insistai finalement pour dire que je voulais rentrer chez moi et que nous reprendrions cette discussion lundi prochain, puisque Peter n'était pas parvenu à joindre Barry et ne voulait aborder un sujet aussi sensible avec aucun de ses autres avocats.

Au moment où je me levais pour partir, il me saisit le bras, je sentis la pression de ses mains à travers l'étoffe de mon pardessus.

— J'aimerais que tu voies un psychiatre. S'il y a quelque chose qui cloche, il est nécessaire qu'on te fasse médicamenter ou traiter ou tout ce qu'il faudra.

— Une thérapie électro-convulsive ?

— On dit que ce n'est pas une si mauvaise chose.

— Qui le dit, Peter ?

— Papa, s'il te plaît, coupa Meredith, me raccompagnant à la porte.

— J'ai été stupide.

— Oui, tu as été stupide. Mais nous trouverons un moyen pour régler ça.

— Je croyais que personne ne serait jamais au courant. J'ai gardé le secret parce que c'est ce que voulait Fadia.

— Cela suffit maintenant. Tu m'as dit tout ce que je devais entendre.

— Je ne suis pas fou. Tu crois que je suis fou ?

— Je crois que tu es stressé, et anxieux. (Elle marqua une pause, tâchant, songeai-je, de ne pas détourner le regard.) Un médicament ne te ferait peut-être pas de mal.

— Le régime de la ménagère d'Hollywood ! Tu veux me transformer en drogué ? Je n'ai pris des antibiotiques qu'une demi-douzaine de fois dans ma vie. Rien de plus dur. J'ai fumé de l'herbe juste une fois !

— Allez, garde l'esprit ouvert.

— Penses-tu que je doive me mettre en congé ?

— Non, ce ne serait pas sage. Ne fais rien qui puisse donner l'impression que tu te sens coupable de quelque chose. Continue comme si de rien n'était. Donne tes cours, termine le semestre et, avec un peu d'espoir, nous saurons alors comment agir.

Ils m'avaient appelé un taxi. Et pendant que je repartais en direction du Village, les amortisseurs avalant les cahots des plaques d'égout et des nids-de-poule, les freins si silencieux qu'on pouvait croire que la compagnie propriétaire du véhicule avait compris que ses clients espéraient avoir l'illusion de voyager dans une bulle de silence comparativement proche de la sécurité de leurs maisons surprotégées, je pensais à Fadia et à Selim en train de vivre leur vie à Oxford. Tous deux dormaient dans un appartement quasi certainement payé avec l'argent qui glissait tous les mois de mon compte vers celui de Fadia. Le même argent servait aussi à payer l'entretien de l'enfant afin que sa mère puisse poursuivre ses études de doctorat sous la supervision de mon ancienne collègue, une femme dépourvue d'humour, qui avait grandi dans la moitié occidentale d'un Berlin encore divisé et donnait indubitablement à Fadia de meilleures directives que moi pour que celle-ci continue à approfondir les ramifications philosophiques et historiques de la constitution des médias et du traitement de la terreur gauchiste en Europe durant la longue guerre froide du XXe siècle.

Meredith, Peter et Susan étaient les premières personnes à qui j'avais parlé de Fadia et de Selim, et même si je comprenais leur choc et leur colère devant ma trahison, ce qui pouvait raisonnablement être considéré comme l'échec de ma boussole morale personnelle, aucun d'entre eux n'avait donné la moindre indication qu'ils allaient me rejeter. Aucun n'avait dit qu'ils ne voulaient jamais voir mon fils ou sa mère. Tout le monde, y compris Susan, semblait penser que c'était à moi que revenait la charge de prendre les mesures pouvant se révéler nécessaires pour réparer ce qui avait mal tourné. Une mesure devait être prise pour clarifier ma situation auprès des autorités. Je demeure disposé à la prendre. S'il vous faut d'autres preuves, il suffit de demander. Je ferai tout ce que vous exigerez.

Quand j'ai regagné mon immeuble, le concierge Ernesto avait retrouvé son poste à la réception, revenu du court congé qu'il avait pris pour aller chez sa sœur dans le Queens.

— Professeur ! Vous avez un autre colis. Toujours le même genre de truc. Avec le dernier, vous savez, vous n'aviez pas eu de problèmes ?

— Rien d'insurmontable. Vous n'avez pas oublié... je vous avais demandé si vous pouviez prendre une photo du livreur ?

Après un signe de tête, Ernesto fit glisser son index gauche d'avant en arrière sur la surface de l'écran de son portable. Il leva l'appareil pour que je puisse voir l'image.

— Voilà votre gars ! Pas sympa.

L'homme était de profil, et bien que ç'aurait très bien pu être Michael Ramsey, je ne pouvais pas en être complètement certain.

— Il a dit quelque chose ?

— Non. Certains de ces livreurs sont comme ça. Mais, vous savez, cette fois je l'ai bien regardé et j'ai vu que ce mec n'est pas un coursier à vélo. La tenue ne cadre pas, ni les vêtements ni les chaussures. Ce gars, vous savez, en tout cas c'est pas un coursier normal. Je me suis dit peut-être un étudiant stagiaire ou je ne sais quoi, mais il a l'air trop vieux pour ça. (Il marqua un silence.) Vous le reconnaissez ?

— Je crois qu'on s'est croisés. Où est le nouveau colis ?

Il tendit le doigt vers le coin des boîtes à lettres, de l'autre côté du hall d'entrée, où un carton semblable aux autres, peut-être un peu plus gros, était posé au pied d'un arbre de Noël en plastique qui avait poussé pendant mon absence du week-end. Ce quatrième carton était plus lourd que les trois précédents. Je l'emportai dans l'ascenseur avec une secousse de terreur qui me donna l'impression qu'on me tirait les pieds à travers le plancher de la cabine pour me laisser pendre au-dessus du fond du puits.

Dès que j'eus pénétré dans mon appartement, sans ouvrir le carton, j'allai vérifier ma messagerie vocale, mais il n'y avait pas de messages. Celui qui me cherchait des ennuis avec ma mère n'avait peut-être pas l'habitude de laisser de messages ou n'était rien de plus qu'un élément perturbateur. Quelqu'un d'Oxford, un nouveau petit copain de Fadia, pourquoi pas son frère, peut-être même son père – plus probablement, comme je l'avais pensé plus tôt, Stephen Jahn en personne. Mon numéro de téléphone new-yorkais est sur liste rouge, alors que ma mère a toujours gardé le sien dans le bottin, soucieuse que ses vieux amis puissent la joindre s'ils avaient la mémoire qui flanchait. À un certain moment, par le passé, j'avais dû confier à Stephen que ma mère résidait à Rhinebeck, j'avais pu même mentionner son nom dans la conversation.

Bien que le nouveau carton me menaçât depuis l'entrée, je tâchais de l'ignorer en me préparant un sandwich et en débouchant une bouteille de vin mais, pendant que je mangeais devant la télévision et luttais pour chasser le carton de mes pensées, je n'arrêtais pas d'entrevoir son reflet chaque fois que l'écran devenait noir, jusqu'à ce que je finisse par poser de côté mon sandwich et mon verre, aille chercher un couteau à la cuisine et ouvre en deux les rabats du carton.

Dedans se trouvait, non pas une pile de papiers, comme dans les trois premiers colis, mais un second carton, contenant une série d'intercalaires de classeur. Je plongeai la main dans la première section et en tirai un paquet de photographies. Je mis un moment avant de me distinguer dans la foule, mais il devint vite évident que je contemplais les archives photographiques de mes faits et gestes à Oxford et à Londres dans les mois qui avaient suivi le premier entretien de Fadia à mon Collège. Comme je paraissais jeune ! Naïf et les joues pleines, en bonne santé ! Je n'apparaissais préoccupé ou pensif que rarement, presque jamais renfrogné, et en examinant ces témoignages de mon existence vieux de près d'une décennie, j'éprouvais un sentiment proche de la gratitude pour ce rappel de l'homme que j'étais autrefois.

Je remis les photos dans leur section et m'attaquai aux divisions suivantes, dont chacune me rapprochait un peu plus du présent. Il y avait des clichés de moi dans la rue, parfois dans ma voiture (celle que j'avais vendue avant de quitter Oxford, un véhicule que je n'utilisais que pour aller à l'épicerie ou partir seul en escapade dans les Cotswolds), le visage saisi, apparemment, par une caméra de vidéosurveillance. Il y avait des photos de mes voyages, de mes retours réguliers à New York, de séjours de recherche et de colloques dans de grandes villes d'Europe et d'Amérique du Nord. Au début, il n'y avait rien qu'on puisse trouver compromettant ou gênant, à part peut-être l'état de mes cheveux ou mon poids, ou encore mon manque de goût occasionnel pour m'habiller. Pas de photos de moi en train de me curer le nez, de me gratter l'entrejambe ou de me nettoyer les oreilles. La plupart du temps, j'avais l'air d'un homme ordinaire de mon âge, sinon toujours aussi charmant ou raffiné que je m'imaginais l'être. Mes mâchoires commençaient à s'affaisser au fil des ans, comme si j'ouvrais la bouche lèvres closes, mes bajoues s'alourdissaient, l'implantation en V de mes cheveux grignotait peu à peu mon cuir chevelu, mon poids fluctuait, je pouvais distinguer les périodes estivales, où je faisais de l'exercice et mincissais, et les mois d'hiver où, abusant de l'hospitalité de la table d'honneur d'Oxford, je m'enrobais.

Il y avait aussi des photos de Meredith, de nous deux ensemble à Oxford et à New York, des images de ma mère, de divers collègues, une photo de moi et Bethan prise bien après notre courte liaison, puis des photos de moi en compagnie des quelques autres femmes qui composaient le bref catalogue de mes intimes pendant ces années d'exil. Et bien sûr, comme j'avais vite et anxieusement fini par m'y attendre à mesure que je creusais dans le classeur, il y avait des photos de Fadia et de moi ensemble, même si celles-ci étaient toujours discrètes, rien n'indiquait que nous étions autre chose qu'une étudiante et son professeur en train d'échanger quelques mots dans Turl Street par exemple, ou de marquer une pause dans la cour carrée de la bibliothèque Bodléienne ou de se retrouver pour prendre un café au second étage du Blackwell's Bookshop dans Broad Street. Je me félicitais de la retenue que j'avais montrée en public. Pas trace d'une main s'égarant pour lui caresser les cheveux, pas de doigts entrelacés, pas de baiser sur la joue. Néanmoins, il y avait tout un dossier sur notre relation. Ces archives visuelles me renvoyaient aux fichiers de numéros de téléphone et d'adresses Internet, et, d'un rapide coup d'œil, je devinai que toutes nos communications devaient nécessairement aussi être présentes. Et puis je compris que quelqu'un quelque part – Michael Ramsey, forcément – devait recourir à un logiciel de reconnaissance faciale pour sonder un stock existant d'images à seule fin de me prouver que j'étais observé, et mes faits et gestes enregistrés depuis longtemps, comme si, dès notre première rencontre, le jour où Fadia était venue passer son entretien au Collège, je m'étais placé dans le radar de toutes les entités chargées de superviser notre sécurité, et pour aucune autre raison que les relations de cette dernière avec trois hommes – son père, son oncle, son frère – à l'époque des personnalités du gouvernement de Hosni Moubarak.

Que pouvait-il encore arriver ? Lundi ou plus tard dans la semaine, trouverais-je à mon réveil un carton devant ma porte, gentiment monté de la loge par Ernesto ou un des autres gardiens, et découvrirais-je à l'intérieur toutes mes transactions financières électroniques couvrant la dernière décennie, soit un ensemble de preuves qui laissaient supposer, à défaut d'autre chose, une vie vécue à l'étranger et, plus récemment, une certaine indulgence pour cette femme qui avait été mon étudiante et est aujourd'hui la mère de mon fils ?

Je revins à la boîte, car je n'avais pas encore épuisé son contenu, et dans le dernier compartiment trouvai des photos de l'année passée, datant de juste après la naissance de Selim. Un sanglot se brisa dans ma gorge pendant que je les étudiais, des photos de mon fils dans sa poussette roulant dans les rues inégales d'Oxford, lui dans les bras de sa mère, lui encore en compagnie de sa grand-mère maternelle au Grand Café de High Street, lui exhibé devant des amis qui s'extasiaient à un pique-nique sous un hêtre du parc de l'université, un bel enfant, un petit bonhomme qui ressemblait indubitablement à un mélange de son père et de sa mère distillé dans une nouvelle image de la vie. C'était terrible à regarder. J'étalai toutes les photos de la mère et de l'enfant sur ma longue table de salle à manger, disposées de manière à pouvoir suivre le développement de mon fils pendant mon absence de ces quelques derniers mois, il était superbe et heureux, franchissant sans nul doute avec succès toutes les étapes nécessaires, et Fadia, dont le minois suscitait plus de tendresse en moi que je ne m'y attendais, paraissait heureuse mais aussi chargée de préoccupations ou de soucis, je ne savais pas exactement comment appeler ça, un air méditatif et inquiet, peut-être seulement parce qu'elle finissait sa thèse, ou, soupçonnais-je, peut-être à cause de la disparition de son frère, peut-être parce que tout n'allait pas bien avec son père, peut-être parce qu'elle savait qu'un jour je reviendrais, refusant de laisser mon fils continuer à vivre indépendamment de moi. Et soudain, pas loin de la fin des dossiers, un cliché unique montrait Fadia dans St. Giles Street, juste devant l'Institution Taylor, en train de parler à Stephen Jahn, avec Selim dans sa poussette entre eux deux. Quelque chose dans l'attitude de Fadia et de Stephen me glaça, comme si l'inclinaison de sa tête à elle dans sa direction suggérait une entente, et la lueur de son œil à lui une intrigue ou un objectif. Je jetai à la photo un nouveau regard, conscient que je ne pouvais pas interpréter la situation de manière fiable sur la base d'une seule image. Ils avaient pu se rencontrer par hasard, et ce qui paraît être une entente à un moment pouvait, celui d'après, parmi les nombreux moments non archivés qui avaient suivi, évoquer la contrainte et le rejet.

Alors que j'étais absorbé dans ces photos, goûtant le plaisir cruel de voir des preuves de la vie quotidienne de mon enfant, plaisir sous-tendu par un certain trouble devant le fait que Fadia et Stephen puissent être restés en contact, je pris conscience du poids d'un regard posé sur moi : quelqu'un m'épiait, un point immobile dans un champ en mouvement. Quand j'ai jeté un coup d'œil par la fenêtre et scruté le tronçon obscur et luisant de Houston Street, j'ai repéré Michael Ramsey à visage découvert, les yeux levés vers moi, un doigt planté dans sa poitrine ; il inclinait la tête pendant qu'il me regardait le regarder et que son regard croisait le mien, et en même temps, dans ce moment de reconnaissance partagé, j'ai senti que, quoi qu'il puisse arriver, quelles que soient les étranges complications que mes actes avaient provoquées dans ma vie et qui pouvaient continuer à proliférer, Michael Ramsey cherchait mystérieusement à m'aider.

Mais il s'est détourné, et au même moment je me suis mis à douter que ce soit vraiment lui. J'ai regardé l'homme qui aurait pu être Michael tourner les talons et longer Houston Street en direction de MacDougal, ou peut-être du café où nous nous étions rencontrés une semaine plus tôt. Dans l'idée de lui téléphoner, je consultai les Pages blanches en ligne, mais il y avait une centaine de Michael Ramsey à New York seul. Les appeler tous, un dimanche soir qui plus est, semblait absurde. Puis il me vint à l'esprit que je pouvais simplement demander à Peter comment joindre Michael, mais je savais que même si je le contactais, il nierait tout au téléphone parce que s'il avait travaillé – ou travaille encore – pour la NSA ou quelque autre organisme de collecte de renseignements, il saurait que sa ligne était écoutée (cela doit être, j'imagine, un des préalables d'un tel job, le renoncement à sa propre vie privée pour le bien de notre sécurité nationale).

Quoi qu'il eût fait, tenter de m'aider ou de me prévenir, il l'avait fait, j'en étais sûr, d'une manière qui ne serait jamais découverte ou ne pourrait jamais être traçable, ou alors seulement au prix d'un effort considérable. C'était comme s'il voulait que je me transforme en victime qui demandait à se faire connaître, révélant que j'étais surveillé par mon gouvernement pour des activités qui n'étaient pas, de fait, illégales. (Peut-être, j'y pense à cet instant, que c'est précisément ce à quoi je m'attelle ici, dans ces pages, à révéler mon statut de victime.) Michael Ramsey ne m'aiderait pas sans s'être d'abord prouvé que je n'avais enfreint aucune loi, ce qui signifiait que mes virements mensuels devaient arriver à Fadia personnellement, et que ces virements ne pouvaient être tenus pour une infraction à une quelconque loi d'Amérique ou de Grande-Bretagne que par l'esprit le plus dogmatique.

Étant donné mes discussions avec Meredith, Peter et Susan, j'avais envisagé d'arrêter les virements, même si je redoutais qu'une telle décision ne donne l'impression que je croyais que cela avait quelque chose de mal. Plus important, je craignais que l'interruption des virements ne mette en péril la relation que je pouvais encore entretenir avec mon fils. Il est de ma responsabilité légale de subvenir aux besoins de mon enfant. Suivre une loi équivaut à en enfreindre une autre. Catch 22. Mais je reste confiant, je n'ai enfreint aucune loi. Je ne crois pas être un idiot. Le désir a causé ma perte, oui, au point que je me livre à une confession complète, mais en voulant réparer mes errements je n'ai fait que ce que je croyais être légal, payer pour l'éducation de mon enfant comme sa mère me l'a demandé. Si le compte sur lequel j'ai envoyé de l'argent à Fadia n'est pas son compte individuel mais un compte appartenant à son frère, un terroriste, ou auquel il a accès, suis-je rien de plus qu'un sinistre gogo ?

Ce lundi matin-là, je tentais de téléphoner à Fadia sur le dernier numéro d'elle que j'avais en ma possession, mais, une fois la ligne établie, une voix chantante à l'accent britannique m'annonça que le numéro demandé n'était plus attribué. Je lui envoyai un courriel, puis un autre, comme je l'avais fait par le passé, mais pas de réponse. Plus tard dans la matinée, un coursier déposa un colis, mais, cette fois, ce dernier n'était pas plus menaçant qu'un nouveau téléphone, cadeau de Meredith. « Pour nous aider à rester en contact », lisait-on sur son mot. J'allumai l'appareil, suivant les consignes pour l'installer, et composai son numéro.

— J'ai reçu ton petit cadeau, dis-je au téléphone. Je t'appelle avec...

— Je sais, papa, ton nouveau numéro est déjà dans mes contacts. Il te plaît ?

— Ce n'est qu'un téléphone, chérie, en quoi peut-il me plaire ?

— Ce sont des objets du désir.

— Peut-être de ton désir, pas du mien. (Il y eut un silence au bout du fil. Je décevais Meredith, qui ne cherchait qu'à m'aider, tout comme elle le faisait quand elle surclassait mes billets d'avion ou retenait des taxis pour aller me chercher et me déposer, attentions destinées à me protéger des dures réalités de la vie.) Excuse-moi, je ne veux pas me montrer ingrat. C'est un beau joujou, très élégant. Et je suppose qu'il me permettra de faire toutes sortes de choses que je ne pouvais pas faire avant, par exemple trouver un restaurant convenable dans le centre-ville.

Meredith rit bien qu'elle ne parût pas amusée. Ce n'était pas un rire que je lui connaissais.

— Chérie ?

Je l'entendis respirer, une rapide expiration, un peu comme si elle fumait une cigarette.

— C'est que... J'ai juste pensé que ça nous aiderait à rester en contact.

Autrefois, une ligne fixe suffisait. Je me demande si, par le passé, nous n'avions pas davantage confiance les uns envers les autres, sachant qu'il y avait toujours des moments quotidiens où nous ne serions pas en mesure de joindre nos épouses, nos enfants ou nos parents, et persuadés qu'ils vivaient leur vie et nous demeuraient fidèles et que tout ce qu'ils nous diraient plus tard avoir fait était vrai ou, au moins, plausible. Pour chacun de nous, la liberté qui consistait à ne pas être joignable, à circuler en ville sans se faire repérer, à jeter un coup d'œil aux librairies et aux bibliothèques, à vivre sa vie sans que l'esprit se sente traqué ou suivi ou simplement distrait par la bêtise de messages indésirables et la faculté de vérifier les cours de la Bourse toutes les trente secondes ou de recevoir des alertes des dernières actualités, devait signifier que, il y a à peine dix ans, nous pensions plus et réagissions moins. Faut-il s'étonner que nous soyons entrés dans une ère plus réactionnaire ? Notre technologie nous apprend plus à réagir qu'à réfléchir, si bien que les organisations gauchistes du présent semblent moins fondées sur des idées que sur le désir constamment changeant de répondre à l'attaque, l'inégalité ou l'injustice, et pourtant le discours autour de la possible tendance ou polémique du jour semble trop souvent assis sur une tranche d'ignorance historique et idéologique. C'était le type de pensées que je pouvais autrefois partager avec Susan – de fait, ces conversations étaient le fondement de notre relation quand on avait vingt ans et qu'on s'était mariés du jour au lendemain, avec une petite fille neuf mois plus tard, sans rien savoir l'un de l'autre hormis la qualité de nos intellects respectifs. Comme la possibilité de ces échanges me manquait ! Dans un élan de spontanéité et le désir de voir, peut-être une dernière fois, si un rapprochement plus sérieux était encore possible, je sautai dans un taxi pour descendre dans le centre-ville.

Quand je parlais à l'interphone, Susan ne répondit pas, mais la porte bourdonna et je jouai des coudes pour replonger dans cette vieille entrée familière, avec son carrelage un peu crasseux et son âcre odeur de boîtes aux lettres en aluminium. Le chien de Susan, qui jappait derrière la porte au tout dernier étage, me rappelait la chienne que nous avions autrefois, cette femelle Westie que nous avions baptisée Lotte Lenya parce qu'elle avait un air de ressemblance avec l'actrice, une tête renfrognée, une gueule toute en dents, un chien qui traînait les pieds chaque fois que nous voulions la ramener du parc de Riverside à la maison.

À la vue du visage de Susan, et des petits yeux noirs de ce chien tout blanc levés vers moi, j'eus une telle sensation d'intimité retrouvée que j'embrassai mon ex-femme sans y penser et éclatai en pleurs dans ses bras. Malgré sa colère de la veille, elle était, en dehors de notre fille, la seule personne en qui je sentais pouvoir avoir confiance, étant donné que ma mère n'est plus aussi disponible qu'elle l'était par le passé. Comme il serait réconfortant de reprendre la vie que nous partagions autrefois, de revivre dans cet appartement, de refaire de Riverside Park et de ce tronçon de Broadway mon territoire après mes années d'exil ! Mais à l'instant même où je pénétrais dans mon ancien appartement, passant de l'entrée au salon, je fus choqué de trouver Peter assis sur le canapé. Le voir là, si à l'aise et si élégant, je me suis dit : « C'est comme si un juif entrait dans un lieu prétendument sûr et qu'il y trouvait un membre de la Gestapo qui l'attendait, apprécié de ses hôtes. »

Peter me sourit, c'était le même sourire que j'avais vu chez ses parents et que, dans les mois qui avaient suivi mon retour d'Oxford, j'avais vu aussi à l'occasion chez ma fille Meredith. Un sourire sans chaleur.

— J'ai consulté mes conseils, Jeremy. Ils ont demandé un référé, et l'autre cabinet d'avocats, tu sais, ils peuvent tout faire de chez nous, ce soir ou demain, bien que je pense que le plus tôt sera le mieux, non ?

— Faire quoi exactement ?

— Revenir sur les faits du dossier comme tu nous les as exposés, examiner les éléments de preuves, les fichiers que tu as reçus et toutes tes archives bancaires, si tu les as gardées en ta possession. Tu pourrais peut-être les imprimer et les apporter, et ensuite on pourra commencer à réfléchir comment négocier avec les autorités si cela s'avère nécessaire, je veux dire, si les avocats pensent qu'il y a une réponse à donner. Puis-je te demander si quelqu'un d'autre a vu les dossiers que tu as reçus ?

— Les gardiens de mon immeuble.

— Tu as montré tes dossiers aux gardiens ?

— Ils ont vu les cartons que j'ai reçus, lesquels contenaient les dossiers.

— Mais pas les dossiers eux-mêmes ?

— Non, pas les dossiers en soi.

— Tu es donc la seule personne qui a vraiment regardé les dossiers, les papiers, je veux dire, avec les mots et les numéros imprimés dessus.

— Oui, c'est exact. Ils sont, tu sais, ils sont très privés...

Je pensai qu'il craignait que d'autres personnes aient pu découvrir ce qui se passait, mais, détournant alors légèrement le regard, il me demanda :

— Et tu es sûr que tu n'aurais pas pu t'envoyer les dossiers toi-même ?

— Pourquoi ferais-je une chose pareille ?

— Je ne sais pas, et pardonne-moi si je te parais grossier, mais es-tu certain que ces dossiers ne contiennent pas, je ne sais pas, du papier brouillon ou même des feuilles vierges ?

— Absolument certain. Et puis le relevé des appels téléphoniques entrants et sortants n'est pas quelque chose que j'aurais pu produire tout seul.

— Si, tu aurais très bien pu noter chaque fois que tu passais un appel, qui tu appelais, durée de l'appel, fréquence des appels. Tu pourrais être une de ces personnes qui ne suppriment jamais leur historique et avoir tout imprimé...

— Mais je ne l'ai pas fait et ne le ferai jamais. Je ne souffre pas de troubles obsessionnels compulsifs, Peter, si c'est là ce que tu insinues. Susan peut en témoigner.

— C'est vrai, Jeremy est trop chaotique pour être OC, approuva Susan en riant bien que son rire fût dénué de toute gaieté. Mais il a toujours été un fieffé menteur. Pourquoi crois-tu qu'il a dû quitter Columbia ? Une trop grande souplesse avec la vérité. Risqué, pour un historien.

— Ça suffit, Susan. Je n'invente rien et je n'apprécie pas qu'on insinue le contraire.

— À ton avis, pourquoi es-tu autant sur la défensive sur cette affaire, Jeremy ? lança Peter.

— Écoutez, je peux partir en taxi tout de suite pour retourner chez moi, prendre les cartons et vous les apporter, si cela peut vous convaincre.

— Est-ce si important pour toi que nous soyons convaincus de ta santé mentale ?

— Oui, bien sûr que ça l'est. Vous êtes bouchés ou quoi ?

Peter marqua un silence.

— Ce n'est pas la peine de te montrer insultant. On essaie seulement de t'aider...

— Je ne suis pas insultant, je suis contrarié. Vous me contrariez parce que vous mettez en doute ce que je dis. Pourquoi es-tu là d'abord, Peter ?

— J'étais dans le quartier et j'en ai profité pour voir comment Susan allait. Elle était sous le coup de ta visite d'hier.

Susan traversa lourdement le salon pour aller regarder par la fenêtre. J'étais devenu incapable d'interpréter son langage corporel comme je le faisais autrefois, la manière dont une certaine posture pouvait exprimer l'assentiment, ou une inclinaison de la tête en arrière vers la gauche trahir la désapprobation.

— Nous étions tous bouleversés, Peter. Pas seulement moi.

Comme toujours dans cet appartement, j'étais conscient de la rumeur de la circulation sur le Henry Hudson Parkway et du cliquetis des radiateurs, si incontrôlables que, par certains jours glaciaux d'hiver, on devait ouvrir les fenêtres pour réguler la température. N'attendant plus rien des trois humains, le chien, ce nouveau chien qui ressemblait tellement à Lotte qu'il aurait pu être son clone, avait étiré ses pattes de devant pour y poser son menton blanc, tandis que ses petits yeux noirs, tressaillant sous ses sourcils, allaient de Susan à Peter comme s'il savait que l'un ou l'autre finirait par le sortir. Pourquoi Peter ? me demandai-je, pourquoi le chien regardait-il Peter avec tant de familiarité ?

— Je sais qui fait ça.

— Qui fait quoi ?

— La personne qui m'envoie les dossiers. C'est ton ami, Michael Ramsey.

Peter émit un grognement.

— Si tu penses ça, alors tu dois être vraiment fou, Jeremy. Michael est un gratte-papier. C'est le geek le plus soporifique que je connaisse !

— Tu ne sais pas où il travaille.

— Il travaille pour une banque. Comme ça, de but en blanc, je ne me rappelle plus laquelle.

— Il travaille pour la NSA.

— Tu es sûr de ce que tu dis ?

— C'est la seule explication logique. Il était planté devant mon immeuble de Houston Street pour m'espionner la nuit. Hier, il m'a envoyé un carton de photos, des images de moi à Oxford, Londres et New York, d'autres de Fadia et de mon fils, le gardien a même pris une photo de Ramsey *en train de déposer* le carton. Je suis donc certain que c'est lui. Et si ce n'est pas lui, alors il est le messager d'un autre. Mais je ne crois pas à cette probabilité. Hier soir, il est apparu dans Houston Street, *attendant* que je le voie. Il veut que je sache que lui aussi est prudent, parce que la NSA, ou qui que ce soit, nous surveille. Il ne peut pas m'envoyer de courriels, il ne peut sûrement pas non plus me téléphoner. Mais il peut toujours se distinguer dans la rue et m'envoyer des tirages de dossiers et ainsi me tenir au courant de ce qui se passe. Il sait qu'il n'y a aucune raison pour qu'on me surveille ainsi. Il sait et il cherche à m'aider, Peter.

Peter a peut-être secoué la tête, mais il m'a jeté le type de regard que j'associe à la personne sensée et condescendante qui voit la folie partout en restant convaincue qu'elle-même doit toujours garder la raison.

— Et tu es certain que les photos que tu as reçues hier ne sont pas simplement ta collection de photos personnelles des dix dernières années ? Peut-être quelque chose que tu as expédié séparément depuis la Grande-Bretagne ?

— Le carton n'a pas été expédié, Peter ! Comme les autres, il a été livré par *coursier*, pas de cachet de la poste. Quoi qu'il en soit, je ne possède aucun appareil photo.

Je n'en ai plus depuis que Susan et moi nous sommes séparés. C'était toujours elle, la photographe.

— C'est vrai, acquiesça-t-elle. Jeremy n'a jamais eu l'œil.

— D'ailleurs, je figure sur les photos que j'ai reçues, et quand je n'y figure pas, elles ont été prises en des lieux où je n'étais pas présent le jour où elles ont été prises. Tu ne comprends pas ? Pourquoi me regardez-vous tous les deux fixement ?

— On pense juste que tu as peut-être besoin d'aide, Jeremy, répondit Susan, la voix tendue comme autrefois quand je sentais qu'elle était à bout de patience. Tu n'as pas bonne mine, tu as le teint gris. Tes yeux... Je ne t'ai jamais vu dans cet état.

Ainsi je me trompais. Susan était aussi contre moi. C'est alors que j'ai commencé à me demander si elle et Peter n'étaient pas de connivence, et si, par hasard, *Peter* ne pouvait pas être plus ou moins derrière tout ce qui se passait. Peut-être veut-il que je dégage le terrain. Peut-être suis-je un trop gros embarras pour lui et sa famille. Peut-être est-il au courant pour Fadia depuis longtemps, peut-être Stephen Jahn n'a-t-il pas seulement téléphoné à ma mère mais a-t-il monté tout le monde contre moi, ou peut-être Michael Ramsey n'est-il qu'un des nombreux employés de Peter. Quel que soit le cas, j'ai compris qu'il était inutile de discuter avec l'un ou l'autre, je me suis donc excusé en disant que je les contacterais s'il y avait du nouveau.

Alors que je remontais West End Avenue, je remarquai que la lumière du cabinet du Dr Sebastian était allumée et faillis m'arrêter pour voir si celle-ci avait un moment pour parler, avant de me raviser au dernier moment. Sans être dans le bon état d'esprit, j'avais envie de la revoir, ou l'impression entre deux pensées fugaces que la voir pourrait dissiper les derniers doutes que j'avais sur ma santé mentale, et c'est vrai, je le sais, que les questions que Peter m'avait posées étaient exaspérantes parce qu'elles m'obligeaient à me demander si je ne devenais pas fou. Je pris le métro pour rentrer. Dans cette rame métallique ferraillante, j'ai vu avec quelle facilité je pouvais devenir une recrue des légions de détraqués de cette ville, un individu négligé qui parle tout seul et griffonne le témoignage de son existence sur des bouts de papier, couvrant le moindre espace libre carnet après carnet, persuadé de ne pas être fou.

Enfin, je ressortis du métro à West Fourth Street, et qui était adossé au kiosque à journaux en train de lire un magazine sinon Michael Ramsey ? Il portait son caban sombre avec le col relevé et un bonnet noir en tricot, l'air d'un marin danois. Dès que je fus à sa hauteur, Ramsey leva ses yeux pour les planter dans les miens, comme s'il savait à l'avance le moment précis – à un millième de seconde près – de mon arrivée, comme s'il me pistait sur son téléphone, suivait mon chemin à travers les rues, un point bleu clignotant sur le plan de New York. Il sourit, et c'est son sourire qui me désarma. Il n'avait rien de narquois ou de menaçant, rien de préparé, comme dans les sourires de Peter ou, me vint à l'esprit, ceux de Stephen Jahn. J'y lus plutôt de la compassion et de l'inquiétude, mais aussi une espèce de désir désespéré, de la part de Michael, que je comprenne ce qu'il cherchait à faire.

Je ralentis le pas en passant, attendant qu'il m'aborde.

— Nous devons arrêter de nous voir ainsi, déclara-t-il avant de se tourner pour s'engouffrer dans le métro.

Mardi, je devais donner un cours. Mes étudiants avaient déjà décroché pour les vacances de Noël, mais je tentai quand même de les réunir, malgré les regards vides, les expressions de lassitude et les excuses, quand il apparut que plus de la moitié de la classe n'avait pas regardé *Les manuscrits ne brûlent pas* de Mohammad Rasoulof. Une des filles qui buvait une bouteille de soda en grignotant un paquet de chips se plaignit d'avoir été malade, trop malade pour suivre autre chose qu'une émission de téléréalité.

— Jetez votre soda et vos chips, criai-je. Des fruits et des légumes ! Des protéines ! Votre organisme est malade parce que vous ne lui donnez que de la merde. Vous mangez de la merde, vous vous transformez en merde, votre esprit devient de la merde ! Avec votre régime alimentaire, bien sûr que vous êtes malade. Je ne veux pas entendre vos excuses. Si vous ne faites pas votre travail, autant être sur votre lit de mort !

Toute la classe avait sursauté. Un garçon geignit au fond de la salle. Je n'avais jamais parlé ainsi à un groupe d'étudiants dans toutes mes années d'enseignement. Au contraire, je me suis toujours efforcé d'être un professeur sympathique et bienveillant, aimé de ses élèves. Ce jour-là, pourtant, je ne trouvais plus l'autre Jeremy, Jeremy le gentil. Il s'était replié en coulisse, ou peut-être m'étais-je enfin autorisé à franchir cette barrière mentale pour courir librement dans le grand État en pointillé qui empiétait depuis longtemps sur l'enclave de mon moi rationnel. Je me démenai le restant de l'heure, ne m'adressant qu'aux plus brillants de mes étudiants, leur montrant des extraits des moments où les écrivains du film sont confrontés à leurs bourreaux, celui où un écrivain en particulier parle sur une ligne téléphonique sans tonalité, sachant qu'on l'écoute, que toutes ses paroles et tous ses actes font l'objet d'une surveillance.

En sortant du bâtiment, je ne fus pas surpris de voir Michael Ramsey debout sur le trottoir d'en face, mais à l'instant où je me dirigeai vers lui, il tourna le coin de la rue et disparut dans une foule d'étudiants. Était-ce vraiment lui ? Espérait-il que je le suivrais ? Laissait-il entendre qu'ici, sur le campus d'Oxford, nous pourrions trouver un lieu de rendez-vous qui soit assez privé pour parler librement ?

Ce soir-là, une voiture vint me chercher avec mes quatre cartons et me conduisit dans le centre-ville où je passais plusieurs heures dans l'appartement de Meredith et Peter en compagnie de toute une équipe d'avocats, hommes et femmes, de trente à cinquante ans, blancs, noirs et asiatiques, qui me cuisinèrent et emportèrent les dossiers à des fins d'examen scientifique. On me dit d'attendre, ils me contacteraient en temps voulu. Pour le moment, ils me recommandaient de continuer comme si tout était normal, bien qu'il serait peut-être sage, me mirent-ils en garde, de retarder tout voyage à l'étranger. Les frontières peuvent être des endroits délicats. Partir n'était pas un problème, mais arriver ailleurs ou rentrer à la maison pouvait se révéler difficile.

Les jours passent. Je lis, je donne mes cours, j'attends. Je prends l'ascenseur pour descendre dans le hall d'entrée, je parle avec Ernesto et les autres gardiens, Rafa, Manu et Ignacio. Je me rends à l'épicerie du coin où je paie une pomme bio plus de un dollar, parfois je vais en pleine nuit acheter des céréales ou du fromage parce que la nouveauté d'un commerce vraiment ouvert vingt-quatre heures sur vingt-quatre est encore récente pour moi, et qu'en arpentant ces allées de magasin à deux heures du matin et en discutant avec des employés qui préféreraient être ailleurs, je remarque le coin salon où les clients peuvent consommer un repas rapide, un ensemble de fauteuils en plastique et de tables de fibre de verre qui est fermé la nuit de peur que les SDF et les démunis ne cherchent à y trouver refuge.

J'assiste à une conférence donnée dans le Département d'anglais par un jeune professeur pakistano-américain de Princeton qui parle des films de Jafar Panahi, *Le Rideau fermé* et *Ceci n'est pas un film*, que j'analyse l'un et l'autre dans mon cours sur le cinéma de la surveillance. Il n'y a que dix auditeurs dans la salle, guère pire que ce qu'on pouvait trouver à un séminaire de recherche à Oxford, mais pas ce que j'eusse espéré pour une ville comme celle-ci. Je vais ensuite dîner avec l'hôte du Département d'anglais – un Anglais à peu près de mon âge qui habite un étage plus bas que moi dans les Silver Towers – et le jeune professeur de Princeton. Nous dînons dans un restaurant malaisien et le lendemain je finis avec une intoxication alimentaire qui m'oblige à tourner en rond dans mon logement, à graviter entre le lit, les toilettes et l'évier de la cuisine. En arpentant mes modestes quartiers, je m'aperçois que je pourrais vite m'habituer à la prison.

Tous les jours, le matin ou le soir, parfois à l'heure du déjeuner, je rencontre Michael Ramsey. De temps en temps, nous nous saluons, mais il feint souvent de ne pas me voir et s'éloigne purement et simplement dès que je fais mine d'approcher et je me demande alors si c'est vraiment Michael que je vois, ou si mon cerveau ne me joue pas des tours. Parfois, je l'appelle dans son dos, je crie son nom, mais il ne se retourne jamais.

Les avocats que Peter a recrutés pour me défendre n'ayant toujours pas restitué les dossiers, je demeure dans un état d'incertitude. Qu'est-ce qu'un groupe d'avocats new-yorkais pourrait connaître des fréquentations de Saif ? Ces matières semblent a priori dépasser leurs pouvoirs d'investigation, mais je suis peut-être naïf sur ce qui est aujourd'hui possible. Tout ce qu'on peut espérer, c'est que le compte de Fadia, le compte sur lequel mon argent tombe au compte-gouttes le premier de chaque mois, s'avère être à son seul nom. Et que le seul grave problème soit un problème de relations : la relation de Fadia avec son frère et ma relation avec Fadia.

Bien que la période des examens se soit terminée le 19 décembre, j'ai décidé de rester en ville pour les vacances, tapi dans mon appartement douillet tandis que le tourbillon circumpolaire arctique revient en force. Un matin, quelques jours avant Noël, après une soirée tranquille passée au chaud à regarder des films et à me nourrir de plats vietnamiens à emporter, Ernesto me sonne du rez-de-chaussée pour me dire qu'on a déposé un colis à mon intention. Voilà comment, en ce jour glacial, j'ouvre encore un nouveau carton pour trouver à l'intérieur un bloc de plastique noir luisant, aussi gros que l'édition brochée de *Guerre et Paix* ou de *The Collected Earlier Poems* de William Carlos Williams ou encore de *Crime et Châtiment*. Même si, de fait, plus qu'un livre, ce qu'il m'évoque, c'est le monolithe bourdonnant dans le *2001, l'Odyssée de l'espace* de Stanley Kubrick. Je remarque des câbles et comprends que c'est une sorte de disque dur externe, et même si je m'inquiète fugitivement que le fait de le connecter à mon ordinateur risque peut-être de m'exposer à un virus ou à un niveau de surveillance jusqu'ici inimaginable, je décide que rien ne saurait être pire que ce que je vis déjà.

Après avoir connecté le disque dur externe et ouvert l'icône sur le bureau, je suis d'abord perplexe. Il doit y avoir un pépin, parce que la fenêtre qui s'ouvre présente une copie exacte des fichiers et dossiers présents sur le bureau de mon ordinateur. Encore quelques clics supplémentaires, et je comprends que le disque dur externe contient, non seulement une copie intégrale du contenu de mon ordinateur, mais une copie actualisée à ce jour, les derniers changements ayant été enregistrés à 7 h 52 ce matin.

En admettant que ceci soit encore l'œuvre de Michael Ramsey, il est clair pour moi qu'il n'y a maintenant qu'une seule signification possible : un avertissement comme quoi tout ce que je fais, écris, lis et consulte en ligne, y compris ce que je fais *hors ligne*, est accessible. Quand je me connecte à Internet, n'importe qui peut lire tout ce que j'écris, y compris des documents que je considère comme absolument privés : le journal que je tiens dans un fichier de traitement de texte, brouillons de poèmes occasionnels, fragments de correspondance que parfois, à l'ancienne mode, j'imprime, signe et expédie sous enveloppe à leurs destinataires. La vie privée n'existe plus, à moins d'écrire ses lettres, ses carnets intimes et ses poèmes à la main, comme j'écris actuellement ce document, et encore, notre administration a pris depuis longtemps l'habitude de scanner tout le courrier de l'extérieur. Pour ceux qui me surveillent, il serait transparent à qui j'écris et de qui je reçois du courrier, même s'ils ne discernent pas nécessairement le contenu des lettres elles-mêmes. Le téléphone que Meredith m'a offert, ce machin aussi m'a transformé en un sujet traçable, quelqu'un dont la localisation peut être si précise que Michael Ramsey est maintenant en capacité de me retrouver tout au long de la journée, n'importe quel jour et où que j'aille. Le téléphone, je percute enfin, est la raison pour laquelle il est apparu aux quatre coins de la ville, pas comme une pièce jaune mais comme un fanion rouge ; mobile et ondoyant, il cherchait à attirer mon attention. Et puis, je pense au message qu'il a laissé sur mon vieux téléphone, planqué dans mon réfrigérateur, lors de cette étrange soirée d'il y a quelques semaines, un message qui avait tout d'un avertissement : « Les téléphones écoutent. »

Même quand ils sont éteints ? Les téléphones écoutent-ils même quand ils semblent inefficaces ?

Je prends conscience qu'en écrivant ces lignes, en citant nommément Mr Ramsey, j'expose peut-être ce dernier à un danger de représailles de la part de son employeur. Bien que je n'aie pas réfléchi aux conséquences qu'entraînerait la révélation de son identité au début de ce testament – combien y a-t-il de jours ou de semaines que j'ai commencé à le rédiger ? – ce n'était pas mon intention. Je ne lui veux aucun mal. Aucun mal ne devrait l'atteindre.

Après l'arrivée du carton ce matin, j'ai appelé le Dr Sebastian et lui ai demandé si elle aurait encore un moment pour me recevoir avant les vacances.

— Venez maintenant, si vous pouvez, dit-elle. Je pars demain.

En me rendant à pied de la station de Broadway à son cabinet sur West End Avenue, je me suis arrêté pour acquérir une corbeille de fruits de saison, un mélange de poires et de fruits secs, presque comme si j'étais un soupirant.

— D'habitude, mes patients ne m'apportent pas de cadeaux, dit-elle, me faisant entrer dans son bureau de consultation, plus austère dans mon souvenir. Les murs blancs qui m'étaient restés en mémoire sont en réalité gris tourterelle, le plancher recouvert de tapis Chobi, le mobilier un mélange d'antiquités du XIXe siècle et de fauteuils danois du milieu du XXe. Des masques africains décorent un des murs. Tous ces détails m'avaient échappé lors de ma première visite.

— Je voulais me faire pardonner pour l'urgence de ma demande et l'époque de l'année.

— Je suis laïque, Jeremy, mais merci, néanmoins.

Elle posa la corbeille de côté et, au lieu de s'asseoir à son bureau comme elle l'avait fait lors de ma première consultation, s'installa à côté de moi dans un des deux fauteuils destinés aux patients.

— Les scans du cerveau semblent bons. Aucune anomalie. Mais peut-être, si vous avez encore des questions, vous devriez voir quelqu'un d'autre. Je serais heureuse de vous recommander auprès d'un confrère.

— D'un psychiatre ?

— Ou d'un psychothérapeute. Ou les deux.

Des amis m'avaient suggéré d'entamer une thérapie quand mon mariage avec Susan s'était brisé, mais j'avais conclu que la fuite et la lecture étaient un meilleur moyen de combattre la dépression. Je me suis arrêté de fuir à un moment donné entre ma décision de quitter Oxford et ma réinstallation à New York, et lire tout seul ne me suffit plus pour lutter contre l'anxiété. La lecture, de fait, produit ses propres formes d'anxiété. Les soucis et les préoccupations évoqués par la prose d'un autre commencent à fermenter dans ma cervelle, m'empêchant de dormir la nuit. Je me rendais compte que j'étais plus ou moins insomniaque depuis des semaines. Je me soignais à coups de scotch, de Miles Davis et de projections de minuit de vieilles pellicules de Coppola, Alan J. Pakula et Sydney Pollack de mon enfance, me racontant que *Conversation secrète*, *Klute* ou *Les Trois Jours du condor* étaient vraiment de la recherche, une préparation pour le cours que je donnais sur le cinéma de la surveillance, et tâchant de me convaincre que personne n'avait encore bien réfléchi aux techniques formelles utilisées dans ces films, techniques susceptibles d'être vues comme des conséquences d'un changement de paysage culturel dans les années soixante-dix, cette décennie où le mode de télésurveillance audiovisuel était devenu banal, dans l'union de la forme et du contenu, conséquence des forces historiques, autant dans les progrès technologiques que dans l'ancrage et l'expansion du complexe militaro-industriel et son imbrication avec la communauté du renseignement. Voilà ce que je faisais pour m'aider à dormir. C'est pourquoi, je commence à le penser, je ne peux toujours pas dormir. Mon esprit ne peut pas s'arrêter de mouliner.

— Une thérapie par la parole ne m'intéresse pas. Je ne crois pas qu'il existe des traumas qui pourraient expliquer ce qui se passe. Je suis à peu près certain de ne pas délirer, ni de souffrir de pertes de conscience. Je suis anxieux et un peu déprimé, mais sans doute pas significativement plus que la majorité des gens qui se retrouvent traumatisés par le déracinement culturel. Pas pire, de fait, que les trois quarts des New-Yorkais.

— Nous pourrions essayer un antidépresseur, ou même un léger anxiolytique. Certaines personnes en ont besoin, d'autres non. Des personnes très intelligentes, comme vous, Jeremy...

— D'un point de vue théorique, dis-je, lui coupant la parole, si le problème résidait dans mon cerveau, qu'est-ce que cela pourrait bien être ?

Le Dr Sebastian leva le menton, soutenant mon regard pendant qu'elle bougeait la tête, et en même temps ses mains se tendirent vers son bureau pour saisir le registre où elle avait consigné des notes lors de notre précédente entrevue. Elle abaissa les yeux, ouvrit à la page concernée, puis releva la tête.

— C'était juste un apparent trou de mémoire, exact ?

— Ça, c'était le premier problème. Depuis, je reçois des dossiers de fichiers très privés. Il m'a été suggéré par des membres de ma famille que j'aurais pu m'envoyer les dossiers moi-même, pour étayer ma croyance dans ce qu'ils jugent être une hallucination paranoïaque.

— Vous n'avez pas le souvenir de vous être envoyé à vous-même ces dossiers ?

— Absolument aucun souvenir. Pas même l'ombre d'un souvenir ! Tout carton qui arrive est une surprise, et une horreur !

— Et alors vous aimeriez savoir si vous pourriez en être capable, capable de vous envoyer vous-même ces dossiers, sans en garder le moindre souvenir ?

— En gros, oui. Nous ne parlons pas d'un seul événement, mais d'une série, d'une séquence de comportements, si vous voulez, dont je n'ai aucun souvenir.

— Si c'était le cas, et je voudrais souligner mon scepticisme, alors nous pourrions envisager une forme de désordre dissociatif, même si je vous conseillerais alors de voir aussi un psychiatre. Pas de traumas dans l'enfance ? Au service militaire ?

— Rien que je qualifierais de traumatique. Une enfance douce, morne et sans intérêt en banlieue. Pas d'os cassés, deux parents aimants qui sont restés mariés jusqu'à la mort de mon père et n'ont jamais ne serait-ce que levé la main sur moi. Une vie d'adulte passée entre les bibliothèques, les salles de cours et les bureaux de l'université. Bien que cela puisse être traumatisant à sa manière, je suppose...

Le Dr Sebastian baissa de nouveau les yeux sur son registre, comme si celui-ci pouvait contenir une réponse.

— Permettez-moi de vous poser quelques questions.

— Envoyez !

— « Envoyez » ?

— Allez-y.

— Très bien. Vous est-il arrivé de vous retrouver un jour au volant de votre voiture ou dans le métro et puis de vous apercevoir que vous ne vous souvenez pas comment vous êtes arrivé là ?

— Non, rien de tel.

— Quand vous parlez avec quelqu'un, vous arrive-t-il d'avoir brusquement la sensation de ne pas avoir entendu ce qu'a dit l'autre ?

— Je suppose que oui, parfois. Pas très souvent. J'essaie de bien écouter. Susan, mon ex-femme, se plaignait bien que j'avais l'esprit ailleurs chaque fois qu'elle ouvrait la bouche, que je me contentais de grogner sans l'écouter attentivement. Mais non, en général, je suis présent quand on me parle.

— Avez-vous jamais levé la tête en vous demandant comment il se fait que vous soyez là où vous êtes ?

— Au sens existentiel ou au sens physique ?

Le Dr Sebastian sourit.

— Physique.

— Non, rien de tel non plus.

Elle me demanda si je m'étais déjà retrouvé habillé sans me souvenir de m'être habillé. Non, jamais. Si j'avais découvert dans mes affaires des objets que je ne reconnaissais pas être à moi. Non, pas que je me souvienne. Je connais le contenu de ma vie, mes biens comme mes pertes.

— Quelqu'un vous a-t-il approché en disant qu'il vous avait déjà rencontré ou qu'il vous connaissait bien sans que vous ayez le moindre souvenir de cette personne ?

Une douleur vive et glacée me perça la poitrine.

— Oui, cela m'est arrivé récemment. Le week-end de Thanksgiving. J'ai rencontré un jeune homme... Je le rencontre régulièrement, dans toute la ville, même à l'extérieur... qui prétend avoir été mon étudiant, mais je ne me souviens pas de l'avoir vu en cours ni même de l'avoir croisé, et pourtant on semblait s'être côtoyé... selon lui... pendant un temps considérable, au moins deux ans, il y a plus d'une décennie.

Le Dr Sebastian griffonna dans son registre.

— Ce jeune homme est-il la seule personne dans ce cas ?

— Pour autant que je sache.

Une question s'enchaînait avec une autre. Dans les trois quarts des cas, l'état qu'elle décrivait ne cadrait pas avec mes expériences, ou avec mon vécu de ces expériences, et pourtant un nombre suffisant de ses questions correspondait suffisamment pour que je commence à sentir une anxiété croissante qui se manifesta par une difficulté à respirer. Je lui décrivis exactement ce qui s'était passé avec les cartons, que leur contenu semblait inclure un matériau que je ne pouvais pas objectivement avoir produit moi-même, et que les dossiers étaient soumis à des tests scientifiques par des avocats et des enquêteurs privés.

— Permettez-moi de vous poser une question, dis-je une fois qu'elle en eut terminé, si les autorités venaient vous demander ce que vous avez grappillé de cet unique entretien, que diriez-vous ?

— Je pourrais être tenue de divulguer ce que je sais, ou la conclusion que j'ai atteinte à votre sujet sur la base de notre consultation, surtout si je sentais que vous pourriez représenter un danger pour les autres.

— En d'autres mots, vous pourriez dire aux autorités que je suis fou.

Le Dr Sebastian fit la grimace.

— Si, je dis bien si, c'était là ma conclusion, et si j'étais appelée à la barre d'un tribunal pour témoigner, alors oui. Et si c'était une affaire fédérale, vous devez savoir qu'il n'existe pas de secret médical. (Elle hésita, étrécissant les yeux et inclinant la tête.) Avez-vous commis un crime, Jeremy ?

— Là est la question. Si j'ai pu commettre un crime ou si je suis dingue, ou les deux, j'imagine. Tous les matins, je me lève et tente de faire comme si de rien n'était, mais je ne parviens pas à chasser l'impression que je puisse être dingue. *Suis*-je dingue ?

— Évitons l'emploi de ce mot. Ce que je peux vous dire, c'est ceci : le scan de votre cerveau est normal, bien que cela ne nous donne pas nécessairement un tableau complet. Sous certains aspects, la technologie est encore rudimentaire, et le simple fait que le cerveau présente un aspect normal ne signifie pas que d'autres facteurs psychiques ne puissent pas être à l'œuvre. Sur la base des questions que je vous ai posées et des réponses que vous m'avez données, il est possible que vous ayez une forme de désordre dissociatif non spécifié. *Mais,* et ceci est une réserve très importante, l'objectivité des cartons, et la fréquence de vos rencontres avec ce jeune homme, les sortes de coïncidences qui n'ont absolument rien de coïncidences, ainsi que votre attitude, la manière dont j'observe que vous vous comportez, votre apparence générale, tout cela m'amène à croire que vous êtes très intelligent et aussi très sensé, dans la mesure où une personne intelligente peut rester sensée dans un monde en grande partie gouverné et déterminé par des esprits bien moins intelligents.

— Qu'est-ce que cela signifie alors ?

— Cela signifie, à mon avis, que vous devriez compter sur ce que vous croyez qu'il vous arrive.

— Mais si je ne sais pas ce qui m'arrive ?

— Alors vous devez trouver une réponse.

En parcourant de nouveau ces pages, je cherche malgré moi un ensemble d'indices susceptibles de conduire à un point de certitude plutôt qu'à d'autres questions qui se ramifient. Les dossiers et les photos que j'ai remis aux avocats ne m'ont toujours pas été restitués. J'ai beau comprendre que les investigations ne sont pas terminées, sans ces documents je ne peux m'empêcher de douter de tout ce que je crois qu'il a pu m'arriver. Seul me reste le disque dur monolithique, sous clé dans le tiroir de mon bureau. Et qui peut affirmer que je ne l'ai pas acheté tout seul et n'ai pas lancé le système de sauvegarde sur mon ordinateur pour créer l'archivage parfait ? Qui peut dire si je n'ai pas pu me l'envoyer par coursier et avoir organisé son retour immédiat précisément afin d'étayer un fantasme ? L'esprit conscient est-il capable de cloisonner ce qu'il sait, en conservant une part dans les ténèbres tandis qu'une autre part travaille fébrilement en coulisse, actionnant leviers et boutons, pressant des touches, amplifiant et déformant la voix pour tromper à la fois son autre soi et ceux au contact de la personne physique ? Feux d'artifice et écrans de fumée pour distraire ceux qui sont terrifiés, parmi lesquels son vrai soi peut être inclus. Sur la base des questions du Dr Sebastian, je continue malgré moi d'envisager cette possibilité.

Tous les jours, j'aperçois Michael Ramsey quelque part en ville. Je lui emboîte le pas, et l'instant d'après, au moment précis où je suis sur le point de le rattraper, je découvre qu'il a disparu. Debout devant la fenêtre de ma chambre, je scrute Houston Street, guettant son apparition. Une publicité peinte sur un immeuble, avec des images de cocotiers et de plages de sable blanc, m'ordonne : « Trouvez votre plage ! » J'ai peut-être besoin de vacances.

On apprend qu'en Syrie des terroristes ont crucifié une jeune fille victime de viol. Dans le même temps on apprend qu'en Irak des terroristes ont précipité une demi-douzaine d'homosexuels du haut d'un immeuble. Je sais que ce n'est pas la première fois que de telles choses arrivent, et je ne peux m'empêcher de me demander si Saif ne pourrait pas être de ceux qui s'arrogent le droit de juger des inconnus. De tels actes sont-ils en dernière instance si différents de l'exécution de pensionnaires des prisons américaines, ou du viol et du meurtre d'une adolescente en Irak par un soldat américain ? Cela fait sûrement partie du message que ces terroristes tentent de faire passer dans leurs crimes.

Quelques jours plus tard, la revue *The Journal of Modern History* me demande de recenser une nouvelle étude sur un groupe d'éminents historiens britanniques qui ont été placés sous surveillance par le MI5 dans les décennies qui ont suivi la Seconde Guerre mondiale, décision prise en grande partie parce que ces hommes étaient communistes ou suspects de communisme, ou simplement parce qu'ils s'étaient rendus en Russie à un moment de leurs vies. Jusqu'à quel point pouvais-je ressembler à ces hommes, bien que je n'aie rien d'un terroriste, et que je ne sois même jamais allé au Moyen-Orient, n'aie jamais mis les pieds en Égypte, pas même transité par l'aéroport de Dubaï à l'aller ou au retour sur le trajet d'une ou l'autre de ces destinations suspectes ? Mais la logique ne préside sans doute pas au jugement d'hommes terrés dans des cachettes ou postés sur le faîte des immeubles, qui se préparent à placer un homme en détention ou en pousser un autre dans le vide.

Une autre boîte arrive, celle-ci, identique aux trois premières, contient tous mes relevés bancaires et avis d'imposition, à commencer par l'année de ma première rencontre avec Fadia. Ce n'est sûrement pas dans mon esprit, et pourtant comme il me serait facile de demander d'anciens relevés, d'exhumer des copies de mes avis d'imposition, d'obliger le théâtre de mon cerveau à suspendre son incrédulité dans le film projeté sur son écran interne, dans la fiction – est-ce bien de la fiction ? – que le projectionniste a choisie parmi les bobines à sa disposition. Fiction ou documentaire ? Mélodrame de campus ou histoire d'espionnage ? Dans quel genre suis-je piégé ?

Je semble être libre pour le moment, bien qu'imparfaitement, et je rends grâce au moins de cela, même si je me réveille parfois en pleine nuit en hurlant, suppliant d'être libéré. Tout ce qu'il me faut, c'est peut-être voir de grands espaces et l'étendue du ciel. Je ne suis pas revenu à Rhinebeck depuis le week-end de Thanksgiving et ne puis me rappeler la dernière fois où j'ai parlé à ma mère. Datant des deux derniers jours, il y a des dizaines d'appels manqués de Meredith sur mon téléphone. J'ouvre une session sur mon ordi, lis les courriels geignards de ma fille sans trouver l'énergie d'y répondre. Je vérifie les éléments envoyés et découvre des messages dont je semble être l'auteur – pas très différents de ceux que je suis censé avoir écrits à mon étudiante Rachel – mais je ne me souviens pas davantage de les avoir rédigés. Une invitation de Meredith à me joindre à elle et Peter pour le réveillon de Noël qu'ils organisent chez eux. Ma mère sera là, en visite pour quelques jours, ainsi que les parents de Peter. J'étais libre de venir plus tôt dans la journée. Je pensai plutôt me rendre dans le nord de l'État, m'absenter, mais le ton désespéré de Meredith me presse d'accepter sans histoires, ce que je fais. Elle répond par retour du courrier, proposant de m'envoyer une voiture. Non, le soir de Noël, il est plus judicieux de prendre le métro, la circulation sera bouchée. Elle répond aussitôt, me proposant de venir plus tôt dans la journée et de dormir chez eux, mais non, je la remercie, je préfère dormir dans mon lit.

Je passe seul la veille du réveillon, à manger vietnamien et à regarder *Blade Runner,* le dernier et abrupt montage du réalisateur, qui me semble rendre Rick Deckard plus clairement androïde que les autres versions que j'ai vues au fil des ans. Une fois, il y a près de cinquante ans, j'étais encore étudiant de troisième cycle, je me suis envolé un soir pour Los Angeles afin de donner une conférence. Alors que nous pénétrions dans les nuages, un paysage de lumières orangées, brillant dans les ténèbres et la pollution, apparut à nos regards, si semblable à celui recréé par Ridley Scott que j'imaginai un instant que notre avion volait vers l'avenir. Puis-je voir ma place dans le système ? Puis-je, à la différence de Deckard, connaître ce que je suis sous la fiction consciente que je présente aux autres ainsi qu'à moi-même ? Le véritable instinct cherche-t-il à s'exprimer sous la menace ? Qu'est-ce que je pense pouvoir être ? Un androïde, non, certainement pas, mais qu'est Deckard sinon (ou pas seulement) un androïde ? Un révolutionnaire, un insurgé, un agent dormant. Peut-être qu'en marchant les yeux bandés dans mon pays de naissance, cette mère patrie que j'aime, la maison que je désire plus que tout trouver accueillante, *heimlich*, la zone de ma plus grande intimité, je finirai par commencer à voir avec d'autres yeux.

Les croassements des corbeaux dans l'air hivernal humide représentaient l'Angleterre pour moi ; ces cris dans les futaies dénudées au-dessus des pelouses qui restent vertes sous un gel épisodique, cette mousse qui s'épaissit sur tout ce qui est immobile, n'ont jamais manqué de me vider intérieurement, laissant une coque de mélancolie. À Oxford, j'évitais de sortir après la nuit tombée. J'appréhendais les rues froides et mouillées dans la lumière orangée des réverbères ainsi que l'imprévisibilité des Anglais, les vagues de violence qui surgissent de nulle part. Parce qu'il portait un smoking, un collègue prétendait avoir été agressé un soir après un dîner à la table d'honneur de Lincoln College, roué de coups dans Ship Street, au centre-ville, sous les yeux des badauds qui excitaient ses assaillants, intéressés ni par l'argent ni par les objets précieux. Juste une affaire de classe sociale. Voilà un pays en retard d'une révolution, à moins que tous ne le soient peut-être aujourd'hui, rejetant le vieux, le sclérosé, tous les dispositifs dont nous nous servons pour nous détruire, nous et notre monde. Réduisez tout en cendres, n'épargnez que l'art et les archives, les bibliothèques, la connaissance de notre passé, puis reconstruisez un monde meilleur.

Momentanément, je me permets de me détendre aux couinements des klaxons de taxi. J'expire. Je sens la tiédeur et la sécheresse des draps en me réveillant le jour de Noël. Je touche des murs qui n'ont jamais été froids et humides.

Après une si longue période sans un mot, j'ouvre ma boîte de réception et repère un nom qui me donne un coup au cœur. Je clique, retiens mon souffle et parcours l'écran jusqu'en bas avant de revenir tout en haut pour relire lentement :

Cher Jeremy,

Pardonne-moi de te contacter ainsi et je t'en prie, accepte mes excuses pour ne pas t'avoir répondu plus tôt. J'ai lu tes mails et tes messages quand tu me les as envoyés, mais en ton absence je n'ai d'abord pas su quoi dire, et je ne sais toujours pas vraiment quoi penser de ce qui s'est passé entre nous, ou de ce que tu m'as fait. Eh oui, j'y pense de cette manière, c'est toi qui m'as fait ça. Même si j'étais consentante, à mon avis le rapport de pouvoir entre nous signifie que mon consentement n'a pas pu être donné librement, pas absolument, tu vois ?

Ma thèse est en bonne voie. Mes parents vont bien et mon père parle de retourner au Caire, si un accord peut être trouvé avec ceux qui sont aujourd'hui au pouvoir.

Je t'écris parce que je pense que tu devrais voir ton fils, qui dit déjà quelques mots et ne va sûrement pas tarder à poser des questions sur toi. Que ce soit l'année prochaine ou celle d'après, le jour viendra, et quand il me les posera, je ne voudrais pas lui répondre que j'ai perdu tout contact avec toi. Si nous venions à New York, nous verrais-tu ? Pourrions-nous même peut-être séjourner chez toi (la plupart des comptes de mon père sont toujours gelés, et l'argent que tu me verses, et dont je te suis reconnaissante, ne suffirait pas à couvrir ce type de voyage) ?

Il me faut préciser que je n'envisage pas de renouer une relation avec toi, ou, du moins, seulement dans la mesure où nous sommes alliés, en tant que parents de Selim, mais je ne veux pas non plus t'interdire d'avoir une relation avec ton fils. Cela me semble injuste pour tous les deux... pour lui, surtout... si je devais y faire obstacle.

S'il te plaît, tu me diras ce que tu en penses, et comment on pourrait s'organiser ? J'aimerais venir pour le Nouvel An, si ce n'est pas trop présomptueux de ma part. Il y a d'autres sujets à aborder, éventuellement, qui gagneraient à être traités de vive voix, des choses qui ont à voir avec le long terme, et ce que je vois comme la nécessaire protection de Selim et de ses multiples nationalités. J'espère que c'est là une chose qu'on pourrait régler en Amérique. Comprends-tu ce que je veux dire ? Je l'espère.

Bien à toi
Fadia

Je réponds aussitôt, conscient en même temps que le message de Fadia a été lu, et que tout ce que je tape, et peut-être au moment précis où je le tape, sera collecté, scruté et jugé.

Chère Fadia,

Je t'en prie, viens donc aussi vite que possible. J'ai viré une somme supplémentaire sur ton compte pour payer les billets d'avion et tout ce dont tu pourrais avoir besoin d'autre. Viens le temps que tu veux. Vous pouvez séjourner ici, à tes conditions. Il y a deux chambres de libres, une seconde salle de bains, et tu serais libre d'aller et venir à ta guise. Je comprends tout ce que tu sous-entends, du moins je crois comprendre, et je peux seulement dire, pour le moment, que je te présente mes excuses pour ce que j'ai fait, et pourtant, s'il me reste un espoir de connaître mon fils, je ne peux pas regretter ce qui s'est passé, hormis la manière dont tu en as été affectée. J'espère que ma fille aura envie de vous connaître, Selim et toi, et ma mère aussi. Si tu me donnes ton nouveau numéro, je t'appellerai.

Avec mes vœux les plus sincères
Jeremy

Au moment où j'appuie sur ENVOYER, il me vient à l'esprit qu'en invitant Fadia et Selim à la maison, je peux involontairement les exposer à des périls aussi grands que ceux auxquels je crois être moi-même exposé, qu'on pourrait disparaître tous les trois si on se faisait soudain ramasser dans le même lieu, sur le sol américain. Qui peut dire qu'on les autorisera même à entrer ? Toutefois, avec un égoïsme que je trouve tout naturel, j'exulte de joie. Sur le trajet de Columbus Circle, mon cœur jubile, un cantique emplit ma bouche tandis que je remonte Broadway dans le crépuscule hivernal, puis marque un arrêt comme je l'ai fait le matin de Thanksgiving pour voir ce qui se joue aux Lincoln Plaza Cinemas. Il y a la tête de ce lanceur d'alerte du gouvernement, yeux baissés, qui fait la réclame d'un documentaire sur ses révélations, et alors que je contemple l'affiche verte, j'entends une voix derrière moi.

— Excusez-moi, pourrais-je vous emprunter votre téléphone ? demande un homme, et avant de me retourner, je sais que c'est Michael Ramsey.

Palpant mes poches, je m'aperçois que j'ai laissé mon nouveau téléphone à la maison.

— Pas de chance !

— Un petit malin, reprend-il, avec un signe de tête en direction de l'affiche de cinéma. Nous pourrions le voir ensemble, laisser tomber le réveillon…

— L'occasion de bavarder ?

— Quelque chose comme ça.

— Vous allez me dire ce qui se passe ?

Il arque un sourcil sans répondre, et puis, comme nous marchons vers le Century Building, il se rapproche de moi.

— Il y a des gens en ce monde qui se bornent à recueillir des informations, sans s'occuper des conséquences. Mais imaginons qu'un de ces informateurs – appelons-le l'archiviste – a remarqué un nom qu'il a identifié au cours de son travail, disons que c'est le nom d'un de ses anciens professeurs, peut-être quelqu'un qui l'a formé au lycée ou au collège, et, à la vue du nom de son professeur, des souvenirs commencent à lui revenir et l'archiviste sent son intérêt s'éveiller, il veut savoir pourquoi le nom de son ancien professeur ressort, alors il se met à examiner de plus près l'activité à laquelle il a accès.

Nous arrivons devant la porte de service, nous annonçons, pénétrons dans l'ascenseur et montons seuls.

— Plus l'archiviste observe ce que fait son professeur, son mode de vie, ne pas oublier qu'il peut presque tout voir, des habitudes de dépenses en voyage au genre de choses que son prof achète grâce à sa carte de crédit ou de débit, plus l'archiviste est convaincu qu'il n'y a aucune raison de surveiller le professeur, mais il sait, il le voit, que d'autres pourraient ne pas être d'accord, et peut-être sait-il même, cet archiviste, que d'autres gens, ceux qui poussent les boutons qui obligent l'archiviste à faire ce qu'il fait quotidiennement, sont en voie de désaccord, très activement en voie de désaccord, que les gens autour et au-dessus de lui se préparent à agir, monter un dossier, déposer des conclusions sur la base de fréquentations et de pas grand-chose d'autre. Vous comprenez ce que je dis ?

— Et si le professeur se rendait compte de ce qui risquait d'arriver et, disons, consultait des avocats, et si les avocats ne semblaient pas croire qu'il y ait lieu de s'inquiéter ?

— Le professeur a peut-être les mauvais avocats, répond-il, regardant fixement les portes de l'ascenseur devant lui, remuant à peine la bouche.

— Alors que ferait le professeur dans une telle situation ?

— Disons, simple hypothèse – il appuie sur le bouton du dernier étage de l'immeuble – que le professeur a un lien familial avec l'une des plus influentes personnalités des médias du pays. Peut-être est-ce une parenté par alliance, un beau-frère ou un gendre. Et ce parent pourrait se laisser convaincre de publier un article où le professeur ferait la une, exposant toutes ses tares au monde entier, mettant toutes les pièces à conviction pouvant être en sa possession à la disposition du public. En regardant ce professeur, le public voit un miroir de sa propre vie. Le professeur est un être ordinaire. Certes, il a vécu hors de son pays pendant un temps, et cette particularité le range dans une minorité, mais sinon c'est un Américain complètement ordinaire qui n'a plus de vie privée.

— Ça semble trop simple.

Nous atteignons le dernier étage, les portes s'ouvrent et nous restons un moment à contempler le palier vide avant que Michael appuie sur le bouton pour nous faire redescendre à l'étage de Meredith et Peter.

— La simplicité c'est l'élégance, la simplicité c'est l'efficacité. Pour faire les choses correctement, vous comprenez, il faudra que le professeur laisse des inconnus lire absolument *tout* ce qui a pu être lui être révélé, aussi gênant cela soit-il, et encore ! Qu'il montre tous les documents en sa possession, tous ses papiers, ses fichiers, ses notes, ses publications, tout ce qu'il a pu écrire, toutes les photos... Il sait qu'il n'a rien fait d'illégal et le renoncement à sa propre vie privée est un moyen de le prouver aux autorités, mais aussi de marquer le coup devant le pays tout entier.

— Cela pourrait rendre la vie impossible au professeur. Il peut se voir prier de remettre sa démission...

— Il a des parents fortunés. L'argent n'est pas un souci. Quoi qu'il arrive, on prendra soin de lui. Combien de gens sont dans cette situation ? Combien d'Américains peuvent-ils risquer de sacrifier leur carrière et leur vie privée pour faire passer le message que des gens comme l'archiviste croient devoir faire passer mais ont trop peur, sont trop précaires, pour le faire eux-mêmes ? L'archiviste est juste un drone à l'intérieur du système. C'est une chose pour un gars comme lui de dire aux gens ce qui arrive. Il serait facile de le traiter de traître et d'écarter toutes ses allégations.

— ... et de le jeter ensuite en prison.

— Exactement. Ou de le contraindre à l'exil. Mais faire venir sur le devant de la scène un homme comme le *professeur*, et cela commence à prendre un petit tour plus personnel, plus ridicule, mais aussi plus terrifiant. Les gens pourraient s'identifier, et en s'exposant le professeur se protégerait en même temps.

— Et si le professeur ne parvenait pas à se décider ?

— L'autre solution est un pays qui ne ressemble en rien au pays dans lequel nous nous imaginons vivre. Un pays sans vie privée est un pays sans libertés. L'archiviste ne veut pas vivre dans ce pays-là. Et si le professeur ne devient pas public, il se rend jetable. Facilement discrédité, facilement éliminé...

— Ils ne feraient pas ça à des citoyens américains !

— Ne soyez pas si naïf !

L'ascenseur s'ouvre et nous tournons sur le palier pour suivre ensemble le couloir menant à la porte de chez ma fille. Meredith apparaît souriante sur le seuil, avant que nous ayons eu le temps de frapper.

Tous mes faits et actes sont si prévisibles. Je ne peux aller nulle part et rien faire sans être suivi... ou pire, devancé.

Ma mère est déjà là et, avant que je puisse glisser un mot à Mr Ramsey, elle me tire de côté.

— Les amis de Meredith ne s'intéressent qu'à eux. Ils ne me posent jamais de questions personnelles. Il est impossible d'avoir une conversation sensée avec eux. Tout ce dont ils souhaitent parler, c'est de leurs affaires, et je trouve tout ça si vide et si creux ! Personne ne veut discuter art, musique ou littérature, aucun d'eux ne tient à quoi que ce soit à moins de pouvoir l'acheter pour voir augmenter sa cote et puis être en mesure de le revendre. Je me demande parfois comment tu as pu laisser Meredith se marier dans un tel milieu !

— Elle s'est mariée avec Peter, pas avec son milieu.

— C'est pareil. Tu ne le vois pas ? Merde, c'est pareil, Jeremy !

— As-tu reçu d'autres appels téléphoniques ?

— J'en reçois tous les jours. Des dizaines. Je suis sur liste rouge et on continue à m'appeler ! J'ai eu au téléphone une femme qui m'a dit qu'elle était d'une société informatique et que j'avais un problème de sécurisation, et que si je ne lui donnais pas accès à mon bureau... un genre de contrôle à distance... alors j'ouvrais la porte au piratage, mais j'ai protesté que je ne faisais rien par téléphone, et elle m'a répondu : « Alors préparez-vous à être piratée ! » avant de raccrocher. J'étais si contrariée !

— Tu ne devrais plus faire confiance à ceux qui t'appellent. Mais rappelle-toi, tu as reçu pendant le week-end de Thanksgiving un appel de quelqu'un qui me calomniait ?

— Ah... *lui* ! Oui, il m'appelle toujours, il n'arrête pas. Il raconte toujours plus ou moins la même chose, mais je crois qu'il est perturbé. Est-ce un étudiant que tu as recalé ?

— Es-tu sûre que c'est toujours la même personne ?

— Oh, oui ! Accent corsé, ni britannique ni américain, et je sais que c'est lui au moment où il m'appelle parce qu'il y a toujours ce petit déclic avant qu'il se mette à parler. J'ai beau lui dire de cesser de m'appeler, il continue quand même, et je lui répète que Jeremy n'est pas du tout celui qu'il dit qu'il est, de toute façon si tu as eu un enfant avec une Égyptienne, ce sont tes affaires.

— Alors Meredith t'a parlé.

— Évidemment qu'elle m'a parlé ! Pourquoi ne m'as-tu pas dit la vérité quand je t'ai posé la question ?

— Par honte, je pense.

— Mais c'est ridicule ! Vais-je un jour voir ce petit ? Cela me fait souffrir.

— Bientôt. Sa mère et lui se préparent à venir à New York.

Les yeux de ma mère sont devenus rouges.

— Ça me rend si heureuse, murmure-t-elle.

— Je ne peux rien te promettre.

— Qu'est-ce que cela signifie ?

— Je ne peux pas te promettre qu'elle acceptera de te voir.

— Elle n'a pas le choix, je veux voir mon petit-fils.

Le restant de la journée se déroule de manière si prévisible qu'il n'y a aucune différence significative d'avec la réunion de Thanksgiving, bien que je reconnaisse que, prises ensemble, les deux fêtes de fin d'année marquent une rupture d'avec mon ou mes ancienne(s) vie(s), mes années oxfordiennes représentant une vie à elles toutes seules. On dirait désormais une nouvelle ère bien distincte, une ère dont les évolutions restent imprévisibles.

Alors que je parcours le numéro le plus récent de la revue de Peter, j'envisage de me déboutonner devant la Nation, devant le monde même, de trouver un matin à mon réveil ma tête à la une des journaux. Ma mère et mon ex-femme, ma fille, mon gendre et les parents de mon gendre forment une ronde, avant de se détacher pour converser par petits groupes. Comment seraient-ils touchés ? Toutes nos vies deviendraient-elles impossibles ?

De temps en temps, Meredith disparaît pour garder un œil sur la cuisine et revient dans le salon, l'air si singulièrement impassible que je me demande comment Susan et moi pourrions prétendre être responsables de la personne qu'elle est devenue. Son assurance est une qualité qu'elle a trouvée toute seule ; nous ne lui avons jamais servi de modèle en ce domaine. Comment, face à un tel calme, pourrais-je exposer ce dont Ramsey avait tracé le contour ?

En me dévoilant, en rendant publiques toutes les vétilles de la dernière décennie ou plus de mon existence (et je ne peux pas être certain que Ramsey n'ait pas de réserves supplémentaires de secrets à divulguer), je dévoilerais également des aspects de la vie de ma famille, de mes amis et collègues, et ceux qui risqueraient de souffrir le plus de cette publicité sont Meredith, ma mère et, bien sûr, Fadia et Selim. Cela vaut-il la peine de perdre, non seulement ma propre vie privée (si illusoire qu'elle puisse se révéler) mais aussi celle de ma famille, uniquement pour prouver au monde entier l'ampleur et la nuisance de ce que fait notre gouvernement, ou, plus égoïstement, pour protéger ma liberté ? Finalement, puis-je être certain sans l'ombre d'un doute de n'avoir rien fait de mal ? Suis-je plus blanc que blanc ? Me suis-je jamais éloigné de la frontière de la légalité ? Forcément, où que ce soit, personne n'est parfait.

Michael Ramsey s'éclipse avant que je puisse m'entretenir de nouveau avec lui et je ne peux m'empêcher de me demander où il passera le jour de Noël, s'il a de la famille en ville pour le recevoir ou s'il a regagné son bureau et se nourrit tant bien que mal tout en continuant de fouiner dans ma vie, ou s'il n'a pas peut-être une petite amie ou un petit ami qui se démènera pour lui préparer une dinde avec toutes ses garnitures, ou s'il n'est pas seul, dans un appartement de Hoboken, à grignoter des plats chinois à emporter. Non, je rectifie, je suis certain qu'il n'habite pas le New Jersey. De quelque manière qu'il ait débuté dans la vie, il est aujourd'hui un New-Yorkais, un habitant de Manhattan qui sait bouger avec toute la rapidité du mercure, un élément plus qu'un dieu, le métal qui mesure la température et, tout aussi facilement, empoisonne le puits, rendant ses victimes folles, émotionnellement fragiles, irritables, voire même paranoïaques. Mon mercure personnel m'aurait-il rendu fou comme le chapelier d'Alice ? Et peut-être est-il aussi mon Mercure, mon dieu de la Communication et des Messages, des tricheurs et des voleurs, peut-être même mon conducteur hors de ce royaume, vers le paradis ou les enfers ou je ne sais quelles ténèbres qui nous attendent. Si je devais croire en un dieu, je choisirais Mercure, aucun autre.

Mais doit-on faire ce qu'un dieu commande ?

Bien que j'aie proposé d'envoyer une voiture pour venir les chercher à JFK, Fadia a décliné mon offre, disant qu'ils prendraient un taxi, on ne pouvait pas savoir combien de temps allait durer la queue pour le contrôle des passeports ou la récupération des bagages, et elle ne voulait pas que je paie des frais d'attente exorbitants. Je les espérais en fin d'après-midi, et au fil des heures mon anxiété grandissait, et avec elle ma peine à respirer, une sensation glacée autour de mon cœur. J'essayai le numéro de mobile qu'elle m'avait donné, pas de réponse. Je lui envoyai un texto et un courriel, sans recevoir davantage de réponse. Soudain, à près de dix heures ce soir, alors que New York bouillonnait déjà de l'ambiance festive du Nouvel an, Ernesto a sonné à l'interphone pour annoncer qu'ils étaient en bas.

Depuis une semaine, je m'imaginais une nouvelle vie avec Fadia et Selim, les voyant déjà tous les deux définitivement installés dans mon appartement et croyant à moitié que, plus clairement je voyais la scène, plus il y avait de chances pour qu'elle puisse se réaliser. C'est là, je le sais, une variante particulièrement désespérée de pensée magique. Au début, je nous vois faire comme Fadia le demandait dans son message, sans reprise de notre intimité, mais plus elle reste ici plus j'acquiers la certitude – je souhaite au-delà de la raison et du respect que j'ai pour tout ce que peuvent être ses propres souhaits – qu'elle me regardera avec plus d'affection, peut-être même avec amour, et que petit à petit nous finirons par former la petite famille dont j'avoue rêver depuis l'instant où elle m'a appris sa grossesse. Une fois nous trois ainsi réunis, en tant que mari, femme et enfant, toutes les autres questions, le problème de mon incertitude face à la loi américaine, doivent sûrement s'évaporer, car il deviendrait clair pour les autorités que Fadia ne présente aucun risque pour personne. En la filant comme j'ai moi-même été filé, les agences de renseignement verraient bien, à son visage et à son comportement, que sa parenté avec Selim ne donne aucune indication sur ses propres convictions ou loyautés.

En sortant de l'ascenseur, j'avais conscience de mes battements de cœur, une veine palpitait à mon pied, mes mains étaient glacées. Fadia avait toujours le même air, un tourbillon de manteau noir, une écharpe ivoire remontée de manière à lui couvrir la tête, et, là dans ses bras, reposait notre fils, endormi, emmitouflé de blanc.

— Ton pays, Jeremy, soupira-t-elle, roulant des yeux d'un air las et exaspéré.

Sans rien me demander, elle me tendit Selim, qui ne broncha pas au moment où elle me le mit dans les bras. Potelé sans être gros, c'était un beau bébé, des cheveux blonds raides mais bruns à la racine, je flairais sur lui la même odeur que j'avais sentie il y a des décennies, durant une chaude journée printanière à Washington. Le parfum d'une altérité à la fois inconnue et familière que dégageait le gamin qui est aujourd'hui un homme de mon âge, un garçon qui, dans ma mémoire de passoire, avait pu ou non s'appeler Amir, un Égyptien qui, je suppose, est rentré plus tard dans son pays, un fils de bonne famille comme Fadia elle-même, un jeune homme destiné à la vie publique comme elle-même l'eût peut-être été si elle était restée. Qui sera Selim en grandissant ? Comment, pensai-je à cet instant, captant son odeur, arriverais-je à le laisser repartir ? Je ne le ferai pas de bon cœur. J'observais Fadia se débrouiller avec la poussette et sa valise, si habile dans ses mouvements que je me suis demandé s'il n'y avait pas eu d'autres voyages, à destination de Paris ou du Caire ou qui savait où, des voyages qui auraient pu pousser le département de la Sécurité intérieure à regarder son passeport avec suspicion. Quels passeports utilisent-ils ? Un égyptien ? Un français ? Je ne connais encore rien à ces détails pratiques si élémentaires de sa vie.

— Mon téléphone semble ne pas fonctionner. Sinon je t'aurais appelé ! J'ai été interrogée pendant trois heures à JFK. Ils nous ont emmenés dans un petit local blanc dépourvu de fenêtres et ont posé des centaines de questions sur mon père et mon frère, sur mon oncle, sur la nature de mes études à Oxford, pourquoi je venais ici, combien de temps je comptais rester. À un moment donné, je ne croyais plus qu'ils allaient me laisser entrer sur le territoire, ou, pire, je m'imaginais que nous allions disparaître, ou que Selim pouvait être séparé de moi. J'ai même envisagé fugitivement que tu aies pu avertir les autorités à l'avance, rien que pour me l'enlever.

— Je ne ferais jamais ça !

Mais, songeais-je, il n'y aurait pas eu de solution plus simple que de sacrifier Fadia pour le salut de Selim.

— Non, je le sais. J'étais épuisée et angoissée. Je leur ai dit que je venais te voir, que tu étais le père de Selim, mais que nous n'étions pas mariés. Je crois qu'ils pensaient que je cherchais à rester ici, et je leur ai dit que non, je leur ai montré la lettre du Collège pour prouver que j'étais une étudiante à temps plein, ce qui a paru les rassurer sur ce point, au moins. Et puis un passeport français n'est pas sans valeur, je pense. Je les ai priés de me permettre de téléphoner à l'ambassade et, comme ils hésitaient, j'ai commencé à paniquer et leur ai raconté tout ce que je savais sur Saif, qui se limite à pas grand-chose, même si, apparemment, il est fiché, peut-être plusieurs fois. J'ai fait cette déduction à partir des questions qu'ils posaient.

Alors j'ai décidé qu'une totale honnêteté était plus prudente que tout soupçon de duperie ou de résistance.

— Je suis désolé que les choses se soient passées ainsi.

— Pourquoi ? Ce n'est pas de ta faute.

Elle bâilla. À la lumière de l'ascenseur, je voyais que ces six derniers mois l'avaient marquée. Ce n'était pas seulement le vol, pas même l'œuvre de la maternité, mais peut-être l'inquiétude de l'avenir. Quelque chose de nouveau avait sculpté son visage. La pierre que j'admirais jadis est devenue plus douce, plus plastique, et la conscience de la proximité de la mort, que j'avais cru par le passé lire dans son expression, a pris un grain plus nuancé, celui de la conscience de la précarité de la vie, la vie qu'elle et moi avons engendrée, la vie qu'elle doit protéger. Ou, du moins, l'imaginais-je. Arrivé à ma porte, je rendis Selim à sa mère, et au moment où il quittait mes bras, je sentis mon cœur dans tous ses états, déchiré et épars entre eux deux.

— J'ai acheté un berceau et l'ai mis dans ta chambre, mais si tu préfères des chambres séparées, c'est facile à gérer. Je veux que tu te sentes bien.

— Une chambre nous suffira. Il dort bien, je ne serai pas dérangée.

Je lui demandai si elle voulait manger quelque chose, mais non merci, elle avait dîné dans l'avion, elle n'avait pas faim, juste une douche, dit-elle, installant notre fils sur le matelas et rangeant déjà, à la va-vite, leurs affaires dans le placard et la commode.

— Prends-le dans tes bras s'il pleure…

N'osant pas la toucher ni faire quoi que ce soit qui puisse la mettre mal à l'aise, j'inclinai la tête en m'écartant pour lui laisser le passage. Demain, je devrais au moins leur proposer de les loger à l'hôtel. « Non ! l'imaginais-je se récrier. Nous voulons rester chez toi ! »

Pendant que l'eau coulait dans la salle de bains, je regardai le petit torse de mon garçon se soulever et s'abaisser, ses narines se dilater, puis se contracter, ses paupières tressauter, un soupir sortir de sa bouche. Comme il me ressemble bébé, les mêmes cheveux blonds et raides ! Seules les racines sombres sont différentes et le teint délicatement olivâtre. Mon fils sera-t-il américain ? Est-ce un choix que sa mère lui permettra de faire ? Ou sera-t-il toujours un étranger au pays de son père ?

Maintenant je suis là, avec des feux d'artifice qui explosent dans toute la ville, pendant que mon fils et sa mère dorment au fond du couloir. L'accomplissement de mon plus profond désir depuis mon départ d'Oxford est la source d'un chagrin que je n'avais pas anticipé, le tenaillement d'un désir encore plus grand : ne plus jamais être séparé d'aucun des deux.

Quand je me réveille le jour du Nouvel An, le matin du premier anniversaire de mon fils, Fadia s'active à la cuisine, prenant soin de ne pas faire de bruit, ouvrant les placards, cherchant quelque chose qu'elle ne parvient pas à trouver. Et puis, en fond sonore, j'entends les cris aigus de mon fils, première fois que j'entends sa voix depuis juillet dernier, elle me tire du lit pour me pousser dans la cuisine. Fadia me voit et sourit pour s'excuser, mais c'est ça vivre avec un bébé, je sais.

— Veux-tu que j'y aille ?

— Non, c'est bon. Excuse-moi de t'avoir réveillé. Je cherchais le café.

— Au congélateur.

— Tu ne devrais pas congeler le café, il perd son arôme.

— Ah oui ? J'ignorais. Je ne le ferai plus dorénavant.

Fadia sort de la cuisine pendant que je fais du café. Quelques minutes plus tard, elle revient avec Selim qui est réveillé et souriant.

— Il faut que je le change. (Notre fils me regarde un instant, puis enfouit sa tête dans les cheveux de Fadia.) Ne sois pas si timide, roucoule-t-elle. Qui est-ce ? Tu te souviens ? C'est papa. Tu peux dire « papa » ? Il dit déjà « maman » mais je pense qu'il ne comprend pas. D'habitude, je lui parle en français.

Je tends le bras pour effleurer la main de Selim, mais il retire la sienne, refermant ses doigts en un tendre petit poing. Si on nous surveille en ce moment, comme on doit nous trouver banals, occupés à faire du café, changer les couches, se réhabituer l'un à l'autre ! La banalité de notre vie nous met sûrement au-dessus de tout soupçon, ou bien la banalité ne constitue-t-elle plus une protection contre les algorithmes, les recherches de mots-clés et la culpabilité par complicité ?

Nous sommes assis dans le coin salle à manger donnant sur la rue, qui est encore sombre, le jour n'est pas levé.

— Qu'aimerais-tu faire pour son anniversaire ?

— Il fait si froid que nous pourrions simplement rester ici. Commander à déjeuner. Je n'aime pas qu'il sorte trop longtemps par ce temps, et je ne suis pas pressée de visiter New York, que je connais déjà que trop. Toutes ces expéditions de shopping de mon enfance ! Mes parents étaient propriétaires d'un appartement dans les 60es rues Est.

— Tu n'aimes pas New York ?

— Si, j'aime New York, mais tu comprends, tout change, répond-elle, calant bien Selim contre elle afin de pouvoir boire son café plus facilement. (Elle le pose sur le tapis et nous le regardons ramper vers une collection de peluches que j'ai achetées en prévision de sa visite.) C'est très gentil de ta part.

— Manière de rattraper les six derniers mois. Il ne marche pas encore ?

— Il se met debout. Cela ne va pas tarder. J'aurai besoin d'acheter quelques trucs pour lui aujourd'hui.

Nous nous attardons sur ces bagatelles, contemplant notre fils jusqu'à ce qu'il commence à avoir faim. Et alors Fadia le prend dans ses bras, soulève sa chemise ample et lui soutient la tête. Puissions-nous toujours vivre ainsi, me dis-je, si détendus et si à l'aise l'un avec l'autre, heureux et paisibles dans une vie qui n'est peut-être plus privée mais qui continue comme si elle l'était encore, sans qu'on fasse rien pour nous adapter à la disparition de la sphère privée, à part vivre de manière plus éthique, reconnaître nos torts, assumer la transparence, mais aussi l'exiger des autres, insister sur le droit d'en savoir autant sur les observateurs qu'ils en savent sur nous !

— Tu vois toujours Stephen ? je demande à Fadia, sans lui avoir encore parlé des boîtes, de Michael Ramsey ou des photos de sa vie au cours des derniers mois.

J'imagine que c'est un test, pour savoir si elle va avouer la rencontre que j'ai vue représentée sur la photo.

— Je suis tombée récemment sur lui dans la rue. Je n'aime pas cet homme, mais je l'ai salué, parce que le contraire aurait été impoli, il y avait une éternité que je ne l'avais pas vu, et il a failli sauter en l'air dans St. Giles Street, comme s'il ne pouvait pas croire que je lui adressais la parole. Je n'ai pas vraiment compris pourquoi, à moins que ce ne soit à cause de Saif, ou de mon père et de mon oncle, mais on aurait dit qu'il ne voulait même pas qu'on le voie me parler en public, et comme s'il pensait que je devrais savoir qu'il ne fallait pas l'approcher...

C'est donc ça, pensé-je, il n'y a pas de collusion entre eux, pas d'alliance, rien de ce que suggérait l'unique photo de Fadia où elle penchait la tête vers lui dans la rue, devant la bibliothèque Taylorienne.

— Mais alors, poursuit-elle, corrigeant l'angle du corps de Selim au creux de ses bras, il commence à me téléphoner. Il ne se présente jamais, mais sa voix, tu sais, elle est reconnaissable entre toutes. Il dit des choses horribles sur moi, je n'ose même pas les répéter, et sur mon frère, et aussi sur toi. Il téléphonait tous les jours, et la ligne était toujours cliquetante et pleine de friture, comme s'il se servait d'une connexion Internet ou comme si sa ligne était sur écoute, c'est ce que je me suis imaginé. Et puis il s'est mis à parler de Selim, disant qu'un jour où je ne m'y attendrais pas je constaterais brusquement sa disparition. Je lui ai tourné le dos, il a disparu et je ne l'ai plus jamais revu. Je ne savais pas si c'était une menace en l'air ou si je devais la prendre au sérieux.

— C'est pour ça que tu as fini par répondre à mes messages ?

— Peut-être. J'avais peur. Je crois que j'aurais pu aller à la police, mais je ne me sens jamais en sécurité au milieu des policiers, en tout cas des policiers blancs. Ils voient une femme avec un look un peu moyen-oriental et cela suffit à modifier toute l'équation. Même si j'étais la victime, je suppose qu'ils trouveraient moyen de retourner la situation pour s'en prendre à moi, et puis je pouvais être interrogée, les travailleurs sociaux seraient intervenus, et en moins de temps qu'il ne faut pour le dire Selim aurait vraiment disparu. Pardonne-moi si mon voyage te donne l'impression que j'ai couru chercher de l'aide auprès de toi !

Le soleil se lève sur l'immeuble du trottoir d'en face. Nos tasses sont vides. Je nous ressers du café, décidant qu'il est temps de lui parler des cartons et de Michael Ramsey, des appels téléphoniques que ma mère a reçus d'un homme qui devait être Stephen Jahn, de la manière dont j'avais été amené à douter de ma propre santé mentale, jusqu'à soupçonner un complot impliquant mon gendre, peut-être même ma fille et mon ex-femme, bien que je ne pense plus aujourd'hui que ce soit vraisemblable, je crois que ceux qui me surveillent n'ont rien à voir avec ma famille.

— Je peux voir les boîtes ? demande-t-elle.

— Je les ai remises à mes avocats. Ils ne les ont pas encore rendues.

— Et ce Michael Ramsey ? Tu peux le joindre ?

— Mon gendre saurait comment le contacter, mais j'hésite à le demander à Peter. Je n'ai pas totalement confiance en lui. Et, à l'évidence, les téléphones et les courriels ne sont pas sûrs.

— Un signe à la fenêtre ?

— On dirait un film d'espionnage.

— Quand l'as-tu vu pour la dernière fois ?

— Je crois le voir dans la rue tous les jours, mais quand je tente de m'approcher de lui, il se volatilise, ou je doute que ce soit vraiment lui. Cela maintenant fait depuis plus d'un mois que j'ai l'impression de devenir dingue.

— Mais la dernière fois que tu as parlé avec ce Mr Ramsey, il t'a dit de t'exprimer publiquement ?

— Oui, d'une manière détournée, il m'a suggéré de faire paraître un article dans la revue de Peter, à supposer que Peter puisse être d'accord, ou alors peut-être la publication de ça, dis-je, lui montrant cette pile même de feuillets, où j'écris ces lignes pour observer ma propre vie, passer en revue mon histoire personnelle récente, exactement comme le font les autres. Mon seul souhait, c'est de pouvoir dire avec certitude qui est à l'origine de ma surveillance. Je crois que c'est le gouvernement, mais je n'en ai aucune preuve. Au final, je n'ai aucune preuve de rien, hormis les dossiers, et ceux-ci ne sont plus en ma possession.

De retour sur la moquette, Selim marche à quatre pattes et s'amuse avec ses joujoux, si innocent, si loin des complications de la vie de ses parents. En le regardant, je me fais le serment d'être plus présent que je ne l'ai jamais été pour ma fille.

— C'est vraiment important de savoir qui c'est ? lance finalement Fadia. Il y a des gens qui vivent toute leur vie sous l'œil d'une caméra, diffusant des images d'eux-mêmes destinées à être vues par des inconnus. Tu pourrais le faire, tu sais, poser des caméras dans ton appartement, te présenter au monde entier, montrer que tu es un homme ordinaire, que ta vie est discrète, que tu n'as rien à voir avec ce dont le gouvernement – ou Stephen Jahn, ou le MI5, le MI6, la NSA, la CIA, le Mossad... – peut te soupçonner. Montre-leur ta vie, notre cohabitation si tu veux, pour prouver qu'il n'y a rien à voir ici : juste un homme et une femme qui ont un enfant ensemble, lequel se trouve, sans qu'ils y soient pour quelque chose, avoir un lien avec un homme qui ne voudrait avoir aucun rapport avec eux, qui condamnerait la relation que nous avons, toi et moi.

Je ne doute pas que Saif ferait ça, ou, comme Stephen, menacerait d'enlever Selim, de me mettre à mort pour mes choix, de te tuer pour ce que tu as fait de moi ou ce que tu m'as fait, peu importe notre vision des choses. Pourquoi serions-nous jugés pour ce que Saif est devenu ? Je pense que tu dois t'exprimer publiquement, d'une manière ou d'une autre. Et nous pouvons le faire ensemble, je me tiendrai à tes côtés, déclare-t-elle, les yeux fixés sur moi avec une lueur d'espoir, ou un mélange d'espoir et de motivation.

Ensorcelé par son regard, je sens en moi une détermination à saisir le peu de pouvoir qui nous a été accordé par Michael Ramsey, s'il est effectivement le responsable de tout ce qui a transpiré, et à rendre toute sa puissance à ce pouvoir.

Ce texte aura peut-être une portée qui dépassera tout ce que j'ai pu imaginer, il n'est pas seulement destiné à mes enfants ou à ma défense juridique, mais lisible par tout le monde, à tout moment, sur n'importe quelle plate-forme, où que soient mes lecteurs, quels qu'ils soient, ne fût-ce que pour prouver ma banalité, mon inconséquence, mon côté comme-tout-le-monde, comme toi (mon lecteur) qui arrives à la fin de cette page.

— Es-tu d'accord ? demande Fadia.

— Oui, dis-je, soulevant Selim du tapis pour l'embrasser sur le front, oui !

Remerciements

Noah Arlow, Kate Ballard, Rita Barnard, Glenn Breuer, Charles Buchan, Megan Carey, Sarah Chalfant, Zahid R. Chaudhary, Justin Cornish, Nadia Davids, Karen Duffy, Tim Duggan, Gail L. Flanery, James A. Flanery, Thomas Gebgemedhin, Lucy Valerie Graham, Neville Hoad, Chris Holmes, Michael Holtmann, Suvir Kaul, Yhomas Knollys, Ania Loomba, Peter McCullough, Beatrice Monti della Corte von Rezzori, Neel Mukherjee, Rebecca Nagel, Roger Palmer, Angela Rae, James Roxburgh, Adrianne Rubin-Arlow, Paul Saint-Amour, Deborah Seddon, Tamsin Shelton, Margaret Stead, Eddie van der Vlies, Nan van der Vlies, Undine S. Weber, Soë Wicomb, Will Wolfslay, Andrew Wylie, Robert J. C. Young, Alba Ziegler-Bailey, ainsi que tout le monde à Atlantic Books, Crown Publishers et The Wylie Agency.

Et un merci tout particulier, comme toujours, à Andrew van der Vlies.

Imprimé en France par CPI
en décembre 2019

MIXTE
Papier issu de
sources responsables
FSC® C003309

L'Éditeur de cet ouvrage s'engage
pour la préservation de l'environnement
et utilise du papier issu de forêts gérées de manière responsable.

La photocomposition de cet ouvrage
a été réalisée par
Graphic Hainaut
59410 Anzin

N° d'édition : 59682/01
N° d'impression : 155697